Laura Lippman
In einer seltsamen Stadt

Laura Lippman

In einer seltsamen Stadt

Roman

Aus dem Amerikanischen
von Gerhard Falkner
und Nora Matocza

Rotbuch Verlag

Zur Erinnerung an Dulcie (1993–2000)
und Spike den Älteren (1984–1997)
Und in Dankbarkeit für Spike Jr.,
der das Unerträgliche erträglich macht

Die Übersetzungen der Gedichte von E. A. Poe entstammen der zehnbändigen Werkausgabe, die 1966 im Walter Verlag, Olten, erschienen ist, und wurden von Richard Kruse, Friedrich Polakovics, Arno Schmidt, Ursula Wernicke und Hans Wollschläger gefertigt. Abdruck mit freundlicher Genehmigung des Verlages.

Die Deutsche Bibliothek – CIP-Einheitsaufnahme

Ein Titeldatensatz für diese Publikation ist bei
Der Deutschen Bibliothek erhältlich

Umschlagkonzept: Meta Design, Berlin
Umschlaggestaltung: Projekt ®, Hamburg
unter Verwendung einer Fotografie von Ullstein Bilderdienst
Herstellung: Das Herstellungsbüro, Hamburg
Satz: H & G Herstellung, Hamburg
Gesetzt aus der Sabon
Druck: Freiburger Graphische Betriebe
Printed in Germany

ISBN 3-434-53106-8

Informationen zu unserem Verlagsprogramm finden
Sie im Internet unter www.rotbuch.de

Sieh! Einen Thron sich errichtet hat
der Tod in einer gar seltsamen Stadt
im düsteren Westen man einsam sie find't,
wo die Guten und Bösen, Mann, Weib und Kind,
zur ewigen Ruhe gegangen sind.

EDGAR ALLAN POE, »Die Stadt im Meer«

Prolog

Am 1. Januar, immer am 1. Januar, fängt er an, sich in seinem Zeitgefühl umzustellen, bis er allmählich zum Nachtmenschen wird und bis zum Morgengrauen wach bleiben kann. Manchmal sucht er sich einen Diner, der die ganze Nacht durch geöffnet hat, obwohl er die Erfahrung gemacht hat, daß Koffein keine Garantie bietet, die ganze Nacht durchzustehen. Er nimmt sich ein Buch mit, nippt etwas Wasser oder Saft, ißt einfache Speisen: ein weichgekochtes Ei, einen Vollkorntoast, Reispudding. Die Vorbereitung dauert fast drei Wochen, und weitere drei Wochen braucht er, um sich danach wieder zu erholen, aber eine gute Vorbereitung ist außerordentlich wichtig. Das hat er schon im ersten Jahr erkannt.

Das erste Jahr. Wie lange ist das jetzt her? Er hat keine Lust, nachzuzählen. Wie naiv er damals war, wie unüberlegt. Mit anderen Worten, wie jung. Er hatte keinen Augenblick bedacht, was für eine ungeheure Verantwortung er sich da auflud und daß sie ihm bald wie eine Gefängnisstrafe vorkommen würde. Er hatte keine Ahnung, daß ihm die Kälte noch tagelang in den Knochen sitzen würde. Er machte sich nicht klar, daß das Cape mit der Zeit reißen und aufdröseln würde und daß er lernen mußte, wie man es flickt, denn er konnte nicht riskieren, es zur Änderungsschneiderei oder in die Reinigung zu bringen. Er dachte nicht darüber nach, wie kompliziert es sein würde, um diese Jahreszeit Rosen zu kaufen, und daß er von einem Blumenladen zum anderen gehen und mehr Rosen als notwendig kaufen mußte, damit ihm niemand auf die Schliche kam.

Wenigstens das mit dem Cognac war einfach. Er kaufte ihn kartonweise mit 10% Rabatt bei Beltway Liquors.

Was ist der Unterschied zwischen Ritual und Routine? Diese Frage stellt er sich fast jeden Tag. Sind Rituale besser als Routine, höherstehend? Oder rutschen Rituale unweigerlich in Routine ab, bis wir vergessen, warum wir damit angefangen haben und warum wir weitermachen? Auch das ist eine gute Frage, aber er fürchtet, es würde ihn nur schläfrig machen, wenn er jetzt über die Antwort nachgrübelt, und er ist entschlossen, heute die Sonne aufgehen zu sehen. *Einst, um eine Mittnacht graulich* ... ach, aber solche Anspielungen sind platt, sind genau die Sorte von offensichtlich gedankenlosem Wortspiel, wie man sie von den Zeitungsfritzen erwartet, die über ihn schreiben. Auch wenn es schwarz auf weiß steht, sie haben nichts von ihm kapiert.

Aber er kann sich nicht darauf verlassen, daß eines Tages jemand hervortritt und die Tradition fortführt. Er war gewählt worden, und bald würde er selber wählen müssen.

Das Zimmer ist kalt. Der Vermieter schaltet nachts die Heizung ab. Er stochert in der letzten Glut des ausgehenden Feuers, legt sich eine Stadiondecke über die Beine. Ihm ist diese blaukarierte Decke vertraut. Sie gehörte seinem Vater, sie war in einer Plastiktasche mit Reißverschluß und wurde ausschließlich für den Zweck verwendet, den ihr Name angab. Er erinnert sich, wie er im Memorial Stadion unter ihr gesteckt hatte, als er die Colts spielen sah, wobei er heiße Schokolade aus einer altmodischen Thermoskanne trank, und zwar aus der Kanne, die jetzt hier auf seinem Tisch steht, etwas verbeult und voll mit Kräutertee, nicht mit Schokolade, aber immer noch in bester Verfassung.

»Er paßt so gut auf seine Sachen auf«, hörte er einmal seine Mutter bewundernd zu einer Freundin sagen, und der stolze Ton in ihrer Stimme war für ihn so ungewohnt, daß er beschloß, er werde von nun an immer dafür bekannt sein. *Er paßt so gut auf seine Sachen auf.* Er hat noch immer seine Spielzeugeisenbahn, seinen Lincoln-Baukasten, eine silberne Gewehrkugel, die ihm Clayton Moore geschenkt hat, sogar die blauen Teller von Currier & Ives aus der Küche seiner Mutter. Mein eigenes Museum, so etwa empfindet er seine Wohnung hier in Nord-Baltimore, in der jeder Gegenstand eine Geschichte hat. Eine bezaubernde Vorstellung: seine Zimmer hinter Plexiglas, und Gruppen von ehrfürchtig schweigenden Besuchern marschieren durch, als wäre es Monticello oder Mount Vernon. *Meine Damen und Herren, diese Thermoskanne war mit dabei, als die Baltimore Colts gegen die New York Jets verloren, und diese karierte Decke hier ebenfalls.*

Tatsächlich erinnert er sich an die Decke besser als an die Spiele; damals kratzte sie noch mehr, weil sie neu war, und sie schafften es nie, sie so zusammenzufalten, daß sie wieder in die Hülle paßte. Das mußte immer die Mutter für sie erledigen, wenn sie nach Hause kamen. Er überlegt, was aus der Tasche geworden ist und wie die Decke hat überleben können, die Tasche jedoch nicht.

Aber das ist ja das gleiche mit dem Körper, nicht wahr? Die Hülle kann nicht überleben, aber sie kann vielleicht etwas hinterlassen. Er hat keine Kinder, sein Vermögen ist nicht der Rede wert, und seine Sachen – Bücher, verschiedene Sammlungen – werden an seine Alma mater gehen, so heruntergekommen das Park College inzwischen auch sein mag. Sein einziges Vermächtnis ist dieses Geheimnis, und er kann es nur an einen einzigen Menschen weitergeben. Aber es wird immer unwahrscheinlicher, daß es jemand bekommt. Niemand will es haben.

Eine Generation früher hätte es mehr Möglichkeiten gegeben, da ist er sich sicher. Mehr Männer seines Schlages, unter denen er hätte wählen können. Heute kennt er nicht viele Leute, weder solche wie er selbst noch andere, und das macht ihn traurig. Einmal lernte er zufällig einen kennen, in dem Diner an der Neunundzwanzigsten, der die ganze Nacht offen hat – aber nein, dieser junge Mann war eindeutig nicht das, was er zu sein schien. Er stöbert öfter mal in Secondhand-Buchläden und Antiquitätengeschäften, in denen junge Frauen angesichts von alten Kartoffelstampfern mit grünem Griff und alten Ausstechförmchen in Verzückung geraten. Er kommt sich auch wie so ein Ding vor. Wie ein etwas seltsames Werkzeug, das wegen seiner pittoresken, dekorativen Eigenschaften geschätzt wird, aber keinen Nutzen mehr hat.

Er hätte nie gedacht, daß Menschen aus der Mode kommen können, aber genau das ist ihm offensichtlich passiert. Die Bezeichnung für einen Mann wie ihn, die einst feierliche Würde besaß, ist zu dümmlich grinsender Ironie verkommen. Junggeselle. Neuen Bekannten gegenüber gibt er manchmal vor, Witwer zu sein. Wenn die neue Bekanntschaft eine Frau ist, hellt sich sofort ihr Gesicht auf, wahrscheinlich ohne daß sie es merkt. Witwer! Das bedeutet, daß er fähig war, mit jemandem zusammenzuleben, zumindest einmal. Aber genau das hat er nie gekonnt, genausowenig, wie er einen Satz mit einer Präposition beenden konnte. Er braucht die Einsamkeit, hat ein so starkes Verlangen danach wie andere nach Essen oder Sex oder Alkohol. Ist es denn so abwegig, allein leben zu wollen?

Sein Kopf fällt nach vorn, er reißt ihn wieder hoch und versucht, den Blick auf die Aussicht zu heften. Ein Lichtstreif ist am Horizont zu sehen. Keine Wolken, was bedeutet, daß es heute noch kälter als gestern werden wird, und morgen noch kälter. Die Nacht, in der es sein muß, hatte nie etwas anderes als Frost gebracht; das Wetter war ihm kein einziges Mal günstig gewesen, und mehrmals – bei messerscharfem Hagel oder vor lauter Schnee unpassierbaren Straßen – mußte er sich fragen, ob er es überhaupt schaffen würde. Dieses Jahr scheint es nicht anders werden zu wollen. Warum im Januar? denkt er nicht zum ersten Mal. Warum konnte er nicht im Oktober sterben? Zu dieser Jahreszeit ist das Wetter doch deutlich angenehmer.

Der körperlose Glanz im Osten breitet sich aus; der Rand des Himmels ist rosa. In zehn Minuten wird er sich einzuschlafen erlauben. Vielleicht sollte er etwas rezitieren. Er erinnert sich an ein Spiel, das er und P spielten, wo einer von ihnen ein einzelnes Wort aussuchte – Traum, Nacht, Mitternacht, Seele – und sie dazu dann abwechselnd rezitierten, bis ihnen nichts mehr einfiel. P hatte immer gewonnen, aber P ist schon lange tot. Er muß es allein spielen.

Also gut, »Nacht«. *Die Nacht – noch klar – wird düster sein.* »Seele«. *Es gibt ein zwiefach* Schweigen – *Küste und Meer – / Körper und Seele. Einsam wohnet Einer ...* »Himmel.« *Dank, Himmel! Die Krise, / die Gefahr, ist vorbei, / und die schleichende Krankheit / gab endlich mich frei – / und das Fieber, 's heißt »Leben«, / ließ endlich mich frei.* »Traum.« *Ist, was wir scheinen und schaun im Raum, / nur ein Traum in einem Traum?*

Wobei er an eine andere Zeile denken muß: *Ich* war *einst glücklich, wenn auch nur im Traum. / Ich war's – und gebe gern dem Thema Raum.*

Einsam wohnet Einer. Das Fieber, 's heißt »Leben«. Heute ist er aber sehr morbide. Andererseits stehen ja auch nicht sehr viele fröhliche Zeilen zur Auswahl. Es ist ja nicht so, daß wir ihn erwählen, hatte P gesagt, sondern er erwählt uns. P war in dieser frühen Zeit so verführerisch wie ein Vampir gewesen, und sein Ziel war auch kaum ein anderes. Aber nicht die Gedichte hatten ihn in ihren Bann gezogen, auch nicht die Erzählungen. Bei ihm war es die Entdeckung des Hauses gewesen, wo sich drei Männer trafen, einen Preis aussetzten und damit den Lauf der Literaturgeschichte mitbestimmten. Daß so etwas geschehen konnte, ausgerechnet hier in Baltimore, fand er phantastisch.

Er war damals fünfzehn Jahre alt gewesen und überzeugt, daß Ruhm auf ihn wartete – nicht als Schriftsteller, sondern als Schauspieler und Regisseur. Als der Ruhm und die erwarteten Ehrungen nicht kamen, nahm er diese seine Rolle im Leben an. Er erkannte, daß manche dafür geschaffen waren, selbst zu schaffen, und andere dafür, dies zu würdigen. Aus ihm wurde einer, der hervorragend würdigen kann. Er ging bei P in die Lehre, und der Rest war – er grinst und denkt das Klischee nicht zu Ende. Außerdem stimmt es auch gar nicht. Wie kann jemand Geschichte sein, wenn keiner ihn wirklich kennt?

Die Sonne ist aufgegangen, und das heißt, daß er sich jetzt hinlegen kann. Sein Körper hat sich jetzt fast umgestellt, aber wie viele Jahre wird es noch gehen? Und wenn ihm etwas Unerwartetes passiert – ein Unfall, ein Anschlag –, was dann? Dieser Mann, den er da angesprochen hatte – an dem war etwas Beunruhigendes, wenn er jetzt darüber nachdachte. Vielleicht war es ganz gut, daß der Mann es an jenem Abend abgelehnt hatte, mit zu ihm zu kommen, daß er die Einladung so völlig mißverstanden hatte. Kurz vor Neujahr war ganz in der Nähe ein Mann in seiner Wohnung niedergeschlagen worden. Ein alleinstehender Mann. *Ein Junggeselle.* Ein Mann, der ein Abonnement in der Oper hatte und Mitglied in einem Fitneß-Club war und ein Wochenendhaus in Dewey Beach besaß. All das hatte er selbst auch – na gut, kein Wochenendhaus und keinen Logenplatz in der Oper. Das wäre doch zu komisch, eine Ironie des Schicksals, wenn er heuer seine Mission erfüllen würde, nur um dann auf dem Heimweg umzukommen, weil ihn ein Verrückter niederschlug.

Dieses Jahr suche ich mir jemanden, verspricht er P – und sich selbst. Irgend jemanden, irgendwie. Unbedingt. *»Nimmermehr« wird es für immer und ewig geben, aber nicht für mich. Dies wird heuer mein letzter Besuch am Grab von Edgar Allan Poe sein.*

1. Kapitel

Auf seiner Visitenkarte stand, er handle mit Porzellan, aber Tess Monaghan mußte bei ihrem eventuellen Kunden unwillkürlich an ein Porzellanschweinchen denken. Er hatte einen runden Bauch und sah rundum rosig aus, wozu noch die Röte beitrug, die wie Ausschlag seine Wangen bedeckte und an die Kälte draußen erinnerte. Seine Beine waren so kurz, daß Tess sich unhöflich vorkam, weil sie keinen Schemel besaß, denn so hingen sie wie bei einem Kind ein Stück über dem Fußboden. Die Beine endeten in winzigen Füßen in den wohl kleinsten – und glänzendsten – schwarzen Gigoloschuhen der Welt. Die waren vorhin über ihren Holzfußboden geklackert wie kleine Hufe. Und jetzt, nach einer halben Stunde Beisammensein mit diesem Mann, kam sich Tess langsam so verschroben und ungastfreundlich vor wie der Troll unter der Brücke.

Aber das war doch die Geschichte mit der Ziege, rief sie sich ins Gedächtnis. Sie brachte da ihre Märchenbilder durcheinander. Er schien ein ganz netter Mann zu sein, wenn auch etwas geschwätzig. Soll er doch schnaufen und keuchen.

»Ich habe eigentlich gar keinen Laden«, sagte er gerade. »Früher schon, aber ich finde, daß ich meine Geschäfte genausogut über meine alten Geschäftsverbindungen abwikkeln kann. Und durch das Internet natürlich. Eine gute Spürnase braucht keinen Laden.«

»Ja, natürlich.«

Er hatte seit seinem Eintritt über Fiesta-Porzellan und Art-déco-Glas geplappert. Es war nicht klar, ob er überhaupt wußte, daß er sich im Büro einer Privatdetektivin befand. Aber das machte nichts. Sie hatte an diesem Januarnachmittag ohnehin nichts anderes vor.

»Diese Auktionshäuser sind wirklich nur etwas für Amateure, wenn Sie verstehen. Dort gehe ich nur hin, wenn ich etwas loswerden will, das eigentlich nichts wert ist, bei den Leuten aber vielleicht nostalgische Gefühle auslöst. Nehmen wir zum Beispiel an, ich würde versuchen, eine Porzellansauciere in Entengrün zu verkaufen, was eine sehr seltene Farbe ist. Ich müßte das Mindestgebot so hoch ansetzen, daß die Leute sich fürchterlich aufregen und denken würden, ich wollte sie austricksen. Aber wenn man in *Raumschiff Enterprise* eine Frühstücksdose aufklappt, dann dreht alles durch, auch wenn sie Dellen hat und die eigentlich zugehörige Thermoskanne fehlt.«

Tess warf einen Blick auf ihre Notizen, wo sie bisher den Namen des Mannes, *J. P. Kennedy, Antiquitätenhändler,* aufgeschrieben hatte und sonst kaum etwas. Sie fügte hinzu: *Sauciere/entengrün* und *Raumschiff Enterprise – keine Thermoskanne.*

»Also, Sie haben hier aber ein paar ganz hübsche Sachen«, sagte das Porzellanschweinchen plötzlich. »Diese Erdnußdose von Planter's und die Keksdose von Berger. Ich könnte Ihnen dafür einen guten Preis machen. Und für die Uhr. Vor allem für die Uhr.«

Er schaute geradezu gierig auf die Uhr mit der Aufschrift *Zeit zum Haareschneiden*, die einst in einem Friseurladen in Woodlawn gehangen hatte. Tess überlegte, ob er wohl von der Neonschrift zu Hause in ihrem Eßzimmer genauso beeindruckt wäre, die »Menschenhaar« lautete. Sie stammte aus einem Kosmetikgeschäft, in dem die Nachfrage nach Menschenhaar nicht mehr so groß war, daß man ohne Werbung auskam.

»Also gut, Mr« – sie warf einen verstohlenen Blick auf den Kalender auf ihrem Schreibtisch, weil ihr momentan sein Name nicht mehr einfiel – »Kennedy –«

»Sagen Sie doch einfach John zu mir. Bin nicht mit ihm verwandt.« Er gackerte, anders konnte man es nicht beschreiben. Eine Cheerleaderin oder ein Collegemädchen hätte sich geniert, so einen schüchternen kleinen Quiekser von sich zu geben. »Ich heiße JPK, könnte man wahrscheinlich sagen. Deswegen benutze ich auch manchmal den vollen Namen, John Pendleton Kennedy, um Verwirrung zu vermeiden, aber das scheint die Verwirrung nur zu steigern. Sie können mich John nennen.«

»Mr Kennedy«, wiederholte sie. Sich beim Vornamen zu nennen, wäre reichlich übertrieben, fand Tess. »Ich ging eigentlich davon aus, Sie wollten meine Dienste in Anspruch nehmen und nicht meine Besitztümer danach taxieren, ob ich damit schnelles Geld machen könnte.«

»Oh ja, das will ich ja auch. Ihre Dienste in Anspruch nehmen.« Aber er schaute immer noch ihre Planter's Dose an, in der sie ihre Geschäftsquittungen aufbewahrte, bis sie die Zeit fand, sie abzuheften. Er streckte sogar seine fette kleine Hand aus, als wolle er die erdnußförmigen Kurven der Dose streicheln. Auf dem Sofa an der gegenüberliegenden Wand hob Tess' Windhund Esskay den Kopf und richtete die Ohren steil auf. Die Hand des Schweinchens war gefährlich nahe an der Keksdose von Berger, in der sich Esskays Lieblingsnaschereien befanden.

»Heutzutage haben die Leute es immer so eilig«, sagte Mr Kennedy. Dabei sprach niemand, den Tess kannte, so schnell wie er, die Wörter überstürzten sich nur so. »Keine Nettigkeiten, kein kleiner Klatsch. Ich nehme an, binnen kurzem werden wir auch nicht mehr ›Wie geht's?‹ sagen. Ich weiß gar nicht mehr, wann ich zum letzten Mal jemanden ›Gott schütze dich‹ oder auch nur nach einem Niesen ›Gesundheit‹ habe sagen hören. Auch daran trägt das Internet die Schuld. Es schafft die Illusion von Geschwindigkeit. Und dann das E-Mail. Lassen Sie mich nicht mit E-Mail anfangen.«

Ihn anfangen lassen? Tess wollte einzig und allein wissen, wie man ihn aufhören lassen konnte.

»Schwere Zeiten für einen ehrlichen Menschen«, sagte er, sah dann aber so überrascht aus, als hätte ihn sein eigener Fehlschluß überrumpelt. Ein gutes Zeichen, dachte Tess. Er hatte sich unbeabsichtigt dem Punkt etwas angenähert, wegen dem er hier war.

»Wieso das?«

»Von Händlern wie mir wird erwartet, daß wir keine Kosten und Mühen scheuen, um sicherzustellen, daß die Objekte, die wir kaufen und verkaufen, legaler Herkunft sind. Andererseits gewährt uns das Gesetz wenig Schutz, wenn wir einmal hereingelegt werden. Wenn ich ein Stück kaufe, tue ich, was ich kann, um sicherzustellen, daß ich mit einem anständigen Menschen zu tun habe. Aber dann taucht es auf einer Liste für heiße Ware auf, und man erwartet von mir, daß ich es zurückgebe, ohne Entschädigung für meine Zeit und mein Geld.«

Tess hatte keine Ahnung, wovon er sprach. »Haben Sie etwas gekauft, das gestohlen war, und mußten es zurückgeben?«

»So ähnlich.« Er faltete seine kleinen Hände vor dem dikken Bauch und lehnte sich in seinen Stuhl zurück, als wäre Tess Zahnärztin und die Wahrheit ein vereiterter Backenzahn, den sie jetzt ziehen sollte. Oder nein, eher noch wie ein Patient beim Psychiater, einer, der den endlosen narzißtischen Prozeß genoß, jemanden dafür zu bezahlen, daß der herausfand, warum er tat, was er tat.

Aber sie hatte keine Lust auf diese Art Ratespiel, obwohl sie es mit anderen Klienten durchaus schon gespielt hatte. Es war etwas ganz anderes, eine Frau durch gutes Zureden dazu zu bringen, daß sie gestand, sie befürchte, ihr Ehemann habe eine Affäre, oder auch, einer in Tränen aufgelösten Mutter zu helfen, zuzugeben, daß sie ihre davongelaufene Tochter suche, die wegen der unanständigen Aufmerksamkeiten des Stiefvaters geflohen war. Dieser Mann hier, das Porzellanschweinchen, interessierte sich nur für Objekte. Die er auch, vielleicht ganz unvermeidlich, *Objekte* nannte.

»Bitte, könnten wir zur Sache kommen, Mr Kennedy?«

»John. Oder Johnny, wenn Sie wollen.« Wieder sprudelte das hohe Kichern aus ihm heraus.

Tess zeigte auf die *Zeit-zum-Haareschneiden*-Uhr. »Ich bin gar nicht gern so streng, aber in fünf Minuten muß ich, wenn Sie dann immer noch nicht erklärt haben, warum Sie hier sind, meinen ersten Stundenlohn berechnen. Und man kann ihn bei mir nicht abstottern. Mit anderen Worten, Sie werden mir bald den Gegenwert von mehreren Fiesta-Porzellangedecken zahlen müssen.«

Er sah sie nachdenklich an. »Welche Farbe?«

»Mr Kennedy.«

Er hob die Hände, als müsse er einen Schlag abwehren, obwohl sie weder sonderlich laut noch in sonderlich scharfem Tonfall gesprochen hatte. Die Hündin hatte sich während des Wortwechsels überhaupt nicht gerührt.

»Sie halten das vielleicht für eine kleinliche Beschwerde. Ein Mann hat mir bei einem Geschäft Unrecht getan.«

Unrecht getan. Das schien ihr ein merkwürdiger Ausdruck, der besser zu einem Blues-Song gepaßt hätte als zu Diebesgut.

»Haben Sie einen Preis zu niedrig angesetzt, und jemand hat Ihr Unwissen ausgenutzt?«

Er schüttelte den Kopf, wobei sein Kinn schwabbelte. Er

wirkte wie aus Butter. Sie stellte sich vor, wie er schmolz, wie die Hexe im *Zauberer von Oz*. Dann stellte sie sich vor, wie sie die fettige kleine Pfütze aufwischen würde, die er zurückließ.

»Nein, er verkaufte mir einen Gegenstand, der nicht das war, was er behauptete. Das Echtheitszertifikat war gefälscht.«

»Und was war es?«

»Das ist nicht so wichtig.« Er sah, daß sie das nicht zufriedenstellte. »Ein Armband. Es hatte einer jungen Frau aus einer berühmten Familie gehört, sagte er jedenfalls. Das stellte sich als Lüge heraus.«

»Und? Caveat emptor – das Risiko liegt beim Kunden – trifft doch auch für Sie zu, oder?«

»Er hat mich hereingelegt.« Mr Kennedy drückte seine kleinen Hände zu so etwas wie Fäusten zusammen, aber seine Finger waren so kurz, daß er mit ihnen kaum um die Daumen herumkam. Tess, die seit ihrem zwölften Lebensjahr ungefähr einen Meter fünfundsiebzig groß war, fand kleine Männer amüsant.

»Dann verklagen Sie ihn doch.«

»Ein Rechtsstreit würde keine Abhilfe schaffen und könnte viel Unheil anrichten.« Er hielt inne, um zu sehen, ob sie ihm folgen konnte. Sie konnte nicht, allerdings versuchte sie es auch gar nicht richtig. Sie hätte einen Job brauchen können, aber nicht unbedingt diesen.

»Jede finanzielle Wiedergutmachung, die ich vielleicht bekäme, würde überschattet vom Schaden, den mein Ruf nehmen würde. Es handelte sich um eine sehr gekonnte Fälschung, wirklich schlau gemacht, und auch die besten Schätzer fallen von Zeit zu Zeit auf etwas herein, aber trotzdem … Mein Geschäft hängt vor allem von Mund-zu-Mund-Propaganda ab. Außerdem ging es nicht um viel Geld. Ich habe nur eintausend Dollar für das Armband bezahlt.«

Tess sah plötzlich ein wenig klarer. »Und für wieviel, glaubten Sie, würden Sie es verkaufen können?«

Die Frage irritierte Mr Kennedy, so daß er verärgert schnaufte und keuchte. »Natürlich muß man etwas Profit machen ... Wenn jemand den vollen Preis eines Stückes haben will, soll er es doch selber auf den Marktplatz tragen und alle Kosten und Risiken auf sich nehmen. Ich bin schließlich keine Wechselstube, ich bin kein –«

»Wieviel, glaubten Sie, war es wert, Mr Kennedy?«

Er seufzte. »Wenn der Brief echt gewesen wäre, hätte ich es in New York versteigern lassen. Wenn alles gut gegangen wäre, hätte es eine hübsche Summe gebracht – wenn auch nicht so viel, wie wenn Prinzessin Diana es getragen hätte. Sind schon komische Zeiten, in denen wir leben.«

»Wem gehörte es? Vielmehr, wem soll es angeblich gehört haben?«

»Betsy Patterson.«

Der Name sagte Tess nichts, obwohl sie annahm, daß er es sollte.

»Sie kennen sie vielleicht besser als Betsy Bonaparte.«

Das stimmte, allerdings wußte sie auch nicht viel darüber. »Das war doch dieses Mädchen aus Baltimore, das verheiratet war mit –«

»Jerome, Napoleons Bruder. Der Kaiser zwang ihn später, heimzukehren und eine passendere Frau zu heiraten. Dennoch, wenn es gestimmt hätte –« Er zog ein Fischmaul, als gäbe er seinem Traum vom schnellen Geld den Abschiedskuß. Tess erriet, daß dies die einzige Art zu küssen war, die es für ihn gab.

»Er hat Sie hereingelegt.«

»Ja.«

»Aber wenn der Brief echt gewesen wäre, hätten Sie ihn hereingelegt. Glauben Sie an Karma, Mr Kennedy?«

»Ich gehöre der Episkopalkirche an«, zeterte er.

Tess drückte Daumen und Zeigefinger an ihren Nasenrücken. Sie fühlte Kopfschmerzen nahen, was ihr normalerweise nur nach zuviel Alkohol passierte. »Sagen Sie mir bitte, was Ihrer Meinung nach ein Privatdetektiv für Sie tun kann.«

»Ich glaube, der Mann, der mich hereingelegt hat, hat ein Geheimnis – ein Geheimnis, das er um jeden Preis wahren möchte. Wenn ich sein Geheimnis wüßte, müßte er mir das Geld zahlen, das er mir schuldet. Aber dazu müßte ich ihm folgen, und er würde mich erkennen, wenn ich das versuchte. Ich brauche einen Privatdetektiv, der beweist, daß ich recht habe mit meiner Annahme.«

»Mr Kennedy, Sie sprechen von Erpressung, und damit kann ich nichts zu tun haben.«

Er sah indigniert aus. »Inwiefern ist das etwas anderes, als wenn man Versicherungsbetrügern und fremdgehenden Ehemännern durch die ganze Stadt nachläuft, sie heimlich fotografiert und dann den Rechtsanwälten ausliefert? Ist das etwa keine Erpressung?«

Sie fragte sich, woher er so gut Bescheid wußte über die Arbeit, die den größten Teil ihrer Zeit in Anspruch nahm. Denn für jeden aufsehenerregenden Fall, der Schlagzeilen machte und Tess ein paar Tage lang ins Licht der Öffentlichkeit rückte, gab es zwanzig banale, hirnlose Jobs, auf die in etwa Mr Kennedys plumpe Beschreibung zutraf. »Vielleicht, aber immerhin ist es legal.«

»Na gut, sagen wir also, Sie bestätigen meinen Verdacht und vergessen, daß ich Ihnen gesagt habe, warum ich es wissen will.«

»Ich kann nicht so tun, als hätte ich Gedächtnisschwund, Mr Kennedy.« Ganz gegen ihren Willen fing sie allmählich an, sich für die Sache zu interessieren. »Aber wenn Sie das Geheimnis dieses Menschen kennen oder zu kennen glauben, warum bluffen Sie ihn dann nicht?«

»Ich brauche einen Beweis, und diesen Beweis kann ich nur an einem einzigen Tag des Jahres bekommen. Und zwar ist das zufällig übermorgen, an der Ecke Greene und Fayette Street, irgendwann zwischen Mitternacht und sechs Uhr früh am neunzehnten Januar.«

»Sie kennen die Zeit, Sie kennen den Ort. Warum warten Sie nicht dort auf ihn?!«

»Wie ich schon sagte, ich bin nicht sehr gut darin, unauffällig zu wirken.«

Das sah sie ein. In dem weichen Filzhut und dem Kamelhaarmantel, die er für seinen Besuch angezogen hatte, sah er aus wie ein beiger Bowling Ball. Und sein tänzelnder Gang war auch unvergeßlich.

Er sah sie lauernd an. »Dieses Datum sagt Ihnen nichts, stimmt's?«

»Der neunzehnte Januar? Nicht so auf die Schnelle.«

»Das ist der Geburtstag von Edgar Allan Poe. Und die Nacht, in der der Grabbesucher erscheint, der sogenannte Poe-Toaster.«

Tess kannte die Geschichte. Die kannte jeder in Baltimore. Schon seit über fünfzig Jahren kam jemand auf den alten Friedhof, auf dem Poe begraben lag, und hinterließ drei Rosen und eine halbe Flasche Cognac. Niemand wußte, wer der Mann war. Manche nahmen an, daß das Los schon weitergegeben worden war und inzwischen ein anderer Besucher kam, vielleicht sogar ein dritter. Das *Life*-Magazin hatte ihn einmal fotografiert, aber aus respektvoller Entfernung. Dieses Geheimnis wollte eigentlich niemand lüften. Außer –

»Denken Sie, daß der Mann, der Sie betrogen hat, der Grabbesucher war?«

»Wie gesagt, ich habe keinen Beweis. Aber auch wenn ich einen hätte ...«

Er drehte die Handflächen nach oben, aber die Geste wirkte nicht so reizend, wie er beabsichtigt hatte.

»Aber das ist doch gestört. Da können Sie genausogut durch die Einkaufscenter gehen und den Kindern, die dort Schlange stehen, sagen, daß es den Nikolaus nicht gibt. Und wenn Sie jetzt den Grabbesucher demaskieren und er daraufhin beschließt, damit aufzuhören? Sie werden damit eine wunderschöne Tradition ruinieren, die die ganze Stadt liebt.« Auch wenn die meisten sie noch nie gesehen hatten, einschließlich Tess. Um Mitternacht ist es im Januar schrecklich kalt. Aber sie hatte jedes Jahr die pflichtschuldigen Berichte im *Leuchtturm* gelesen. Der Besuch am Grab war in gewissem Sinne Baltimores Lichtmeß, ein Ritual, das das Ende des Winters beschwor und ein Frühlingsversprechen in sich trug.

»Ich würde es nicht publik machen. Ich würde es nur benutzen, um sicherzustellen, daß er mir zahlt, was er mir schuldet. Wenn ich recht habe«, fügte er hinzu. »Möglicherweise irre ich mich ja auch.«

»Wodurch es noch schlimmer würde. Der Grabbesucher würde völlig grundlos verschreckt.«

»Ist doch eigentlich eine recht kindische Sitte, wenn man's genau nimmt.« Mr Kennedy schnaubte verächtlich. »Und eines Tages hört es sowieso auf, egal, warum. Alles hört einmal auf. Besucht vielleicht diese Frau immer noch Valentinos Grab? Schickt Joe DiMaggio immer noch Blumen an das von Marilyn Monroe, jetzt, wo er tot ist? Alles verläuft sich irgendwie. Ein dramatisches Ende wäre doch besser. Es gäbe den Leuten – wie sagt man noch gleich? – einen passenden Abschluß. Brächte Ihnen wahrscheinlich auch ein paar Schlagzeilen ein, und gegen Publicity haben Sie doch noch nie etwas gehabt.«

Dieser letzte Satz war unwahr und sogar unfair. Tess verabscheute die Medien so sehr, wie es nur eine ehemalige Journalistin konnte. Der *Leuchtturm* hatte noch nie über sie geschrieben, ohne zumindest eine maßgebliche Tatsache zu verfälschen, und hatte ihr über die Jahre mindestens vier verschiedene Initialen ihres zweiten Vornamens zugeordnet. Was die kostenlose Werbung betraf, so hatte sie festgestellt, daß die Welle von Interesse, die ihr entgegenschlug, wenn ihr Name in der Presse erschien, höchst selten zu Aufträgen führte. Diejenigen, die sich einen Privatdetektiv danach aussuchten, daß sein Name in der Morgenzeitung erschien, waren im Allgemeinen nicht die Leute, die eine Sache sorgfältig durchdachten.

»Wie sind Sie eigentlich auf mich gestoßen, Mr Kennedy?«

Er senkte den Blick. »Ehrlich?«

»Bitte.«

»Ehrlich gesagt bin ich einfach das Telefonbuch durchgegangen und habe mich dabei auf die kleineren Agenturen konzentriert. Nicht eine einzige hat mir ihre Hilfe zugesagt, und wir haben doch schon den siebzehnten Januar.«

»Anders ausgedrückt, Sie haben noch etwas über vierundzwanzig Stunden, dann ist Ihr Zug abgefahren, und zwar für ein ganzes weiteres Jahr. Gibt es denn keine andere Möglichkeit, diesen Mann zu finden und dazu zu bringen, Ihnen zu zahlen, was er Ihnen schuldet? Sie haben ihn doch gesehen, Sie wissen, wie er aussieht, Sie kennen seinen Namen.«

»Er hat sich regelrecht in Luft aufgelöst. Wie Rauch. Name und Adresse, die er mir gegeben hat, waren falsch.«

»Wenn Sie so wenig über ihn wissen, wie können Sie dann so sicher sein, daß er der Besucher an Poes Grab ist?«

»Ääh – die Person, die uns bekannt gemacht hat, deutete darauf hin.«

»Dann gehen Sie doch zu dem. Oder zu der.«

»Diese Person … ist weggezogen. Sehen Sie also, daß ich wirklich Ihre Hilfe brauche.«

»Niemals.« Sie war versucht zu sagen ›Nimmermehr‹, aber sie war bemüht, sich niemals offen über ihre Auftraggeber lustig zu machen, auch nicht über die, die sie abwies.

»Aber wenn ...«

»Niemals.«

Mr Kennedy stand auf und klopfte mit seinen plumpen Fingern auf den Deckel der Keksdose. Esskay war sofort hellwach, die Ohren zu vollendeten Dreiecken gespitzt, aber er schien es nicht einmal zu bemerken. Er wirkte abgelenkt und gedankenverloren.

»Sie waren nicht die erste, die ich ausgesucht hatte«, sagte er. »Ich habe es noch bei vier anderen versucht, aber die hatten alle zu wenig Zeit, um mir einen Termin zu geben.«

»Gut.« Vielleicht hatte er sie damit verletzen wollen, aber Tess war erleichtert zu wissen, daß die Zeit gegen ihn arbeitete.

»Ich würde gerne für die Akten festhalten, daß ich Ihnen keinen Auftrag erteilt habe.« Sie bewunderte seine Wortwahl, mit der er jetzt vorgeben konnte, daß die Entscheidung von ihm gekommen war. »Und ich gehe davon aus, daß unser Gespräch hier vertraulich war.«

»Das gehört zu meinem Geschäft. Ich kann mich jedoch für sonst niemanden verbürgen.«

»Ich nehme nicht an, daß Sie mir ein Schriftstück dieses Inhalts unterschreiben würden? Ich meine, wie naiv muß man denn sein, um sich auf so ein Versprechen zu verlassen, ohne Beweis?«

»Das weiß ich nicht. Wie naiv – oder gierig – muß man sein, um zu glauben, daß ein Armband, das zu einem so billigen Preis angeboten wird, wirklich Betsy Patterson Bonaparte gehört hat?«

»Das hat nichts mit Gier zu tun«, flüsterte er, mehr zu sich selbst als zu ihr. »Hat es eigentlich nie, obwohl das die meisten Leute denken.« Ganz unbewußt hob er den Deckel der Keksdose, nahm von ganz oben ein dunkelbraunes Quadrat und steckte es sich in den Mund, bevor Esskay vom Sofa rollen und ihren Anteil fordern konnte.

»Mr Kennedy –«

»Entschuldigung. Ich hätte erst fragen sollen. Ich bin so eine Naschkatze, das ist bei mir eine richtige Krankheit.«

»Nein, das ist es ja gar nicht ... das sind handgemachte Hundekuchen, aus einer Bäckerei in Süd-Baltimore. Sie bestehen aus Melasse und Soja.«

»Oh. Ach ja, das erklärt, warum es nicht süßer war.«

Er knöpfte sich seinen Kamelhaarmantel bis zum Kinn zu und stapfte hinaus in die Welt. Tess tat er fast – fast! – leid. Aber während sie ihm nachsah, ertappte sie sich dabei, daß sie an das Ende von *Farm der Tiere* dachte, wo man die Menschen nicht mehr von den Schweinen unterscheiden konnte und die Schweine nicht von den Menschen.

2. Kapitel

An zwei von fünf Tagen fuhr Tess immer noch in die falsche Richtung, wenn sie nach der Arbeit ihr Büro verließ. Sie bog nach Süden ab, zu ihrer alten Wohnung in Fells Point, statt nach Norden, zu dem Haus, in dem sie jetzt schon seit fast einem Jahr wohnte. Nach dem Besuch des Porzellanschweinchens passierte es ihr wieder, und sie schalt sich leise dafür.

Festzustellen, daß sie ein Gewohnheitstier war, das war das gleiche, wie von Baltimore zu sagen, es sei die größte Stadt Marylands – es stellte eine Tatsache dar, sagte aber nichts weiter aus. Tess liebte ihre Routine, genoß Routine, aalte sich in ihrer Routine wie ein Hund, der sich im Hinterhof eine Kuhle gegraben hat, um den ganzen Sommertag lang darin zu dösen. Manchmal fürchtete sie schon, sie sei kurz davor, so etwas wie Anne Tyler zu werden, eine sanftmütige, exzentrische Baltimorer Lady, die in Hauspantoffeln und Pyjamahosen einkaufen ging.

Tatsächlich war sie schon in ihrer Schlafanzughose zum Lebensmittelladen gegangen, aber nur ein einziges Mal, und sehr früh morgens. Außerdem war die kariert und mit Gummizug und nicht von einer Sporthose zu unterscheiden. Und sie hatte richtige Schuhe dazu getragen.

Der Umzug, der nicht einmal ihre eigene Idee gewesen war, hatte einen Neuanfang versprochen, eine Gelegenheit, vieles zu ändern. Inzwischen wurde langsam klar, daß Tess zu nichts anderem fähig war, als die eine Routine durch eine andere zu ersetzen. Sie hatte ihr Bagel-Frühstück in Jimmys Restaurant gegen einen Kaffee mit Bagel in der »Kaffeemühle« getauscht, ihre Treue gegenüber der ägyptischen Pizzabude am Broadway auf den ägyptischen Pizzastand in der Belvedere Street übertragen. Sie frequentierte einen neuen Videoverleih, den hervorragend sortierten Video Americain. Dort lieh sie sich inzwischen Filme aus, die sie bereits gesehen hatte.

Das neue Haus unterstrich ihre Exzentrik. Ein Haus, also Domizil, war es nur im weitesten Sinne des Wortes – indem es vier Wände, ein Dach, Kanalisation und Elektrizität besaß. Tess hatte dieser immerwährenden Baustelle den Spitznamen Staubdose gegeben und sich allmählich daran gewöhnt, mit Gips, Holzsplittern und Farbe gesprenkelt durchs Leben zu gehen. Manchmal fand sie die seltsamsten Dinge in ihrem Bett: das Schloß von einem ihrer Küchenschränke; einen Schraubenzieher; gelegentlich sogar einen Nagel auf dem Kissen, so als wolle ihr ein verärgerter Zimmermann eine Warnung schicken.

Sie hatte gewußt, daß sie viel Zeit und Arbeit würde hineinstecken müssen. Obwohl sie zum ersten Mal im Leben Hausbesitzerin war, besaß sie doch genügend Verstand, um zu erkennen, daß die ersten Schätzungen nur ein Bruchteil der endgültigen Ziffern sein würden, sowohl, was die Arbeit, als auch, was die Materialkosten betraf. Allerdings hatte sie dabei noch nicht an Gott gedacht und seine sogenannte Vorsehung. Das Wetter hatte sich fast das ganze letzte Jahr über ein Vergnügen daraus gemacht, ihr einen Streich nach dem anderen zu spielen; es regnete jedesmal, wenn etwas im Freien gemacht werden sollte, es gab einen Temperatursturz, wenn im Haus starke Lösungsmittel eingesetzt werden sollten, die gründliche Lüftung brauchten; alles versank im Schlamm zu genau der Zeit, wo der Landschaftsgärtner kam.

Obwohl sie schon eine ganze Menge geschafft hatten – das Haus war immer noch ein Wrack. Unter der aufmerksamen Beobachtung ihres Vaters hatte Tess sich pflichtschuldigst um das gekümmert, was sie für notwendige, aber langweilige Verbesserungen hielt: Dach, Heizung und Air-condition, modernisierte Elektrizität, neue Fenster, neue Sanitärinstallationen, neue Wandverkleidung. Das Ergebnis war ein schmuckes Niedrigenergiehaus, im Innern ästhetisch ein Alptraum, mit kuriosen Überbleibseln von den Tapeten und vom abscheulichen Geschmack der früheren Eigentümer; beides hing noch im Haus wie ein Spuk, von den lila Kacheln im Badezimmer aus den vierziger Jahren bis zur avocadogrünen Einrichtung in der vollgestopften Küche.

Aber es war ihr Zuhause, und nach außen zeigte es ein schönes Gesicht, wie Tess befriedigt feststellte, als sie jetzt in die East Lane einbog. Ihr Vater war entsetzt über ihre Entscheidung, Dachschindeln aus Zedernholz über einer Wandverkleidung aus Aluminium zu verwenden, wenn er sich die über die Jahre anfallenden Instandhaltungskosten ausrechnete. Aber in diesem einen Punkt hatte Tess auf der weniger praktischen Lösung beharrt. Sie wollte die optische Illusion, daß das Haus in den Bäumen verschwand. Ihr Freund Crow hatte diesen Effekt noch verstärkt, indem er die Haustür olivgrün strich. Im Sommer hatte Tess das Gefühl gehabt, in ein Baumhaus zu kommen, wenn sie durch die grüne Tür in eine private Welt trat, die in den Eichen und Ulmen über dem Stony Run Park hing.

Aber jetzt war Winter, und das Haus sah noch kleiner aus, als es ohnehin war, etwa so wie eine nasse Katze. Tess liebte es trotzdem. Sie strich leicht über den Bibelspruch am Türpfosten, den ihr ihre Mutter untergejubelt hatte, ungeachtet von Tess' Protesten, daß sie in doppelter Hinsicht Atheistin sei. »Mein Zuhause«, sagte sie mehr oder weniger zu sich selbst. Sie hatte ein eigenes Zuhause, wie bescheiden es auch immer sein mochte. Was bedeutete es da schon, daß ihre Fingernägel nie richtig sauber waren oder daß es so aussah, als wären die Farbspritzer sogar in ihren braunen Zopf geflochten. Das war es wert, wenn man einfach eintreten und sagen konnte: »Liebling, ich bin da!«

Und wenn Liebling dann aus der Küche zurückrief: »Wie war's heute auf der Arbeit?«

Crow wohnte nicht mit ihr zusammen, jedenfalls nicht offiziell. Sie hatten es am Anfang ihrer Beziehung versucht und waren kläglich gescheitert. Deshalb hatte er jetzt eine eigene Wohnung, obwohl er sechs Nächte pro Woche hier war, einen eigenen Schlüssel besaß, also kommen und gehen konnte, wann er wollte, und das besitzanzeigende Fürwort im Plural benutzte, wenn er über das Wohnen in der East Lane sprach. Irgendwie klappte es. Ausgerechnet Tess' Mutter hatte sich über das hinausgeworfene Geld für Crows unbenutzte Wohnung geärgert. Ihr Vater seinerseits war fähig, sich vorzumachen, daß seine 31 Jahre alte Tochter noch nicht soweit war, Sex zu haben. Tess hatte erwidert, daß 550 $ pro Monat ein niedriger Preis für eine funktionierende Beziehung seien.

Esskay lief schnurstracks auf Crows Stimme zu, Tess dicht hinter ihr. Oh je, Crow beschäftigte sich nicht mit dem Abendessen, sondern mit Holz; er schabte die Farbe von den Küchenschränken ab, wobei ihn ein Ghettoblaster mit seiner eigenen Reggaemusik versorgte, dank Professor Longhairs Version von »Big Chief«. Oder vielleicht war es auch Dr. John.

»Warum hast du nicht angerufen?« fragte Tess etwas vorwurfsvoll, während sie sich an den Türpfosten lehnte – beziehungsweise dorthin, wo einmal der Türpfosten sein würde. »Ich hätte doch etwas zu essen mitbringen können.«

»Hab die Zeit ganz vergessen«, sagte Crow abwesend und betrachtete prüfend das eine Schränkchen, das fast fertig war. Ihr Vater hatte gewollt, daß sie die gesamte Kücheneinrichtung wegwarfen und die bisherigen Küchenmöbel durch Einbauelemente von Ikea ersetzten. Aber Crow hatte da so einen Verdacht, daß irgendwo unter den Farbschichten Ahorn herausspitzte, unter Gallgrün, Dottergelb, Schmutzigbraun und stumpf gewordenem Weiß. Die Küchenmöbel waren geradezu ein historischer Abriß des schlechten Geschmacks in Amerika, etwa von 1930 bis 1975. Es dauerte ewig, aber jetzt wurde das Holz sichtbar. Er streichelte die freie Stelle liebevoll. »Es wird wunderschön werden.«

»Du bist wunderschön«, sagte sie, eigentlich im Scherz, aber letztlich doch nicht im Scherz. Sein Gesicht war dreckverschmiert, seine Haare standen in seltsamen Strähnen zu Berge, er trug ellbogenlange Gummihandschuhe und eine Schutzbrille. Und doch war er für sie schön. Er entwickelte sich so gut, ihr sechs Jahre jüngerer Geliebter, sein Gesicht wurde schmaler, sein Körper kompakter. Er hatte mit ihr zusammen vergangenes Jahr Gewichtheben begonnen, eigentlich nur, damit sie nicht allein gehen mußte, aber jetzt hatte das alle möglichen interessanten Veränderungen zur Folge. Ihre Freundinnen, die sich erst über ihn lustig gemacht hatten, wollten jetzt auch so einen, als wäre er ein Etuikleid von Fendi oder ein Paar Schuhe von Jimmy Choo. Aber Crow war kein Accessoire, und eine Billigversion von ihm gab es nicht.

Esskay schnüffelte und stolzierte davon, verärgert, weil

sie hinter dem Abbeizmittel keinen Essensduft wahrnahm. Crow blätterte die Restaurants mit Essen zum Mitnehmen durch, die zur Zeit das Rückgrat ihrer Küche bildeten. Tess hatte eigentlich vorgehabt, zu kochen, sobald sie ein eigenes Haus hatte, aber es war beim Vorsatz geblieben.

»Thailändisch? Chinesisch? Pizza?«

Bei jedem Vorschlag sank sie noch ein bißchen mehr in sich zusammen. Kein Essen schien ihr in diesen hellen kalten Januartagen wirklich passend, wo der Verstand für Enthaltsamkeit und Selbstkontrolle plädierte und der Körper sich noch nach den üppigen Gelagen der jüngst vergangenen Festtage sehnte.

»Was dann?«

Sie wußte selber nicht, was sie wollte. Je mehr sie hatte im Leben, desto schwieriger schien diese Frage. Sie hatte immer gedacht, daß es genau umgekehrt sein würde. »Soll ich ehrlich sein?«

»Immer. Das ist unsere einzige Regel.«

»Dann laß mich schnell zu Eddie's rüberlaufen, bevor sie zumachen, und Käse, Cracker, eine Schachtel Brownies und eine Flasche Rotwein kaufen.«

Crow, der ihren Launen gegenüber normalerweise so duldsam war, runzelte die Stirn. »Können wir die Brownies diesmal wenigstens backen, oder wirst du sie roh aus der Schachtel essen?« fragte er und zog seine Handschuhe aus. »Ich hab nur Angst um dich, wegen der Salmonellen.«

»Wir backen sie, ich versprech's dir. Ich denk mir nur, daß Brownies und Wein gut zusammenpassen. Aber, Crow –«

»Ja?«

»Vielleicht kannst du diese Brille auflassen. Ich meine – für später. Sie wertet dich doch sehr auf.«

Ein Gummihandschuh flog ihr an den Kopf, während sie zur Tür rannte.

Das Später kam früher als gewöhnlich. Binnen einer Stunde lagen sie im Bett, die Körper erschöpft, die Gläser aber noch nicht einmal geleert, die Pfanne mit den Brownies auf dem altmodischen Gasherd erkaltend. Kichernd und entspannt fing Tess an, Crow von dem Porzellanschweinchen zu erzählen, weil sie es einfach nur für eine gute Anekdote hielt. Immer wieder mal lieferte ihre Arbeit Gesprächsstoff für den Abend, allerdings nicht so oft, wie man denken sollte. Und die Regeln der Vertraulichkeit machten es schwierig. Manchmal überlegte sie, ob sie Crow nicht »anstellen« und ihm das königliche Gehalt von, sagen wir, einem Dollar pro Jahr zahlen sollte, damit sie ihm alles erzählen konnte. Zum Glück war das Schweinchen ja kein Kunde, also konnte sie ganz frei – und gemein – über ihn herziehen.

Aber Crow fand die Geschichte von John P. Kennedy gar nicht so lustig wie Tess.

»Mein Gott, Tess, es wäre doch entsetzlich, wenn er jemanden fände, der es macht. Der Grabbesucher würde vielleicht nie wiederkommen.«

»Er findet aber niemanden. Er hat nur noch einen Tag Zeit, und er legte großen Wert darauf, mir reinzureiben, daß er bei sonst niemandem einen Termin bekommen habe – weil alle anderen so gefragt sind, offensichtlich.«

»Hat er gesagt.«

»Warum sollte er lügen?« Die Hündin hatte sich ins Zimmer gestohlen und sich wie ein schwerer Quilt aus Fell zu ihren Füßen hingebreitet. Tess streichelte sie mit den Zehen, was dazu führte, daß die Hündin seufzte und sich streckte, so daß sie noch mehr vom Bett okkupierte. Esskay war eine Anhängerin der Doktrin, man müsse den Raum zum Schlafen rücksichtslos erobern, und das Kopfende war ihr Horizont.

»Vielleicht möchte er dich nur in Sicherheit darüber wiegen, daß ihm schon niemand seine scheußliche kleine Arbeit abnehmen wird. Aber es würde mich nicht wundern, wenn du die erste wärest, die er überhaupt aufgesucht hat.«

»Willst du damit sagen, daß er von allen Privatdetektiv-Agenturen der Welt zufällig ausgerechnet meine ausgesucht hat?«

»Hast du in der letzten Zeit in der Zeitung gestanden?«

»Schon seit einem Jahr nicht mehr, gottlob. Ich bin eine ganz brave kleine Bürgerin und beschränke mich so weit wie möglich auf Versicherungsfälle, daneben ein paar Vermißtenanzeigen, bei denen man auch nicht viel denken muß. Nicht einmal irgendwelche Ehegeschichten, schon seit zwei Monaten nicht mehr.«

Crow rollte sich aus dem Bett und ging zu den Fenstertüren des Zimmers hinüber. In ihrer alten Wohnung hatte Tess eine Terrasse mit Blick auf den Hafen und das Domino-Sugar-Schild der Stadt gehabt. In den Zeiten des wirtschaftlichen Aufschwungs während der späten Neunziger war das ein teurer Blick geworden, und so war der Tag gekommen, wo sie ihn sich nicht mehr hatte leisten können. Hier hatte ihr kleines Landhaus auf drei Seiten eine Veranda, und man konnte in den Wald schauen und auf den Stony Run Creek. Es war hier viel dunkler, so weit weg vom Lichtermeer der Innenstadt. Tess fand es eigentlich auch etwas beängstigender mit all den unerwarteten Geräuschen und Schatten, aber das hatte sie noch niemandem gestanden, nicht einmal Crow.

»Der Himmel ist heute abend schrecklich klar«, stellte er fest. »Haben sie nicht Schnee gemeldet?«

»Nein, die Möglichkeit, daß es schneien könnte, war für die Wetterfrösche vom Fernsehen offenbar nicht so groß, daß sie sich ein Bein ausreißen und die ganze Stadt in Angst und Schrecken versetzen wollten. Nur kalt und klar.«

»Warst du jemals dort? Ich meine, schließlich wohnst du ja hier wirklich schon dein ganzes Leben lang.«

»Wo?« fragte sie, da sie ihn nicht sofort verstanden hatte.

»Nein. Ich meine – im Januar, um Mitternacht, Ecke Greene und Fayette Street? Ich würde es wahnsinnig gerne machen, habe es aber noch nie geschafft, mich aus dem Bett zu hieven.«

»Ich bring dich schon raus. Im Innersten bin ich immer noch eine Nachteule.«

»Wozu?« fragte sie, indem sie die Diskussion, die für sie ohnehin schon verloren war, gar nicht erst anfing und gleich zum springenden Punkt kam.

»Weil das Leben so kurz ist, und dann stirbt man. Molière hat das gesagt, oder so jemand. Mal ehrlich, es hat doch was Armseliges, daß einem die Leute immer erst Gründe liefern müssen für Dinge, die man sowieso tun sollte. Einfache Dinge, ganz naheliegende Dinge. Das ist dasselbe damit, daß man immer erst Besuch bekommen muß, ehe man sich die Sehenswürdigkeiten der eigenen Stadt anschaut. Dein Beinaheauftraggeber hat uns mit seinem Bluff dazu gebracht, daß wir etwas machen, was wir schon längst hätten tun sollen. Ein einziges Mal muß man es doch wenigstens machen, also warum nicht morgen nacht?«

»Ich hab das Gefühl, du benutzt das gleiche Argument wie am letzten Halloween, als die Truppe vom Stadttheater ›Die Maske des roten Todes‹ auf Inline Skatern gab.«

»Na, und warst du vielleicht nicht froh, daß du hingegangen bist?«

»Einzig, weil ich die Geschichte wochenlang ausschlachten konnte. Für eine gute Anekdote nehme ich einiges in Kauf.«

»Aber nicht, daß du morgen nacht auf den Friedhof gehst?«

»Ich hab doch schon zugestimmt. Sag mal – ist dir nicht kalt?«

Er kam wieder ins Bett, und bald darauf floh die Hündin aufs Sofa, wobei sie die brüskierte Grande Dame spielte.

Tess und Crow kannten sich so gut, zumindest nach und nach. Die Gurus der modernen Beziehung sagen, Paare müssen offen miteinander reden, verschlüsselte Sätze vermeiden und immer klipp und klar sagen, was sie wollen. Aber es gibt Codes, und es gibt Sprachen. Tess und Crow hatten ihre eigene Sprache. Tess war einfach nicht der Typ, der »Ich will« sagt, so sehr Crow sie auch dazu ermutigte. Also tat er, was er konnte, um bei ihren Epigrammen zwischen den Zeilen zu lesen, und übersetzte sie sich nach Wunsch. »Ist dir kalt?« konnte vielerlei heißen, von »Bitte bring die Brownies mit, solange du noch auf bist« bis zu »Mir ist kalt, komm und wärme mich«. In diesem Fall hatte es beides bedeutet, aber Tess begnügte sich freudig mit letzterem. Das war kein zu hoher Preis dafür, geheimnisvoll zu sein. Sie konnte ihr Brownie ja *danach* essen.

Auf der anderen Seite wußte Crow ganz genau, was er wollte, sprach es aus und bekam es deshalb auch fast immer. Was für ein Lebensentwurf, dachte Tess. Und dann hörte sie für eine Weile zu denken auf, was ein großes Geschenk von Crow war. Er war der einzige, der ihren Kopf zum Schweigen bringen konnte.

Die alte Kirche und der dazugehörige Friedhof lagen am westlichen Ende der Innenstadt von Baltimore, in einem Stadtviertel, das von den verschiedenen Lehrgebäuden der University Maryland geprägt war. Tatsächlich war die Westminster Chapel im Besitz der Universität und deshalb in eine Aula umgewandelt worden, und hinter dem Friedhof entstand gerade ein neues Gebäude für die juristische Fakultät. Das bedeutete ohne Zweifel ein Glück für die ehedem heruntergekommene Gegend, und wahrscheinlich war man hier jetzt sicherer als seit Jahren, aber um Mitternacht kam es einem doch verdammt einsam vor.

Und dann diese Kälte. In der Fayette Street parkten zwei

Autos mit laufendem Motor, und Tess beneidete sie. Wie gemütlich das wäre, wenn man im beheizten Auto warten könnte und dabei auch noch den Kassettenrekorder oder das Radio laufen hätte. Sie sah noch ein paar Leute am vorderen Eingang, die dicht beisammen standen, um ein wenig Wärme zwischen sich zu erzeugen, aber offensichtlich sonst nichts miteinander zu tun hatten. Das fand sie gruselig. Sie war sich nicht sicher, ob sie die Lebensgeschichte von so jemandem hätte hören wollen, der allein hierherkam, um dem Grabbesucher bei seiner Wallfahrt am 19. Januar zuzuschauen.

Außerdem sah keiner von denen dem Porzellanschweinchen ähnlich. Dessen Silhouette vergaß man nicht so leicht.

»Glaubst du nicht, es ist besser, wenn wir im Auto warten?« fragte sie Crow. »Ich meine, falls wir jemanden verfolgen müssen?«

Sie befanden sich in der Seitenstraße, der Greene Street, auf der dem Friedhofstor gegenüberliegenden Straßenseite, neben den hellen Lichtern der Universitätsklinik. Crow war heute tagsüber schon einmal hier herumgelaufen und hatte erkundet, wo die Eingänge und Ausgänge des Friedhofs waren. Tess hatte sich vorgestellt, daß der Grabbesucher einfach durch den vorderen Eingang hereinspazieren und die Leute ein wenig zur Seite schieben würde, um durchzukommen. Crow hingegen dachte, er würde vielleicht eher die Baustelle benutzen und über das Mäuerchen hinter der Westminster Chapel steigen.

»Der Besucher kommt zu Fuß und nicht in einem Nissan«, sagte Crow. »Außerdem gehört es doch irgendwie mit dazu, daß man draußen ist, findest du nicht?«

»Die richtigen Poe-Kenner bleiben ja auch drin«, sagte sie und deutete mit dem Kinn auf die alte Kirche, wo die regelmäßigen Besucher, der Kurator des Poe-Museums und seine geladenen Gäste, jedes Jahr Wache hielten. Er bewachte den Eingang und ließ nur Leute in die Kirche, die er kannte. Er würde keinem jemals erlauben, den Besuch des Grabes zu stören.

»Na, wenn du von jetzt an jedes Jahr kommst, kannst du eines Tages auch da drinnen warten.«

»Ganz bestimmt. Du weißt ja, das *Life*-Magazin hat das Ganze einmal fotografiert. Aber es war von vornherein klar, daß er nicht zu erkennen sein würde.«

»Man stelle sich vor, ein Journalist mit ethischen Grundsätzen«, sagte er mild. Crow, der fast alle Menschen mochte, war bereit, bei den Angehörigen von Tess' früherem Berufsstand eine Ausnahme zu machen.

Es war jetzt drei Uhr morgens, und sie waren schon seit drei Stunden hier. Tess hatte eine Thermoskanne mit Kaffee mitgebracht, aber sie nahm nur winzige Schlucke in unregelmäßigen Abständen, aus Angst, daß ihre Blase die Nacht nicht durchstehen würde. Crow zufolge kam der Besucher manchmal auch erst um sechs Uhr früh, denn am 19. Januar war es dann noch dunkel. Sie hatten Galgenmännchen gespielt, sie hatten Beruferaten gespielt, sie hatten Stadt-Land-Fluß gespielt, aber ihre Bemühungen, die Zeit zu vertreiben, hatten ihnen nur noch deutlicher gemacht, wie langsam sie verging.

Ein Windstoß fuhr durch die Greene Street, und dann wurde die Nacht still, als würde sie ihre Rolle in dem Drama kennen. Eine Gestalt war um die Ecke gekommen und näherte sich jetzt dem Eingang an der Greene Street. Es war ein Mann – oder vielleicht auch nicht, wenn man es recht überlegte –, aber auf jeden Fall ein Mensch, in einen Umhang gehüllt, einen alten, weichen Filzhut tief ins Gesicht gezogen, die Hände erhoben, als wolle er den unteren Teil seines Gesichts verbergen. Aus ihrer günstigen Stellung hatten Tess und Crow einen klaren Blick, den Zuschauern in der Fayette Street hingegen war die Sicht verstellt, und sie sahen nichts. Sie hatte den Eindruck, daß in einem der Kirchenfenster ein Licht aufblitzte und ein Gesicht mehrmals auftauchte, aber für einen eindeutigen Eindruck ging das zu schnell. Die Geräusche der Stadt schienen in der Ferne zu verklingen, und obwohl sie den Verkehr in den nächstliegenden Straßen noch wahrnahm, schien er doch hundert Meilen – oder hundert Jahre – entfernt.

Die Gestalt betrat den Friedhof. Tess fühlte fast wider Willen eine seltsame Erregung. Sie wußte, daß das nur ein Mann war, der einem Ritual folgte, das ein anderer begonnen hatte, aber trotzdem ging eine Magie davon aus. Die Vergangenheit wurde für sie plötzlich spürbar; sie fühlte sich mit einer Zeit verbunden, die sie nie erlebt hatte, und mit einem Menschen, der ihr nie besonders viel bedeutet hatte. Durch diese seltsame Gestalt dort konnte sie in die Vergangenheit und wieder zurück reisen. Im Geist suchte sie sich mühsam die paar unvollständigen Tatsachen zusammen, die sie im Lauf ihres Lebens über Poe gelernt hatte. Er hatte den Detektivroman erfunden. Er hatte seine sehr junge Cousine geheiratet. Man hatte ihn am Wahltag seltsam bekleidet und in einem Zustand von Verwirrung herumlaufen sehen. Er war wenige Tage später in einem Krankenhaus in Ost-Baltimore gestorben – im Church Home Hospital, dachte sie, obwohl es damals wahrscheinlich anders hieß. Crow wußte es bestimmt; sie würde ihn später fragen.

Sie nahm Crow bei der Hand, und dann liefen sie auf Zehenspitzen über die Greene Street und suchten eine dunkle Stelle, von wo aus sie zusehen konnten, wie der Mann auf das Grab zuging. Die Nacht war hell: Es herrschte fast Vollmond, die Straßenlampen leuchteten, und der blaue Schein von Baltimores Bromo-Seltzer-Turm tauchte alles in den passenden surrealen Farbton.

»Tess –«

»Schhhht.« Sie wollte jetzt nicht sprechen.

Crow nahm sie am Ellbogen und drehte sie ein wenig, so daß sie in einer anderen Richtung über den Friedhof blickte.

Dort stand noch ein Mann, in der Nähe des Eingangs zu den Katakomben, die unter der Kirche lagen. Er war größer und in einen noch weiteren Umhang gehüllt, trug aber die gleichen Attribute in den Händen – Rosen und Cognac. *Zwei* Besucher? Wie war das möglich? Zu groß, dachte Tess bei sich, und zu schlank, um John P. Kennedy zu sein, ihr Schweinchen.

Die erste Gestalt war jetzt schon beim Grab – nicht bei dem Denkmal für Poe, das groß an der Vorderseite des Friedhofs aufragte, sondern bei dem einfachen Grabstein im Hintergrund, wo er seit jeher begraben lag. Tess wollte ihnen nachlaufen, wollte sehen, was bei ihrem Zusammentreffen geschah, konnte sich aber nicht rühren. Sie sagte sich, daß das Aberglaube sei, aber sie hatte eine Angst, wie sie nur einen Ungläubigen befallen kann, wenn er sich einer Tatsache gegenübersieht, die sich nicht erklären läßt. Bestimmt war eine dieser beiden Gestalten kein menschliches Wesen. Poe war zurückgekehrt, um seinen treuen Freund zu treffen.

Der erste Mann zog sich vom Grab zurück, als der zweite seinen Tribut niederlegte. Bildete Tess es sich nur ein, oder versuchte der eine tatsächlich, zu dem anderen Abstand zu halten? Der erste machte einen komischen hohen Schritt – wahrscheinlich stand um das Grab herum ein niedriger Zaun – und strauchelte. Der andere hielt ihn fest und umarmte ihn dann. Der erste Mann ließ es sich gefallen, mit hängenden Armen und verspanntem Körper, als erwarte er einen Schlag.

Jetzt trennten sie sich und gingen in verschiedene Richtungen davon. Ganz plötzlich kam wieder Wind auf und wirbelte die Pelerinen der beiden Männer auf. Der größere, der nach Osten ging, strebte offenbar schnell vorwärts, während der andere in demselben würdevollen, gemessenen Schritt fortging, in dem er gekommen war. Als er die südliche Mauer des Friedhofs erreichte, drehte er sich um, als wolle er noch einen letzten Blick auf seinen Doppelgänger werfen. Tess war sich nicht mehr im klaren, wer nun wer war, welcher Mann durch das Tor gekommen war und welcher von den Katakomben her.

Und dann geschah es.

Ein Gewehrschuß erschreckt immer und überall. Man denkt, man kenne dieses Geräusch, aber dann hört man es und begreift, daß man es durchaus nicht kennt. Sämtlicher Film- und Fernsehkonsum kann einen nicht darauf vorbereiten, wie die Kugel durch die Luft schneidet und wie der Schrecken allen, die das hören, den Atem raubt. Manche laufen davon, manche erstarren vor Schreck. Egal, welches von beiden man macht, das andere kommt einem immer klüger vor.

Tess kannte dieses Geräusch gut, zu gut, wodurch es nur noch beängstigender wurde, daß dieses seltsame Tableau so plötzlich zerstört worden war. Während die Zuschauer am vorderen Eingangstor kreischten, hatte sie eine scheußlich vertraute Empfindung – das Gefühl, daß die Welt einen Augenblick stillstand und sich dann beeilte, die Zeit wieder aufzuholen. Ihr Geist und ihr Körper taumelten vorwärts, und ohne zu merken, was sie tat, folgte sie Crow zu der Stelle auf dem Friedhof, wo jetzt ein Toter lag, von den üppigen Falten seiner Pelerine umhüllt wie von einem provisorischen Leichentuch.

3. Kapitel

»Das nächste Mal«, sagte Tess zu Crow, wobei ihr alles weh tat vor lauter Müdigkeit, »das nächste Mal erinnere mich bitte daran, daß ich in die entgegengesetzte Richtung renne, wenn ich einen Schuß höre.«

»Aber gehört es sich nicht so für dein Berufsethos?« fragte er, obwohl er gerade damit beschäftigt war, irgendwie seine ganze Körperlänge auf der harten Plastikbank und seinen Kopf in Tess' Schoß unterzubringen. »Du hast das Gefühl gehabt, es sei deine Pflicht, nachzusehen, was da passiert war, und dann die Kontrolle zu übernehmen, bis die Polizei kam. Außerdem hätte der Typ ja noch am Leben sein können.«

»Okay, dann erschieß mich das nächste Mal, wenn ich einen Schuß höre. Ich könnte sehr gut den Rest meines Lebens zubringen, ohne noch einmal das Innere dieses Polizeireviers zu sehen, und trotzdem glücklich sein.«

Der Beamte vom Morddezernat, dem der Mord an Poes Grab übertragen worden war, hieß Rainer, Jay Rainer. Tess kannte ihn immerhin so gut, daß sie ihn nicht leiden konnte. Als sie ihm vor ein paar Jahren zum ersten Mal begegnete, war er noch Verkehrspolizist gewesen. Zu anderen Zeiten hätte er es niemals bis ins Morddezernat geschafft, doch es ging im gesamten städtischen Polizeihauptquartier immer noch drunter und drüber wegen der verheerenden Verwaltungsarbeit des vorletzten Amtsleiters, der die Devise ›Jeder kann überall arbeiten‹ vertreten hatte. Die Polizeibeamten hatten immer gewitzelt, er sei weniger Polizeibeamter als vielmehr eine Art Leichenbeschauer; er habe jeden, der für ihn arbeitete, wie eine Leiche behandelt. Die Beamten der Mordkommission waren zu den Raubüberfällen versetzt worden, die von der Sitte gingen Streife, und Verkehrspolizisten wie Rainer bearbeiteten Mordfälle.

»Kein Wunder«, sagte Tess gähnend, »daß die Aufklärungsrate bei Mord zur Zeit so niedrig ist wie noch nie. Ich hab mir sagen lassen, wenn es sich nicht gerade um einen zwei Tonnen schweren Chevy mit Blut an der Stoßstange handelt, hat Rainer keine blasse Ahnung, was er machen soll.«

»Ich bin aber auch ein großer Fan von Ihnen, Miss Monaghan.«

Rainer stand plötzlich im Gang, mit einem der letzten Zeugen aus der Kirche, von denen man annahm, daß sie die Schießerei am deutlichsten gesehen hatten. Diese Annahme ließ Tess nur zu gerne gelten, obwohl es für sie bedeutete, daß sie stundenlang warten mußte, um ihre Aussage zu machen. Und dann natürlich typisch für das städtische Polizeirevier, dachte Tess: der Kaffee schon so oft aufgewärmt, daß er fast sauer schmeckte, und das Milchpulver mit Aroma – wahlweise Amaretto oder Minze, und Tess blickte finster in ihre Plastiktasse und wand sich vor Scham darüber, daß er sie bei solchem Klatsch ertappt hatte. Sie hatte doch nur die Meinung eines anderen Mitglieds der Mordkommission wiedergegeben, nämlich die von Martin Tull. Als ihr einziger Freund auf dem Revier behandelte Tull sie stets respektvoll und nahm ihre Eingebungen ernst. Es war ein immerwährender Scherz zwischen ihnen, daß er das Polizeirevier verlassen und bei ihr arbeiten sollte, obwohl sie kaum genug verdiente, um das Hundefutter für Esskay zu bezahlen.

Doch innerhalb der Polizeistation galt Tull als erträglicher Typ, mit dem man auskommen konnte. Wenn Rainer herausfand, daß sie den Spruch von Tull hatte, wäre das schlecht für den. Deshalb verschluckte sie es, sie gab es zu.

»Morgen, Inspektor.«

»Wissen Sie, ich glaube, ich habe auch schon ein paar Alpträume in dieser Richtung gehabt«, sagte Rainer.

»Daß Sie jetzt mit Poe zu tun haben, hat Sie melodramatisch gemacht, Inspektor«, antwortete Tess und versuchte, ein Gähnen zu unterdrücken. »Wir kennen uns doch gar nicht so gut, daß wir einander im Traum erscheinen könnten, egal, ob im Guten oder im Bösen.«

»Und selbst wenn –« mischte sich Crow ein, dessen übliche Lässigkeit bei dem Gedanken, Tess könne im Traum eines anderen Mannes auftreten, sofort in Wachsamkeit umschlug –, »dann müßten Sie erst mal überlegen, ob eher eine

Freudsche oder eine Jungsche Interpretation angemessen wäre. Ich gehe davon aus, daß Tess Ihren verlorenen Animus darstellt, die weibliche Seite Ihrer Psyche.«

Das mußte Rainer erst einmal verdauen, wobei er den Mund offenstehen ließ. Ein paar Sekunden später klappte das rostige Scharnier seiner Kiefer wieder zu, und mit einer Handbewegung forderte er Tess auf, ihm zum Verhör zu folgen.

»Also, ein Monsieur Dupin ist er nicht gerade«, flüsterte die vorher verhörte Zeugin Tess zu, als sie sich im Gang begegneten, und Tess nickte geistesabwesend. Die Frau war Literaturprofessorin am Hood College und hatte ihren ganzen Einfluß geltend gemacht, um einen der begehrten Plätze in der Kirche zu ergattern, und jetzt war sie fast 100 Kilometer weit angereist für das Privileg, einen Mord zu sehen. Plötzlich fiel Tess der Zusammenhang ein, und sie begriff, daß diese Poe-Kennerin bestimmt auf den Detektiv bei Poe anspielte, der die Morde in der Rue Morgue gelöst hatte.

Merkwürdigerweise war sie noch nie in einem Verhörzimmer gewesen, jedenfalls nicht in ihrer Heimatstadt Baltimore. Sie war zu Verbrechen befragt worden und hatte am Küchentisch ihrer Tante Aussagen gemacht – tatsächlich hatte sie dort auch Rainer kennengelernt, der damals noch ein fauler Verkehrspolizist war und unbeirrt an der Meinung festhielt, der Tote in der Seitengasse sei darauf zurückzuführen, daß jemand nach der Arbeit mal eben ein Glas zuviel getrunken habe, und nicht – wie es in Wirklichkeit war – auf einen geplanten Mord.

Sie hatte zwar schon mehrfach hier in den Gängen gewartet, während Polizeibeamte die Hinweise überprüften, die sie ihnen geliefert hatte. Aber sie hatte noch nie in der berühmten »Box« gesessen.

Ich bin nicht verdächtig, sagte sie sich noch einmal. Ich habe keinen Ärger gemacht. Ich bin nur Zeugin.

»Woran denken Sie?« fragte Rainer.

»Wie sehr das hier wie in dieser Fernsehserie ist, bis hin zu den bernsteingelb gekachelten Wänden und den Tischen mit den Handschellen.« Diese Lüge kam ganz unwillkürlich, wie ein Reflex auf die Autorität. »Ich dachte, im Fernsehen wird das immer falsch dargestellt.«

»Ach, *Morddezernat* war doch eine Scheißsendung. Ich war froh, als es abgesetzt wurde.« Für einen Menschen aus Baltimore war das eine häretische Bemerkung, aber Rainer stammte eindeutig nicht aus Baltimore. Tess wußte nicht so recht, wo sie seinen Dialekt hintun sollte. Er klang rauh und grob, ein Krächzen, das zwar sicher nach Neuengland gehörte, aber nicht die vollen, runden O's und vagen R's besaß, durch die die einheimische Mundart so schwer nachzuahmen war, selbst für Könner. Tess' Mutter hatte es irgendwie geschafft, daß Tess diesen Dialekt nicht sprach, und Tess war ihr eigentlich auch dankbar dafür. Aber hie und da wäre es doch auch sehr nett, so sprechen zu können.

»Na, ganz weg ist sie ja gar nicht. Auf Kabel können Sie immer noch Wiederholungen sehen«, sagte Tess. Sie wußte nicht so ganz, ob das stimmte, aber es machte zuviel Spaß, Rainer ein bißchen aufzuziehen. War auch zu einfach. Wenn sie nicht so müde gewesen wäre, wäre ihr so etwas gar nicht in den Sinn gekommen.

»Ja, also, das nächste Mal, wenn ich nicht weiß, was ich mir im Fernsehen anschauen soll, rufe ich Sie an. Sie sind ja ein wandelndes Fernsehprogramm. Aber im Augenblick haben wir anderes zu reden. Warum waren Sie heute nacht an der Westminster Hall?«

War Tess' erste Lüge gegenüber Rainer ganz automatisch gewesen, so kam die zweite überlegt und durchdacht. Ja, sie wußte etwas, aber sie wußte nicht genau, was, und wollte unter diesen Umständen Rainer keine Informationen anvertrauen.

»Ich wollte dieses typische Baltimorer Ereignis einfach mal miterleben. Ich wohne schon immer hier und habe Poes Grab noch nie besucht, viel weniger den Grabbesucher gesehen. Das ist so, als wenn man nie das Fort McHenry besucht oder noch nie ein Spiel der Orioles gesehen hat.«

»Nichts als ein Haufen Arschlöcher.« Rainer runzelte die Stirn. »Ich kann die American League nicht ausstehen.«

»Wo kommen Sie her, Inspektor?«

»Aus Jersey. Ich bin Mets-Fan. Können Sie sich an 1969 erinnern?«

»Sie haben meinen Dienstausweis vor sich, Sie können ja nachrechnen.«

Ihre Stimme klang nonchalant, aber innerlich kochte Tess bei dieser Frage. Ihr Vater und seine fünf Brüder hatten ihr sorgfältig die wichtigsten Daten der Sportgeschichte von Baltimore beigebracht: 1958 – die Colts gewinnen die Meisterschaft; 1966 – die Orioles putzen die Dodgers im Endspiel weg; 1972 – Frank Robinson wird verkauft; 1979 – die »We are family«-Spiele in Pittsburgh; 1984 – die Colts verlassen die Stadt bei Nacht und Nebel in einem Mayflower-Umzugswagen. Aber 1969? 1969 war ein dreifaches Pearl Harbor, ein absoluter Tiefpunkt in der Sportgeschichte von Baltimore, die jeder Einheimische in seinen Genen trägt. Die Colts verloren gegen die Jets, die Bullets gegen die Knicks, die Orioles gegen die Mets. Tess erinnerte sich natürlich nicht an das Jahr selbst, aber sie hatte seine zwanzigste, seine fünfundzwanzigste und seine dreißigste Wiederkehr miterlebt und würde wahrscheinlich auch noch seine fünfzigste miterleben. Und wahrscheinlich würde es dann immer noch weh tun.

»Na, jedenfalls, Sie haben sich also gedacht, wo Sie doch die personifizierte Miss Charm City sind, müßten Sie sich diesen Durchgeknallten auch mal ansehen, der da jedes Jahr zum Grab pilgert?«

Die personifizierte Miss Charm City – das war einmal vor ewigen Zeiten die Überschrift eines völlig substanzlosen Artikels über sie im *Leuchtturm* gewesen. Daß Rainer das wußte, war kein gutes Zeichen. Er hatte sie also beobachtet. Wozu?

»Mehr oder weniger.«

»Und was war dann?«

»Zwei Gestalten im Umhang trafen am Grab zusammen.«

Selbst wenn sie jetzt bereit gewesen wäre, die Wahrheit, die ganze Wahrheit und nichts als die Wahrheit zu sagen, hätte sie doch im Traum nicht daran gedacht, Rainer wissen zu lassen, daß sie – ganz kurz – den Eindruck hatte, sie würde Poes Geist sehen. »Ich hörte einen Schuß. Einer fiel hin; einer rannte weg.«

»In welche Richtung?«

Sie ließ den Augenblick im Geiste noch einmal ablaufen und versuchte ihn dann einigermaßen mit dem Stadtplan, den sie im Kopf hatte, in Einklang zu bringen. Norden und Süden fand sie schnell, aber um Osten und Westen richtig zu erkennen, brauchte sie immer eine kurze Bedenkzeit. Rainer nahm an, sie wolle sich drücken.

»Jetzt sagen Sie bloß nicht das gleiche wie diese ganze Bande in der Kirche. Einer von denen sieht sich die Sache schon seit 25 Jahren jedes Jahr an, und jetzt auf einmal kann er sich gar nicht mehr orientieren, er weiß nicht sicher, von wo der Typ kam und wie er auf den Friedhof gelangte. Sechs Leute, und keiner hat etwas gesehen. Erzählen Sie mir bloß nicht, daß das ein Zufall ist. Die decken den Kerl, was absolut krank ist. Und wenn der jetzt der Mörder ist?«

»Ist das Ihre Meinung?«

»Ich brauche Ihnen nicht zu sagen, was meine Meinung ist. Also, waren Sie als erste bei der Leiche?«

»Mein Freund, Crow, war ein paar Schritte vor mir.« Crow hatte mit Leichen weniger Erfahrung als Tess und daher weniger Scheu in einer solchen Situation. »Er fühlte ihm am Hals den Puls – vielmehr, er fühlte am Hals, daß kein Puls mehr da war. Wir hielten die anderen Leute zurück, als sie herankamen, und ich rief die 911 von meinem Handy aus an. In der Kirche hat das, glaube ich, auch noch jemand getan.«

»Sonst noch jemanden gesehen?«

»Die Leute kamen aus der Kirche heraus, und irgendwer – wahrscheinlich der Konservator – nahm die Rosen und den Cognac und legte beides zur Beweissicherung in die Kirche. Und ich sah ein paar Autos mit laufendem Motor parken und ein paar Leute auf der Straße. Ich weiß nicht, wie viele noch geblieben sind, als der Schuß gefallen war.«

Rainer zog eine Grimasse. »Fast niemand. Diese Bürger! Keiner weiß überhaupt noch, was dieses Wort im Grunde bedeutet. Man wird Zeuge eines Verbrechens, und der einzige Gedanke ist, wie einem das doch auf den Arsch geht. So was Unangenehmes, wenn man zuschauen muß, wie ein Mensch ermordet wird. Eine einzige Familie ist geblieben, der Junge wollte nämlich seine Facharbeit schreiben. Der hat jedenfalls mehr Material bekommen, als er sich gewünscht hat. Aber die hatten in der Fayette Street geparkt und haben nicht viel gesehen.«

»Haben Sie den Toten schon identifiziert?« Tess hatte sich auf dem Friedhof mit dem Rücken zu ihm gestellt, weil sie sein Gesicht nicht sehen wollte. Alle morbide Neugier, die sie je auf den Tod gehabt haben mochte, war längst vorbei. Der Tote hatte jung ausgesehen, mit einem schmalen weißen Gesicht, das gut in eine Geschichte Poes gepaßt hätte. Aber vor allem hatte er viel zu jung ausgesehen, um zu sterben.

»Vorläufig. Er hatte seinen Personalausweis bei sich, aber wir brauchen noch jemanden, der uns das überprüft. Die Familie wohnt im Westen von Pennsylvania. Ich ruf sie an, wenn es Morgen wird, lasse sie noch einmal gut schlafen – zum letzten Mal für einige Zeit.«

Dieses unerwartete Zartgefühl von Rainer besänftigte Tess ein wenig. Aber dann dachte sie daran, daß er ein Fan der Mets war und noch dazu aus New Jersey, und daß er es »Jersey« nannte, was die Sache noch schlimmer machte.

»Ist er – weiß man irgendwie schon – ?«

»Was?«

»Na ja, ob er der Echte ist oder nur ein Möchtegern? Die echte Schildkrötensuppe oder nur der Kalbskopf mit Schildkrötgeschmack, wie Cole Porter sagen würde.«

»Hä?« Sie hatte es geschafft, daß Rainers Kiefer wieder herunterklappte und ihr den vollen Anblick seiner Zähne gewährte, die gleichzeitig klein und dichtstehend waren und sich in alle Richtungen übereinanderschoben, als hätte er 40 statt der üblichen 32. Für den kleinen Jay Rainer hatte es offensichtlich nicht zu einer Zahnspange gereicht. Irgendwie war sie daran wahrscheinlich auch schuld.

»Heute nacht kamen doch zwei Besucher zum Grab«, sagte sie geduldig. »Einer ist vermutlich der echte und gehört zu den Männern, die das seit 1949 machen, als dieses Ritual begonnen wurde. Der andere war unecht. Da ja niemals herausgefunden wurde, wer der echte ist, wie kann man jetzt wissen, welcher tot ist?«

»Das ist im Moment nicht mein größtes Problem«, sagte Rainer. »Ich muß einen Mord aufklären und nicht herausfinden, welcher Spinner von Baltimore der alljährliche Spinner ist und welcher nur der Möchtegern. Ich sage Ihnen nur das eine: Die Leute da in der Kirche interessieren sich jedenfalls viel mehr für den, der abgehauen ist, als für den Toten.«

»Das Mordopfer – wurde es aus der Nähe oder aus einer gewissen Entfernung erschossen?«

»Das geht Sie nichts an.«

Es ging sie schon etwas an, obwohl sie Rainer nicht sagen konnte, warum. Falls nun John P. Kennedy heute nacht dort gewesen wäre, in einem der geparkten Autos oder in den Katakomben unter der Kirche versteckt? Sie dachte, der Schuß mochte aus dieser Richtung gekommen sein, aber das war ihrerseits nur eine Vermutung. Konnte der Schuß etwas mit Kennedys kleinlicher Beschwerde wegen des Armbandes zu tun haben?

»Ich frage Sie nur, was der Polizeireporter des *Leuchtturms* Sie auch fragen wird, wenn er nachher hereinkommt«, sagte Tess. »Ich selbst war früher Journalistin. Ich kann mir vorstellen, was der wissen will. Und er wird nicht der letzte sein. Die AP bringt jedes Jahr einen Bericht über den Besuch an Poes Grab. Und sogar in einigen europäischen Ländern wird darüber geschrieben.«

»Da haben Sie jetzt eine dicke Chance, daß man Ihren Namen auf der ganzen Welt mitkriegt, was?«

Seine Gehässigkeit, der man anmerkte, daß es sich auch bei ihr um eine kleinliche Beschwerde handelte, traf sie ganz unvorbereitet. »Ich weiß nicht, was Sie damit sagen wollen. Ich habe nie Publicity gesucht.«

»Auf Teufel komm raus haben Sie das. Sie sind so ein richtiges Showboat, müssen jedesmal mitten auf der Titelseite erscheinen und sind ganz scharf auf Rampenlicht – wenn schon nicht für sich selber, dann wenigstens für Ihren Kumpel Tull. Oder ist das vielleicht Zufall, daß er jedesmal derartig viel Presse kriegt, wenn Sie etwas mit dem Fall zu tun haben? Glauben Sie bloß nicht, daß die anderen das noch nicht bemerkt haben.«

Also ganz im Ernst, dachte Tess, nur einer, der noch nie im Scheinwerferlicht der Öffentlichkeit gestanden hatte, konnte so begierig darauf sein.

»Kein Zufall und auch keine Verschwörung. Martin Tull kommt deswegen so gut raus, weil er ein echter Profi ist.« Es war ihr egal, wenn Rainer jetzt daraus schloß, daß sie ihn für keinen hielt. »Wenn Sie den Fall von vor einem Jahr meinen – also, wenn man bedenkt, wer da involviert war, konnte man von vornherein davon ausgehen, daß er viel Interesse hervorrufen würde. Wir haben uns beide nicht darum gerissen.«

»Nein, es war ganz unbeabsichtigt, daß sämtliche amerikanischen Fernsehsender wegen eines Vermißten ihre Leute in die Stadt schickten und das hübsche Gesichtchen von Tull überall über den Bildschirm flimmern ließen, und daß ihm dann der Produzent einzig und allein dafür Geld gab, daß er seine Arbeit getan hatte, nämlich für den Fall, daß er einen Film machen wollte.«

Rainer war aufgestanden und ging im Zimmer hin und her, wie ein Hund in einem zu kleinen Auslauf.

»Wissen Sie, wenn man so viele Ressentiments mit sich herumträgt, das kann einem die Wirbelsäule ruinieren, Inspektor.«

»Ich habe keine Ressentiments. Ich versuche Ihnen nur das eine klarzumachen: Sie sollen mir jetzt sagen, was Sie wissen, und dann die Fliege machen.«

»Nichts lieber als das.«

Einen Augenblick überlegte sie sich, ob sie ihm von Kennedy erzählen sollte. Eigentlich müßte sie, das wußte sie. Sie wollte nämlich nichts damit zu tun haben. Aber Rainer sah den Wald vor Bäumen nicht. In den nächsten 24 Stunden würden die Medien aus dem In- und Ausland in die Stadt einfallen, beinahe wie bei einem Krieg oder einer Krise der Nation. Die Geschichte paßte wie angegossen für einen langweiligen Januar. Wenn sie Rainer etwas von Kennedy erzählte, war es nur eine Frage der Zeit, bis jemand den Namen aus ihm herausleierte; und im nächsten Moment würden ihm die Kameraleute im Gebüsch vor seinem Haus auflauern.

Außerdem hatte sie auch gar keinen Beweis dafür, daß er dagewesen war oder überhaupt etwas mit dem Schuß zu tun gehabt hatte. Es wäre unverantwortlich, einen unbescholtenen Bürger dieser Art von Bespitzelung auszusetzen, und vielleicht würde Kennedy am Ende mit dem Namen des

Mannes herausplatzen, den er für den Grabbesucher hielt. Zu dumm, daß nicht Tull den Fall bekommen hatte; dem hätte sie alles erzählt und wäre dann mit reinem Gewissen nach Hause gegangen. Aber jetzt war es fünf Uhr früh, und der Schlafmangel machte ihr schwer zu schaffen; sie mußte sich sofort entscheiden. Sie sagte sich, daß ihre Chancen, das richtige zu tun, fünfzig zu fünfzig standen.

»Ich habe Ihnen schon gesagt, was ich weiß. Wir kamen, sahen – und riefen die 911 an.«

»Okay. Also nehmen Sie den Journalisten gegenüber nachher den Mund nicht zu voll und tun so, als wüßten Sie mehr, als Sie tatsächlich wissen.«

»Der Name einer wirklichen Dame erscheint nur dreimal in der Zeitung«, sagte Tess geziert. »Bei der Geburt, bei der Hochzeit und bei ihrem Tod.«

»Niemand hat Ihnen jemals vorgeworfen, daß Sie eine wirkliche Dame sind.«

»Also wirklich, ich bin jetzt schon seit über einem Jahr mit demselben Mann zusammen.« Das klang irgendwie pathetisch, wenn man es laut aussprach, aber für sie war es die persönliche Bestleistung in der Olympiade der Beziehungen. Da bemerkte sie erst, daß er sie zu reizen versuchte. Er wußte also, daß sie ihm nicht alles gesagt hatte, und hoffte, sie durch Provokation zu einem Geständnis zu verleiten. Das war eine häßliche, aber effektive Technik.

»Sind Sie jetzt mit mir fertig?«

»Ich hoffe es. Aber nun muß ich auch noch mit Ihrem kleinen Freund da draußen reden.«

»Na, ihr beide werdet es jetzt herausreißen, da bin ich mir sicher.«

Tess und Rainer gingen zusammen auf den Gang hinaus, und Rainer winkte Crow mit dem Zeigefinger zu sich, als wäre der ein Kind, das vor dem Büro des Schuldirektors wartet. Crow rappelte sich von seinem Sitz auf – unglücklich, denn er hatte einen Toten gesehen und war zu zartfühlend und mitleidig, um davon nicht berührt zu sein. Andererseits war ihm dies alles völlig neu, und Crow hatte nichts gegen Neues.

»Viel Spaß, Liebling«, rief sie ihm nach.

Er drehte sich um und küßte sie, was Rainer zu ärgern schien, also dehnte Tess den Kuß aus.

Als sie verschwunden waren, kamen Tess einen Augenblick lang böse Zweifel, ob Crow nicht ihrer Aussage widersprechen und Rainer über ihren Beinaheauftraggeber berichten würde. Aber Crow ging mit ihren Vertraulichkeiten immer sehr vorsichtig um. Keinem Menschen gegenüber und unter keinen Umständen würde er ausplaudern, daß sie mit ihm über ihre Arbeit gesprochen hatte. Wenn überhaupt etwas, so würde Crow Rainer höchstens weniger als sie selbst sagen, nur mit viel, viel mehr Worten. Er würde Rainer von seiner Kindheit und Jugend in Virginia erzählen und daß sein richtiger Name, Edgar Allan Ransome, durch den Schriftsteller inspiriert worden sei. Und dann würde er vielleicht auch erklären, daß sein Spitzname sich auf einen Scherz bezog, den er in seiner Kindheit mit dem »Raben« von Poe gemacht hatte. Er würde Rainer von seiner ehemaligen Band berichten, der »Poe White Trash«, und daß er jetzt für den kleinen Club, den Tess' Vater und ihre Tante draußen an der Franklintown Road unterhielten, Auftritte buchte. Er würde ihn bitten, doch dieses Wochenende einmal vorbeizukommen, um die Band Zydeco zu sehen. Er würde ihm anbieten, ihn zu begleiten.

Und er würde so aufrichtig sein, so wirklich heiter und freundlich und hilfsbereit, daß er Rainer ganz wahnsinnig machen würde.

Mit einem heimlichen Lächeln kuschelte sich Tess auf ihrem Stuhl zurecht und nahm sich, was von der Nacht noch übrig war.

4. Kapitel

Tess erkannte als erste die feine Ironie in der Tatsache, daß John P. Kennedy ihr einen falschen Namen und eine falsche Adresse und Telefonnummer angegeben hatte. Das war wirklich ein großartiger Witz, zum Totlachen. Sie war hin- und hergerissen zwischen dem Wunsch, hysterisch zu lachen oder mit dem Kopf gegen den Schreibtisch zu hämmern.

Sie versuchte es mit letzterem. Sowohl Schreibtisch als auch Kopf waren härter, als sie gedacht hatte, und der Lärm weckte die Hündin, die sie vorwurfsvoll ansah, sich umdrehte und weiterschlief.

Sie richtete sich wieder auf und rieb sich die Stirn. Wie gewöhnlich hatten die Griechen auch dafür einen Ausdruck: Hybris. Vor genau 72 Stunden hatte sie an eben dieser Stelle gesessen und heimlich über »Kennedys« lahme Ausreden bezüglich falscher Namen und Identitäten gegrinst. In so ein Dilemma würde sie selbst niemals geraten, hatte sie sich gedacht. Nachdem sie ganz am Anfang einmal von einem Klienten zum Narren gehalten worden war, paßte sie jetzt sehr viel besser auf. Sie wußte, worauf sie achtgeben mußte.

Dachte sie jedenfalls.

Natürlich, Kennedy war gar nicht ihr Klient geworden, also hatte Tess sich auch nicht seine Daten geben lassen und auch kein Honorar gefordert, denn daß sie sich spätestens an diesem Punkt den Personalausweis vorlegen ließ, das hatte sie gelernt. Das tröstete sie nun ein wenig, und so stieg sie über den Stapel von Telefonbüchern zu ihren Füßen und ging in die kleine Küche hinten im Büro, um sich eine Tasse Kakao zu machen. Sie hatte das Gefühl, ihre Körpertemperatur sei seit der Nachtwache für den Grabbesucher um ein paar Grad gefallen. Sie hielt die Hände über den Ausgießer der Teekanne, um sie zu wärmen. Das letzte Mal, daß sie so gefroren hatte, war auf der Schule gewesen, bei der überaus passend »Frostbeule« genannten Regatta in Philadelphia. Ihr Vierer hatte gut gerudert, aber ihre Hände blieben für das restliche Wochenende gekrümmt wie Klauen, als hätte sich die Erinnerung an das Ruder in sie hineingefroren.

Mit der Medienschlacht hatte sie recht behalten. Das verschaffte ihr etwas Trost. Die Geschichte war einfach zu perfekt makaber: ein Mord an Poes Grab, zwei verhüllte Gestalten, ein geliebtes Ritual von Baltimore im Zusammenprall mit einem etwas moderneren Zeitvertreib von Baltimore, nämlich Mord. Noch bevor an Poes Geburtstagsmorgen die Sonne aufging, kämpften die Übertragungswagen der örtlichen Sender bereits um einen Parkplatz auf der Fayette Street. Die Reporter der großen Sender folgten, dann auch die internationalen – Poe galt im Ausland viel –, bis die Gehsteige rings um Westminster zu einem Heereslager der Medien geworden waren.

Ein unternehmungslustiger norwegischer Radioreporter hatte heute morgen sogar sie selbst aufgespürt. Tess argwöhnte, daß ihr Rainer da einen Streich gespielt hatte, als er ihren Namen an diesen schrecklich ernsten, humorlosen Mann weitergab, der zu glauben schien, sie sei eine fanatische Verehrerin von Poe. Er hatte ihren Stundenlohn wissen wollen und versuchte ihn dann umzurechnen in Gulden oder Heringe oder was auch immer die norwegische Währung war. Er hatte sogar gefragt, ob er ihre Waffe sehen dürfe.

»Soviel ich weiß, müssen alle amerikanischen Frauen Waffen tragen«, hatte er gesagt. »Sind Sie oft verletzt worden?«

»Ich glaube, so könnte man es nennen«, hatte Tess geantwortet und sich dann entschuldigt, unter dem Vorwand, sie habe viel zu tun. Wenn es nur so wäre.

Als ihr Kakao fertig war, schenkte sie ihn in einen Becher mit der Aufschrift MARYLAND IST FÜR KRABBEN – ein Scherzgeschenk von jemandem, der ihre Allergie gegen Schalentiere zu komisch fand – und trug ihn zu ihrem Schreibtisch, wo Esskay wartete. Wie die Hündin ihren Schwanz bewegte, das konnte man eigentlich nicht »wedeln« nennen, sie peitschte ihn hin und her, mit der Präzision eines Metronoms. Die Uhr an der Wand, die aus dem Friseurladen stammte, mochte ja »Zeit zum Haareschneiden« sagen, Esskay hingegen wußte, daß es Zeit zum Fressen war, denn das war es immer, und zwar bei Keyes Privatdetektei GmbH. Dieser Name gehörte einem ehemaligen Polizisten, bei dem Tess ihre praktische Ausbildung absolviert hatte. Er unterschrieb die amtlichen Einsatzformulare, sie schickte ihm monatlich einen kleinen Scheck, und sie sprachen nie miteinander.

Genau so hatte sie sich in ihren kühnsten Träumen ihren Mentor vorgestellt.

Tess warf Esskay einen der hausgemachten Hundekuchen zu, während sie selbst sich über ein Muffin mit Schoko-Kürbis-Geschmack aus der »Kaffeemühle« hermachte und es sich mit der Morgenzeitung in einem Sessel bequem machte.

In Wettbewerb mit der gesamten amerikanischen Presse zu stehen, das machte den *Leuchtturm* immer etwas nervös; die Titelseite über den Mord an Poes Grab war daher in zweierlei Sinn erschöpfend. Die Geschichte ging noch auf zwei Innenseiten weiter, mit zahlreichen Nebenberichten zum Thema, und der Lokalkolumnist fragte nach: »Was hat das alles bedeutet«. Nichts Gutes, wie sich herausstellte, obwohl Tess nicht so ganz nachvollziehen konnte, wie man diesen einzelnen Mord dazu benutzen konnte, gegen die »Null-Toleranz-Strategie« der Polizei zu argumentieren.

Trotz der vielen langen Spalten, die der *Leuchtturm* ausgespuckt hatte, gab es nur ungenaue Informationen über das Opfer. Tess schloß daraus, daß Rainer die nähere Verwandtschaft noch nicht informiert hatte, denn der Tote wurde lediglich als 28jähriger Mann angegeben, der »im Gaststättengewerbe« tätig gewesen sei. Aha, also Kellner oder Koch.

In der Beilage wurde dann noch der allerälteste Quatsch

aufgewärmt, die sich gegenseitig übertrumpfenden Theorien zu Poes Tod. Es gab inzwischen mehr als zwanzig. Tess hatte gedacht, die Theorie mit der Tollwut, die ein Herzspezialist aus Baltimore aufgebracht hatte, nachdem er den Krankenbericht eines sogenannten Patienten X studiert hatte, habe sich so ziemlich durchgesetzt, aber dem war augenscheinlich nicht so. Die Theorien, die der Kardiologe hoffte unglaubwürdig gemacht zu haben – daß Poe an Alkohol oder einer Überdosis an Drogen gestorben sei –, beherrschte noch immer die allgemeine Vorstellung.

Es ist, als wollten wir unbedingt, daß er in der Gosse gestorben ist, vom Delirium tremens geschüttelt, überlegte Tess. Sie hatte weder gewußt, daß Freud die Theorie aufgestellt hatte, ein frühkindliches Trauma habe Poe getötet, noch, daß ein weiterer medizinischer Fachmann Impotenz als Ursache annahm. Wie starb man denn an Impotenz? Sie konnte sich vorstellen, daß ein Mann deshalb vor Scham starb, aber nur im übertragenen Sinn. Sie lächelte überheblich, eine 31jährige Frau, die in einen 25Jährigen verliebt war, und erkannte nicht, daß sie schon wieder mit Hybris liebäugelte.

Aber ihr Unterbewußtsein mußte die Verbindung wohl hergestellt haben, denn sie wurde plötzlich verdrießlich, weil sie an den Fall des verschwundenen John P. Kennedy denken mußte. Sie warf einen Blick auf die Telefonbücher zu ihren Füßen, auf die Suchmaschinen in ihrem Computer, auf die CD-ROMs, in denen vermutlich alle Menschen aufgelistet waren, auch die, die nicht im Telefonbuch standen. Natürlich gab es viele Kennedys, in Maryland und Washington und Nord-Virginia und Delaware: John P. Kennedys und J. P. Kennedys und sogar einen einzigen Pendleton Kennedy. Aber entweder stimmte das Alter nicht oder die Stimme oder, wie im Fall von Pendleton Kennedy, das Geschlecht. Alle versicherten mit Überzeugung, daß sie sie nie gesehen hatten.

»Bitte streichen Sie mich doch aus Ihrer Adressenliste«, fauchte der eine oder andere, in der irrigen Meinung, er habe es mit Telefonwerbung zu tun.

Glauben Sie mir, hätte Tess am liebsten gesagt, mir wäre es viel lieber, wenn ich Ihnen einen Telefonferntarif oder eine Kreditkartenversicherung andrehen wollte. Das würde mehr Spaß machen.

Sie studierte noch einmal das Kärtchen, das er ihr dagelassen hatte. *John P. Kennedy, Handel mit erlesenem Porzellan. Schätzungen, Nachlässe. Was Sie auch suchen: Ich finde es.* Die angegebene Nummer gab es in Maryland gar nicht, hatte es nie gegeben, auch die Vorwahl nicht. Sie machte sich Vorwürfe, kam sich dann aber deswegen dumm vor. Konnte irgend jemand von ihr erwarten, daß sie jede Vorwahl in Maryland kannte? Die Karte sah völlig professionell aus, aber heutzutage konnte jeder mit einem Computer eine Geschäftskarte herstellen. Sie selbst hatte eine ganze Menge solcher Karten, die sie als verschiedene Personen in verschiedenen Jobs auswiesen. Sicherheitsexpertin, Gaswerke Baltimore war die beste. Würde einen jemand nicht in seine Wohnung lassen, wenn man sagte, man prüfe Hinweise auf ein Leck in der Gasleitung nach, das man nicht riechen könne?

Das Porzellanschweinchen hatte nicht dreist genug gewirkt, um so einen Trick anzuwenden, aber genau das garantierte seinen Erfolg. Was nützt es, wie clever man ist, hatte Nora Ephron einmal geschrieben, wenn einem andere den Beweis liefern, wie leicht man hereinzulegen ist?

Tess durchblätterte die Gelben Seiten und sah die vielen Einträge mit Antiquitätenhändlern. Natürlich wäre es effektiver, wenn sie das Telefon benutzte und alle die anriefe, die eine große Auswahl an Porzellan annoncierten, um sie zu fragen, ob sie irgendwie mit einem rosigen, schweinchenartigen Mann mit kurzen Armen und Beinen zu tun hatten. Sie schaute kurz zu den Fenstern ihres Büros, die verriegelt und immer verdunkelt waren. Der Glanz eines strahlenden Wintertags schimmerte ein wenig durch die Ritzen der altmodischen Jalousien. Die Kältewelle hatte zugeschlagen und dann einen frischen, ganz angenehmen Tag mit leichter Neigung zu Schneefall hinterlassen.

Vielleicht war es wenig erfolgversprechend, aber sie wollte lieber raus und ein paar Adressen abklappern. Sie konnte es bei den Läden in Fells Point probieren, ihrer alten Wohngegend. Man kannte sie dort vom Sehen, da sie etliche Jahre da gewohnt hatte. Man hatte sie in Jimmy's Restaurant sitzen sehen und im Buchladen ihrer Tante, hatte gesehen, wie sie bei Familienfeiern im Ze Mean Bean und im Black Olive essen ging und es am nächsten Tag in der Thames Street durch Jogging wieder loszuwerden versuchte.

Jetzt joggte sie in einem bewaldeten Tal, das sie sehr mochte, wobei sie sich gleich wieder Sorgen machte, daß sie es so sehr mochte. Jedes Vergnügen war für Tess immer eine zweischneidige Sache. Sie hatte Angst, sie könnte sich im Glück einlullen lassen, so daß man es ihr dann um so leichter wieder entreißen konnte, wie eine Dollarnote an einer Schnur. Sie hatte lieber ein paar mehr Klümpchen in ihrem Kartoffelbrei.

Gesegnet sei also John P. Kennedy, oder wie er auch heißen mochte, der verhinderte, daß ihr Leben allzu glatt lief.

Esskay begleitete sie auf ihrer Runde. Die Hündin schien ihre alten Lieblingsplätze wiederzuerkennen, obwohl sie die Welt hauptsächlich durch Geruch und Geschmack wahrnahm. Angeblich war sie aber ein auf den Gesichtssinn spezialisierter Hund, und manchmal sah sie etwas sich bewegen, woraufhin sie die Ohren aufstellte und vor Jagdfieber erzitterte. Gewöhnlich war dann das Objekt ihrer Begierde eine blaue Plastiktüte oder eine alte Zeitung. In ihrer neuen Umgebung liefen ihnen oft Kaninchen über den Weg, aber die ließen sie kalt, vielleicht, weil sie im Gras hin und her rannten und immer wieder anhielten, statt sich gleichmäßig auf einer bestimmten Linie zu bewegen.

Trotzdem war Esskay ein guter Botschafter, vor allem in dem rotkarierten Pullover, den sie trug, wenn die Temperaturen unter Null fielen. Sie führte die Menschen zu Tess, und die beantworteten dann Fragen, ohne es überhaupt zu bemerken, beschäftigt, wie sie waren, mit Esskays Schnauze und Ohren.

Dennoch erzeugte Tess' wiederholte Beschreibung des Porzellanschweinchens keine Anzeichen von Wiedererkennen.

»Fiesta-Porzellan?« fragte ein Mann, ein langer, zerknitterter Typ, der aussah, als wäre er ständig von Staub bedeckt. Sein Laden lag an einer ruhigen Ecke der Aliceanna Street und war so überfüllt mit hohen Stapeln von Porzellan, daß Tess voller Besorgnis auf Esskay und ihren wedelnden Schwanz blickte. »Ich dachte, ich kenne alle seriösen Händler in der ganzen Stadt, aber es sieht nicht so aus, als hätte ich je mit dem zu tun gehabt. Hat er etwas Genaueres erwähnt? Hat er über etwas gesprochen, was er jemals ge- oder verkauft hat?«

»An Steingut und Porzellan? Nein – oder Moment mal, er sprach tatsächlich rein hypothetisch über etwas, über eine seltene, entengrüne Sauciere.«

Der Mann schüttelte traurig den Kopf über Tess' Unwissenheit. »Entengrün ist keine alte Farbe, sondern eine der neuen Modefarben, die können Sie bei Hecht's kaufen.«

Sie ging weiter zur Fleet Street, wo der Händler, der sich der Antiquitätenmann nannte, einen Laden für Lokales und Kuriositäten unterhielt. Ein riesiges Knäuel Schnur, das für 8000 Dollar bei Sotheby's ersteigert worden war, nahm im Schaufenster den Ehrenplatz ein. Es bestand aus den benutzten zweifarbigen Bäckerschnüren aus Haussners Restaurant und war zur Auktion gekommen, als das berühmte deutsche Speiselokal vor ein oder zwei Jahren schloß. Der Bäckerei hatte auch eine Kunstsammlung von Weltrang gehört, die Millionen eingebracht hatte. Aber für Tess, wie für die meisten Baltimorer, war nur das Garnknäuel wichtig gewesen, und sie hatte sich gefreut, als es nicht weit von seinen Ursprüngen in Highlandtown entfernt ein neues Zuhause gefunden hatte. Allein der Anblick des Knäuels machte ihr Appetit auf die Spezialitäten von Haussner, auf Kartoffelpuffer und Kirschkuchen.

Aber der Antiquitätenmann war an diesem verschneiten Tag unterwegs. »Wir haben einen Hinweis bekommen, daß der Leuchtturm des *Leuchtturms* bei jemandem in der Garage gefunden worden ist«, sagte sein Angestellter.

»Niemals«, sagte Tess. Obwohl ihr von der letzten verbliebenen Zeitung der Stadt mehrmals eine Anstellung verweigert worden war, hätte sie nichts dagegen gehabt, diesen speziellen Kunstgegenstand zu besitzen, eine Nachbildung aus Bakelit von dem Leuchtturm, der einstmals auf einem kleinen Podest über dem Haupteingang des *Leuchtturms* gestanden hatte und dann verschwand, als das Gebäude in den 80er Jahren umgebaut wurde. »Wieviel würde so etwas denn kosten?«

»Tausende«, sagte der Angestellte feierlich. »Vorausgesetzt, es ist wirklich der echte. Wir hatten schon ein paar Fehlanzeigen, und diesmal klang es ein bißchen eigenartig. Trotzdem muß er es überprüfen, wissen Sie? Das ist einfach seine Bürgerpflicht, wissen Sie, genau so wie damals das mit dem eisernen Schwein.«

»Eisernen Schwein?«

»Von Sieminski's Metzgerei, und zwar das Ladenschild, das über der Tür hing. Sie wollten es praktisch wegwerfen, also hat er es gekauft. Jetzt kommen andauernd Leute hierher und bieten ihm eine Menge Geld dafür, aber er verkauft es nicht. Manche Dinge gehören der Stadt und nicht in ein Privathaus oder Museum.«

»Sehr sozial gedacht«, sagte Tess und meinte es auch so.

Als sie wieder auf der Straße stand, sah sie eine Fahne über einem Buchladen in einem Reihenhaus, *Mystery loves Company*. Eine der Besitzerinnen, Paige Rose, wußte alles über jeden in der Stadt, und sie hatte keine Hemmungen, ihr Wissen mitzuteilen. Besonders beschlagen war sie in Kommunalpolitik, aber auch in allen anderen Bereichen, die Baltimore betrafen, spielte sie eine wichtige Rolle, und es war durchaus denkbar, daß sie das Porzellanschweinchen kannte oder zumindest schon gesehen hatte.

»Kennedy?« Paige runzelte die Stirn und streichelte die Katze, die auf ihrem Schoß lag. Die Katze hieß Nora, und Kunden, die sich nicht erklären konnten, warum ihr Bruder Nick hieß, waren vermutlich im falschen Laden. Paige saß auf einem hohen Stuhl hinter dem Ladentisch und behielt einen etwas merkwürdigen Mann im Auge, der wohl mehr an der Wärme als an der Ware des Ladens interessiert war. Er schien im Stehen zu schlafen, mit der Nase fast an den Buchrücken der Neuerwerbungen in der Sektion »H« – Hayter, Hayworth, Henderson, Hiaasen, lauter Favoriten von Tess.

»John P. Kennedy«, wiederholte sie. »Puh, der Name kommt mir bekannt vor, obwohl ich Ihnen nicht sagen könnte, woher. Aber ich kann mich nicht entsinnen, daß ich jemals einen Mann gesehen hätte, auf den Ihre Beschreibung paßt. Mit solchen Sachen wie Armbändern aus der Familie Bonaparte kenne ich mich nicht besonders gut aus. Ich kann mir kaum den Schmuck leisten, den wir verkaufen.«

Tess hob den Blick zu einem Stück Filz, an dem kleine Broschen und Ohrringe steckten. Es waren ausgeschnittene Bilder von Holmes, von schwarzen Katzen und natürlich von Poe selbst, der sehr unglücklich aussah. Aber das konnte auch nur Projektion sein. Im 19. Jahrhundert grinsten die

Menschen noch nicht so viel; so wollten sie nicht verewigt werden. Soviel sie wußte, war er der Mittelpunkt jedes Festes. Ihr fiel auf, daß das meiste, was sie über Poe wußte, aus der Morgenzeitung stammte, und dabei traute sie dem *Leuchtturm* noch nicht einmal zu, die Ereignisse von gestern richtig darzustellen.

»Haben Sie Bücher von ihm?«

»Aber Sie sagten doch, er sei Antiquitätenhändler.«

»Nicht mein mysteriöser kleiner Herr, ich meine Poe. Eigentlich hätte ich gerne eine gute Biographie über ihn, oder einen Sammelband seiner Werke. Ich glaube, ich habe gar nichts von ihm, obwohl ich ihn auf der Schule oder der Uni doch gelesen haben muß.«

Der Laden war klein und vollgestopft. Aber irgendeine Ordnung schien darin zu liegen, denn Paige besaß die Fähigkeit, Sachen zu finden, die ihre Kunden nicht fanden. Sie entließ die Katze von ihrem Schoß und ging im Laden nach hinten, wo ein kleines Büro überquoll vor Papieren und Katalogen und den zunehmend seltsamen Werbegeschenken, die die Verlage den Buchhändlern zukommen lassen – Mützen, Jacken, Postern, sogar ein lebensgroßer Pappaufsteller eines gutaussehenden Mannes in einem Hawaiihemd. Paige tätschelte ihm liebevoll die Jeanshüfte, als sie sich an ihm vorbeiquetschte.

Fünf Minuten später stakste Tess aus dem Laden, in den Händen nicht nur zwei Biographien über Poe und eine Anthologie mit seinen Gedichten und Geschichten, sondern auch ein paar gebundene Neuerscheinungen. Die Verleger hatten schon recht, wenn sie Paige umwarben; sie war auf jeden Fall eine hervorragende Verkäuferin.

Tess würde ihre Last irgendwo absetzen müssen, wenn sie mit ihrer Arbeit weitermachen wollte, und sie wußte auch schon, wo. Sie war zwar ausquartiert worden, aber trotzdem immer willkommen an der Ecke Shakespeare und Bond

Street. Es war schwierig, auf eine ehemalige Vermieterin böse zu sein, die zufällig die Lieblingstante ist.

5. Kapitel

Tess' Tante war die schönste Frau Baltimores. Das war keine verwandtschaftliche Voreingenommenheit, sondern öffentlich attestiert, wie eine gerahmte Urkunde bezeugte, die ihr die *Stadtzeitung* letztes Jahr verliehen hatte. Genaugenommen hieß es darin, Baltimores »schönste Buchhändlerin«, aber Kitty war einer der seltenen Menschen in Baltimore, die der typisch lokalen Übertreibungslust gerecht werden konnten.

»Tesser!« rief sie, wobei sie den Spitznamen aus Kindertagen benutzte, den Tess sich selbst gegeben hatte, weil sie Theresa Esther nicht aussprechen konnte. Welches kleine Mädchen hätte das auch gekonnt oder gewollt?

»Ich war ganz buchstäblich in der Nähe und dachte, ich schau mal rein«, sagte Tess. »Du fehlst mir.«

»Und Tyner?« half ihre Tante nach. »Tyner fehlt dir doch auch, oder?«

»Wenn du darauf bestehst ...« Erst da erblickte Tess den Anwalt Tyner Gray, der sie finster ansah, drunten in seinem Rollstuhl, hinter der hufeisenförmigen Ladentheke, die Kitty behalten hatte, als sie die Drogerie Weinstein in die Buchhandlung »Frauen und Kinder zuerst« umgewandelt hatte. Hätte Tess gewußt, daß er da war, hätte sie etwas viel Gröberes gesagt.

»Wie es in dem alten Volkslied so schön heißt«, sagte Tyner, mit seiner ständig rauhen, ständig lauten Stimme, »wie kann ich dich vermissen, wenn du nie fortgehst?«

»Ich könnte ganz leicht aus deinem Leben verschwinden,

wenn du das möchtest, aber dann wäre ein ganzer Batzen Geld weg, den du so kinderleicht und mühelos verdienst, nämlich all die Leute, die von deinem zu meinem Büro geschickt werden und umgekehrt. Wenn wir schon davon reden, hast vielleicht du mir einen Knaben namens John P. Kennedy geschickt? Einen kleinen Kerl, mit einem Gesicht wie ein glasierter Schinken? Hat zuviel für irgend so ein altes Armband bezahlt. Sagt dir das etwas?«

»Nein, ich hab dir schon seit Wochen niemanden mehr geschickt, wenn ich es mir recht überlege, und du mir auch nicht. Apropos, wie geht denn das Geschäft? Ich hoffe nur, du gestattest dir nicht, dich von deiner neuerworbenen Häuslichkeit allzusehr ablenken zu lassen. Kitty sagt, du läufst mit Farbproben herum und fragst wildfremde Leute, zu welcher Nuance Blaßblau sie dir für dein Schlafzimmer raten würden. Und du hast dir zu Weihnachten ein Abo von *Architektur und Wohnen* gewünscht, und außerdem einen Geschenkgutschein für die Restaurierungswerkstätten. Außerdem sollst du beobachtet worden sein, wie du stundenlang zwischen den Möbeln bei Nouveau in der Charles Street umherirrtest.«

»Alles Lüge, eitel Lüge«, sagte Tess gleichmütig. Das mit dem Abo war jedenfalls eine. Sie hatte zwar tatsächlich ein Auge auf eines der Art-déco-Schlafzimmer bei Nouveau geworfen, aber das konnte Tyner auf keinen Fall wissen. »Du und Kitty, ihr zwei seid die Häuslichen, hier in eurem gemütlichen Nest. Hast du etwa vergessen, daß es deine Anwesenheit hier war – deine Entscheidung, dich hier häuslich einzurichten, wie es im Radio genannt wird –, die mich hinaus in die Kälte getrieben hat, ganz allein auf mich gestellt?«

Ihre gegenseitige Stichelei war gutartig und in ihrem Rhythmus und ihren Anspielungen so vertraut, daß sogar Esskay sich langweilte und im Laden nach hinten wanderte. Esskays Erinnerungsvermögen traf nicht immer ins Schwarze, aber so viel wußte sie doch noch, daß dort hinten die Küche war und daß es da früher gute Dinge gegeben hatte: Sonntagsbrunch mit Schinken, Käsescheiben, die man mühelos bekam, und, oh, der wunderbare Tag, an dem das Roastbeef unbeaufsichtigt geblieben war.

»Jedenfalls läuft das Geschäft gut«, sagte Tess und überging dabei geflissentlich die Tatsache, daß sie einen ganzen Tag für einen Fall verschwendet hatte, bei dem sie keinen Klienten und also auch keine Einnahmen hatte. »Wie geht's hier so?«

»Ziemlich gut für Januar«, sagte Kitty. »Hast du die Nische schon gesehen?«

»Welche Nische?«

»Ich hab mich endlich mal drangemacht und den Bereich TOTE WEISSE AUTOREN eröffnet, über den ich ja schon seit Jahren rede, einfach nur, indem ich einige Regale umgeräumt und damit die Illusion von zusätzlichem Raum geschaffen habe. Das liefert mir einen guten Grund, ein paar Klassiker vorrätig zu haben.«

»Und wie rechtfertigst du all die lebenden männlichen Autoren, die du die ganze Zeit verkaufst, ungeachtet deines Auftrags und des Namens deiner Buchhandlung?«

»Oh, für die habe ich auch eine Abteilung geschaffen.« Kitty wies mit dem Kinn auf das Poster eines Tänzer im Chippendale-Stil, der in seinem Tanga glücklich Pirouetten drehte, wobei sein eingeölter Bizeps mit dem Tattoo *Don DeLillo Rules* aus einem Magic Marker geschmückt war. Die enge Gasse von Regalen erinnerte Tess daran, wie die hiesigen Videoläden ihre Pornofilme einordneten, damit Kinderaugen sie nicht erspähen konnten. »Siehst du? Das ist LEBENDIGE JUNGS. Ich habe so ziemlich alle Regale vollgekriegt.«

»Wo wir schon von toten weißen Männern reden« – Tyner rollte hinter dem Tresen hervor –, »was hältst du denn von diesem Mord an Poes Grab? Interessant, oder?«

»Ich hab mich eigentlich gar nicht damit beschäftigt«, sagte Tess und versuchte, gleichgültig zu wirken, froh, daß ihre Einkäufe aus *Mystery Loves Company* in den Falten einer stinknormalen Supermarkt-Stofftasche verborgen waren. Tyner hielt sich für eine Art zweiten Vater, eine Rolle, in die er schon geschlüpft war, bevor er zu Kitty zog. Tess' Entscheidung, der Polizei Informationen vorzuenthalten, würde er bestimmt nicht billigen. Er würde auch nicht davon zu überzeugen sein, daß es vernünftig war, einen vielleicht Unschuldigen vor einem unfähigen Polizisten und einer Medienschlacht bewahren zu wollen.

»Ein faszinierender Fall«, fuhr Tyner fort, als könne er ihre Gedanken lesen.

»Wenn du meinst.« Unerwartete Gleichgültigkeit war etwas, was Tyner sofort auf ein Thema einsteigen ließ, egal welches.

»Ich habe heute früh mit einem Bekannten aus dem Büro des Staatsanwalts gesprochen, und der sagte, die Polizei kenne seine Identität, gebe sie aber noch nicht frei. Der Ermordete war Kellner und hatte in vielen der besten Restaurants dieser Stadt gearbeitet. Man ist ganz sicher, daß er nicht der alljährliche Grabbesucher ist, denn er wohnt erst seit etwa fünf Jahren hier in der Gegend. Briefe, die in den letzten paar Jahren am Grab hinterlassen worden waren, belegen, daß der Mann, der die Tradition fortführt, mit demjenigen in Verbindung stand, der damit begonnen hatte. Kein Mensch kann sich einen Grund vorstellen, warum ihn jemand ermorden sollte.«

Oh, zumindest ein Mensch könnte es wohl, dachte Tess. Der Mörder. Aber sie beschloß, weiter mitzuspielen und Tyner glauben zu lassen, er wisse mehr als sie.

»Ist dann der echte Grabbesucher verdächtig oder nur als Zeuge gesucht?«

»Als Zeuge gesucht, soviel ich weiß. Schließlich war er am

nächsten dran an der Sache. Der Kriminalbeamte, der für diesen Mord zuständig ist, ist heute früh in einer dieser dümmlichen Nachrichtensendungen aufgetreten, die es jeden Samstag gibt und die überhaupt keine Nachrichten bringen, und bat ihn dringend darum, sich zu melden, sicherte ihm sogar Anonymität zu. Kein Glück bisher.«

Tess stellte sich Rainer vor, mit seinen zu vielen Zähnen, seinem speckig glänzenden Haar und seinem rauhen Jerseyer Akzent. Er würde es nicht einmal schaffen, mit einer Dose Thunfisch eine Katze von einem Baum herunterzulocken.

»Die Geschichte wird bestimmt schnell wieder vergessen sein«, sagte sie. »Die Medien wenden sich anderen Dingen zu, wenn es in den nächsten ein, zwei Tagen nichts Neues gibt.«

»Aber es könnte etwas Neues geben«, sagte Kitty. »Der *Leuchtturm* deutet auf seiner Website an, daß die Polizei gewisse Informationen nicht herausgibt.«

»Diese Website ist ein einziger Scheiß. Die wird nicht einmal von ausgebildeten Journalisten gemacht. Außerdem hält die Polizei ja immer Informationen zurück. Daß sie nicht alles ausplaudern, gehört doch zu ihrer Arbeit.« Tess erkannte, daß vielleicht ihre eigene Beteiligung an der Sache genau die Information war, die der Öffentlichkeit vorenthalten wurde, obwohl doch jemand dem norwegischen Radioreporter einen Tip gegeben hatte. Rainer, es mußte Rainer gewesen sein.

Sie schwang sich auf die Theke, blieb sitzen und ließ die Beine baumeln. In ihrer schlimmsten Zeit hatte sie in Kittys Laden gearbeitet, hatte Crow hier kennengelernt, hier ihr Leben neu geordnet. Dieser Ort war ihr wichtig; sie hoffte, Kitty werde noch 45 Jahre lang arbeiten, so daß sie immer wieder herkommen könne. Seit ihr Elternhaus im vergangenen Jahr so gründlich renoviert worden war, brauchte sie einfach so viele vertraute Orte wie nur möglich.

Für Tyner war das Thema noch nicht erledigt. Und wenn Tess nicht diesen exklusiven Zuschauerplatz gehabt hätte, hätte sie vielleicht dieselbe morbide Faszination empfunden.

»Gab es auf der Website sonst noch irgendwelche Informationen?« fragte er Kitty. »Vielleicht ist das, was die Polizei verheimlicht, ja gerade die Identität des Grabbesuchers, und der Fernsehauftritt sollte nur dazu führen, die Leute in die Irre zu führen.«

»Genaueres haben sie nicht gebracht«, gab Kitty zu. Obwohl sie weit über vierzig sein mußte – Tess hatte ihr Alter einmal gewußt, konnte sich jetzt aber nicht mehr so genau daran erinnern, seit die beiden sich von Tante und Nichte zu einfach zwei erwachsenen Menschen gewandelt hatten –, war ihre Haut noch immer durchscheinend zart, und ihre roten Locken brauchten so gut wie keine künstliche Nachhilfe. Andere Frauen mochten von der Macht, die ihnen ihre Schönheit verlieh, verdorben werden. Aber Kitty war durch ihre Schönheit reizend geworden, so wie manche Leute durch ererbte Millionen zum Philanthropen werden. Bevor Tyner dahergekommen war, hatte sie geglaubt, daß sie ihren Reichtum teilen müsse, und hatte sich mit einem solchen Eifer immer neue Liebhaber gesucht, daß es ihre Nichte geradezu bestürzte.

Kitty und Tyner hatten letzten Herbst ihr Einjähriges gefeiert, und der einzige, der darüber nicht staunte, war Tyner. Er hielt zuviel von sich, um das große Glück überhaupt zu erkennen, das ihn da ereilt hatte, besaß aber so viel Verstand, Kitty zu umwerben. Er liebte sie, und nicht nur wegen ihres roten Haars. Sie liebte ihn, und Tess war zu dem Schluß gekommen, daß sie eher die Quantentheorie begreifen würde als dieses spezielle Rätsel des Universums.

»Also, ich bin überzeugt, denen ist klar, daß das ein ›roter Ball‹ ist«, sagte Tess. »Roter Ball« sagte man hier zu einem Fall, dem vom Revier allerhöchste Priorität eingeräumt wurde. »›Einst um eine Mittnacht graulich …‹ Ich finde, diese

Geschichte würde zu Poe selber passen. Tod eines Doppelgängers.«

»Tess« – Tyner sprach forschend, in lauerndem Ton –, »was hat dich heute eigentlich nach Fells Point geführt?«

»Ach, ich mußte nur in ein paar Antiquitätenläden Nachforschungen wegen einer heißen Ware anstellen. Ein Ding, das es nur einmal in einer Million Fälle gibt, aber die Polizei hat sich nicht damit beschäftigt.«

»John P. Kennedy und sein Armband?«

Tyner war über sechzig. Könnte er nicht vielleicht hie und da ein wenig Altersdemenz zeigen und sich nicht an jede Einzelheit erinnern, die sie einmal erwähnt hatte? Sie zuckte zurückhaltend mit den Schultern.

»John Pendleton Kennedy war sein voller Name, wie er mir immer wieder sagte. Aber er war nur so ein lästiger kleiner Hanswurst, ohne jede Bedeutung.«

»John Pendleton Kennedy. Ich glaube, ich kenne den Namen«, sagte jetzt Kitty, die durch den Laden ging und Dinge zurechtrückte. Sie war eine sehr besitzbewußte Ladenbesitzerin.

»Du bist schon die zweite, die das innerhalb einer Stunde zu mir sagt. Bist du ihm mal begegnet?« Tess sprach ganz beiläufig; jedenfalls hoffte sie das. »Er hat ein ausgesprochen unangenehmes Lachen; wenn du das einmal gehört hast, vergißt du es nie. Klingt wie der Asthmaanfall einer Hyäne.«

»Nein, nur der Name kommt mir irgendwie bekannt vor, aber ich weiß nicht, woher. Vielleicht hab ich irgendwo etwas über ihn gelesen. Wahrscheinlich denke ich nur an jemanden, der so ähnlich klingt, John Kennedy Toole vielleicht, der Schriftsteller, oder einer von den Kennedy-Kennedys. Oder vielleicht ist es nur, weil ich drei Namen höre, das bringt mich auf Arthur Gordon Pym, an den ich zur Zeit andauernd denken muß, aus naheliegenden Gründen.«

»Wer ist das?« sagte Tess.

»Wer ist das?« Das fragte Tyner sie. »Großer Gott, Tess, du hast doch angeblich in Englisch ein Examen bestanden.«

»Ja, und ich hab auch ein Stück Papier, das das beweist, aber das war vor langer Zeit, und die Zeit verschlingt alles. Also?«

»*Umständlicher Bericht des Arthur Gordon Pym*«, sagte Tyner, »ist eine Novelle von Poe. Ich weiß noch, daß ich sie mit elf Jahren gelesen habe. Dirk Peters geht mir jetzt noch in Alpträumen nach. Ich bin wirklich überrascht, daß du sie nicht kennst.«

»Ich nicht.« Tess war selten überrascht oder verlegen, wenn sie etwas nicht wußte. Sie fragte sich einen Augenblick, ob es da eine Verbindung geben könnte. Aber der zweite Vorname ihres Klienten war Pendleton gewesen, nicht Pym.

Natürlich, wenn sein Name falsch war, konnte auch seine Geschichte falsch sein. Warum hatte sie nicht an diese Möglichkeit gedacht? Wahrscheinlich gab es überhaupt kein Armband und kein Geschäft, das schiefgelaufen war, und keine gefälschten Papiere. Er hatte sie hinsichtlich seines Namens belogen und sie hinsichtlich der Keramik in die Irre geführt. Wie konnte sie nur glauben, daß irgend etwas von dem, was er sagte, wahr war? Und da versuchte die leichtgläubige Tess auch noch, dieses kleine Wiesel zu schützen.

Auf einmal kam es ihr dumm vor, noch mehr Antiquitätenläden aufzusuchen, und der verschneite Tag war plötzlich auch nicht mehr heiter und friedlich. Die Straßen hatten sich in grauen Schneematsch verwandelt, und die Autos machten scheußlich sprudelnde Geräusche, wenn sie über das Kopfsteinpflaster der Bond Street pflügten. Tess rief Esskay – einmal, zweimal, dreimal, bevor die Hündin schuldbewußt und triumphierend aus Kittys Küche auftauchte – und nahm sie an die Leine. Kitty war so aufmerksam, daß sie ihren Stimmungswandel bemerkte, und so einfühlsam, daß sie nicht danach fragte.

Tyner bemerkte überhaupt nichts von irgendwelchen Veränderungen und sah erstaunt auf, als sie sich so plötzlich verabschiedete.

»Bis dann«, sagte sie, gab ihrer Tante einen Kuß und winkte Tyner kurz zu. Sie nahm ihre Büchertasche auf und marschierte zurück zu ihrem Büro, zu dem es praktisch die ganze Zeit bergauf ging. Die Gehsteige waren rutschig, und wenn sie auf der Straße zu laufen versuchte, bespritzten sie die rücksichtslosen Autos mit Matsch. Als sie endlich zu ihrem Block am Butchers Hill einbog, hatten ihr die Trageriemen ihrer Einkaufstasche schmerzhafte Rillen in die Finger geschnitten. Sie war so sehr damit beschäftigt, die schweren Bücher zu schleppen, Esskay bei sich zu halten und nach ihren Schlüsseln zu suchen, daß sie zunächst gar nicht bemerkte, was da auf ihrer Schwelle, halb vom Schnee bedeckt, auf sie wartete.

Drei rote Rosen und eine halbvolle Flasche Cognac.

6. Kapitel

»Aber warum halbleer? Das ist es, was ich an der ganzen Sache nicht verstehe.«

Whitney Talbot, Tess' älteste Freundin, blickte skeptisch auf einen Dirty Martini an der Bar im Eisernen Elefanten. Diese Spezialität war das letzte, was noch zwischen Whitney und der Erfüllung ihres einzigen Vorsatzes fürs Neue Jahr stand – nämlich jeden einzelnen Martini-Mix auszuprobieren, der jetzt in der renovierten Bar des Restaurants angeboten wurde –, doch die Flocken von Schimmelkäse, die im Glas schwammen, stellten diesen Vorsatz auf eine harte Probe. Sie strich sich eine Locke ihres blonden Haars hinters Ohr und zog die Augenlider zusammen, als spielte sie Poker gegen den Drink. Das war ein sehr *trüber* Dirty Martini, ein schmutziger Martini, der theoretische Beweis dafür, daß man zwei wunderbare Sachen – guten Weinbrand und Blauschimmelkäse – nehmen und etwas wirklich Abscheuliches daraus machen konnte.

Tess, die sich heute ungewöhnlich teenymäßig vorkam, hatte einen Cosmopolitan bestellt. Dieser rosarote Drink war nicht mehr in Mode und deshalb zur Zeit in Baltimore wieder sehr angesagt.

»Ich weiß auch nicht, wieso die Flasche halb voll ist«, begann Tess.

»Hey, du sagst halbvoll und ich halbleer. Ich glaube, es ist klar, wer von uns beiden der Optimist und wer der Pessimist ist.«

Tess lächelte matt. Whitney besaß ein unglaubliches Selbstbewußtsein, das jeglichen Optimismus überflüssig machte. Sie glaubte daran, daß bei ihr alles klappen mußte. Bisher war es auch so gewesen.

»Jedenfalls bringt der Grabbesucher, dieser Poe-Toaster, jedes Jahr eine halbvolle – oder halbleere – Flasche Cognac ans Grab. Soviel ich bis jetzt nach meinem Crashkurs in Sachen Poe weiß, gibt es eigentlich gar keinen Grund für dieses Getränk. Die Sachverständigen sind äußerst kontrovers in der Frage, ob Poe Alkohol überhaupt vertrug. Und vor allem kommt Cognac auch in keiner einzigen von Poes Geschichten vor. Es ist schließlich kein Amontillado. Die beste Erklärung ist noch, daß es ein Toast sein soll, etwas zum Hochlebenlassen.«

»Denkst du, *dein* Besucher wollte das gleiche?« Whitney klang gleichzeitig schelmisch und betroffen. Ihre Stimme, die jenen klaren, selbstsicheren Klang besaß, der nur den reichsten Leuten beschieden ist, hörte sich oft fast wie eine

Selbstparodie an, aber Tess wußte, daß sie wirklich interessiert war. Und wirklich betroffen.

»Ich weiß nicht. Es wirkte ein bißchen unheimlich, aber eigentlich nicht bedrohlich. Irgend jemand weiß, daß ich neulich dort war, das ist das Unheimliche daran. Aber – und das klingt nun wirklich so, als würde ich nicht richtig ticken – ich glaube nicht, daß es eine Drohung oder eine Warnung ist. Irgend jemand weiß, was ich mache, und möchte, daß ich damit weitermache. Die Frage ist, wer.«

»Die Frage ist, wer.« Whitney überprüfte diese Grammatik und fand sie annehmbar. »Und warum?«

»Und warum«, stimmte Tess zu. »Dieser Mann, der mir den Auftrag geben wollte? Vielleicht war das eine raffinierte psychologische List – vielleicht wollte er mich in jener Nacht als Zeugin dort haben, deshalb lockte er mich hin, indem er mich glauben machte, daß irgend etwas Schlimmes passieren würde –, allerdings kam er mir nicht so vor, als wäre er intelligent genug, etwas so Kompliziertes in Gang zu setzen, und ich wäre ja auch gar nicht hingegangen, wenn Crow nicht darauf bestanden hätte.«

»Könnte er der Grabbesucher sein? Nehmen wir an, er habe davon Wind gekriegt, daß jemand anderes in dieser Nacht dort hinkommen wollte, und hatte daraufhin Angst, daß etwas passieren könnte. Vielleicht wollte er dich so reizen, daß du ihn schließlich beschützt.«

Tess hatte diese Möglichkeit auch schon erwogen. »Nein, nein, das ist alles zu vage. Außerdem war der Mann, der entkam, zwar nicht so groß wie der, der ermordet wurde, aber er war auch nicht klein. Und er bewegte sich steif, während mein kleines Porzellanschweinchen wabbelt, wenn es rennt, wie ein Krebs, der herausgefunden hat, wie man sich vorwärts bewegt. Ich habe mir auch schon überlegt, ob mein Besucher nicht vielleicht Rainer ist, der Beamte vom Morddezernat, der mich wieder mal verarschen will und mich damit testet. Von dem Rundfunkreporter aus Norwegen habe ich dir ja schon erzählt. Ich denke, er wollte sehen, ob ich darauf anspringe, selbst im Scheinwerferlicht zu stehen.«

»Tess –« Whitney war jetzt immerhin so weit gekommen, daß sie ihr Glas zum Mund führte, aber nur, um es gleich wieder auf den Tisch zurückzustellen und schnell mal an Tess' Drink zu nippen. »Mmmm. Der Cosmo hier schmeckt viel stärker nach Limone als anderswo. Sehr gut. Jedenfalls, auch auf die Gefahr hin, daß ich rechthaberisch erscheine –«

»Eine Gefahr, die du niemals eingehen würdest.«

»Auf die Gefahr hin, daß ich rechthaberisch erscheine oder daß ich mich in dein Leben einmische: Was soll eigentlich das Ganze? Du hast versucht, den Mann zu finden, der dir einen Auftrag geben wollte, denn du wolltest ihn nicht einem unerfahrenen Beamten in die Hände fallen lassen. Aber er ist verschollen, also ist es genauso unwahrscheinlich, daß ihn *sonst jemand* findet. Laß es sein, mach was anderes. Du wirst ein bißchen obsessiv. Ich stelle mich gar nicht gern auf Tyners Seite, aber du mußt schließlich auch Geld verdienen. Du hast ein Haus, einen Hund und einen Freund zu ernähren.«

»Aber der Cognac und die Rosen –«

Wie ein Kind, das gezwungen wird, etwas zu schlucken, was es nicht mag, packte Whitney jetzt ihr Glas, hielt sich die Nase zu und schüttete den halben Inhalt in den Mund. Sie verzog das Gesicht, schluckte aber hinunter. »Entschuldige. Ich mag Martinis. Ich mag Blauschimmelkäse. Aber das hier ist *verkehrt*. Hab ich eigentlich beschlossen, daß ich jeden Drink auf der Karte austrinke, oder nur, daß ich ihn probiere?«

»Daß du ihn probierst. Also, ich gratuliere, Whitney. Du bist der einzige Mensch, den ich kenne, der seine Vorsätze fürs neue Jahr noch vor Ende Januar komplett erfüllt hat.«

»Es geht dabei einfach nur darum, daß man weiß, was realistisch ist«, sagte Whitney, selbstzufrieden wie immer. »Du wirst nie erleben, daß ich beschließe, irgend so ein lächerlich schwieriges Buch zu lesen« – Tess hatte das ganze letzte Jahr den *Ulysses* mit sich herumgeschleppt, wie Whitney sehr wohl wußte –, »oder mich auf irgend so eine öde, vorhersagbare Weise zu bessern. Diät, Gymnastik, Yoga: so was Langweiliges.«

»Gibt es bei dir denn überhaupt noch etwas, wo du besser werden könntest?«

»Na ja, darin, daß ich ich selber bin, darin kann ich nicht besser werden, so viel steht fest. Und irgend jemand muß ja ich selber sein, da kann ich es genausogut selber tun, findest du nicht?«

»Ich finde«, sagte Tess, »daß dir ein Stück Schimmelkäse zu Kopf gestiegen ist und jetzt die Blutzufuhr zu einer wichtigen Arterie blockiert.«

Sie bestellten ihr Essen, und sie tat so, als würde sie alle Gedanken an Poe beiseite schieben. Whitney hatte einen neuen Job – sie arbeitete für die Stiftung, die mit dem Vermögen ihrer Familie gegründet worden war –, und den genoß sie mehr als alle vorhergehenden, zu denen Leitartiklerin, Handelskorrespondentin in Tokio und unbezahlte Assistentin von Tess gehörten. Aber obwohl ein Teil von Tess Whitneys durchtriebenem und topinformiertem Klatsch über das kulturelle Leben in Baltimore folgte, dachte sie immer noch an den Cognac und die schneebedeckten Rosen. Jemand beobachtete sie. Jemand erwartete etwas von ihr. Was? Es war, als hätte sie einen Geist zum Klienten, vielleicht Poe selbst.

Und das hieß, wie ihr klar wurde, daß die Wahrscheinlichkeit, sie würde für ihre Mühen bezahlt werden, tatsächlich sehr gering war. Poe war immer pleite gewesen.

»Das ist doch zum Lachen, oder?« sagte Whitney am Ende einer Story und wartete hoffnungsvoll auf Tess' Reaktion.

»Oh ja«, versicherte Tess ihr. »Zum Schreien.«

Tess hatte ein Motto: Nur weil etwas einfach ist, heißt das noch lange nicht, daß es nicht wert ist, getan zu werden.

Diese Regel hatte sie sich zugelegt, als sie noch bei der Zeitung arbeitete, wo sie mit ansehen mußte, wie Reporter davonrasten, ohne die Akten aus dem Archiv zu lesen oder auch nur die Adresse im Stadtplan nachzuschauen. Sie nannte solche hektischen Ausbrüche den inneren Tatendrang, und sie hatte gelernt, ihm zu widerstehen. Es sprach viel dafür, erst mal sitzen zu bleiben und nachzudenken.

Also blieb sie am nächsten Vormittag, einem Sonntag, in ihrem Büro sitzen und dachte nach. Sie dachte nach, während sie auf die Rosen schaute, die sie in ein Marmeladenglas gestellt hatte, und den Martell gelegentlich öffnete und kurz daran roch. Das machte den Kopf frei und erinnerte sie an die lange vergangenen Abende, wo sie beim Wahlkampf in der Anzeigenabteilung mitgearbeitet hatte und, im Dienste wissenschaftlicher Forschung, zwischen zwei Telefonaten am Klebstofftopf auf dem Tisch der Sekretärin geschnüffelt hatte.

Hirn und Nasenflügel geöffnet, listete sie jetzt alles auf, was sie nicht wußte.

Sie wußte nicht, wer ihr die Blumen und den Cognac hingelegt hatte. Der gesunde Menschenverstand sagte ihr, daß das etwas Übles bedeuten müsse und sie Angst haben sollte. Jetzt im Moment jedoch, wo die strahlende Sonne durch die Spalten der Jalousien lugte und ferne Kirchenglocken läuteten, schaffte sie es einfach nicht, sich verängstigt oder bedroht zu fühlen. Tatsächlich wirkten die Rosen sogar enorm stimmungsaufhellend. Es waren erstklassige Rosen, nicht die billige Sorte, die am nächsten Tag verwelkt war. Dieses Geschenk wirkte, als sei es eine Art Reverenz. Aber so hatte das Trojanische Pferd anfangs auch gewirkt, nicht wahr?

Weitere Punkte auf ihrer Liste: Sie wußte nicht, wer das Porzellanschweinchen war, obwohl sie wußte, daß es ein

Lügner war. Sie fragte sich, ob er etwa die Blumen und den Cognac hingelegt hatte. Sie hoffte es nicht.

Andererseits gab es auch Dinge, die sie nicht wußte, aber mühelos in Erfahrung bringen konnte, Dinge über Poe. Da hatte sie auch schon Boden gutgemacht, hatte die Bücher quergelesen, die sie gekauft hatte, und ein wenig mehr über sein Werk erfahren, das ihr jämmerlich unbekannt war, und über sein Leben, von dem sie noch weniger wußte. Vielfach war Poe selbst ein wenig mitschuldig an dieser mangelnden Information, weil er, als er noch lebte, ein Gespinst von phantastischen Geschichten um seine Biographie gewoben hatte und dann sein Vermächtnis einem Mann namens Rufus Griswold übergeben hatte, der sich als weniger vertrauenswürdig erwies als jede Figur, die Poe selbst je erfunden hatte. Das war so, konstatierte die Biographie von A.H. Quinn, als hätte Mozart sein Werk Salieri anvertraut.

Dank des *Leuchtturms* erfuhr Tess schließlich auch noch eine ganze Menge über einen anderen Toten. Das Mordopfer war identifiziert, und die Zeitung ging bei dieser Geschichte weiterhin aufs Ganze – warf noch Leichen drauf, wie man im Zeitungsjargon sagte.

Der Name des Opfers war Bobby Hilliard, und in zwei Monaten wäre er 29 geworden. Er hatte in der Sorte von Restaurants gearbeitet, die Tess nur in ihren glorreichsten Zeiten aufsuchte, Lokale, deren Namen nur aus einem Wort bestanden und die so klangen, als könne sie sich so etwas auch im Urlaub kaum leisten: Hampton's, Charleston's, Savannah's. Seine letzte Anlaufstelle war das Prime Rib gewesen. In Pennsylvania gebürtig, hatte er vor sechs Jahren die Universität von Maryland mit dem Baccalaureat in Englisch und dem Magister in Bibliothekswissenschaften verlassen. Aber trotzdem war er immer Kellner geblieben.

Die Zeitung war an ein Foto des Toten gekommen. Tess sah es sich genau an. Sie wußte, wie das zuging, wußte, wie die Reporter den Verwandten und Freunden zuredeten, daß sie ein liebgewonnenes Foto hergaben, wie sie versprachen, gut darauf aufzupassen und es per Einschreiben zurückzuschicken. Sie wußte, wie leicht so ein Versprechen gebrochen wurde und wie solche Fotos endeten, geknickt und zerknittert in einer Schublade. Dieses Foto sah aus wie ein billiger Schnappschuß, und sie hätte schwören können, daß Bobby Hilliard sauer darüber gewesen war, daß man ihn aufgenommen hatte. Sein Gesicht und seine Augen waren schmal, und er wirkte schrecklich blaß, oder das Foto war schlicht überbelichtet. Er hielt ein Glas in der Hand und trug ein weißes Abendhemd mit schief sitzender Krawatte. Er hätte auf einer Hochzeit sein können, doch Tess hielt es für wahrscheinlicher, daß er sich gerade noch einen Drink genehmigte, weil seine Schicht zu Ende war.

Warum blieb ein Mann mit abgeschlossenem Studium Kellner? Wahrscheinlich, weil man damit mehr verdiente als mit der Arbeit in einer Bibliothek, und die Kunden, die regelmäßig zu einem kamen, wuschen sich wenigstens vorher. Trotzdem schien Bobby Hilliard sogar nach den Regeln dieses nomadisierenden Volkes ein unstetes Leben geführt und seinen Job etwa alle drei Monate gewechselt zu haben.

Warum war er an Poes Grab gewesen? Der *Leuchtturm*, der keine Erklärung dafür hatte, bot poeartige Zitate über Alleinsein und Einsamkeit und Mittnacht graulich. Ehemalige Arbeitskollegen steuerten das übliche nichtssagende Gerede bei: »ruhiger Typ«, »blieb gern für sich«, »zuverlässig«. Nur ein einziges Mal hätte Tess lesen wollen, daß jemand sagte, »er war ein totales Arschloch, und uns wundert's überhaupt nicht, daß ihn endlich mal einer abgemurkst hat«. Sie dachte allmählich, daß »ruhiger Typ / blieb gern für sich« die Folgeerscheinung eines immer weniger neugierigen Planeten sei, wo niemand mehr noch irgend jemand anderen außer sich selbst wahrnahm. Wie war das nur möglich, daß der

Leuchtturm zwar ein Foto, aber keine wirklichen Freunde gefunden hatte, die etwas anderes als Platitüden über den Toten zum besten hätten geben können? Was Hilliards Eltern betraf, die nach Baltimore unterwegs waren, um ihren toten Sohn in Empfang zu nehmen, so hatten sie es bisher geschafft, den Medien auszuweichen. Aber, wie der *Leuchtturm* stichelte, Rainer versprach, sie würden heute um ein Uhr »der Presse zur Verfügung stehen«.

Tess sah von der Zeitung auf, roch an den Rosen und dann am Cognac. »Gar nicht so dumm von Rainer«, sagte sie zu Esskay. An einem so lausigen Sonntag hatte ein solcher Vorfall gute Chancen, die gesamten Abendnachrichten zu beherrschen und am nächsten Tag auf die Titelseite zu kommen. Aber was würde so ein Zirkus schon anderes bringen als einen Haufen Videobänder und Druckerschwärze? Rainer stellte die trauernden Eltern ja nicht deshalb vor die Presse, weil er glaubte, die einsichtigen Fragen der Reporter würden Informationen zutage fördern, die ihm versagt geblieben waren. Entweder glaubte Rainer, den Mörder werde bei diesem Anblick die Reue übermannen, oder aber es war einfach die Verzweiflungstat eines Polizeibeamten, der den größten »roten Ball« seit Jahren vor sich hatte und nicht die leiseste Ahnung, was er damit machen solle.

Beides konnte sein. Um das herauszufinden, gab es nur eins: zu der Pressekonferenz zu gehen.

Natürlich wäre es etwas dreist, da aufzutauchen, genau in Rainers Blickfeld, und seinen Verdacht gegen sie zu bestätigen. Wenn sie klug war, würde sie sich einen freien Nachmittag machen, mit ihrem Hund und ihrem Freund spielen und sich die Geschichte erst am nächsten Tag zu Gemüte führen, so wie der Rest von Baltimore.

Aber Tess zog es vor, die Realität ungefiltert zu erfahren, ohne daß jemand zwischen ihr und dem Ereignis stand und ihr sagte, was es zu bedeuten hatte. Außerdem war diese

Pressekonferenz bestimmt ein Massenauflauf, so groß wie eine Konferenz bei den Präsidentschaftswahlen, mit Hebebühnen für die Kameraleute und mit Reportern aus dem ganzen Land. Die Chancen standen gut, daß Rainer sie überhaupt nicht wahrnahm, wenn sie sich im Hintergrund hielt. Sie konnte ihren Sonntag immer noch früh genug genießen. Sie war kein Workaholic.

Jedenfalls sagte sie sich das, als sie den Cognac noch einmal öffnete, um daran zu schnüffeln, und eine Rosenblüte noch einmal betastete, wobei sie sich vorzustellen versuchte, wo jemand im tiefsten Winter solch vollkommene Blumen gefunden hatte.

7. Kapitel

Rainer sah sie sofort, als wäre sein Auge darauf trainiert, ihren Zopf auch noch aus hundert Metern Entfernung wahrzunehmen, aber er war zu beschäftigt, um mehr tun zu können als sie anzustarren. Tess versuchte, eine ganze Welt von unbekümmerter Erklärung in das Schulterzucken zu legen, mit dem sie ihm antwortete. *Kam gerade vorbei, sah meinen Kumpel Herman Peters, den Polizeireporter, sah die vielen Leute, wurde unwillkürlich neugierig. Ist schließlich öffentlich hier. Sie können mich ja verklagen.* Selbst wenn Rainer ihre Körpersprache verstanden haben sollte, nahm er ihr offensichtlich nicht das geringste davon ab. Seine gerunzelte Stirn verriet, daß sie die Rechnung später würde bezahlen müssen.

Aber in diesem Moment kamen Bobby Hilliards Eltern auf die War Memorial Plaza – es war eine solche Menge von Reportern da, daß die Pressekonferenz nach draußen hatte verlegt werden müssen, zwischen die riesigen Pferde aus den dreißiger Jahren auf dem Platz gegenüber dem Rathaus –, und Rainer widmete jetzt seine ganze Aufmerksamkeit ihnen, als sie auf das Podium und das kleine Beet von Mikrofonen zugingen, das da gewachsen war. Die Hilliards gingen steifbeinig, als hätten sie einen Autounfall gehabt.

»Guten Tag«, rief eine Reporterin, der man nicht ansah, ob sie aus der Gegend war. Daß sie überhaupt *aus der Region* war, sah man allerdings deutlich – sie hatte nicht den Glanz, die alle Neuen bei Rundfunk und Fernsehen entwickeln, wenn sie den großen Sprung geschafft haben –, aber sie hätte aus Baltimore oder Washington, Pittsburgh oder Philadelphia sein können. Für Tess sahen die alle gleich aus.

Die Hilliards nickten zur Begrüßung und starrten stumm in die Kameras. Tess bemerkte, daß sie nicht wußten, was man von ihnen erwartete. Sie hatten nicht wie so viele andere das Protokoll verinnerlicht, das die Medien für persönliche Tragödien festgeschrieben hatten. Das Fernsehen hat im Lauf der Jahre jede Äußerung von Schmerz auf das absolute Minimum reduziert. Wie fühlen Sie sich? fragen die Reporter die Überlebenden, und die Antworten sollen so einfach wie ein Kinderlied sein: schlecht, traurig, verloren. Aufs Stichwort hin mit Tränen in den Augen, schütteln sie die Fäuste in die Kamera, schwören Rache, drohen mit Anwälten. Sie wissen, was sie tun müssen, weil sie es bei anderen gesehen haben. Und weil sie es jetzt auch so machen, wissen künftige Opfer ganz genau, was sie tun müssen, wenn wiederum sie an die Reihe kommen.

Aber Bobby Hilliards Eltern kannten dieses Spiel nicht und wußten erst recht nicht, wie sie es spielen sollten. So betäubt, wie sie die Reporter anblickten, hätten sie eher die Angeklagten sein können. Die Reporter starrten zurück und wußten nicht so recht, wie sie angesichts so ruhiger Würde weiter vorgehen sollten. Vielleicht machte Rainer das mit

Absicht. Wenn der Mörder überhaupt zu Gefühlen fähig war, würden ihm – oder ihr – die Hilliards jetzt zu Herzen gehen.

»Das sind Webber und Yvonne Hilliard«, sagte Rainer schließlich, »aus Pennsylvania.«

»Vonnie«, flüsterte Mrs Hilliard, eine magere Frau in einem Matrosenkleid und einem altmodischen, wollenen Matrosenmantel. Sicher ihr Sonntagsstaat, und dabei hätte sie direkt einem Porträt von Dorothea Lange aus den dreißiger Jahren entstiegen sein können. Sie hatte genau das passende schmale, wettergegerbte Gesicht. »Niemand sagt jemals Yvonne zu mir.«

»Sie sind hierhergekommen, um ihren toten Sohn mitzunehmen und ihn zum Begräbnis nach Pennsylvania zu bringen –«

»Wissen Sie schon, wann das sein wird?« rief ein Reporter, der nicht hier aus der Stadt war. Tess sah, wie sein Gehirn auf Hochtouren lief: Beerdigungen waren immer gut als Spaltenfüller, und Aufnahmen der beiden Gräber wären bestimmt ein voller Erfolg. Sie hätte ihm seinen abgedroschenen Text gleich selber schreiben können: *Bobby Hilliard – auf dem einen Friedhof gestorben, auf dem anderen begraben.*

Aber der Mann mit den dunklen Haaren, der diese Frage gestellt hatte, war einer der Talkmaster beim Kabelfernsehen, auf einem der Kanäle mit den hohen Ziffern am Ende der Reihe, und zwar ein ehemaliger politischer Berater, der sich nach einem besonders häßlichen Skandal selbst völlig neu geschaffen hatte. Jim Yeager hieß er. Nachdem er mit zwei Prostituierten erwischt worden war, für deren Dienste er seine Klienten hatte bezahlen lassen, hatte er sehr schnell Jesus und einen Vertrag für ein Buch gefunden, wenn auch nicht unbedingt in dieser Reihenfolge. Dann hatte er seine »Erweckung« zum Gesprächsthema in seiner Talkshow gemacht, wo er in seinem Status als bekehrter Sünder noch scheinheiliger auftreten konnte als seine neokonservativen Gleichgesinnten, was keine kleine Sache war. Diese Geschichte mit Poes Grab mußte doch größer sein, als Tess angenommen hatte, oder aber in Washington war überhaupt nichts los.

»Noch nicht«, sagte Mrs Hilliard und sah sofort ängstlich zu ihrem Mann hinüber, als hätte sie im falschen Augenblick das Wort ergriffen. Sie hatte eine sanfte Stimme mit einem Akzent aus den Bergen, in Tess' Ohren klang es eher nach West-Virginia als West-Pennsylvania. »Wir haben eigentlich noch gar keine Zeit gehabt, um die … Vorbereitungen zu treffen.«

Unbeholfenes Schweigen machte sich breit. Als es klar schien, daß die Hilliards weiter nichts einbringen würden, hob eine blonde Moderatorin den Arm und winkte ihnen zu, als wolle sie ein Taxi anhalten, offensichtlich in der Überzeugung, von ihnen erkannt zu werden. Schließlich strahlten sie und ihre Belegschaft in der ganzen Stadt von allen Plakatwänden auf die Baltimorer herab und gaben sich als Freunde und Verwandte, als vertrauenswürdige Ratgeber und Nachbarn. Sie behaupteten nicht, journalistisch integer zu sein, aber du lieber Gott, wie nett sie waren!

Lächelnd und nickend zwang die blonde Frau das Ehepaar in einen laserscharfen Augenkontakt.

»Das muß für Sie ja wirklich sehr traurig sein«, sagte sie, mit einem Ernst, der nahelegte, daß sie dies für eine tiefe Einsicht hielt. »Wie fühlen Sie sich denn?«

Da sie nicht in der Stadt wohnten, empfanden die Hilliards keine besondere Bindung an die blonde Moderatorin. Aber sie waren von Natur aus höflich, deshalb taten sie ihr Bestes.

»Nicht besonders«, sagte Mr Hilliard, der ein bis zum Hals zugeknöpftes Hemd unter einer steif wirkenden Sportjacke trug, deren Ärmel ihm zu kurz waren. Seine Handgelenke waren breit und knorrig, seine Hände noch breiter, rot und von harter Arbeit zerfurcht.

Die blonde Moderatorin fuhr fort, zu lächeln und zu nikken, zu lächeln und zu nicken, deshalb mühte sich Mr Hilliard ab, noch etwas zu sagen. »Eigentlich gar nicht gut.«

Vonnie Hilliard hielt sich die Hände vor den Mund, und Tess überkam plötzlich das Gefühl, ein Déjà-vu zu haben. Der Grabbesucher, derjenige, der fliehen konnte, hatte auf ganz ähnliche Weise die Hände vor den Mund gehalten. Aber bei Mrs Hilliard schien es um die Zähne zu gehen, die schief standen und verfärbt waren.

»Es geht uns ganz schlecht«, warf sie ein, an ihren Fingern vorbei.

Tess hockte ganz hinten, abgeschirmt durch die Hebebühnen, die man für die Fernsehteams und ihre Ausrüstung aufgebaut hatte. Rainer, dessen Stirn trotz der Temperaturen, die knapp über dem Gefrierpunkt lagen, schweißnaß war, hatte zuviel zu tun, um jetzt noch auf sie zu achten.

»Hatte Ihr Sohn eine besondere Vorliebe für Poe?« Diese Frage stellte ein Zeitungsreporter, der mit nichts anderem ausgerüstet war als mit einem Notizbuch und einer selbstbewußten Ausstrahlung. Entweder von der *New York Times* oder zumindest bald einer von denen.

Die Hilliards schauten sich hilfesuchend nach dem Inspektor um, aber er schien von der Frage genauso verwirrt zu sein wie sie. Schließlich versuchte Mrs Hilliard zu antworten.

»Sie meinen, daß er irgendwas nimmermehr machte?«

Der Reporter erwies sich als freundlich; Tess sprach ihm im Geiste ein paar Pluspunkte zu für den sanften Ton seiner folgenden Frage. »Mochte er das Werk von Edgar Allan Poe? Las er als Heranwachsender viele seiner Gedichte oder Geschichten?«

Die Hilliards sahen einander an, als wäre das hier ein

Fernsehquiz und sie hätten schreckliche Angst, eine falsche Antwort zu geben, weil sie dann nicht in die nächste Runde aufrücken würden.

»Er hat viel gelesen«, sagte Mrs Hilliard endlich. »Er hat viel gelesen. Aber er hat auch andere Sachen getan.«

»Was zum Beispiel?« Eine eifrige junge Frau mit einem Kassettenrecorder, die überall auf ihrer Kleidung stehen hatte, daß sie von der *Washington Post* war.

»Er hat ferngesehen«, sagte Mr Hilliard und lachte nervös in die Reporter hinein, dann herrschte Schweigen. »Jawohl.«

»Bobby hatte gerne –« Mrs Hilliard unterbrach sich, und die Reporter beugten sich ihr entgegen, verschiedenste Aufnahmegeräte in den Händen. »Er hatte gern schöne Dinge. Er zog sich gern gut an, und er mochte Antiquitäten. An den Wochenenden ging er immer auf Trödelmärkte und zu Straßenverkäufen und brachte Zeug nach Hause, das für mich wie Müll aussah. Aber er brachte es wieder zum Glänzen oder lackierte es, und sein Zimmer war so schön. Ich habe mich gewundert, daß er all die hübschen Sachen zu Hause ließ, als er hierherzog, aber er nahm nicht ein einziges Stück mit.«

Sie hielt inne, erstaunt über die vielen Worte, die ihr da aus dem Mund geflossen waren, und hielt sich wieder die Hand vor den Mund, als wolle sie alles zurückhalten, was da vielleicht noch herauspurzeln könnte.

»Kann man seine Wohnung hier anschauen?«

»Nein«, sagte Rainer.

»Warum nicht? Sie ist doch kein Tatort.« Das war Herman Peters, der Polizeireporter des *Leuchtturms*. Jetzt saß Rainer in der Patsche, dachte Tess. Peters würde den Vermieter mit seinem hübschen kleinen Gesicht mit den rosigen Wangen becircen, und wenn auch nur deshalb, weil Rainer den Zutritt zu der Wohnung untersagt hatte. Peters war darauf spezialisiert, zu bekommen, was eigentlich nicht zu kriegen war.

»Es ist eine Privatwohnung, in der es vielleicht wichtige Informationen zu den laufenden Ermittlungen gibt. Wir können dort nicht ein Heer von Reportern brauchen, die sich auf jedes Kinkerlitzchen stürzen, zum Beispiel, was er las oder welches Shampoo er benutzte.«

Tess war unwillkürlich beeindruckt. Rainer wußte tatsächlich, wie Journalismus heutzutage funktionierte, daß die Reporter ganz aufs Geratewohl irgendwelche Stücke zusammentrugen und ein unechtes Ganzes daraus zu machen versuchten.

»Wo befindet sich die Wohnung?«

Rainer schüttelte den Kopf, doch Mrs Hilliard gab zum besten: »In der Nähe dieser großen Schule, bei der sie immer Lacrosse spielen, so daß man fast nie einen Parkplatz findet.« Im Norden von Baltimore, folgerte Tess, in der Nähe der Johns Hopkins Universität. In diesem Stadtteil gab es viele Hochhäuser.

»Ist die Polizei sicher, daß der Mord wirklich Bobby Hilliard gelten sollte?« Das war noch einmal Herman Peters, und er klang verärgert. Rührselige Geschichten interessierten ihn nicht. Tess dachte von sich, sie habe ziemlich viele Tote gesehen, aber Peters kam nach nur zwei Jahren Polizeiberichterstattung bereits auf mehr als 500 Leichen.

»Kein Kommentar.«

»Ich muß das fragen, weil widersprüchliche Informationen in Umlauf gebracht wurden. Die einen sagen, der Schuß wurde aus einer größeren Entfernung abgegeben, von der Baustelle der juristischen Fakultät aus, aber ich habe auch schon gehört, daß es von den Katakomben her gewesen sein soll.«

»Es gibt schon deshalb keine widersprüchlichen Informationen, weil es von diesem Polizeirevier aus überhaupt keine Informationen gibt«, sagte Rainer gereizt. »Wenn Sie so etwas gehört haben, so ist das nicht offiziell, und Sie sollten es auch nicht drucken.«

»Okay, okay. Aber wenn der andere Typ zwischen Bobby und seinem Mörder stand – gesetzt der Fall, daß der andere nicht der Mörder war –, ist es dann möglich, daß der Schütze das Ziel verfehlte und den Falschen traf? Sie haben bestätigt, daß Bobby wahrscheinlich nicht der richtige Grabbesucher war. Aber war er das richtige Mordopfer?«

»Dazu kann ich Ihnen momentan noch nichts sagen.«

»Ich kann mir einfach nicht vorstellen«, warf Mrs Hilliard ein, »daß jemand Bobby hätte umbringen wollen. Er war ein netter Junge. Er hat nie jemandem etwas zuleide getan.«

»Er war ein netter Junge?« echote ein Fernsehreporter, ein gutaussehender Afroamerikaner, einer aus der zweiten Reihe, der bei den Wochenendteams eingesetzt wurde.

»Er war ein netter Junge«, wiederholte sie mit fester Stimme, da sie endlich etwas hatte, was sicher war.

»Hat er je mit Ihnen über seine Zukunft gesprochen?« Das kam von einer Reporterin des WBAL-Senders, einer jungen Frau. Tess glaubte einen Augenblick, sie würde ihren Norweger in dem Haufen von Radioreportern erkennen, aber sie war sich nicht sicher. Komisch, wie sich Reporter immer mit ihresgleichen zusammentaten. Zeitungsreporter standen mit Zeitungsreportern zusammen, während sich die Fernsehleute alle vorne zusammendrängten und die Radioleute ihrerseits das Lager ganz auf der Seite aufgeschlagen hatten.

Die Hilliards sahen verwirrt aus.

»Ich meine« – die Reporterin vom WBAL sah verlegen aus –, »niemand möchte für immer Kellner bleiben.«

»Ach nein?« fragte Mrs Hilliard. »Er hatte seine Arbeit sehr gern. Und manchmal konnte er sich Essen mit nach Hause nehmen. Wenn er zu Besuch kam, brachte er uns übriggebliebenes Essen aus dem Restaurant mit, und wissen Sie was? Die Alufolie hatte immer die Form eines Schwans.«

Tess sah deutlich, daß Rainer die Lust, im Mittelpunkt zu stehen, rasch verging. Wahrscheinlich hatte er das Ganze nur inszeniert, um sich die Presse vom Hals zu halten, in der Meinung, es wäre für die Hilliards leichter, dieses Gefecht nur einmal durchzustehen und dann Ruhe zu haben. Tess hoffte, er habe sich für sie einen guten Fluchtweg ausgedacht, denn jeder der hier versammelten Reporter war offensichtlich darauf aus, auch noch ein Einzelinterview zu bekommen. Reporter waren aufsässige Hausgäste: Sie nahmen jede Gefälligkeit als selbstverständlich und winselten nach noch mehr Freiheiten – Hyänen, die sich selbst zum Mahl einluden.

»Haben Sie schon einmal die Möglichkeit erwogen, daß Ihr Sohn das Opfer eines hate crimes sein könnte?«

Diese Stimme, die Tess sofort vertraut schien, kam von irgendwo aus der Mitte der Meute. Es war eine Frauenstimme, klar und süß und so akzentfrei, wie sie nur wird, wenn man hart gegen einen schwer auszurottenden Akzent gekämpft hat. Und doch war das nicht die Stimme einer Reporterin. Es lag darin ein leichtes, erregtes Beben, und sie sprach schnell, zu schnell für eine Reporterin. Tess reckte den Hals, um die Sprecherin zu sehen, aber sie erhaschte nur einen schnellen Blick auf kurzes dunkles Haar und einen langen zarten Hals.

Rainer hingegen schien die Frau zu kennen. Er wurde rot und drohte der Fragestellerin wütend mit dem Finger. »Hier geht es um die Presse, nicht um Agitation. Sie haben hier nichts verloren, absolut nichts.«

»Na schön. Dann lasse ich den Reporter von der *Alternative* meine Frage wiederholen, die zu beantworten Sie sich bisher geweigert haben, trotz seiner wiederholten Nachfragen.«

Eine heisere männliche Stimme rief gefällig: »Ist Ihnen gesagt worden, daß Ihr Sohn das Opfer eines hate crimes sein könnte?«

»Sie müssen darauf keine Antwort geben«, schnauzte Rainer die Hilliards an und erschreckte sie damit so sehr, daß sie sich von den Mikrofonen zurückzogen. »Außerdem stimmt es auch gar nicht.«

In der Medienmeute wurde es lauter und unruhig, während Herman Peters einfach nur ungeduldig aussah. Tess wurde klar, daß er bei dieser Geschichte einen Vorsprung vor allen anderen hatte; er hatte bereits Nachforschungen angestellt und diese seltsame, aber faszinierende Möglichkeit verworfen – oder zumindest hintangestellt. Die Hilliards waren verwirrter denn je und blickten zwischen Rainer und der Menge von Reportern hin und her, die sie zufriedenstellen wollten.

»Hate crime«, sagte Mrs Hilliard schließlich, »ich weiß eigentlich gar nicht so genau, was das ist. Ich glaube, wenn ein Mensch einen anderen umbringt, dann haßt er ihn doch sowieso, oder?«

Sie wissen es nicht, stellte Tess fest, als ein ungemütliches Schweigen einsetzte. Die Reporter wußten, worum es ging, denn der Fragesteller war von der *Alternative*, einer Stadtzeitung für die Gemeinde der Homosexuellen, aber Bobby Hilliards Eltern tappten völlig im dunkeln.

»Ganz recht«, sagte Rainer und packte Mrs Hilliard an der Schulter. »Ganz recht.« Er war tatsächlich nur zu 99,9% ein Arschloch. Unglücklicherweise würde Tess nie von den 0,1% Nettigkeit profitieren können. Sie fragte sich, ob er sie noch einmal verhören werde, nachdem er sie jetzt hier gesehen hatte.

Wieder ertönte die Stimme der Frau; Tess wußte schon fast, wo sie sie hintun sollte, aber wer genau die Sprecherin war, das fiel ihr noch immer nicht ein. Sie war ihr vertraut, aber nur in der Erinnerung. »Für die Leute von den Medien, die sich für die Geschichte interessieren, die hier nicht erzählt worden ist, stehen die hiesigen Aktivisten später zur Verfügung, in der Monument Street in der Nähe des Mount Vernon Square, westlich der Charles Street.«

»Haben Sie dafür eine Bewilligung?« verlangte Rainer zu wissen.

»Wir brauchen keine Bewilligung, um eine Pressekonferenz abzuhalten«, antwortete die mädchenhafte Stimme gleichmütig. »Haben Sie eine Bewilligung?«

Von Neugier getrieben und ohne noch darauf zu achten, ob sie Rainer wieder unter die Augen kam, drängte sich Tess durch die Traube von Reportern und konnte endlich einen Blick auf das Profil der Sprecherin werfen.

Ja, sie kannte die Frau, die da gesprochen hatte, allerdings nicht so gut, wie sie das früher einmal erwartet hätte.

8. Kapitel

»Cecilia. Cecilia Cesnik.«

Tess hatte gehofft, sie ganz beiläufig einholen und ihr so die Illusion geben zu können, daß ihre Wege sich zufällig kreuzten. Aber Cecilia war so eilig aus dem mit Seilen abgesperrten Bezirk für die Presse hinausgesaust, daß Tess ihr praktisch nachjagen mußte, die Fayette Street hinunter und ein Stück in die President Street hinein, bis sie sie endlich vor der prunkvollen Fassade der Port Discovery einholte.

Cecilia Cesnik war auch früher schon immer in Eile gewesen.

Beim Klang ihres Namens blieb sie stehen und wandte sich um, mit einem wachsamen Lächeln im Gesicht. Diese Wachsamkeit blieb auch, als sie erkannte, wer sie gerufen hatte.

»Tess Monaghan«, sagte sie, nach einem sekundenlangen Zögern. Diese Pause hatte nicht dazu gedient, sich des Namens zu erinnern, sondern war ein Augenblick des Nachdenkens, als wäre sie nicht sicher, was sie sagen sollte oder ob sie überhaupt etwas sagen wollte. »Was kann ich für dich tun?«

Das war die Vermutung, die Cecilia der Welt gegenüber hatte: Jeder mußte ständig irgend etwas erledigen. Sie selbst ja auch.

Dem Aussehen nach hatte sie sich erstaunlich wenig verändert gegenüber der jungen Jurastudentin, die Tess vor zwei Jahren kennengelernt hatte, als sie beide gerade dabei waren, ihr Leben völlig umzukrempeln. Ihr Gesicht war, sollte es sich verändert haben, höchstens noch feiner geworden, ihr kurzes dunkles Haar noch immer wie eine Federkappe, was das Vogelartige ihrer Erscheinung betonte. Damals hatte Cecilia Cece geheißen, ein verschrecktes, doch entschlossenes Mädchen aus Ost-Baltimore, das sich entschieden hatte, mehr vom Leben zu wollen als einen Jungen aus der Nachbarschaft und einen Gang durch das Kirchenschiff in einem zehn Kilo schweren weißen Kleid, worauf ein Empfang im Lokal ihres Vaters folgen würde und dann 60 Jahre lang praktisch nichts Neues mehr.

Aber Cece war auch zaghafter gewesen, und ihr Selbstbewußtsein war mal größer, mal kleiner. Diese schüchterne Art war verschwunden, genau wie der Spitzname.

»Du hast dich nicht sehr verändert«, bemerkte Tess, wobei sie sich auf die oberflächlichen Dinge bezog.

Cecilia fuhr auf. Tess hatte den Eindruck, daß sie es genau so übelgenommen hätte, wenn die gegenteilige Meinung geäußert worden wäre. »Das mußt gerade du sagen. Kriegst du denn nicht endlich mal Lust, dieses ganze Haar da abzuschneiden?«

»Ich lasse es mir alle sechs Monate schneiden, oder wenn mein Zopf über meinen BH hinunterreicht. Je nachdem, was früher eintrifft. Wie bei Jiffy Lube, entweder drei Monate oder 300 Meilen. Ich sollte vielleicht einen dieser kleinen Aufkleber an den Spiegel kleben.«

»Es wäre mir gräßlich, die Sklavin meines Haars zu sein.«

»Langes Haar ist auch nicht schwieriger als kurzes, wenn man es so trägt.«

»Hm.«

Cecila war, was Haare anging, ganz radikal. Die Frisur loszuwerden, die sie ihre Hinterwäldlerfrisur nannte – eine Kaskade von zerzupften, gefärbten Locken –, war der Beginn ihrer Verwandlung gewesen. Der Baltimorer Akzent hatte sich nicht so leicht abschütteln lassen, aber er verschwand schließlich auch. Der letzte Schritt war dann, daß sie eines Abends nach Hause ging und zu ihrem verwitweten Vater sagte, daß es keinen Schwiegersohn geben werde, und was er wohl von einer Schwiegertochter halten würde? Mr Cesnik hatte sich bewundernswert zusammengenommen. Das letzte Mal hatte Tess Cecilia gesehen, als sie gerade eine Anstellung bei Tyner Gray zwischen ihrem zweiten und dritten Jahr an der Uni angenommen hatte, und Tess war in alle Mülleimer in Highlandtown gekrochen, um Beweise für Mr Cesniks Verdacht zu finden, daß seine Rivalen im Gaststättengewerbe tiefgefrorene Piroggen als frische verkauften.

Aber das war vorletzten Sommer gewesen. Cecilia mußte jetzt schon ihren Abschluß haben, vorausgesetzt, sie war von ihren verschiedenen Fällen nicht so in Anspruch genommen worden, daß sie das Studium aufgegeben hatte.

»Dann bist du jetzt also Anwältin?«

Cecilia nickte. »Hab's gleich beim ersten Mal geschafft. Ich arbeite jetzt für ein kleines Anwaltsbüro, das hauptsächlich Zivilrecht macht. Das heute abend ist völlig außer der Reihe.«

»Und zwar –«

»Ich arbeite bei einer örtlichen Anwaltsgruppe für Schwule und Lesben mit. Wir machen alles immer ziemlich spontan, nicht so gut organisiert wie das WEHR DICH. Wir treffen uns sonntags in einem kleinen Büro da unten im Gebäude des Gesundheitsamts und setzen uns immer erst dann in Aktion, wenn wir eine klare Sache durchziehen wollen: Klageschriften vor dem Stadtrat oder der Generalversammlung. Oder eine Bedrohung für unsere Gemeinde, so wie jetzt.«

»Entschuldige«, sagte Tess mit einem Kopfschütteln und kam sich hoffnungslos dumm vor. Diese Wirkung hatte Cecilia schon immer auf sie gehabt. Sie gehörte zu den Leuten, die nie daran dachten, daß nicht jeder sofort jeden Gedanken von ihnen nachvollziehen konnte, den Leuten, die davonschossen und ungeduldig wurden, wenn man ihnen nicht in blitzschneller Logik folgen konnte. »Ich weiß gar nicht, wovon du sprichst. Okay, ein hate crime. Und Bobby Hilliard das Opfer? Irgend jemand schlich sich an ihn heran, folgte ihm bis zu Poes Grab und schoß ihn nieder, weil er schwul war?«

Nichts machte Cecilia so ungeduldig wie eine Frage, auf die sie keine Antwort wußte. Sie machte eine Handbewegung, als wollte sie einen sich nähernden Hausierer verscheuchen.

»Bis jetzt wissen wir noch nicht alles. Wir haben einen Hinweis gekriegt, daß die Polizei dieses Verbrechen in Zusammenhang mit diesem Angriff auf Shawn Hayes in seinem Haus am Mount Vernon sieht, der etwa um Neujahr geschah. Kennst du ihn? Er sitzt in fast jedem Kunstausschuß. Der ist so schlimm zusammengeschlagen worden, daß er noch immer auf der Intensivstation liegt. Wahrscheinlich stirbt er in dem Moment, wo seine Familie die künstlichen lebenserhaltenden Maßnahmen stoppen läßt.«

Cecilias Stimme war ausdruckslos, fast gefühllos. Ihre Leidenschaft galt dem großen Bild, nicht dem belanglosen Einzelmenschen.

»War es das, worauf der *Leuchtturm* in seiner Website Bezug nahm? Tante Kitty erwähnte es gestern mir gegenüber.«

Cecilias Gesicht hellte sich auf. »Ich kann mich gut an deine Tante Kitty und ihren Buchladen erinnern. Sie war entzückend.«

Tess war so sehr daran gewöhnt, daß alle sich in Kitty verliebten, daß sie die Bemerkung kaum wahrnahm. »Das ist sie immer noch. Wie dem auch sei, was ist denn nun das Bindeglied zwischen Hayes und Bobby Hilliard?«

»Das wollen wir ja eben von der Polizei hören. Ein Beamter, der zu uns gehört, hat uns den Tip gegeben, daß die Polizei glaubt, zwischen den beiden Fällen könnte eine Verbindung bestehen. Aber unsere Quelle ist bei der Sitte, er weiß sonst nichts. Wir befürchten, daß so ein geisteskranker Schwulenhasser sich weiterentwickelt hat und seine Opfer jetzt nicht mehr schlägt, sondern erschießt – woraus für eine ganze Menge von Baltimorer Bürgern ein Problem in puncto öffentliche Sicherheit entsteht, was die Polizei allerdings nicht wahrhaben will. Wenn das jemand wäre, der hinter Frauen oder Kindern her ist, hätte die Polizei – und die Presse – diese Tatsache längst an die große Glocke gehängt.«

Tess zuckte zweifelnd mit den Schultern. Die Polizei hatte normalerweise gute Gründe dafür, nicht alles auszuplaudern, was sie wußte. Die Presse ebenfalls, so sehr es Tess auch zuwider war, bei denen gute Motive zu erkennen.

»Weißt du denn ganz sicher, daß Shawn Hayes von irgend so einem verrückten Schwulenhasser zusammengeschlagen worden ist?«

»Nein – aber es war ein sehr brutaler Übergriff, und in seinem Haus fehlte nichts. Das Problem ist, Shawn Hayes hatte sich gar nicht als Schwuler geoutet.«

»Nicht wirklich geoutet?«

»Seine Freunde wußten, wie er lebte, und er hatte jahrelang feste Beziehungen, aber dennoch lebte er ... äußerst zurückgezogen. Er hat erwachsene Kinder aus einer Ehe, die vor ein paar Jahren mit einer Scheidung endete. Ich meine, seine Kinder wissen es natürlich, aber er hat es nie so gezeigt.«

Tess dachte an den Ausdruck von Verwirrung bei den Hilliards während der Pressekonferenz. Shawn Hayes war nicht der einzige, der sich nicht wirklich geoutet hatte.

»Dann verstehe ich das Widerstreben der Polizei, diesen Hinweis öffentlich zu diskutieren. Man möchte ja nicht anfangen, über hate crime zu reden, wenn das Opfer gar nicht offen schwul ist.«

»Warum denn nicht?« Cecilias Zorn flammte plötzlich auf. »Ist es denn etwas so Schreckliches, schwul zu sein? Ist es eine Verleumdung, wenn man jemanden als homosexuell bezeichnet? Wirst du vielleicht wütend, wenn dich jemand fälschlich für ein nettes, katholisches Mädchen hält, wegen deines Nachnamens und deiner Sommersprossen?«

»Nein«, sagte Tess langsam und versuchte, bei diesem Köder nicht anzubeißen. Zum ersten Mal verstand sie, was der Ausdruck bedeutete, jemand giere nach Kampf. Um Cecilia war im Augenblick etwas Verdrossenes, als empfände sie die Konfrontation mit Rainer als unbefriedigend und nicht zu Ende gebracht. »Und ich laß auch etliche antisemitische Bemerkungen durchgehen, weil einfach kaum jemand weiß, daß es bei den Monaghans einen Weinstein gegeben hat und es auch nicht jedesmal der Mühe wert ist, daran zu erinnern. Aber du kannst doch nicht hergehen und ein Verbrechen für deine eigenen politischen Ziele beanspruchen, bevor die Tatsachen alle feststehen. Und wenn du jetzt nicht recht hast? Wenn du diese zwei Verbrechen zurechtbiegst, um damit die Öffentlichkeit zu beeinflussen, läufst du Gefahr, mögliche Zeugen zu verwirren, die vielleicht Informationen haben, die mit deinem Szenario nicht zusammenpassen.«

»Ich wüßte nicht, warum. Es ist doch Sache der Kripo, allen Spuren zu folgen, die sie haben. Und ich hatte nicht den Eindruck, daß sie viele haben. Und du?«

»Nein, sie scheinen nicht viel zu wissen.«

Die Unterhaltung versickerte. Tess fühlte sich an die Gründe erinnert, warum ihre Wege sich getrennt hatten, als ihre Lebensansichten nicht mehr übereinstimmten. Nachdem sich Cecilia zur Aktivistin gewandelt hatte, hatte sie alles verdrängt, was sie für diskret hielt. Tess hatte diesen Schnitt nicht gemacht.

»Was Rainer betrifft –« Sie hielt inne, in dem Bewußtsein, daß sie jetzt einen Rat geben wollte, den sie selbst auch bekommen, aber nicht angenommen hatte.

»Der Bulle? Was ist mit ihm?«

»Ich würde ihn mir nicht zum Feind machen. Er hat nicht viel im Kopf, aber er besitzt ein vorzügliches Gedächtnis. Er behält jede Kränkung im Kopf, wenn auch sonst fast nichts. Das ist eine tödliche Mischung.«

»Es geht ja nicht um ihn persönlich.«

»So sieht er es bestimmt nicht. Es handelt sich um seinen Fall; dies war seine Pressekonferenz.« Sie hielt inne, abgelenkt durch die Erinnerung an die Massenszenen auf der War Memorial Plaza. Die Hilliards hatten zwischen diesen riesigen Pferden so winzig klein ausgesehen. »Mir tun die Eltern leid.«

»Natürlich. Ihr Sohn ist tot.«

»Seine … Lebensweise scheint ihnen gar nicht bewußt zu sein. Es ist nicht nur, daß sie nicht verstanden haben, was ein hate crime ist. Sondern sie begreifen auch überhaupt nicht, weshalb ihr Sohn dabei das Opfer sein konnte. Mußtest du ihnen das wirklich reindrücken?«

»Bobby Hilliard war ja kein Schwuler, der noch kein Coming-out hatte.«

»Er ist fast 300 Kilometer weit weggezogen, um das Leben führen zu können, das er wollte. Vielleicht war er bereit, seinen Eltern einen gewissen Grad an Verleugnung zuzubilligen in bezug auf eine Wahl, die sie vielleicht nicht verstanden oder akzeptierten.«

»Man hat gar keine Wahl.« Cecilia hob das Kinn. »Außerdem ist das wichtiger als ein einzelner Polizeibeamter, eine

Familie oder zwei trauernde Eltern. Das betrifft unsere gesamte Gemeinde.«

»Wenn du recht hast. So ein ungenauer Tip von einem von der Sitte ist für nichts eine Garantie.«

»Na ja, genau das versuche ich doch herauszufinden. Rainer hätte mir meine Fragen am Telefon beantworten können – wenn er sich dazu herabgelassen hätte, meine Anrufe anzunehmen. Er wollte nicht mitspielen. Also mußte ich die Sache an die Öffentlichkeit bringen. Warum bist eigentlich du hier?«

Tess benutzte die Ausrede, die sie für Rainer vorbereitet hatte. »Ich kam gerade vorbei und wollte sehen, was der ganze Zirkus hier eigentlich zu bedeuten hatte.«

»Immer noch neugierig, was, Tess?« Cecilia hielt ihr die Hand hin, eine seltsam formelle Geste, die Tess nur daran erinnerte, wie fremd sie einander geworden waren. »Also, hat mich gefreut, dich zu sehen. Komm doch um 6 Uhr in Shawn Hayes' Haus am Mount Vernon vorbei, wenn du Lust hast, und sieh dir an, wie ich live auf Sendung gehe, bei jedem Sender hier, einem nach dem anderen. Ich bin Profi inzwischen.«

»Du warst schon immer ein Profi«, sagte Tess, »aber ich glaube, noch ein Medienereignis heute, das würde mir auf den Magen schlagen. Ruf mich doch irgendwann mal an, und wir gehen zusammen was trinken!«

»Hast du jetzt ein Büro?«

»Ein Büro, ein Haus, einen Hund, einen Freund. Ich bin grundsolide geworden. Und du?«

»Ein Büro, eine Wohnung, eine Katze, eine Freundin. Wahrscheinlich bin ich auch ganz schön solide. Ganz schön lange her, was, seit ich dir in diesem Café auf den Arsch geklatscht habe. Weißt du noch?«

»Nur weil du die Überraschung auf deiner Seite hattest«, fühlte sich Tess verpflichtet zu betonen. »Unter anderen Umständen hätte ich dich leicht erwischt.«

»Natürlich, Tess. Natürlich.« Aber zum ersten Mal seit

Beginn ihres Gesprächs lächelte Cecilia, und ihre Züge waren von echter Wärme erfüllt. Dann machte sie kehrt und eilte die Straße entlang auf eine Parkuhr zu.

Tess wünschte, sie hätte auch immer so zielstrebig auf etwas zugehen können.

9. Kapitel

Baltimore hat eine West Street, eine South Street, eine North Avenue, eine Eastern Avenue und noch ein paar Varianten zu den vier Himmelsrichtungen, aber ausgerechnet die Straße, in der Tess wohnte, die East Lane, war dafür bekannt, daß sich dort die Pizzaboten leicht verirrten. Tess war das nur recht. Einerseits bekam sie dadurch manchmal eine Pizza gratis. Andererseits mußte das doch wohl heißen, daß sie schwer zu finden war.

Jedenfalls dachte sie das, bis sie am nächsten Morgen aus dem Haus trat und ihre übliche tägliche Suche nach dem *Leuchtturm* begann. Der Zeitungsbote liebte Abwechslung; manchmal ließ er die Zeitung als kleines Bündel am Fuß des Hügels liegen, dann wieder warf er offenbar einfach die Arme in die Luft, und die Zeitung blieb dort liegen, wo sie zufällig gelandet war. Heute fand Tess sie – zumindest hoffte sie, es sei die ihre – im Hinterhof des Hauses gegenüber.

Erst als sie wieder zu ihrer Schwelle kam, bemerkte sie das weiße Briefkuvert in dem Weidenkorb, den sie als Briefkasten benutzte. Es war schwer und quadratisch, eher creme- als schneeweiß und so formell wie die Einladung zu einer Hochzeit.

Aber Tess konnte sich nicht vorstellen, daß viele Hochzeitseinladungen über Nacht auftauchten, bevor die übrige

Post ausgetragen wurde. Und obwohl eine Hochzeitseinladung durchaus mit roten Rosenknospen geschmückt sein mochte, wären da die Knospen nicht eher im Umschlag statt am Boden ihres Briefkastens ausgestreut?

Was in ihrem Büro nur interessant gewirkt hatte, war hier an der Schwelle ihres Hauses unheimlich. Sie ließ die Rosenknospen liegen, nahm den Umschlag aus dem Korb und hielt ihn weit von sich, als wäre er eine tödliche Waffe oder etwas Übelriechendes. Mit noch immer ausgestrecktem Arm ging sie nach drinnen und setzte sich an den Tisch aus der Kolonialzeit, der gleichzeitig als Schreibtisch und als Eßzimmertisch diente.

MISS MONAGHAN stand handschriftlich auf dem Kuvert, in einer engen, altmodischen Schrift, bei der das geschwungene O und die beiden A's mehr hoch als breit waren. Es handelte sich um gutes Briefpapier, schwer und fest. Wenn sie klug war, würde sie es jetzt sofort in eine Plastiktüte stecken, zur Polizei bringen und bei der Spurensicherung ein neues Zuhause finden lassen.

Wenn sie klug war … das war das große Wenn. Sie öffnete den Umschlag mit einem Schweizer Armeemesser, betrachtete das Futter – blaue Streifen auf cremeweißem Grund, weder weiblich noch männlich wirkend – und faltete den zusammengelegten Briefbogen mit der Messerspitze auf. Die Worte darauf waren ein Computerausdruck, aber mit einer phantasievollen Schrifttype, die der Handschrift auf dem Umschlag ähnelte.

Guten Morgen. In der Pratt-Bibliothek kann man an einem kalten Wintertag sehr angenehm Nachforschungen betreiben. Waren Sie schon einmal im Poe-Zimmer? Vielleicht müssen Sie an der Information nach einer Führung fragen.
P. S. Gut parken kann man eher in der Mulberry als in der Cathedral Street.

Am unteren Rand des Blattes stand ein Zitat, vermutlich von Poe, obwohl es Tess nichts sagte, da sie von ihm nur das mit den Glocken und Annabel Lee und, natürlich, den »nimmermehr«enden Raben kannte:

Es wohnt in manchen körperlosen Dingen
ein doppelt Leben: Zwiefach und doch eins –
ein Abbild jener Wesenheit, darinnen
Materie und Licht der Kern des Seins.

Sie ging in die Küche, suchte sich eine Zange und steckte damit den Brief und das Kuvert in eine Brotzeittüte. Als sie damit fertig war, beschloß sie, dieses Beweisstück zu verstekken, bis sie es bei sich im Büro in den Safe tun konnte. Sie besaß eine alte Konservendose für Austern mit einem doppelten Boden, und da paßte es genau hinein. Während sie sich darüber beugte und acht gab, daß alles wieder an Ort und Stelle saß, stieß sie jemand von hinten mit einer langen, kalten Nase an. Sie fuhr heftig herum und fand sich Esskays vorwurfsvollen Augen gegenüber. Die Hündin, mit der Crow heute früh schon gegangen war, versuchte, von Tess noch einen zweiten Spaziergang zu erbetteln.

»Hier hat sich heute nacht ein Fremder herumgetrieben«, sagte Tess zu ihr, indem sie sich vor sie hockte. »Ich weiß, daß du nicht bellst, aber hättest du nicht wenigstens winseln können? Ist das zuviel verlangt?«

Sie hatte das nur rhetorisch gemeint. Doch Esskay stieß mit der Nase unter Tess' Arm und warf sie um, so daß sie auf dem Hintern landete.

»Ich nehme das als ein Ja«, sagte Tess zu dem Hund. Sie griff von ihrem Platz auf dem Fußboden aus nach der Zeitung und holte sie aus ihrer gelben Plastikhülle, um schnell zu überfliegen, ob der *Leuchtturm* auf die Sache mit Shawn Hayes zu sprechen kam. Cecilia wurde mit keinem einzigen

Absätzchen erwähnt, was bedeutete, daß die Herausgeber des *Leuchtturms* überzeugt worden waren – höchstwahrscheinlich vom Polizeihauptquartier –, sie sei eine Spinnerin und etwas verrückt. Oder vielleicht hatte Shawn Hayes' Familie, im Bewußtsein um die Diskretion, die er immer bewiesen hatte, auf die Zeitung Einfluß genommen, mit dem Argument, daß er jetzt, wo er im Koma lag, nicht anders behandelt werden dürfe. Solch eine Abmachung konnten Baltimores einflußreichste Familien noch immer erreichen.

Am gestrigen Abend hatten die hiesigen Fernsehsender Cecilia Gelegenheit für eine ganz kurze Einspielung am Sonntagabend gegeben und sich damit weniger abweisend gezeigt als die Zeitung, aber sie wußten auch nicht, was sie machen sollten, solange ihnen nicht die Presse die Richtung zeigte.

Für Cecilia bestand die Schwierigkeit darin, daß sich die Presse, sowohl die in der Stadt als auch die aus dem Umland, insgesamt bereits ein festes Bild gemacht hatte. Es handelte sich hier um Poe, es handelte sich um eine Gespenstergeschichte, es gab dabei »menschliche Interessen«. Wenn Bobby Hilliard irgendwo an einer Straßenecke erschossen worden wäre, als er von der Arbeit nach Hause ging, wäre er einfach nur einer unter vielen gewesen, und Cecilias Theorie hätte viel mehr Interesse geweckt, zumindest lokal. Aber der Blick auf Poe war zu genüßlich. Zumindest einstweilen konnten ihn die Medien nicht aufgeben.

Tess warf noch einmal einen Blick auf die Austerndose. Sie sollte Herman Peters vom *Leuchtturm* anrufen und fragen, ob er den Polizeibericht zu Shawn Hayes habe. Wenn es zwischen diesen beiden Fällen eine Verbindung gab – und das hatte Rainer bei all seinem Gepoltere nie geleugnet –, könnte sie das vielleicht zu dem Porzellanschweinchen führen.

»Natürlich wäre es einfach albern, jetzt in die Bibliothek

zu gehen«, sagte sie zu Esskay. »Mit dieser Nachricht hat sich wahrscheinlich jemand einen Scherz erlaubt. Ich könnte mir vorstellen, daß vielleicht Whitney sich da über mich lustig macht.«

Esskay stand über ihr und stieß ihren sauren, fischigen Atem aus, den Tess zu lieben gelernt hatte, weil er ein unabdingbares Attribut dieser als Hund verkleideten Primadonna war.

»Andererseits macht die Bibliothek erst um 10 Uhr auf. Wenn das also das erste sein soll, was ich heute tue, könnten wir es ohne weiteres rechtfertigen, jetzt noch einmal eine Stunde lang ins Bett zu gehen.«

Zumindest darüber wurden sie sich sofort einig.

Als Tess zwei Stunden später die Tür zuschloß, bemerkte sie auf der Straße hinter sich eine plötzliche Bewegung, einen merkwürdigen kleinen Luftzug, wie er entsteht, wenn jemand eilig geht, ohne geradezu zu rennen.

Ihre Bewegung war so schnell, daß sie sogar dem Instinkt zuvorkam: Sie drehte sich um, die Schlüssel fest in der Faust, und vollzog einen Schwinger mit dem rechten Arm.

Ihr Besucher hatte Glück, daß er größer war als sie und die Schlüssel deshalb nur seinen Hals und nicht seine Augen erwischten. Und noch mehr Glück, daß sein Hals mit einem karierten Schal gepolstert war, so daß die Schlüssel nur in Stoffalten versanken. Aber er war überrascht und trat einen Schritt über ihre Stufen zurück, wobei er aufs Knie fiel und sich fast den Knöchel verstauchte.

Über ihm stehend erkannte Tess das dunkle Haar und den kleinlichen Mund des Sprechers von der Pressekonferenz, der die Show auf dem Kabelkanal machte, obwohl dieser Mund im Augenblick ganz uncharakteristisch geschlossen war. Sie trat schnell an ihm vorbei und ging auf ihr Auto zu.

Er rappelte sich auf und schaffte es, sich zwischen sie und

den Toyota zu quetschen, wie ein Vertreter, der gelernt hat, den Fuß in die Tür zu stellen, bevor sie zuschlägt.

»Jim Yeager«, sagte er und streckte die Hand aus. »Ich muß mit Ihnen reden.«

»Ich habe ein Büro«, sagte sie. »Kommen bei Ihnen die Leute vielleicht nach Hause, wenn sie etwas Geschäftliches besprechen wollen?«

Er vertrat ihr immer noch den Weg und hielt ihr immer noch die Hand hin, als hätte er die Hoffnung auf einen herzlichen Empfang noch nicht ganz aufgegeben.

»Also gut, nein«, sagte er. »Aber meine Adresse ist anonym. Das muß man machen, bei meiner Arbeit. Sie glauben gar nicht, auf was die Leute alles kommen, verstehen Sie? Ich hätte immer Angst, daß irgendwelche Gestörten bei mir auftauchen.«

»Genau«, sagte Tess, deren Adresse ebenfalls anonym war. Was hieß, daß Yeager sie durch einen Hinweis von jemandem gefunden hatte, wahrscheinlich von Rainer, der ihr damit ihr Auftauchen bei der gestrigen Pressekonferenz heimzahlte. Erst ein norwegischer Rundfunkreporter, jetzt der da. Rainer wußte offenbar ganz genau, wo ihre neuralgischen Punkte lagen und wie man sie erwischte.

»Na, na. Sehe ich vielleicht gestört aus?«

»Sie sehen aus«, sagte Tess, »wie einer aus Washington.«

»Ist das a priori schlecht?« Er liebte es, lateinische Redewendungen zu benutzen, das war seine Masche und sein Tick, seine Art und Weise, den Zuhörern klarzumachen, daß er Jura studiert hatte. »Aus Washington zu sein, nicht so auszusehen, meine ich.«

»Allerdings.« Tess mochte Washington wegen seiner schönen Bauwerke und seines guten Essens. Washington selbst war nicht schuld daran, daß sich dort solche unerträglichen Menschen sammelten wie Haare im Ausfluß. Wenn man es genau nahm, war vielleicht Maryland daran schuld. Der

Staat hatte schließlich dieses viereckige Stück Land gespendet, auf dem die Hauptstadt der Nation entstanden war.

»Hören Sie zu, es tut mir leid, daß ich hier aufgetaucht bin, aber ich habe einen Hinweis bekommen, daß Sie etwas über den Mordfall Poe wissen, und darüber würde ich gern mit Ihnen sprechen.«

»Selbst wenn ich etwas darüber wüßte, wären das Informationen, die aus meiner Arbeit für einen Auftraggeber stammen, und ich könnte sie Ihnen nicht mitteilen. Also wenn ich etwas wüßte – und glauben Sie mir, ich weiß nichts –, hätte ich Ihnen trotzdem nichts darüber zu sagen.«

»Hören Sie mir erst mal zu.« Im Fernsehen war Yeager so wortgewaltig und sprach so schnell und leidenschaftlich, daß seine Gäste nur selten zu Wort kamen. Aber jetzt ging er Tess gegenüber sanft vor und versuchte sich einzuschmeicheln. Er sah so aus, als hätte ihm jemand – vielleicht nur ein einziges Mal und vor langer Zeit – gesagt, er habe Charme. Sein lockiges schwarzes Haar erinnerte Tess an die dunkelsten Trauben aus Concord, und sein schweres, grobschlächtiges Gesicht war so rot, daß er es damit nie in die wirklich angesagten neuen Fernsehshows schaffen würde. Dennoch strotzte er von Selbstgefälligkeit.

»Nur zehn Minuten von Ihrer Zeit«, beschwatzte er sie. »Können wir nicht hineingehen, damit ich Ihnen meinen Vorschlag unterbreiten kann?«

Sie wollte grundsätzlich keine Fremden in ihrem Haus haben, nicht einmal an einem ganz normalen Vormittag, und dieser Vormittag war schon vor Stunden über jegliche Norm hinausgeschossen. Mit ihrem Haus war sie ziemlich eigen. Es war für Freunde und Verwandte da, aber nicht fürs Geschäft, niemals fürs Geschäft.

»Da unten ist ein Café, an der Cold Spring Lane, ›Die Kaffeemühle‹. Dort wollte ich sowieso gerade etwas Kaffee tanken, bevor ich an die Arbeit gehe. Ich gebe Ihnen genau eine

Tasse Kaffee lang Zeit, um Ihr Angebot zu machen, was es auch sein mag.«

»Kaffeemühle? Witziger Name. Aber gibt es dort auch guten Kaffee? Ich muß gestehen, daß Starbucks mich völlig verdorben hat. Ich brauche meinen doppelten koffeinfreien *caffe latte* mit Schaum, um den Tag beginnen zu können.«

»Ich glaube, das wird Ihnen dort gelingen.«

Tess wohnte jetzt seit zehn Monaten in ihrem neuen Viertel. Und diese nördliche Filiale der »Kaffeemühle« gehörte seit neun Monaten, drei Wochen und sechs Tagen zu ihrem normalen Tagesablauf. Sie war zu Beginn der Renovierungsarbeiten an ihrem Haus dorthin gegangen, weil sie ein staubfreies Frühstück wollte, und hatte es dann einfach beibehalten. Es war ein einmaliges Lokal, der Knotenpunkt des Viertels, wo sich Studenten, Bohemiens aus Nord-Baltimore und sehr adrette Bewohner des Roland Park zusammenfanden. An den Wänden hingen Werke von Künstlern aus der Gegend, und es gab eine imitierte Grotte mit einem Wasserfall und einer Blitzkugel auf einem Podest. Die neueste Errungenschaft war ein Sofa »à la Elvis«, ein riesiges, weißsamtenes Möbelstück mit goldenen Tressen, auf dem Tess sich vorkam wie in einer Show von Merv Griffin. Der Orangensaft war frisch, der Kaffee ausgezeichnet. Das einzige, was Tess gegen die Kaffeemühle vorzubringen hatte, war, daß sie erst um 7 Uhr morgens aufmachte. In den Sommermonaten wäre ihr eine Tasse Kaffee sehr recht gewesen, wenn sie um 6 Uhr morgens zum Rudern aus dem Haus ging.

»Irre«, sagte Jim Yeager. Er klang nie sehr ehrlich, vielleicht wegen seiner überwältigenden Selbstüberschätzung. Es war, als würde er jeden Augenblick seines Lebens auf einem kleinen Monitor in seinem Kopf noch einmal abspielen, so daß er sofort jeden Gesichtsausdruck und jeden Ton beurteilen konnte. »So etwas habe ich in Baltimore gar nicht erwartet.«

»Lassen Sie mich raten.« Tess gab Glenn ihren verbeulten Becher zum Mitnehmen, dem Chef, der gerne Leute um sich hatte und einer der Hauptanziehungspunkte der Kaffeemühle war. Hier gab es keine hochnäsigen Rechtsanwälte, nur Glenn und seinen Partner Travis und eine wechselnde Armee von hübschen Knaben und Mädchen, die immer genau den richtigen Grad an Fröhlichkeit zeigten: eher sanft am Morgen, lebhaft am Nachmittag, entspannt am Abend. »Wenn Sie an Baltimore denken – das Sie sicher einfach tooooooootal lieben –, dann denken Sie an den Stadthafen, an Camden Yards, gedünstete Krabben und Little Italy. Ach, und natürlich an diese weißen Marmorstufen und die O's.«

Jim Yeager sah verwirrt aus. »Also, eigentlich schon. Ich meine, ich gehe tatsächlich sehr gern zu den Oriole-Spielen, und hinterher gehen wir oft noch nach Little Italy oder zu O'Brycki's.«

»Wie fänden Sie es, wenn wir uns bei einer Party träfen und ich würde sagen: ›Ich liebe Washington, D.C., einfach tooooooootal, all seine coolen Bauwerke und die Kirschblüten und dieses wunderbare Restaurant, das Duke Ziebart's, von dem Larry King immer spricht‹?«

»Das Duke Ziebart's ist geschlossen, und Larry King ist ein Arsch.«

»Sehen Sie?«

Sie setzten sich in eine Nische am hinteren Ende, in die Nähe der provisorischen Bücherregale und des tragbaren CD-Players, wo Blossom Dearie sich durch ihre Morgensendung wisperte. Was gerade an Kunst ausgestellt wurde, war vom »Glasmann von Baltimore«, einem, wie es hieß, visionären Künstler – Tess mochte diesen Ausdruck nicht, er schmeckte nach Protektion –, der witzige Collagen aus Zeitschriften, Glitzerkram und den nie endenden Vorräten an zerbrochenem Glas aus Baltimores Straßen schuf. Crow hatte ihr eine seiner Arbeiten zu Weihnachten geschenkt, eine erstaunliche Freiheitsstatue, die ihre Fackel jetzt dort in die Höhe hielt, wo eines Tages das Eßzimmer sein würde.

»Interessant«, sagte Yeager zu dem Stück, das über ihren Köpfen hing, einem lächelnden Mann in roten Hosen und einem türkisfarbenen Hemd, der etwas in eine Tasse goß, worunter stand: HEISSER KAFFEE AN EINEM KALTEN TAG.

»So, jetzt also mein Vorschlag«, begann Yeager, nur um vom Geräusch eines Handys unterbrochen zu werden, das irgendwo gedämpft durch Stoff drang. »Ist das Ihres oder meines?«

»Ihres. Ich schalte meines aus, wenn ich mit jemandem spreche«, sagte Tess betont.

Er klopfte seine Taschen ab, fand sein Handy, öffnete es und schaute auf die Nummer. »Niemand, mit dem ich jetzt unbedingt sprechen muß.«

»Wenn Sie es genau betrachten«, sagte Tess, »mit wie vielen Leuten müssen Sie tatsächlich jetzt im Moment unbedingt sprechen? Ich meine, abgesehen davon, daß in Ihrer Familie etwas passiert ist oder daß jemand von der Arbeit anruft und Ihnen verkündet, daß Sie die Gelegenheit haben, sich mit dem Freak der Woche an einen Tisch zu setzen, wenn Sie auf der Stelle ins Studio kommen, abgesehen davon, wie leicht erreichbar müssen Sie sein? Reicht eine Mailbox nicht in den meisten Fällen aus?«

Er setzte wieder sein verwirrtes Gesicht auf, ein einstudierter Ausdruck, den er bei den Nachrichten bestimmt schon gegen eine ganze Reihe von Leuten benutzt hatte, um Unwägbarkeiten abzuwägen. »Aber Sie haben doch auch ein Handy. Das haben Sie gerade gesagt.«

»Bei mir ist oft kein Telefon in der Nähe, wenn ich jemanden überwachen muß. Aber ich benutze es nie beim Autofahren. Und ich unterbreche deswegen nie eine Unterhaltung mit einem Gesprächspartner, außer, ich erwarte einen dringenden Anruf, was fast nie der Fall ist. Das sind meine Regeln. Ich erwarte nicht, daß die ganze Welt sie sich zu eigen macht.«

Yeager nippte an seinem *caffe latte*. Sie sah, daß er überrascht war, wie gut er schmeckte, aber so viel wußte er jetzt schon: Er durfte sich nicht zu erstaunt geben darüber, daß man in Baltimore einen anständigen Kaffee trinken konnte. Er sah nachdenklich aus. Aussehen kann täuschen.

»Was wollten Sie damit sagen, als Sie die Anspielung auf den ›Freak der Woche‹ gemacht haben? Ich mache doch eine seriöse Nachrichtensendung. Ich interviewe Politiker und Meinungsforscher und gutinformierte Journalisten. Ich trete nicht jeden Mist breit so wie manche andere, nur damit sie ihre Viertelstunde Ruhm bekommen.«

»Ach, ich habe kein Kabelfernsehen« – der traurige Ausdruck auf Jim Yeagers Gesicht war bemerkenswert rein und echt –, »aber ich habe über Ihre Sendung hie und da etwas in der Zeitung gelesen und manchmal Ausschnitte davon mitgekriegt, wenn jemand sie unbedingt im Fitneßclub einschalten wollte. Hatten Sie nicht erst vor kurzem den Ehemann dieser berühmten Filmschauspielerin aus Hollywood da, diesen Typen, der seine Schwiegertochter geschwängert hatte und sich dann die Scheidung erkämpfte, wobei er sich von seiner Frau eine riesige Abfindung zahlen ließ?«

»In diesem Fall gab es ernsthafte juristische Probleme. Wir hatten ein paar der führenden juristischen Köpfe des Landes dabei –«

»Führende Köpfe des Landes? Ach, Sie meinen wohl die Frau, die den simpelsten Mordprozeß des letzten Jahrhunderts verloren hat, während die ganze Welt zusah, und den Typ, der immer das Fransenjackett trägt. Wissen Sie, so stelle ich mir immer einen Anwalt vor. Einen Kerl im Wildlederjackett, der ständig im Fernsehen zu sehen ist.«

Yeager lächelte. »Sie waren früher Zeitungsreporterin, stimmt's?«

Das überraschte sie. Sie hätte von einer selbsternannten Fernseh-»Persönlichkeit« keine Recherchen erwartet. Wahrscheinlich hatte er einen Produzenten, der ihm all den mühsamen Recherchenkram abnahm.

»Schon sehr lange her. Außer ein paar schmerzlichen Erinnerungsblitzen hie und da weiß ich fast gar nichts mehr von meiner mißglückten Jugend.«

»Wie sind Sie Privatdetektivin geworden?«

»Ich war zur falschen Zeit am falschen Ort.« Sie wollte es ganz lässig sagen, aber diese Bemerkung öffnete in ihrem Kopf eine alte Tür, eine Tür, die sie immer verschlossen zu halten versuchte. Mit schmerzlicher Schärfe wurde sie an jenen Herbst erinnert, als in ihrer Ungebung plötzlich alle zu sterben schienen.

»Welche Verbindung haben Sie mit dem Mord an Poes Grab?«

»Keine.«

»Ich habe aber eine Quelle.« Er warf ihr einen Blick zu wie ein richtiger Anwalt, einen Blick, wie ihn Gregory Peck und Raymond Burr und Spencer Tracy als Atticus Finch respektive Perry Mason respektive Clarence Darrow benutzt hatten. »Ich habe eine Quelle, die besagt, daß Sie Augenzeugin waren.«

»Ist Ihre Quelle zufällig ein Beamter des Morddezernats mit mehr Zähnen, als ein Klavier Tasten hat?«

»Ich stelle hier die Fragen«, sagte Yeager und stieß sich den Zeigefinger gegen die Brust wie ein Zweijähriger, der gerade die erste Person Singular entdeckt hat.

»Ach tatsächlich? Wann haben wir uns denn auf diese Regel verständigt? Wir sind hier nicht in Ihrem Studio. Ich sehe nirgends Kameras.«

Er lächelte. Er machte wieder auf charmant.

»Sie sind sehr fotogen. Sie hätten zum Fernsehen gehen können, als Ihre Karriere als Zeitungsreporterin endete. Sie haben das Aussehen dafür. Sehr hübsch, aber auch intelligent, das sieht man.«

Ja, hätte ich, dachte Tess, nur wollte ich keine Schande über meine Familie bringen. Aber sie sagte nichts, sondern trank nur ihren Kaffee aus ihrem Thermosbecher mit dem Logo der Kaffeemühle darauf.

»Hier also mein Angebot. Ich mache am Donnerstag abend eine Sendung über die Morde, das ist der Abend mit meinen höchsten Einschaltquoten. Keine Ahnung, warum. Wahrscheinlich wollen die Leute noch ein bißchen was Intellektuelles, bevor das Wochenende losgeht.«

Tess hielt den Mund, obwohl es weh tat, sich so eine fette Chance entgehen zu lassen.

»Ich habe mir also gedacht, ich bringe zuerst einen Poe-Kenner – ich habe da so einen Typ von Duke bekommen, der ein paar wirklich radikale Theorien zu ihm und seinem Leben aufgestellt hat – und komme dann auf diesen modernen Krimi zu sprechen, der genauso voller Verwicklungen ist, wie nur etwas, was Poe geschrieben haben könnte. Ihr Augenzeugenbericht könnte das Ganze noch so richtig aufpeppen; Sie müßten sozusagen die Rolle Baltimores bei der ganzen Sache erläutern. Sie könnten erzählen, daß das jedes Jahr so abläuft – blah, blah, blah, das Ritual, die Tradition, blah, blah, blah –, und der ganzen Welt Baltimore erläutern.«

»Hmmmm. Warum nehmen Sie dafür nicht Anne Tyler? Oder John Waters oder Barry Levinson? Das sind bekannte Leute, die jeder mit dem Namen Baltimore verbindet.«

»Das haben wir schon versucht«, gestand Yeager, keineswegs unglücklich darüber, Tess wissen zu lassen, daß sie nicht seine erste Wahl gewesen sei. »Waters ist an der Westküste und macht den Sound Mix für seinen neuesten Film; Levinson dreht gerade im Ausland, und Anne Tyler sagt, sie macht nichts fürs Fernsehen. Können Sie sich so etwas vorstellen?«

Tess konnte.

»Also, was halten Sie davon?«

»Wollen Sie die Wahrheit hören? Ich halte es für das Unverantwortlichste, was ich je gehört habe. Es geht hier um einen ungelösten Mordfall. Da ist alles noch ein bißchen zu frisch, um schon verwurstet, eingedost und umverpackt zu werden, nur damit man es der Unterhaltungsindustrie in den Rachen werfen kann.«

Yeager setzte seine indigniert-belustigte Miene auf, indem er die Brauen hochzog und die Lippen zu einem Strich zusammenpreßte. »Wenn ich diese Sendung mache, helfe ich vielleicht der Polizei, Spuren zu finden. Die Leute melden sich oft erst, wenn sie etwas im Fernsehen gesehen haben.«

»Sie dürfen sich das ruhig weiter einbilden. Wie viele Verbrechen haben Sie denn bisher schon auf diese Weise aufgeklärt?«

»Hören Sie mal zu, ich habe Ihnen noch nicht alles gesagt, was ich habe. Das ist eine sensationelle Geschichte, und jeder will sie für sich haben. Die Polizei versucht, die Verbindung zu ein paar weiteren Verbrechen herzustellen.«

»Shawn Hayes. Ich weiß, ich war ja dort.«

»Nicht nur Shawn Hayes. Shawn Hayes ist nur einer von drei Fällen, die sie untersuchen.«

Jetzt hatte er sie, und das wußte er auch, obwohl sie so tat, als wüßte sie zufällig Bescheid. Drei Fälle? Dann hatte Cecilia vielleicht doch recht mit der Bedrohung für die öffentliche Sicherheit.

»Natürlich«, sagte sie, »die anderen Fälle auch. Aber diese anderen beiden Opfer – mir fallen momentan die Namen nicht ein. Wie hießen die noch gleich? Rainer hatte es mir gesagt, und ich hab's vergessen.«

Yeager lachte sie aus und kostete seinen Triumph aus vollem Herzen aus. »Rainer hat Ihnen nicht das geringste gesagt, da bin ich mir völlig sicher. Nicht, daß er mich selber viel weiter gebracht hätte, was das betrifft. Aber ich bin eben in der Lage, ein bißchen Beinarbeit zu leisten, verstehen Sie, und ein paar Scheine springen zu lassen. Ich bin auf 'ne Menge Spuren gestoßen. Auf Ihre ja schließlich auch, oder?«

Es dauert lange, bis man auf den Grund eines Reisebechers von der Kaffeemühle sieht, aber Tess war nun fast dort angekommen. Sie trank den letzten großen Schluck der französischen Röstung, die Augen auf den Holztisch zwischen ihnen gerichtet. Yeagers Hände waren rosig und gedunsen. Er trug einen Ehering, aber der Finger war um ihn herum so angeschwollen, daß man sich nicht vorstellen konnte, wie er ihn je abziehen konnte. Unvernünftigerweise mochte Tess Männer mit Eheringen nicht leiden, vielleicht, weil sie von so vielen schon mal angemacht worden war. Ihr Vater hatte nie einen getragen. Er sagte immer, er brauche nicht auf seine Hand zu schauen, um sich daran zu erinnern, daß er verheiratet war, und ihm täten Männer leid, die das müßten.

»Ich bin eine überzeugte Vertreterin des Rechts auf freie Meinungsäußerung, deswegen würde ich es mir niemals erlauben, den Medien zu sagen, was sie drucken oder senden sollen. Aber hier gibt es tatsächlich Opfer, und Familien, die wirklich Schmerz und Trauer empfinden. Vergessen Sie das nicht, okay?«

»Ich weiß, das wollen Sie und die anderen eingetragenen Mitglieder des Vereins für politische Korrektheit uns einreden. Aber die Dinge sind immer komplizierter, als sie erscheinen«, sagte Yeager selbstbewußt und kryptisch. »Ist das nicht auch ein ständiges Thema in Poes Werk?«

Sein Gesicht war ausdruckslos und undurchschaubar, und Tess erkannte, daß er ihr auf keinen Fall sagen würde, was er wußte, nicht, nachdem sie sein großartiges Geschenk zurückgewiesen hatte, fünf Minuten im Fernsehen auftreten zu können.

Sie stand auf, um zu gehen. »Ich tue nicht so, als wäre ich, nachdem ich ein paar Bücher überflogen habe, in irgend etwas eine Expertin. Trotzdem weiß ich nicht so recht, wie sich Ihre Theorie mit dem ›Stibitzten Brief‹ verträgt, in dem ja zum Ausdruck kommt, daß sich das, wonach man sucht, oft gerade dadurch verbirgt, daß es direkt vor Augen liegt.«

Yeager hatte noch einen letzten Trumpf in der Hand. »Wenn Sie in meiner Sendung auftreten würden, könnten Sie landesweit als Expertin bekannt werden. Und wenn dann *Nightline* oder *CBS News* oder *Dateline* einmal einen Privatdetektiv brauchen, wären Sie in der Datei. Das wäre gut dafür, Sie bekannt zu machen.«

»Es steht allgemein fest«, sagte Tess, »daß ich schon viel zu bekannt bin. Aber viel Glück. Wenn ich Donnerstag abend irgendwo bin, wo es Kabelfernsehen gibt, werde ich versuchen, Sie zu sehen.«

10. Kapitel

Die öffentliche Enoch-Pratt-Bibliothek brachte Tess immer in gehobene Stimmung, und das konnte ihre Stimmung auch gut vertragen, als sie später am Tag dort eintrat. Sie hatte einen großen Teil des Vormittags damit verschwendet, dem verlockenden Hinweis Yeagers bezüglich der anderen beiden Fälle nachzugehen. Sie hatte den Tip sogar an Herman Peters vom *Leuchtturm* weitergegeben, in der Hoffnung, Yeager seinen Fang unter der Hand wegzustehlen, aber den jungen Polizeireporter hatte ihr Geschenk völlig gleichgültig gelassen, und er hatte so tief in sein Handy geseufzt, daß es klang, als sei er in einen Windkanal getreten.

»Ich hasse so einen ›roten Ball‹«, hatte er gemurmelt, aus irgendeiner Hintergasse in West-Baltimore, wo er zusah, wie die Polizei das neueste Todesopfer des Jahres wegschaffte, einen jungen Schwarzen, der hier erschossen worden war. Das Gegenteil eines »roten Balls«, wenn man so wollte. »Ich hasse es, daß diese ganzen Reporter denken, sie hätten eine Ahnung von den Ermittlungen in einem Mordfall, nur weil sie sich im Fernsehen immer wieder die alten Filme von *NYPD Blue* und *Mord* reinziehen. Sie versuchen sogar, in diesem Stil zu sprechen. Und dieser Typ, dieser Yeager, der ist der schlimmste, mit seinem Gerede von Knasti hier und Penner da, wenn er versucht, sich bei den Bullen anzubiedern. Ich glaube, Rainer haßt ihn noch mehr als dich.«

»Na großartig«, sagte Tess. »Aber daß er nervt, heißt ja nicht, daß er nicht doch etwas weiß. Er hat gesagt, es gebe zwei weitere Fälle, Herman. Wie steht es damit? Gibt es weitere Mißhandlungen? Oder Morde?«

»Ich weiß, daß keine weiteren Morde mit dem einen oder dem anderen dieser beiden Fälle in Verbindung stehen«, sagte er resolut, als wüßte er die Geschichte jedes einzelnen Mordfalls auswendig – und vielleicht war das auch der Fall. »Tatsächlich bin ich auch ziemlich sicher, daß es keine Verbindung zwischen dem Überfall auf Shawn Hayes und diesem Mord an Poes Grab gibt. Die Beamten haben mir vertraulich erzählt, was da wohl abgelaufen ist. Shawn Hayes ging immer Jungs auf der Straße aufreißen und schreckte auch vor der übelsten Sorte nicht zurück, und dann wurde eben so eine böse Sache daraus. So was kommt vor. Aber derjenige, der Shawn Hayes zusammengeschlagen hat, hat sich nicht anschließend 'ne Knarre gekauft und Poes Grab ausgespäht. Diese Theorie ist einfach lächerlich.«

»Aber trotzdem kommt die Geschichte von jemandem aus dem Revier.«

»Sagt dieser andere Freund von dir. Ich denke, Rainer setzt einen schwulen Detektiv auf den Fall an und gibt ihm falsche Informationen über Fälle, die sehr delikat zu behandeln sind, um zu sehen, ob er plaudert. Warte mal ab, ob das Ganze nicht in ein paar Wochen wie ein Luftballon zerplatzt.«

»Würde Rainer so etwas wirklich tun? Das klingt ja fast nach McCarthy.«

»Von einem Polizeibeamten wird in erster Linie Loyalität seinem Department gegenüber erwartet. Rainer wäre sogar fähig, einen Baptisten zu täuschen, um zu sehen, ob der über seine Glaubensbrüder auspacken würde. Er ist zwar in der Mordkommission, aber wenn du mich fragst, er gehört eigentlich in die Innere Sicherheit.«

Ach, es war ein Fehler gewesen, auf einen Fernsehmenschen zu hören. Warum hatte sie Yeager nur geglaubt?

Also legte sie auf und ging ins Pratt, und das, weil ihr irgend so ein Verrückter eine Nachricht in ihrem Briefkasten hinterlassen hatte. Sie sollte wirklich ein bißchen besser zu unterscheiden lernen. Vor allem, da niemand sie für ihre Arbeit bezahlte.

Aber um ins Pratt gehen zu können, war Tess zu allem Möglichen bereit. Sie liebte alles daran, angefangen beim Namen, dem Namen des Kaufmanns nämlich, der sein Vermögen da hineingesteckt hatte. Früher hatte es in Baltimore eine ganze Menge solcher charakteristischer Namen gegeben. Das Memorial Stadion, dessen riesiger Namenszug versprach, es würde zu Ehren der Kriegsveteranen ewig so dastehen, war zum Abriß bestimmt, die Lettern sollten ins Depot wandern. Der Flughafen hatte den köstlichen Namen ›Freundschaft‹ eingebüßt und hieß jetzt langweilig und banal BWI – Baltimore Washington International. Tess fand, das sei die traurigste Veränderung im öffentlichen Leben, seit der Bromo-Seltzer-Turm die Flasche auf seiner Spitze eingebüßt hatte.

Aber das Pratt blieb das Pratt und schaffte es, sich seine Würde zu bewahren, auch als es ins Computerzeitalter eintrat und versuchte, seine uralten Abteilungen auf den neuesten Stand zu bringen. Tess liebte das hoch aufragende Atrium hier in der Zentralbibliothek, in dem sie sich so klein vorkam wie fast nirgends sonst. Sie mochte die Blattvergoldung, die Porträts der verschiedenen Lords Baltimore, die verborgenen Schätze des Maryland-Zimmers. Das Beste war, daß es im Pratt durchaus nicht schweigsam und ernst zuging. Es gab einen Widerhall von Geräuschen von der Dekke zum Boden und umgekehrt – von Geräuschen, die in ihrer Zurückhaltung in eine Bibliothek paßten, aber eben trotzdem Geräusche waren. In all den Jahren, die Tess jetzt schon hierherkam, hatte sie nie einen der Angestellten sagen hören: »Ruhe.«

Sie hatte auch noch nie so einen Bibliothekar gesehen wie den jungen Mann, der heute an der Information saß. Ihre Tante Kitty war Bibliothekarin an der Schule gewesen, also hegte Tess nicht die stereotypen Vorstellungen von Haarknoten und Hornbrille. Trotzdem war sie überrascht von diesem rotbackigen jungen Mann, den man sich eher auf einem Rugbyplatz vorstellen konnte, oder hinterher in einer Kneipe, wo er einen Maßkrug stemmte. Mit seinen etwas zerzausten hellbraunen Locken, die aussahen, als wäre er gerade erst aufgestanden, erinnerte er Tess an all die Helden in den Büchern aus ihrer Kindheit. Er war der Laurie von Louisa May Alcott, der Joe Willard von Maud Hart Lovelace, der Johnny Malone von Lenora Mattingly Weber, der Jules aus den All-of-a-kind-Familienbüchern. Sein Hemd steckte nur zur Hälfte in der Hose, sein Seemannspullover franste am Hals aus, und Tess hätte gewettet, daß einer seiner Schuhe nicht zugebunden war.

»Ich heiße Tess Monaghan«, begann sie in ihrer liebenswürdigsten, optimistischsten Art. Sie hatte gelernt, daß man nur so tun mußte, als sei das Anliegen, das man hatte, ganz vernünftig, und schon wurde es auch dazu. »Ich bin Privatdetektivin, und mein Auftraggeber« – na ja, vielleicht so etwas ähnliches – »wünscht, daß ich im Poe-Zimmer Nachforschungen betreibe.«

Sein Bariton war warm und freundlich. Seine Worte nicht.

»Das Poe-Zimmer ist ebenso wie das Mencken-Zimmer wissenschaftlicher Forschung vorbehalten«, sagte er. »Es ist geschlossen, außer für besondere Anlässe. Leider können Privatdetektive daran nichts ändern, obwohl ich sicher bin, daß Ihre Arbeit sehr interessant ist. Wie wird man eigentlich Privatdetektiv?«

»Hören Sie – Entschuldigung, ich habe Ihren Namen nicht mitgekriegt.«

Er deutete auf sein Namensschildchen. »Daniel Clary.«

»Wie die Schöpferin von Henry Huggins, Ramona Quimby und Ellen Tebbits?« Diese Bücher hatte Tess als Kind geliebt.

»Die heißt Cleary. Ich Clary.«

»Oh.« Er sah vielleicht nicht aus wie der Prototyp eines Bibliothekars, aber er war genauso belehrend. »Also dann, wer hat die Entscheidung darüber zu treffen, ob ich Zugang habe?«

»Ich habe sie zu treffen. Ich bin Bibliothekar und kein Pförtner. Und hinter Ihnen warten Leute.«

Er wies auf die wachsende unruhige Schlange hinter ihr.

»Natürlich, selbstverständlich«, sagte Tess in dem Versuch, die Wogen zu glätten. »Ich weiß, daß ich hier um eine Sonderbehandlung bitte, und ich bin davon ausgegangen, daß jemand in der Verwaltung sich damit beschäftigen müßte. Sehen Sie es einmal wie eine Berufung bei Gericht. Wer ist die letzte Instanz?«

»Unsere Direktorin, Carla Hayden, nehme ich an.« Der Vergleich mit dem Gericht war für ihn nicht der richtige gewesen, schien es. Daniel Clary sah immer noch aus wie ein kleiner Junge, der aus dem Schlaf aufgewacht ist, aber jetzt wie ein recht unwirscher.

»Darf ich mal –« Tess streckte probeweise die Hand nach seinem Telefon aus.

»Ich mache das«, sagte er schnell und tippte die Nummer ein, wobei er sich in seinem Drehstuhl umwandte, so daß er jetzt mit dem Rücken zu Tess saß und sie nicht mithören konnte. Sie horchte statt dessen auf das Stöhnen der schlangestehenden Leute und erinnerte sich daran, was sie selbst empfand, wenn sie hinter jemandem warten mußte, der etwas Ausgefallenes verlangte.

»Sagen Sie ihr meinen Namen, Tess Monaghan«, flüsterte sie Daniels Rücken zu. »Und sagen Sie ihr, was ich mache.«

Als er den Stuhl wieder umdrehte, sah er überrascht aus. »Sie sagt, Sie können hinaufgehen, aber unter Aufsicht. Sie kennt Sie anscheinend.«

Tess lächelte, sagte aber nichts. Daniel Clary brauchte nicht zu wissen, daß die Bibliotheksdirektorin oft in Kittys Laden einkaufte. Oder daß sie leidenschaftlich gerne Krimis las und in ihrer Faszination für Verbrechen in Romanform Tess über ihr Berufsleben ausfragte, wann immer sich ihre Wege in Baltimores erstaunlich kleiner gesellschaftlicher Welt kreuzten. Crow hatte die Theorie aufgestellt, daß es in Baltimore nur ungefähr einhundert Leute gebe, oder vielleicht zweihundert, und daß die sich ständig begegneten: in der Gemüseabteilung bei Eddie's, im Foyer des Opernhauses und in Kittys Laden.

Eine Frau mit silberweißem Haar erschien am Tisch, und Tess nahm an, daß das ihre Führerin war. Statt dessen setzte sich die Frau auf Daniels Stuhl, und er nahm ein Schlüsselbund aus einer Schublade. Bezüglich seiner Schuhe hatte

Tess nicht recht gehabt – sie waren beide zugebunden, der eine allerdings mit einem Stück Kabel –, aber mit dem Hemd hatte sie richtig gelegen; es hing zur Hälfte aus den bauchigen braunen Kordhosen heraus.

»Ich wollte eigentlich gar nicht meine Beziehungen spielen lassen«, sagte sie.

»Sie haben es aber getan, nicht wahr?« Es lag keine Bosheit in seiner Stimme, kein Rest von Ärger, aber er ließ es ihr nicht durchgehen, die Tatsachen zu verändern. Er drückte auf den Knopf zwischen den beiden Aufzügen, stellte dann aber fest, daß beide laut der altmodischen Anzeige über ihnen gerade im obersten Stockwerk waren. »Gehen wir lieber zu Fuß.«

Tess hatte immer noch das Bedürfnis, ihn wieder versöhnlich zu stimmen. »Wie lange arbeiten Sie schon im Pratt?«

»Seit zehn Jahren.«

»Es ist wahrscheinlich ganz schön schwierig, hier einen Job zu kriegen, oder?«

Sie waren am oberen Ende der Treppe angelangt. Er drehte sich um und lächelte ihr zu, erfreut von der Idee, daß er eine vielbegehrte Stelle habe.

»Ja, das Pratt ist immer noch ein begehrter Posten, obwohl die Privatindustrie ziemlich hinter den Bibliothekaren her ist. Das fällt fast niemandem auf, aber zur Quellenforschung ausgebildete Bibliothekare sind heutzutage sehr gesucht. Ich könnte, wenn ich woanders arbeiten würde, viel mehr verdienen. Aber ich wurde Bibliothekar, weil ich Bücher liebe. Und jeder, der Bücher liebt, muß begeistert sein, wenn er im Pratt arbeiten kann.«

Tess wußte, daß die Tür zum Mencken-Zimmer himmelblau lackiert war wie eine Tür im Märchen. Doch die zum Poe-Zimmer war eine ganz gewöhnliche Glastür, die sich auf einen ziemlich gewöhnlichen Raum öffnete, ein großes Studierzimmer, in dem man sehr gut seinen Sherry hätte nippen können. Es waren Faltstühle aufgestellt, um einen behelfsmäßigen Hörsaal zu schaffen, und Tess erinnerte sich, daß sie erst vor ein paar Monaten hiergewesen war, zu einer Lesung von Baltimores ungekröntem Dichterkönig, Ralph Pickle.

»Was wollen Sie sehen?« fragte Daniel.

»Ich weiß es nicht«, gab sie zu und kam sich plötzlich albern vor. Die Nachricht von irgendeinem anonymen Irren hatte ihr diese Richtung gewiesen, und Tess war gefolgt, so demütig und dumm wie ein Schaf. »Was gibt es hier denn?«

»Wir haben hier zwar ein paar Sachen ausgestellt, aber eigentlich ist das nur ein allerdings sehr begehrter Konferenzraum«, sagte Daniel und zeigte auf eine Glasvitrine mit ein paar Büchern und anderen Gegenständen von Poe darin. »Die Archive sind nur für Wissenschaftler zugänglich, wie ich Ihnen ja unten schon gesagt habe. Wenn Sie etwas Bestimmtes sehen wollen, könnte ich das für Sie arrangieren. Aber Sie müssen Ihren Rucksack und alle Tintenstifte draußen lassen, und ich muß aufpassen, während Sie lesen.«

»Selbstverständlich.« Sie ging herum und versuchte so auszusehen, als hätte sie eine bestimmte Absicht. »Ich nehme an, auch ein Wissenschaftler kann ein Gauner sein. Gerade ein Wissenschaftler.«

Daniel legte den Finger auf die Lippen, um sich im Scherz über seinen eigenen Berufsstand lustig zu machen. »Über so etwas sprechen wir hier nicht. Bibliothekare leugnen das Problem des Diebstahls, teilweise deshalb, weil sie nichts dagegen tun können.«

»Das ist eine großartige Haltung.«

»Ein wirklich diebstahlsicheres Sicherheitssystem verbietet sich aufgrund seiner Kosten für eine öffentliche Bibliothek von selbst. Und dann gibt es auch noch philosophische Probleme. Es *ist* schließlich und endlich eine öffentliche Bibliothek, die von Steuergeldern unterhalten wird. Wie weit sollen wir also gehen, um unsere kostbaren Waren vor der

Öffentlichkeit zu schützen, die uns ja unterhält? Und selbst wenn man die Besucher daran hindern kann, zu stehlen, wird es immer auch Bibliothekare geben, die stehlen. Darüber spricht man nicht gern, aber es kommt vor.«

»Das leuchtet ein«, sagte Tess, obwohl sie darüber noch nie nachgedacht hatte. In jedem Beruf gab es schwarze Schafe: bei Ärzten, Journalisten, Anwälten. Warum sollten ausgerechnet Bibliothekare von jeder Sünde rein sein?

»Kennen Sie Stephen Carrie Blumberg?« fragte Daniel, während sie weiter im Raum umherging und sich fragte, was sie hier eigentlich tat.

»Nein. Sollte ich ihn kennen?«

»Nicht dem Namen nach. Aber er ist der infamste Bücherdieb der heutigen Zeit. Ein Bücher-Kleptomane.«

»Ist er Bibliothekar?«

»Nein, aber trotzdem ging er mit den Büchern sorgfältiger um als mancher der Bibliothekare, von denen er sie gestohlen hatte. Aber er war krank, klinisch krank. Er plädierte auch tatsächlich bei seiner Gerichtsverhandlung auf ›nicht zurechnungsfähig‹.«

»Hat es funktioniert?«

»Er kam ins Gefängnis. Vor ein paar Jahren wurde er entlassen, und man wollte ihm zur Auflage machen, daß er sich jedesmal dem Personal zu erkennen geben muß, wenn er eine Bibliothek oder ein Archiv betritt. Ich glaube aber, dann kam jemand darauf, daß das verfassungswidrig ist. Verfassungswidrig und auch undurchführbar.«

»Es klingt fast, als würden Sie ihn bewundern«, sagte Tess.

»Ich? Nein, nicht besonders. Tatsächlich ist er mir überhaupt nur bekannt, weil einer von unseren Bibliothekaren hier von dem Thema geradezu besessen war, und in letzter Zeit habe ich oft über meinen früheren Kollegen nachgedacht, das ist ja klar. Er hat die ganze Zeit über Blumberg geplaudert. Am Ende wurde ich so neugierig, daß ich *Ein sanfter Wahn* las, dieses Buch von Nicholas Basbane über Bibliomanie.« Daniel zuckte die Schultern. »Ich mag zwar Bücher, aber so sehr auch wieder nicht. Manchmal frage ich mich, ob mein ehemaliger Kollege vielleicht eine solche Neigung hatte. Aber das werden wir jetzt wahrscheinlich nie mehr erfahren.«

»Wie bitte?« Tess hatte nur mit halbem Ohr zugehört, während sie die Bücher und Gegenstände betrachtete und herauszubekommen versuchte, warum ihr Besucher sie hierher geschickt hatte. Allerdings kam es ihr plötzlich so vor, als habe das Gespräch eine Wendung genommen, der sie folgen mußte.

»Entschuldigen Sie. Ich nahm nur an, da Sie sagten, Sie seien Privatdetektivin, Sie wüßten ...« Daniel sah verlegen aus. »Schließlich war ja die Polizei schon da, obwohl denen niemand viel zu sagen hatte. Die wollten einen Crash-Kurs in Sachen Poe, aber dieser Aufgabe ist ja Jeff Jerome vom Poe-Museum weit eher gewachsen. Tatsächlich kann sich hier keiner erinnern, Bobby je über Poe sprechen gehört zu haben. H.L. Mencken war seine Leidenschaft – und sein Fallstrick.«

»Hat Bobby Hilliard hier gearbeitet? Das wurde in der Zeitung nie erwähnt.«

»Seine Anstellung hier wurde geheimgehalten, aus naheliegenden Gründen.«

»Naheliegenden Gründen?« Tess kam sich langsam wie ein Papagei vor.

Daniel Clary sah sich unruhig um, obwohl sie doch im Poe-Zimmer allein waren. »Es gab da eine vertrauliche Abmachung, die bindend für beide Seiten war. Ich soll nicht darüber sprechen, und vor allem sollte ich nicht hier im Haus darüber sprechen. Aus naheliegenden Gründen.«

»Daniel, hier ist nichts naheliegend für mich, aber das würde ich gerne ändern.«

11. Kapitel

»Erzählen Sie mir alles, was Sie über Bobby Hilliard wissen«, bat Tess Daniel Clary am selben Abend, als sie neben ihm an der Granitbar des Sotto Sopra saß.

Er sah sich unbehaglich um, fühlte sich offensichtlich fehl am Platze in diesem für Baltimorer Verhältnisse glanzvollen Restaurant, obwohl er immerhin einen Augenblick lang so ausgeglichen gewesen war, daß er sich ein Moretti bestellt hatte, ein italienisches Bier. Tess selbst fühlte sich vom Sotto Sopra eingeschüchtert, mit dieser Menge von schönen Menschen, die so wirkten, als hätte man sie aus einer anderen Stadt herangekarrt. In Baltimores Straßen sah man nie jemanden, der so aussah wie die Leute, die im Sotto Sopra aßen. Aber das Restaurant besaß zwei Vorteile: Es lag in der Nähe der Bibliothek, und man bekam hier einen großartigen Risotto, deshalb hatte sie Daniel gefragt, ob sie sich hier treffen wollten.

»Wir waren nicht sehr befreundet«, begann er langsam und schob sich mit dem Daumen die Brille auf der Nase hoch. Tess stellte unwillkürlich fest, daß er eine zu große Schraube verwendet hatte, um die Brille auf der einen Seite zu reparieren, und daß sie deshalb ständig rutschte. »Er war nicht sehr lange im Pratt. Nicht mal ein ganzes Jahr, und das ist jetzt schon vier Jahre her. Vier Jahre. Was bedeutet, daß ich schon seit zehn Jahren dort bin.«

»Seit zehn Jahren? Sie sehen aus, als wären Sie 25.«

»Ich bin 33. Man hält mich aber immer für jünger. Früher hat mich das geärgert, aber jetzt finde ich es allmählich weniger schlimm.«

»Erzählen Sie.«

»Jedenfalls, ich glaube, ich habe seit Jahren nicht mehr an ihn gedacht. Wir haben uns nur noch einmal gesehen, vor ungefähr einem halben Jahr. Können Sie sich vorstellen, daß er mit seinem Teilzeitjob als Kellner mehr verdiente als ich mit Vollzeit? Er genoß es, mir das zu sagen.«

»Zuerst einmal, warum ist er überhaupt gegangen?«

Daniel hatte ein so klares und argloses Gesicht, daß Tess beobachten konnte, wie der Gedanke an eine Lüge darüber hinwegzog, so wie eine kleine Federwolke über die Sonne streicht.

»Wenn Bücher gestohlen werden«, sagte Daniel, als müsse er sich das abringen, »ergibt sich das Problem, daß man es immer erst dann merkt, wenn jemand das fehlende Stück haben will, daß also manchmal Jahre vergehen können, bevor jemand nach einem bestimmten Buch verlangt. Wie in dem alten Lied: Wir wissen nicht, was wir haben, bis wir es verloren haben. Bobby war verdächtig, Dutzende Sachen geklaut zu haben, aber nur ein einziger Diebstahl wurde ihm jemals nachgewiesen.«

»Und zwar?«

Er sah schuldbewußt aus, wie ein kleiner Junge, der an die Mahnung denkt, daß man nicht petzen darf.

»Wir haben einmal gegen Ende des Sommers zusammen im Mencken-Zimmer gearbeitet, an Vorbereitungen für den Mencken-Tag. Das ist der einzige Tag, an dem auch die gewöhnlichen Literaturinteressierten zu dem Raum Zutritt haben, und wir stellen manchmal Stücke aus, die normalerweise nicht zu sehen sind. Bobby und ich schauten zusammen Kartons mit verschiedenen Dingen durch. Er war ganz fanatisch mit Mencken und wußte eine Menge über ihn. Er erzählte mir, daß es am Ende zu einer Fehde mit Dreiser kam, dessen Werk Mencken liebte –«

»Er hat doch eine Einführung zu *Eine amerikanische Tragödie* geschrieben«, warf Tess ein. »Ich habe eine Ausgabe davon bei Kelmscott gesehen.«

Daniel nickte. Jeder Einwohner Baltimores kannte Kelmscott, das Antiquariat.

»Wir stießen auf ein Pillendöschen. Es war an sich kein besonders interessantes Stück. Angeblich hatte es ihm gehört, war allerdings aus Porzellan und mit Blumen bemalt, man kann es also nicht so genau wissen. Er war ja, bevor er starb, lange Zeit krank, und seine Frau starb vor ihm. Ein Pillendöschen hätte verschiedene Assoziationen ausgelöst, die ganz im Gegensatz zu dem gestanden hätten, was wir versuchen wollten, nämlich die Ausstellung visuell so zu gestalten, daß der Besucher das Gefühl hätte, er könne sich in Menckens Kopf hineinversetzen. Eine Ausstellung zu seinem Geistesleben, zu seinem Leben als Autor. Für die Leute wäre es vielleicht spannend, die Schreibmaschine zu sehen, an der er arbeitete, oder seinen Schreibtisch. Aber ein Pillendöschen? Das paßte nicht dazu.«

»Es paßte nicht zum Mythos«, sagte Tess. »Sie wollten nicht, daß man an seinen Schlaganfall denken mußte und daran, daß er während seiner letzten Lebensjahre behindert war.«

»Also, ich will damit nicht sagen, daß wir Propaganda zu machen versuchten – so viel liegt mir nicht an Mencken; als dieser ganze rassistische Kram in seinen Tagebüchern herauskam, war er bei mir irgendwie unten durch –, aber wir suchten eine Möglichkeit, eine gelungene Ausstellung zusammenzustellen, für Leute, die sein Werk leidenschaftlich verehren.«

Tess kannte diese esoterischen Debatten über den Kontext und die historische Genauigkeit in Museumsausstellungen. Sie hingen ihr zum Hals heraus.

»Bobby stimmte mir zwar zu, hielt mir aber eine lange Rede darüber, daß Mencken ein ziemlicher Hypochonder gewesen sei. Als Al Capone hier im Krankenhaus lag, hat Mencken offensichtlich ständig die Ärzte belämmert, sie sollten ihm vertrauliche Informationen über seinen Zustand geben. Er war von dem Fall geradezu besessen.«

»Ich hatte ganz vergessen, daß Capone ja hier seine Syphilis behandeln ließ. Er hat die Kirschbäume vor dem Unionsdenkmal gestiftet, stimmt's?«

»Sie nannten es in den Zeitungsberichten Porphyria – Größenwahn. Obwohl man in seinem Fall vielleicht eher von Elendswahn hätte sprechen können. Eine Zeitlang glaubte er, er sei der Chef von einer großen Fabrik, was für jemanden mit so viel Macht wie Capone ein komischer Traum ist. Sie wissen vielleicht, daß das nicht sein einziger Aufenthalt in Baltimore war. Er war hier früher mal Buchhalter.«

»Ein interessanter Euphemismus.«

»Nein, wirklich. Sein Chef war nach Chicago gegangen, und Capone zog von New York hierher, wo er darauf wartete, geholt zu werden, fast wie ein Fußballspieler aus der Regionalliga. Solange er hier lebte, war er vollkommen gesetzestreu, arbeitete für eine Baufirma und wohnte in Highlandtown.«

Tess versuchte sich vorzustellen, wie die Welt heute aussehen würde, wenn das Leben hier Capone so gut gefallen hätte, daß er sich entschlossen hätte, als anständiger Mensch weiterzuleben. Aber eines hatte die Geschichte sie gelehrt: An Männern – oder Frauen –, die bereit waren, aufzutreten und die Rolle des Schurken zu spielen, gab es keinen Mangel. Es war ein bißchen wie bei den Wettkämpfen des amerikanischen Sportverbands: Nicht immer gewannen die Besten, aber irgend jemand gewann immer. Deshalb konnte sie sich auch nie für Science-fiction-Geschichten erwärmen, wo jemand eine Zeitreise macht, um Hitler oder Stalin, John Wilkes Booth oder Timothy McVeigh zu ermorden, denn dann hätte es eben einen anderen Capone oder McVeigh gegeben, ein anderes Massaker am Valentinstag oder ein anderes Bombardement von Oklahoma City. Das Böse ist nicht wählerisch in bezug auf seine Ausführenden.

Daß das bei den Guten genauso wäre, glaubte sie allerdings nicht. Es gab nur einen Lincoln, nur einen Gandhi. Die würde sie retten, falls sie sich je auf einer Zeitreise befinden sollte.

»Bobby konnte reden«, fuhr Daniel fort. »Ich meine, er konnte mit Worten verzaubern, wie ein Schlangenbeschwörer mit seiner kleinen Flöte. Es strömte nur so aus ihm heraus, und es beeindruckte mich schon, was er so alles über Baltimore wußte, außerdem konnte er endlosen Klatsch über unsere Kollegen von sich geben. Er versuchte mich abzulenken – denn in dem Moment, wo er glaubte, ich wendete ihm den Rücken zu, sah ich ihn das Pillendöschen einstekken.«

»Was haben Sie da gemacht?«

Daniel sah erbärmlich aus. »Nichts. Jedenfalls nicht gleich. Ich – ich hatte Angst, ihn darauf anzusprechen.«

»Angst? Nach Bobbys Beschreibung in der Zeitung und nach dem, wie er mir dort am Grab erschien, sind Sie mindestens 15 Kilo schwerer als er.«

»Sie waren am Grab? Sie haben den Mord gesehen?« Tess nickte kurz, da sie nicht wollte, daß er den Faden verlor. »Sind Sie deshalb in die Bibliothek gekommen?«

»Sozusagen. Bobby hat Sie also eingeschüchtert. Warum denn das?«

»Wissen Sie, es gibt einfach Leute, neben denen man sich, auch wenn man schon erwachsen ist, wie der größte Freak der Welt vorkommt. Bei Bobby passierte einem das. Er war … cool, wenn ich so sagen darf. Wenn ich da etwas zu ihm gesagt hätte, hätte er mich nur ausgelacht – und mich am Ende noch irgendwie davon überzeugt, daß es ganz okay war, dieses Döschen einzustecken. Deshalb hielt ich den Mund. Bis zum nächsten Tag, wo ich unserem Abteilungsleiter sagte, was ich gesehen hatte.«

»Da wurde er entlassen.«

Daniel nickte, die Augen unverwandt auf sein Bierglas gerichtet. »Er durfte selbst kündigen, unter der Bedingung, daß er das Pillendöschen zurückgab und das Pratt bei späteren Anstellungen nicht als Referenz verwendete. Man versuchte, ihn zu dem Geständnis zu bringen, daß er auch andere Sachen gestohlen habe – hauptsächlich antiquarische Bücher und alte Landkarten aus dem Maryland-Zimmer –, aber er schwor Stein und Bein, daß es ein einmaliger Ausrutscher gewesen sei.«

»Aber wenn er ein Dieb war, warum wurde dann nicht die Polizei geholt?«

»Weil man sich nicht sicher war. Wenn das Pratt die Polizei eingeschaltet hätte, wäre nichts gewonnen gewesen, und der *Leuchtturm* hätte bestimmt Wind davon gekriegt und einen Artikel gebracht, und das wiederum hätte manche Leute abgeschreckt, die eventuell vorhatten, dem Pratt etwas zu stiften.«

»Ich kann mir nicht vorstellen, daß jemand so kleinlich sein könnte.«

»Puh. Sie kennen vielleicht eine andere Art von reichen Leuten. Diejenigen, die ich kenne, sind nicht nur kleinlich, sie stellen auch noch Bedingungen. Oben in Philadelphia gab es ein kleines Museum, das seine Stiftungsgelder verlor, nachdem aufkam, daß ein seltenes Schmuckstück gestohlen worden war. Alle, die dem Museum Geld zugesagt hatten, zogen ihre Zusage zurück, und das Museum erholte sich nie wieder.«

»Und das alles wegen eines einzigen Diebstahls?«

»Eines einzigen Diebstahls, bei dem es allerdings um schätzungsweise 500 000 Dollar ging. Wie dem auch sei, der Vorstand der Bibliothek beschloß jedenfalls, über den Vorfall mit Bobby Stillschweigen zu bewahren. Es ist ja nicht so, als könnte die Bibliothek daraus einen Versicherungsfall machen oder das ersetzen, was gestohlen wurde. Es handelte sich um lauter einmalige Stücke.«

»Was zum Beispiel?«

Die Brille war ihm schon wieder heruntergerutscht. Wieder schob er sie mit dem Daumen hoch. »Ein früher Atlas von Maryland aus dem 18. Jahrhundert. Ein Tagebuch, das einer der Calverts geführt hatte. Eine Ausgabe des *Samstagsboten* mit einem Abdruck von Poes ›Manuskriptfund in einer Flasche‹ – Sie wissen doch, diese Geschichte, für die er einen Preis gewann, hier in Baltimore. Ein paar Briefe von Dunbar. Das waren die Dinge, von denen ich gehört habe, soviel ich mich erinnere. Ich war nie davon überzeugt, daß Bobby sie genommen hatte, wenn ich ehrlich sein soll. Außer vielleicht den Atlas. Bobby liebte ... hübsche Sachen. Vor die Wahl gestellt zwischen etwas wirklich Seltenem und etwas nur Schönem, hätte Bobby immer das Schöne genommen. Ihm war wichtig, wie etwas aussah. Deshalb nahm er sich auch das Pillendöschen. Es war nämlich sehr hübsch.«

Der Barmann stellte die Teller vor sie hin – ein Risotto mit Wildpilzen für Tess, Straccetti für Daniel – und füllte ihnen die Gläser nach. Daniel stürzte sich auf das Essen, als sei er am Verhungern.

»Ich hatte mir heute nichts zum Lunch mitgenommen«, sagte er, rot vor Verlegenheit, als er bemerkte, daß Tess ihn dabei beobachtete, wie er das Essen in sich hineinschaufelte. Doch Tess empfand nichts als Bewunderung und Verständnis für seinen Appetit. »Und für den Hot-dog-Stand vor dem Pratt kann ich mich einfach nicht erwärmen.«

»Ach nein? Ich liebe Hot dogs.« Alle Vierteljahre einmal wurde Tess geradezu gierig auf die graubraunen Röhren, die man an einem halben Dutzend fahrbarer Karren an den Straßenecken kriegen konnte. Daß es so wenig Straßenverkauf gab, war fast das einzige, was sie gegen Baltimore einzuwenden hatte.

»Das letzte Mal, daß Sie Bobby Hilliard sahen –«, fing sie wieder an.

»Das muß mindestens ein Jahr her sein.«

»Vor noch nicht ganz fünf Minuten sagten Sie aber, es sei vor einem halben Jahr gewesen.«

»Wirklich?« Daniel sah ganz panisch aus, als habe sie ihn in einen Falle locken wollen, aber der Widerspruch überzeugte Tess nur von seiner Ehrlichkeit. Normalerweise widerspricht sich jeder Mensch ständig. Nur Lügner geraten nie in Schwierigkeiten, ihre Geschichten passen zu glatt zusammen. »Eigentlich war es letzten April – ich kann mich erinnern, es war kalt und hat geregnet, so ein typischer April von Baltimore –, also habe ich beide Male etwas Falsches gesagt. Ich habe ihn zufällig in einer Bar getroffen, nachdem ich mir die ganz frühen Gemälde von Herman Meril angesehen hatte. Kennen Sie sein Werk?«

Tess kannte ihn tatsächlich, denn Crow hatte sie angehalten, diesen verstorbenen einheimischen Künstler schätzen zu lernen, der die Farbe mit so zarter Präzision zu setzen wußte.

»Seine frühen Werke sind ganz anders als die berühmten Gemälde im Kunstmuseum von Baltimore. Man sieht schon seine spätere Entwicklung voraus, aber er macht noch Anleihen bei den Impressionisten, versucht noch, seine ... ich hätte fast gesagt, ›Stimme‹ zu finden, aber das ist vermutlich die falsche Metapher. Ich kenne mich nicht sehr gut mit Kunst aus, aber den Ersten Donnerstag, den liebe ich.«

›Erster Donnerstag‹ nannte die Stadt einen Abend, an dem alle Museen geöffnet hatten und alle Galerien Ausstellungen zeigten. Er bestand zu je einem Drittel aus Kunstgenuß, Partnersuche und Kneipenbummel. Tess fragte sich, welches Drittel für Daniel wohl das wichtigste war. Sein zweites Moretti war fast alle, er stürzte es hinunter wie Gatorade.

»In welcher Bar haben Sie Bobby denn getroffen?« fragte Tess.

Die Frage war völlig unschuldig, doch Daniel errötete. »Im Midtown Yachtclub, okay?«

»Okay.«

Er hatte mit Nachdruck gesprochen. Der Midtown Yachtclub hatte eine sehr männliche Bar, wo man Bier trank, Darts warf, ESPN Sports News ansah und die Erdnußschalen auf den Boden warf. Sie nahm an, das war Daniels wenig eleganter Versuch, ihr klarzumachen, daß er mit Bobby zwar den Beruf teilte, aber sonst nichts.

»Er hat Ihnen also erzählt, daß er viel Geld verdient, als Kellner in seinem damaligen schweineteuren Restaurant – und was noch?«

Daniel schüttelte den zerzausten Kopf. »Es war kein langes Gespräch. Ehrlich gesagt hatte ich das Gefühl, daß es ihm gar nicht angenehm war, jemanden von der Bibliothek zu treffen. Er war ziemlich kurz angebunden und ging auch gleich.«

»Allein?«

Daniels Gesicht wurde wieder glühend rot. »Mit einem Typen. Einem älteren.«

»Würden Sie ihn wiedererkennen, wenn Sie ihn sehen?«

»Das bezweifle ich – hey, warum interessieren Sie sich für das alles überhaupt so sehr? Sie sind doch nicht bei der Polizei. Was geht Sie das an? Ist es, weil Sie dort waren? Sind Sie verdächtig?«

Es war schon komisch, daß nur selten jemand auf die Idee kam, Tess Fragen zu stellen. Aufgewachsen mit einer Überdosis von Film und Fernsehen, nahmen die meisten Leute es als gegeben hin, daß Privatdetektive herumliefen und Fragen stellten. Meist war der Anfang schwierig, aber wenn die Sache einmal am Laufen war, mußte sie normalerweise nichts mehr zu ihrer eigenen Person erklären.

»Ich habe einen Klienten«, sagte sie und dachte an ihren anonymen Briefschreiber. Er hatte sie in das Poe-Zimmer geschickt, und siehe da, was hatte sie gefunden: Bobby Hilliards vertuschte Vergangenheit. Andererseits kannte die Polizei die auch, war auch schon dagewesen. Sollte sie noch etwas anderes finden, etwas, dem Rainer weniger Wert beimessen würde? »Ich versuche herauszufinden, warum Bobby dort war, warum er diesen ganzen Mummenschanz mitgemacht hat – und warum ihn jemand ermorden wollte.«

»Vielleicht wollte das ja gar niemand.«

»Wie bitte?«

Seine Brille war ihm schon wieder über die Nase heruntergerutscht und vom Dampf der Pasta leicht beschlagen. Daniel nahm sie ab und putzte sie an seinem Hemd sauber. Seit heute vormittag hatte er echte Fortschritte gemacht – das Hemd hing ihm jetzt vorn *und* hinten aus der Hose.

»Ich möchte mich nicht dazu versteigen, Ihnen Ratschläge in Ihrem Beruf zu geben, aber warum gehen Sie eigentlich davon aus, daß Bobby ermordet werden sollte? Vielleicht hatten sie es auf den anderen Typen abgesehen und haben nur den falschen erwischt. Dunkle Nacht, zwei Männer in Capes – da kann alles mögliche passieren. Es würde mich interessieren, wie Poe das darstellen würde?«

»Das ist eine typische Bemerkung für einen Bibliothekar.«

Daniel setzte die Brille wieder auf und senkte den Kopf zu einer förmlichen kleinen Verbeugung. »Ich betrachte das als Kompliment.«

»So war es auch gemeint.«

Nach dem Essen bestand er darauf, sie bis zum Auto zu begleiten, das Tess in der Cathedral Street geparkt hatte, obwohl ihr Phantom sie davor gewarnt hatte. Sie gingen auf der nördlichen Seite der Mulberry Street, die an der Auferstehungskirche endete. Tess blickte hinüber zur Ecke Mulberry und Cathedral Street, wo das Neonschild eines Wahrsagers blinkte. Vielleicht wäre das eine Möglichkeit. Bestimmt hätte Poe eine solche Methode gebilligt. Telepathie, Séancen, Traum, Visionen.

Sie fragte sich, wie Poe das heutige Baltimore wohl gefunden hätte. Seit der Erfindung der Elektrizität war es eine hellere Stadt geworden, und die Gefahren seiner Zeit gab es nicht mehr; allerdings hatten jetzt neue deren Platz eingenommen. Zum Beispiel konnte man sich nur noch schwer eine Cholera-Epidemie wie die vorstellen, die 1831 durch die Stadt gefegt war und ihn angeblich zur »Maske des roten Todes« inspiriert hatte. Andererseits hätte sich wahrscheinlich nicht einmal Poesche Einbildungskraft eine Stadt vorstellen können, in der jeder zwölfte Erwachsene drogenabhängig war. Zudem besaß Baltimore noch die besondere Berühmtheit, landesweit die höchste Rate an Syphilis aufzuweisen. Al Capone war nicht nur in dieser Hinsicht seiner Zeit voraus gewesen.

Wie hatte Poes Baltimore ausgesehen? So wenig davon war heute noch übrig, wegen zweier verheerender Geißeln: dem großen Feuer von 1904 und der fanatischen Fortschrittsgläubigkeit Mitte des 20. Jahrhunderts, die so viele bedeutende Gebäude dem Erdboden gleichgemacht hatte, bevor die Denkmalschützer ihre ersten Kämpfe gewannen. Selbst heute noch drohte dem Krankenhaus, in dem Poe gestorben war, der Abriß. Bald würde überhaupt nichts mehr an Poe erinnern außer seinem Grab und dem Haus, in dem er eine Weile von der Fürsorge gelebt hatte. Außerdem gab es noch das Standbild von Poe vor der Universität von Baltimore und hier und da ein paar geschichtliche Hinweistafeln.

Hier und da. Und hier. Ja, genau hier. Gleich um die Ecke bei der Bibliothek. Zu denken, daß sie es gleich gesehen hätte, wenn sie nur in der Mulberry Street geparkt hätte, wie es ihr anonymer Berater empfohlen hatte. Das Poe-Zimmer war vielleicht ein guter *Ausgangspunkt* gewesen, aber möglicherweise noch nicht das Ende. Tess rannte über die Mulberry Street zu dem Block von Stadthäusern auf der anderen Seite. Daniel folgte – am Zebrastreifen, als die Ampel grün wurde.

»Wie konnte ich das nur vergessen?« fragte sich Tess und verwünschte ihr Gedächtnis, das so löchrig wie ein Schweizer Käse war. Und nicht nur ihr eigenes, sondern auch das von Paige Rose und das von Kitty. Der Name war ihnen allen so quälend vertraut gewesen. Wahrscheinlich stand er sogar im Index der Biographie, die sie gekauft hatte, aber Tess war so beschäftigt gewesen, über Poes Tod nachzulesen, daß sie sich gar nicht um sein Leben gekümmert hatte.

Daniel begriff überhaupt nichts. »Das Wohnheim für europäische Studenten?«

»Nein, dieses Stadthaus hier, an dem ich erst ungefähr acht Millionen Mal vorbeigelaufen bin, mit der Hinweistafel, die ich mindestens fünf Millionen Mal gelesen habe. Als Sie den *Samstagsboten* erwähnten, hat das mein Gehirn wohl auf Trab gebracht. Also deshalb kommt jedem der Name John Pendleton Kennedy so vertraut vor. Er steht schon seit Ewigkeiten hier an diesem Haus, und jeder sieht ihn.«

Sie zeigte auf das kleine, ausgeblichene Viereck, das vor Jahrzehnten an dem Haus angebracht worden war, als die Stadt während der kurzen Regierungszeit von Oberbürgermeister Clarence »von« Burns einen ihrer gelegentlichen heftigen Anfälle von Bürgerstolz erlebte. In diesem Stadthaus hatten 1833 drei Männer die Einsendungen zu einem Literaturwettbewerb der Stadt beurteilt, der vom *Baltimorer Samstagsboten* ausgeschrieben worden war. Der Gewinner, der die Zustimmung aller fand, war ein junger Schriftsteller namens Edgar Allan Poe mit der Geschichte »Manuskriptfund in einer Flasche«.

Und einer der drei Preisrichter war John Pendleton Kennedy. Wenn ihr Beinaheauftraggeber den Namen des einen der anderen beiden Preisrichter benutzt hätte – den von Latrobe, der in Baltimore viel bekannter war –, hätte Tess sofort Verdacht geschöpft. Wenn er dagegen den Namen Dr. James H.

Miller genommen hätte, hätte sie wahrscheinlich nie eine Verbindung hergestellt. Aber John P. Kennedy weckte andere, zeitgemäßere Assoziationen, und die Anspielung auf Poe war ihr einfach entglitten.

Entglitten wie ein eingefettetes Schweinchen.

»Ich denke, das hält das Schweinchen für einen guten Witz.«

»Das Schweinchen? Wer ist denn das? Und was hat das mit John Pendleton Kennedy oder Poe zu tun?«

»Ich glaube, genau das sollte ich herausfinden.«

12. Kapitel

Tess ging noch einmal in ihr Büro, bevor sie nach Hause fuhr. Es lag zwar nicht auf dem Weg, aber sie sagte sich, es wäre doch wunderbar effizient, die Quittung des Sotto Sopra gleich auf ihren Stapel legen und ihre neuen Erkenntnisse bezüglich Bobby Hilliards aufzuschreiben, solange sie noch frisch waren. Beim Essen hatte sie sich keine Notizen gemacht, denn Daniel Clary schien ihr eher der Typ des Nervösen zu sein, der weniger frei sprechen würde, wenn er sah, daß seine Worte in ihre nicht so ganz kurze Kurzschrift verwandelt wurden, diese Mischung verschiedener Abkürzungen, die sie sich selbst beigebracht hatte, so wie die meisten Journalisten. Wie Tess nur allzu gut wußte, war es kein Wunder, wenn jemand falsch zitiert wurde, das Wunder war vielmehr, daß überhaupt jemals jemand richtig zitiert wurde.

Doch während sie sich ihrem Büro näherte, konnte sie nicht einmal sich selbst gegenüber richtig zugeben, daß sie im Grunde nur gespannt war, ob nicht eine weitere Nachricht, oder zumindest drei Rosen, auf sie warteten. Sie hatte getan, worum er sie gebeten hatte – vorausgesetzt, es war ein »er« –, und hatte das Geheimnis von John Pendleton Kennedys Bedeutung nur wenige Schritte von der Bibliothek entfernt gelüftet. Sicherlich war das die Absicht des Briefschreibers gewesen. Wußte er es schon? Fand er es gut? Hatte er für sie einen weiteren Hinweis?

Andererseits – wollte sie überhaupt, daß er ihre Fortschritte erfuhr, wollte sie, daß jemand sie so genau beobachtete? Es beunruhigte sie noch immer, daß er ihr Haus gefunden hatte. Sie fragte sich, ob es nicht eine Möglichkeit gab, ihren anonymen Schreiber wissen zu lassen, er solle künftig alle Post an ihr Büro schicken.

Aber die Eingangstür zu ihrem Büro zeigte der Straße ein leeres, stilles Gesicht. Das war eben so eine Sache mit diesen anonymen Schreibern. Sie waren so wenig verfügbar, so unzuverlässig, sie kamen und gingen, wie sie wollten. Es war ein bißchen so, wie wenn man frisch verliebt war.

Drinnen warteten als einziges ein paar Seiten Polizeibericht auf sie, die Herman Peters ihr gefaxt hatte. Sie brauchte einen Augenblick, um sich zu erinnern, worum sie ihn gebeten hatte. Ach ja, der Polizeibericht über Shawn Hayes. Angesichts dessen, was sie über Bobby Hilliard und den schlauen Scherz des Porzellanschweinchens ihr gegenüber herausgefunden hatte, schien ihr das jetzt weitaus weniger bedeutend.

Sie schaltete ihren Computer an, aber nicht das Licht. Der Bildschirm war für ihre Zwecke hell genug. Außerdem gefiel es ihr im Halbdunklen. Sie wollte ihren inneren Poe ein wenig pflegen.

Sie holte sich einen Notizblock und versuchte, eine alte Technik anzuwenden, um sich einen Überblick zu verschaffen, die sie noch aus ihrer Zeit als Journalistin her kannte: die Fakten nicht einfach in einer Reihe untereinander zu schreiben, sondern verschiedene miteinander verbundene

Kreise zu erstellen, die wie Sternschnuppen über das Papier schossen und alle aus einer Mitte kamen – ja, aber aus was für einer Mitte denn? Die Mitte gibt Halt, zum Teufel mit Yeats, wenn sie nur wüßte, wer oder was die Mitte war. War es Bobby Hilliard? Oder das tödliche Zusammentreffen an Poes Grab? Der Grabbesucher? Oder der falsche John Pendleton Kennedy? Und wenn es ihr dicker kleiner Freund war, der sie jetzt beschattete? Aber warum?

Tess war so in ihr Diagramm vertieft, daß sie zusammenfuhr, als sie ein leises Klopfen an der Tür vernahm, und sich dabei das Knie an der Tastatur anstieß. Sie schaute nach der Tür, um sich zu vergewissern, daß sie das Schloß versperrt hatte, als sie hereingekommen war. Das Sicherheitsschloß war nicht abgesperrt, aber das normale Schloß war zu. Sie wartete, ob noch einmal geklopft würde. In diesem Stadtviertel war es nichts Ungewöhnliches, daß streunende Alkoholiker und bedröhnte Junkies nach Feierabend noch einen Abstecher machten. Es vergingen einige Sekunden, und da sie nichts mehr hörte, machte sie sich wieder an ihr Diagramm. Da erklang ein anderes Geräusch, ein heimlicheres Geräusch, Metall auf Metall. Jemand knackte ihr Schloß. Langsam und ungeschickt zwar, aber er knackte dennoch ohne jeden Zweifel ihr Schloß. Das war kein Alkoholiker.

Sie nahm ihren Revolver aus dem Halfter und entsicherte ihn. Aber der Eindringling würde die bessere Sicht haben, wenn Tess so von hinten von ihrem Computerbildschirm angeleuchtet wurde. Sie kroch hinter den Schreibtisch und wartete.

Es schien eine Ewigkeit zu dauern, aber endlich ging die Tür auf, und Füße traten über die Schwelle. Tess hörte, wie die Tür wieder geschlossen wurde – leise und vorsichtig, viel zu sorgsam für einen zufälligen Besucher, der schnelle Kohle suchte. Tess verlagerte ihr Gewicht, den Revolver in beiden Händen, die Knie dicht an der Brust, fast wie in einer Yogastellung, und wartete, daß der Besucher sich auf den hellen Bildschirm des Computers zu bewegen würde. Ihre Augen hatten sich schon an das gedämpfte Licht gewöhnt, aber der Neuankömmling bewegte sich langsam, unsicher darüber, an welchen Stellen im Raum Gegenstände waren. Die Schritte gingen los, hielten inne, gingen wieder los, verhielten wieder, bis Tess endlich ein paar Beine in khakifarbenen Hosen um den Schreibtisch herumkommen sah.

»Was zum –«

Tess, die zusammengekauert dagehockt hatte wie die Schlange in so einem Scherzbecher, der so aussah, als enthalte er Erdnüsse, stieß sich mit beiden Füßen ab und erwischte den Eindringling genau im Magen, so kräftig, daß er stürzte. Sie hatte eigentlich nach der Leistengegend gezielt, aber so war es ihr auch recht. Sie warf sich auf den Möchtegerneinbrecher und zielte mit dem Revolver auf das Schlüsselbein.

»Wer sind Sie? Was wollen Sie?« schrie sie, so laut sie konnte. Tull hatte ihr einmal gesagt, daß man Brüllen als Mittel in so einer Situation gar nicht hoch genug einschätzen konnte. Außerdem baute es etwas von dem Adrenalin ab, das sich in Tess angesammelt hatte, als sie zur Kugel zusammengekrümmt dagesessen hatte.

Ihr Besucher trug einen Trenchcoat mit Gürtel und einen weichen, formlosen Hut, der herunterfiel und eine Flut von langem braunen Haar freigab. In den hellen Augen lag Angst, aber der Mund war böse und trotzig.

»Wenn Sie auf mein Klopfen reagiert hätten, wäre ich nicht eingebrochen«, sagte die Frau selbstgerecht.

Tess hielt den Revolverlauf jetzt gegen die Decke, preßte ihre Schenkel aber weiter gegen die Hüftknochen ihres Eindringlings. Tatsache war, daß sie nicht wußte, was sie jetzt machen sollte. Nach einer Waffe suchen? Der Mantel beulte sich ein wenig aus, aber das konnte genausogut alles Fleisch sein. Sollte sie weiterhin mit dem Revolver auf die Frau zielen und dabei die 911 anrufen? Wie sollte sie das zustande bringen?

Vorsicht ist nicht immer der bessere Teil der Tapferkeit. Während Tess über ihre Vorgehensweise nachdachte, stieß ihr die Frau den Kopf gegen die Brust. Sogar noch im Schmerz dachte Tess, *mein Gott, so etwas bringt doch nur eine Frau fertig.* Sie fiel nach hinten, den Revolver immer noch in der Hand, rutschte aber nicht ganz vom Körper der Frau herunter, sondern nur bis zu den Knöcheln. Sie versuchte, geistig klar zu bleiben und die Absicht der Frau zu erkennen. War das ein Angriff oder ein Fluchtversuch?

Ein Fluchtversuch. Die Frau zog die Knie an und schüttelte Tess ab, kam ungeschickt auf die Füße und rannte auf die Tür zu. Aber da war sie bei Tess nun doch an die Falsche geraten. Mit dem Revolver in der rechten Hand zog Tess am Absatz der Chuck-Taylor-Boxerstiefel der Frau. Die stürzte nach vorn, und Tess warf sich auf ihren Rücken, wobei sie sich diesmal weiter oben rittlings auf sie setzte, so daß ihre Arme auf den Boden gepreßt wurden. Zusätzlich packte sie sich noch ein Büschel Haare der Frau mit der Faust.

»Wer sind Sie?«

Die einzige Antwort waren kurze, keuchende Atemzüge. Tess ließ die Haare los und tastete ihre Gefangene ziemlich anfängerhaft ab. Sie stellte fest, daß die Frau eine Waffe im Gürtel stecken hatte, kam aber auf keine Lösung, wie sie unter den Mantel fassen sollte, ohne ihre Position aufzugeben. In der Manteltasche jedoch steckte eine Brieftasche, und *die* konnte sie erreichen. Sie zog sie heraus und sah in dem schwachen Licht mit zusammengezogenen Lidern darauf.

»Gretchen O'Brien«, sagte sie laut, als sie den Führerschein anschaute. Es steckten noch andere Kärtchen darin, kleine Rechtecke aus Plastik, und in einer augenblicklichen Eingebung drehte Tess die Brieftasche um und ließ alles herausfallen, dann warf sie sie leer in die Ecke. Man kann nicht gut davonrennen, wenn man seine ganze Identität auf dem Fußboden verstreut liegen hat.

»Ist das Ihr richtiger Name?« fragte sie den Hinterkopf der Frau, während sie ihr den Mantel aufriß und den Revolver packte, den sie sich unter den Arm klemmte. »Gretchen O'Brien?«

»Denken Sie vielleicht, ich hab einen gefälschten Führerschein?«

»Sie brechen schließlich auch in Büros ein. Woher soll ich wissen, wo Sie die Grenze ziehen?«

»Als wenn Sie noch nie irgendwo eingebrochen wären.« Die Frau sprach höhnisch, furchtlos. Tess mußte ihre Haltung bewundern.

»Ich habe noch nie ein Schloß geknackt«, sagte Tess tugendhaft. Sie bevorzugte ihren Glasschneider.

»Noch nie irgendwo eingedrungen? Nie einen falschen Namen angegeben? Nie eine gefälschte Geschäftskarte benutzt? Noch nie gelogen?«

Diese Fragen waren beunruhigend kundig, als würde Tess mit ihrem eigenen Gewissen diskutieren. Sie warf einen Blick auf die Karten, die rings um ihre Gefangene verstreut lagen. Eine Videoclub-Mitgliedskarte, eine Visa-Karte, eine Einkaufsmarkt-Kundenkarte, eine Kreditkarte zum Kilometersammeln, alle auf den Namen Gretchen O'Brien, ein paar Geschäftskarten. Recht bald entdeckte sie auch eine weniger gebräuchliche Schrifttype, auf einer Karte, die Gretchen O'Brien als staatlich eigetragene Privatdetektivin von Maryland auswies.

Tess stand auf und ging zur Tür, wo sie den Schlüssel im Schloß umdrehte, abzog und in die Tasche steckte. Gretchen O'Brien würde sich damit abfinden müssen, noch eine Weile ihr Gast zu sein. Sie schaltete das Licht an und setzte sich auf ihren Schreibtischstuhl, wo sie die Munition aus Gretchens 9 mm-Revolver entfernte. Dann nahm sie ihren .38er und richtete ihn auf Gretchen, um – ja, um was zu tun? Gretchen erhob sich auf Hände und Knie, setzte sich dann in einen halben Lotussitz und starrte Tess an.

»Das einzige, was Ihnen geholfen hat«, sagte Gretchen O'Brien, »war das Überraschungsmoment. Sie haben so ziemlich alles falsch gemacht.«

»Alles?«

»Ich meine, Sie sind offensichtlich nicht ausgebildet. Es hat schon seinen Grund« – Gretchen atmete immer noch etwas schwer, aber nicht so schwer, daß es die Verachtung in ihrer Stimme bemäntelt hätte –, »es hat seinen Grund, daß der Staat von allen, die nicht vorher bei der Polizei waren, eine gründliche Ausbildung verlangt. Nicht, daß solche Leute wie Sie nicht ständig um das Gesetz herumkommen würden. Denken Sie denn wirklich, daß irgend jemand glaubt, Al Keyes habe irgend etwas mit Ihrer Tätigkeit hier zu tun? Jedermann weiß, daß er dort unten am Meer in einem Wohnwagen lebt, seit er im Ruhestand ist, und seine Zeit mit Angeln verbringt.«

Was sollte Tess darauf antworten? Es stimmte ja. »Sie waren also bei der Polizei?«

»Ja. Ich war bei der Polizei. Aber ich dachte mir, daß mir der freie Markt bestimmt mehr für meine Fähigkeiten zahlt, als die Stadt je dafür ausgibt, und außerdem ist es verdammt viel sicherer. Ich mache das jetzt schon seit fast fünf Jahren. Und zwar offenbar auch besser als Sie, wenn ich mir den Laden hier so ansehe.«

»Sind Sie deswegen hier eingebrochen? Um die Möblierung zu vergleichen und sich über die wechselseitigen Einkünfte zu unterhalten?«

Gretchen glättete sich das Haar und band es zu einem losen Pferdeschwanz zusammen. Sie schien etwas älter als Tess, oder aber das Leben hatte bei ihr schon mehr Spuren hinterlassen. Ihre Gesichtshaut war ungleichmäßig und fleckig, ihre blaugrünen Augen hatten dunkle Ringe, und eine scharfe Falte an der Innenseite ihrer rechten Braue schien von ihrem nie nachlassenden Stirnrunzeln herzurühren. Aber sie war groß und hatte eine gute Figur, und Tess wußte, seit sie sie abgetastet hatte, daß ihr Muskeltonus überdurchschnittlich gut war. Wahrscheinlich sah sie ganz gut aus, wenn sie nicht gerade kurz zuvor einen Kampf verloren hatte.

»Also, wollen Sie jetzt die Polizei rufen?« fragte Gretchen.

»Das werde ich wohl müssen, wenn Sie mir nicht sagen, was Sie hier wollen.«

»Na schön. Ich kriege eine Anzeige wegen Einbruch. Ich sage, daß es ein unbeabsichtigter Fehler war, daß mir ein Klient gesagt hat, dies hier sei eine leerstehende Wohnung, wo seine ehemalige Zukünftige einige Stücke aus seinem Besitz eingelagert habe.«

»Keine besonders gute Geschichte«, urteilte Tess, die sich viel auf ihre Fähigkeit zugute hielt, schnell und einfallsreich zu lügen.

»Genügt aber. Wie dem auch sei, umgekehrt hänge ich Ihnen eine Anzeige wegen eines tätlichen Angriffs an, und bis die das dann alles geklärt haben, sind wir beide ein paar Tausender an Anwaltskosten los, aber Sie haben immer noch keine Antwort.«

Tess stand auf und ging auf und ab, wobei sie das Treibgut aus Gretchens Brieftasche mit den Zehen herumschob. »Na ja, hier sehe ich zumindest eine Antwort«, sagte sie, bückte sich und hob eine der verstreuten Geschäftskarten auf, die einen gewissen John P. Kennedy als Fachmann in Porzellan auswies. »Also hat ›John Pendleton Kennedy‹ auch Sie aufgesucht. Waren Sie so skrupellos und haben den Fall übernommen? Und ist Ihnen sein wirklicher Name bekannt?«

Gretchen schwieg verstockt wie ein widerspenstiges Kind.

»Ich meine natürlich John Pendleton Kennedy, das ist klar, und nicht den Poe-Toaster. In der besagten Nacht war ich an dem Grab und habe Sie nirgends gesehen. Daraus schließe ich, daß Sie den Fall nicht übernommen haben.«

»Oder vielleicht bin ich besser im Beschatten als mancher selbsternannte Amateur.«

»Dann haben Sie den Fall also tatsächlich übernommen.«

»Das habe ich nicht gesagt.«

»In gewisser Weise schon. Wo standen Sie denn?«

Ein finsterer Blick war die einzige Antwort. Tess stellte sich noch einmal die dunkle Straße vor, sah die verschiedenen Grüppchen von Zuschauern vor ihrem geistigen Auge zum Grab eilen. Ja, Rainer hatte erwähnt, daß ein paar Zeugen fortgegangen seien, ohne Aussagen zu machen. Sie hatte aber das Gefühl, daß Gretchen nicht dazu gehört hatte.

»Sie haben den Auftrag angenommen, aber dort gewesen sind Sie nicht. Was war passiert – sind Sie eingeschlafen, haben Sie vergessen, Ihren Wecker aufzuziehen?«

»Ich bin schon vorher dort gewesen und habe mir den Schauplatz angesehen, habe überprüft, wo die Eingänge und Ausgänge waren. Das macht man normalerweise so – aber ich gehe nicht davon aus, daß Sie so etwas wissen.«

»Sie kamen also nicht zu spät, sondern zu früh. Warum sind Sie nicht noch einmal hingegangen?«

Gretchen starrte auf die Gummispitzen ihrer Chuck Taylors. Tess trug Jack Purcells, die sie für weitaus besser hielt – in Baltimore ein altes Vorurteil, das sie in sich aufgenommen hatte, ohne es weiter zu hinterfragen.

»Es war wegen dem Denkmal«, sagte Gretchen schließlich, mit einem Ausdruck, als habe sie das dringende Bedürfnis, sich zu rechtfertigen oder zumindest zu erklären. »Das vorne, draußen vor dem Friedhof, wo sie dann später seine Leiche hingeschafft haben. Das hat mich total durcheinandergebracht.«

»Sie haben also den falschen Fleck auf dem Friedhof beobachtet?«

»Nein. Dort steht das falsche Datum. Auf seinem eigenen Denkmal steht, daß er am 20. Januar geboren ist. Ich dachte –« Ihr Mund hatte schon einen Ton formen wollen, einen weichen und offenen Vokal, aber sie bremste sich gerade noch. »Ich dachte, mein Auftraggeber hat einen Fehler gemacht. Ich meine, da stand es schließlich im wahrsten Sinne des Wortes in Stein gemeißelt, verstehen Sie? Ich dachte, ich sollte am Abend des neunzehnten dort sein, und er würde dann am zwanzigsten früh am Morgen hinkommen. Woher sollte ich denn wissen, daß das falsch ist? Ich komme aus Pigtown. Ich hatte noch Glück, daß ich die Klassen an der Southwest High School geschafft habe und ein paar Semester am Community College von Catonsville.«

Tess mußte über Gretchens plumpen Versuch lächeln, ihr gegenüber auf Unterschicht zu machen. Ihr eigener Vater hatte direkt nach dem Besuch der Patterson Park High School für die Stadt zu arbeiten begonnen, und ihre Mutter hatte die College Park High School verlassen, um ihn zu heiraten.

»Hat Ihr Auftraggeber – Entschuldigung, wie war noch gleich sein Name?«

Gretchen gestattete sich einen kurzen, verächtlichen Lacher. »Läuft so etwas bei Ihnen normalerweise tatsächlich? Es würde mich nicht wundern, wenn es *gegen* Sie laufen würde.«

»Ein Versuch kostet ja nichts. Sie hätten vorhin ohnehin schon fast seinen Namen ausgeplaudert, haben sich aber gerade noch stoppen können. Egal, weiß unser dicker Freund denn schon, daß Sie's vermasselt haben? Sind Sie deswegen hier eingebrochen, weil Sie hofften, Sie würden herausfinden, was ich weiß, weil ich dort war, und könnten meine Arbeit dazu benutzen, die Lücken der Ihren zu verdecken? Oder hat Ihr Auftraggeber Angst, daß ich etwas besitze, und will, daß Sie es zurückbringen?«

Gretchen O'Brien drehte Tess ihren ziemlich breiten Hintern zu und kroch auf dem Boden herum, um ihre Kreditkarten einzusammeln.

»Ich habe Ihnen nichts mehr zu sagen. Wollen Sie jetzt die Polizei rufen?«

»Ich weiß nicht«, sagte Tess.

»Kann ich meinen Revolver wiederhaben?«

Sie stieß ihn über den Schreibtisch, behielt die Munition jedoch zurück.

»Also, Sie kennen ja jetzt meine Daten. Ich kann immer noch eine Kaution aufgebrummt bekommen, wenn Sie das wollen. Aber das ist mir egal. Ich bleibe nicht länger hier.«

Gretchen stand auf und griff nach ihrem Revolver. Sie sah sich in dem Zimmer um, das sie hatte durchsuchen wollen, und fand es lausig. »Jedenfalls viel Zeit vertan. Sie wissen überhaupt nichts.«

»Was sollte ich denn wissen? Oder haben? Was suchen wir überhaupt, Gretchen? Sagen Sie mir das mal. Was ist denn das für eine Schatzsuche, wenn nicht einmal alle Mitspieler wissen, was gesucht wird. Geht es hier wirklich um ein Armband? Oder vielleicht um einen Malteser Falken? Was soll der ganze Aufruhr, wie Hammett sagen würde.«

»Ist das ein Bulle?«

»Ein Krimiautor. Man assoziiert ihn im allgemeinen mit San Francisco, aber er wurde in Maryland geboren und arbeitete hier in Baltimore als Geheimagent bei Pinkerton. Ich habe mir sagen lassen, daß der *Malteser Falke* vom Fassadenschmuck an einem Haus in der Innenstadt inspiriert worden sei.«

Gretchen lächelte spöttisch. »So haben Sie also Ihr Handwerk gelernt. Aus Büchern, noch dazu aus erfundenen Geschichten. Von Figuren aus Büchern.«

Sie ging zur Tür, ein wenig steif, was Tess sich selbst kurz entschlossen als kleinen Triumph anrechnete. Im letzten Moment drehte sie sich noch einmal um, aber nur, weil sie den Schlüssel brauchte. Tess warf ihn ihr zu, und Gretchen fing ihn in der rechten Faust und sperrte sich die Tür auf. Sie hoffte, daß Gretchen morgen früh sämtliche Knochen weh taten und daß sie alle nur denkbaren unbekannten Schmerzen an unerwarteten Stellen hatte. Andererseits würde es Tess vermutlich nicht viel anders ergehen. Ihr Körper schien es gar nicht zu registrieren, daß er aus dem Kampf als Sieger hervorgegangen war.

Der Stapel gefaxter Blätter war zu Boden gefallen, als sie und Gretchen gekämpft hatten. Tess bückte sich, um sie aufzusammeln. Es waren Polizeiberichte nicht nur über den Fall Shawn Hayes, sondern auch über zwei Einbrüche – und zwar recht langweilige Einbrüche, nach der Aufzählung der gestohlenen Gegenstände zu schließen. Herman Peters mußte sie fälschlich geschickt haben.

Habe es Ihnen ja gleich gesagt, hatte er auf das Deckblatt gekritzelt. *Wenn Sie sich die durchsehen – vorausgesetzt, Sie haben nichts Besseres zu tun –, werden Sie begreifen, warum Ihre Freundin auf dem falschen Dampfer ist.*

Ihre Freundin. Einen Augenblick wußte sie nicht, wer gemeint war, dann begriff sie, er meinte Cecilia, die ewige Aktivistin. Während sie die Berichte überflog, fragte sie sich überflüssigerweise, was Cecilia von dieser Charakterisierung ihrer Beziehung wohl halten würde. War sie noch Cecilias Freundin oder nur ein Werkzeug, das schon seit langem für Cecilias verschiedene Missionen bedeutungslos geworden war?

In dem Bericht über Shawn Hayes stand, er sei sehr brutal geschlagen worden, mit einem Baseballschläger oder etwas ähnlichem aus Holz, aber die Waffe war bisher nicht gefunden worden. Die Einbrüche schienen nichts mit diesem Überfall oder auch nur miteinander zu tun zu haben. Einer war in Bolton Hill geschehen, im Haus von Jerold Ensor, dessen Name ein bißchen so klang, als sollte sie ihn kennen, wie einer von den Namen, die auf Sponsorenlisten und in

Klatschspalten auftauchen. Der andere Name rief keine Resonanz bei ihr hervor, Arnold Pitt, mit einer Adresse, die ihr ebenfalls nichts sagte: Field Street. Sie hatte dieses Straßenschild zwar schon einmal gesehen, konnte sich aber nicht mehr genau erinnern, wo. In den Berichten klangen die Vorfälle wie kleine Einbrüche, bei denen kein Risiko eingegangen und die übliche Mischung von leicht zu verhökernden Sachen gestohlen worden war: Fernseher, DVD-Player, Videokameras.

Wenn Sie sich die durchsehen (...), werden Sie begreifen, warum die Polizei glaubt, Ihre Freundin sei auf dem falschen Dampfer. Er ging also davon aus, *daß* sie sie durchsah. Bei diesem Gedanken wäre sie am liebsten in Wehklagen ausgebrochen vor dieser unsichtbaren Mutter, die in solchen Momenten machtvoller als jede Göttin über ihr zu schweben schien. *Oh je, muß ich wirklich?* Sie sollte sich wirklich eine Arbeit suchen, für die sie bezahlt wurde, und all das hier hinter sich lassen.

Aber wenn Gretchen O'Brien diese Berichte auch schon ergattert hatte? Mit einem Seufzer griff Tess nach ihrer Zeichnung und dem Telefonbuch.

13. Kapitel

Tess beschloß, den folgenden Tag mal mit etwas ganz Neuem zu verbringen – nämlich damit, ein wenig Geld zu verdienen. Schließlich hatte sie an diesem Tag frei. Sie konnte die beiden Männer, die bestohlen worden waren, erst am Abend anrufen, da sie nicht wußte, wo sie arbeiteten.

Außerdem brauchte sie dringend ein paar Einnahmen. Und sie hatte die Erfahrung gemacht, daß es oft das Schwerste in ihrem Beruf war, die Leute dazu zu bringen, daß sie zahlten, was sie schuldig waren.

Den Anfang machte sie mit einem Besuch bei dem größten Schnorrer, einem Mann, der einen Stand auf dem Fischmarkt besaß und sich Fuzzy nannte, Fuzzy Iglehart. Tess zog es vor, ihn Mr Iglehart zu nennen, trotz seiner wiederholten Einladungen, seinen Spitznamen zu benutzen. Er nannte Tess mit gar keinem Namen, höchstens gelegentlich »Mädchen« oder, wie in Baltimore üblich, »Süße«. Aber auch nur so lange, bis er – vor zwei Monaten – aufgehört hatte, ihre Anrufe überhaupt zu erwidern. Als er sie nun um kurz nach 11 Uhr im Cross Street Market durch den Gang kommen sah, blickte er sich rasch nach einem günstigen Fluchtweg um. Den gab es zwar in Gestalt eines schmalen Seitengangs, aber der war von zwei älteren Kunden blockiert, deshalb seufzte er nur und stellte sich der Herausforderung.

»Wie geht's?« fragte er Tess, als wären sie alte Freunde.

Sie konterte mit einer wichtigeren Frage. »Wie geht das Geschäft?«

»Entsetzlich«, sagte er. »Einfach grauenhaft. Jetzt haben sie mich also da, wo sie mich haben wollten, in so einer finsteren kleinen Ecke, weit weg von allen anderen Fischverkäufern. Ich weiß ja nicht, mit wem ich es mir verdorben habe, aber irgend jemand will mich fertigmachen. Jemand von der Stadt, oder vielleicht hier aus der Verwaltung.«

So fing Fuzzy Iglehart fast jede Unterhaltung an, immer erzählte er ihr von seinen Schwierigkeiten und behauptete, die Stadt, der Staat, die ganze Welt und die gesamte Bürokratie habe sich gegen ihn verschworen. Als er vorigen Sommer zu Tess ins Büro gekommen war, schien er dafür tatsächlich einen Grund zu haben. Ein Mann mit einer Beinprothese hatte vor Fuzzys Fischstand einen spektakulären Ausrutscher und Sturz inszeniert und anschließend versucht, die Stadt zu verklagen, mußte allerdings herausfinden, daß sie nicht zuständig war. Also hatte er versucht, dem nächsten in die Tasche zu greifen, nämlich Fuzzys Versicherungsgesellschaft, aber deren Vertreter hatte sich aus der Verantwortung gestohlen, indem er darauf hinwies, daß die Wasserlache von einem defekten Kühlsystem verursacht worden sei. Aha, aber der Hersteller des Kühlsystems stellte fest, daß Fuzzy es nicht korrekt installiert hatte und deshalb nicht in den Genuß der Garantie kam. Wie in dem Kinderlied »Der Bauer im Tal« über den Bauern, seine Frau, die Katze, die Maus und den Käse, in dem am Ende der Käse allein dastand.

Vor lauter Schreck über die Gerichtskosten, die ihm selbst ein gewonnener Prozeß verursachen würde, hatte Fuzzy einen seiner seltenen hellen Momente: Er beschloß festzustellen, ob der Geschädigte tatsächlich ein Geschädigter war. Achtundvierzig Stunden, nachdem Tess beauftragt worden war, hatte sie Herrn Rutsch-und-Fall auf Video aufgenommen, wie er seinen Hof pflasterte. Sie schickte dem angehenden Kläger eine Kassette, zusammen mit einem kurzen Schreiben, worin sie die in Maryland bei Justizbetrug festgesetzten Strafen erläuterte, und der Fall verschwand augenblicklich aus der Prozeßliste.

Das war am Labor Day gewesen, und Fuzzy Iglehart wurde ihr bester Freund, versprach ihr kostenlosen Fisch und ein gemachtes Nest bei seinem Sohn, Fuzzy junior, was sie beides höflich ablehnte. Dennoch hatte Fuzzy Iglehart weiterhin verkündet, er werde alles für Tess tun, einfach alles.

Außer sie zu bezahlen offenbar.

»Der Januar ist schlecht«, sagte er, indem er sein übliches Klagelied anstimmte, wobei er einen Fleck über ihrer linken Schulter fixierte. »Er ist immer schlecht, aber so schlecht wie dieses Jahr war er noch nie.«

»Vorigen Monat sagten Sie noch, Sie müßten nur Weihnachten überstehen, dann könnten Sie mich bezahlen.«

»Weihnachten war furchtbar dieses Jahr. So kalt.«

»Es war einer der wärmsten Dezember, die je verzeichnet wurden.«

»Sehen Sie, genau, was ich meine. Zu warm. Wer wird denn gefüllte Austern essen, wenn es draußen so warm ist? Hören Sie zu, wie wäre es, wenn ich Ihnen für das, was ich Ihnen schuldig bin, ein Guthaben aufschreibe und Sie in Waren auszahle?«

»Weil ich, wie ich Ihnen schon letzten Monat und auch vorletzten Monat erklärt habe, Fisch verabscheue und eine Allergie gegen Schalentiere habe.«

»Und so etwas kommt aus Baltimore. Okay, und wenn ich Ihnen so eine alte Austerndose gebe? Die sind sehr dekorativ. Ich habe hier noch eine. Die kosten eine ganze Menge. Habe ich im Internet gesehen.«

»Sie haben mir im November schon eine gegeben und gesagt, daß Sie nach Erntedank Ihre Schulden bezahlen würden.«

»Aber Sie mögen so etwas doch, oder? Alte Sachen aus Baltimore, meine ich. Sie haben doch so eine komische Uhr in Ihrem Büro, das weiß ich noch ganz genau. Fuzzy hat ein gutes Gedächtnis.« Er tippte sich an seine Stirn, verschwand in einem kleinen Lagerraum hinter seinem Verkaufsstand und kehrte mit einer Reihe von Stadion- oder Hörsaalsitzen zurück, vier im ganzen und außerordentlich abgenutzt.

»Die habe ich aus dem Memorial Stadion«, sagte er. »Der Präsident der Vereinigten Staaten hat bei der Eröffnung darauf gesessen.«

»Welcher Präsident?« fragte Tess. »Bei welcher Eröffnung?«

»Na ja, einer halt. Mein Gott, ich habe keine Ahnung.«

»Die Sitze aus dem Memorial Stadion wurden unter Aufsicht ausgebaut und letztes Frühjahr bei einer Auktion verkauft, als der Abriß des Stadions vorbereitet wurde. Haben Sie die gekauft?«

»Äh, also, na ja, ein Typ … ein Typ hat sie mir gebracht, als Geschenk.«

»Und wo hatte der sie her?«

»Ich denke, er wird sie gekauft haben.«

»Die Sitze sind aus Stoff, und hinten steht SCHULE NR. 201 drauf.«

Fuzzy versuchte, überrascht auszusehen. »Sollte man es glauben?«

Tess seufzte. Bei ihrer Art von Arbeit war der Kunde häufig genauso ein Gauner wie derjenige, den sie beschatten sollte. Man muß erst mal fähig sein, wie ein Entfesselungskünstler zu denken, bevor man daran denken kann, ihn festzuhalten. Tatsächlich waren fast alle ihre Auftraggeber leicht kriminell. Sie fragte sich, ob wohl andere Privatdetektive dasselbe Problem hatten. Gretchen O'Brien zum Beispiel, mit ihrem zweifellos auf Hochglanz polierten Büro und ihrem Anspruch auf Professionalität.

»Ich will keine Stuhlreihe aus einer alten Schule. Ich will keine Austerndose mehr –«

»Wie wäre es dann mit einem alten Ladenschild von Park's Sausage, für diesen komischen Hund von Ihnen?«

Das war nun tatsächlich eine Versuchung, auch wenn ihr Hund auf den anderen Schweinefleischproduzenten der Stadt abonniert war. Sie glaubte, mit einem Stich Nostalgie, den alten Werbespruch zu hören. *Noch mehr Park's Würstchen, Mami – bittäh – bittäh!* Doch nein, sie mußte hart bleiben.

»Ich will Geld, Mr Iglehart. Bargeld oder einen gedeckten Scheck, denn im September haben Sie mir einen ungedeckten angedreht, wie Sie sich vielleicht noch erinnern? Das ist übrigens strafbar. Ich hätte Sie da anzeigen können.«

»Der Sommer war für mich grauenhaft. Einfach grauenhaft. Manchmal glaube ich, es gibt hier in der Bucht bald keinen einzigen Fisch mehr.«

Tess dachte, das Problem liege vielleicht einfach nur am Namen seines Standes. Auch auf jemanden, der Fisch nicht gerade verabscheute, wirkte FUZZY FISCH nicht gerade vertrauenerweckend. Aber sie hatte keine Lust, dem Kleinhändler jetzt auch noch Nachhilfe im Marketing zu geben.

»Ich gebe Ihnen noch bis zum ersten Februar Zeit, dann muß ich ein Inkassounternehmen beauftragen. Dadurch kriege ich allerdings weniger Geld heraus, und dann bin ich wirklich sauer. Eigentlich sollte ich auch genau hier einen Sturz markieren, damit ich für meinen Ausfall wenigstens ein bißchen entschädigt werde.«

Sie zeigte mit der Spitze ihres Wildlederstiefels auf eine Lache neben dem Kühlsystem, achtete aber darauf, daß sie nicht naß wurde. »Das könnten Sie doch wenigstens richten lassen. Haben Sie denn gar nichts dazugelernt?«

»Kann ich mir nicht leisten«, sagte Fuzzy traurig.

Tess ging den Gang hinunter und war froh, als sie den düster starrenden Augen der toten Fische auf Eis entkommen war. Wie konnte man nur etwas essen, das Schuppen hatte? Ganz zu schweigen von Austern, Muscheln – und Krebsen. Krebse waren das Schlimmste. Hatte sich eigentlich schon einmal jemand Baltimores inoffizielles Maskottchen genauer angeschaut? Tess war froh, daß sie ihre Allergie als Ausrede hatte. Sonst wäre sie fast täglich gezwungen gewesen, ihre instinktive Abneigung gegen Schalentiere zu rechtfertigen. Sie fragte sich manchmal, ob es droben in Hershey, Pennsylvania, nicht vielleicht ein widerspenstiges kleines Mädchen gab, das froh war, daß es keine Lactose vertrug, weil es deshalb keine Schokolade essen mußte.

Aber Tess mußte nur ein paar Schritte weit gehen, bis ihr Appetit wiederkam. Es war fast Mittag, jedenfalls ihrem Magen nach, wenn schon nicht der Uhr nach. Sie blieb bei einem Schnellimbiß stehen und verlangte ein Truthahn-

Sandwich, eine Tüte Utz-Kartoffelchips mit saurer Sahne und Zwiebeln und eine große Cola, und sie runzelte die Stirn, als der Verkäufer fragte: »Sie meinen wahrscheinlich eine Cola-Light?«

»Eine ganz normale«, knurrte sie, verschnupft von der Annahme, daß alle Frauen Cola-Light trinken. »Und extrascharfe Sauce auf das Sandwich.«

»Ich dachte, ich bin die einzige, die extrascharf bestellt«, sagte jemand hinter ihr. Der gutturale Baltimorer Akzent gehörte zu einer hochgewachsenen, unscheinbaren Frau, die ein mit Gänseblümchen gemustertes Tuch um den Kopf trug, das aber ihre kurzen, rosaroten Haare, die sie an den Schläfen um zwei kleine Lockenwickler gepfriemelt hatte, nicht ganz verdeckte.

»Ein Cordon Bleu geht so, wie es ist, aber bei Truthahn muß ein bißchen nachgeholfen werden«, sagte Tess liebenswürdig, wobei sie auf die Füße der Frau hinuntersah, weil sie wissen wollte, was für einer Mode eine Frau da zusprach, die in der Öffentlichkeit Lockenwickler trug. Die Liebhaberin von extrascharfer Sauce trug ein Paar englische Männerstiefel, an den Absätzen kaputt und ohne Schnürsenkel, und eine Strumpfhose, die ihr um ihre hageren, knochigen Knöchel hing. Dem Haar nach hätte man sie für eine Hausfrau aus Süd-Baltimore halten können, die nur schnell auf den Markt gegangen war, aber die Schuhe wiesen sie als Obdachlose aus. Oder sie war eine harmlose Spinnerin, in der Obhut einer überarbeiteten Verwandten, die ihre Schutzbefohlene absichtlich aus den Augen verloren hatte, weil sie erschöpft war von den niemals endenden Anforderungen der Aufsichtspflicht.

»So 'n Truthahnsandwich da hätt' ich aber auch sehr gerne«, sagte die Frau und schaute mit offenem Mund auf Tess' in weißes Papier gewickeltes Sandwich, das der Mann an der Verkaufstheke gerade in eine Tüte gleiten ließ.

»Wollen Sie so ein Sandwich? Oder nur Geld?« Tess kaufte Bettlern lieber etwas zu essen, als ihnen Geld zu geben.

»Ein Sandwich hätt' ich sehr gern«, wiederholte die Frau, deren Augen jetzt auf der Tüte ruhten, und schmatzte mit den Lippen. »Ich mag Truthahn.«

Tess gab der Frau das Sandwich. »Wollen Sie die Chips auch? Und etwas zu trinken?«

»Die scharfen Chips. Und ein Mountain Dew.«

Tess nickte dem Verkäufer zu, der noch eine Tüte Chips eintippte und noch eine Flasche Mineralwasser.

»Nehmen Sie nur dieses Sandwich, ich laß mir gleich noch ein anderes geben. Haben Sie etwas, wo Sie unterkommen können? Weil sonst –«

Die Frau war aber schon davongeschlurft, die Tragetasche unter den Arm geklemmt wie einen Football. Trotzdem freute sich Tess über ihren kleinen Anfall von Nächstenliebe, aber nur, bis sie Fuzzy Iglehart am Ende des Ganges stehen sah, der ihr verschwörerisch zulächelte. Jetzt, wo er wußte, was für eine zarte Seele sie war, würde es noch schwieriger werden, an ihr Geld zu kommen.

An Arbeit, für die man bezahlt wird, dachte Tess auch noch, als sie nach diesem Mittagessen bei Tyner vorbeischaute, um zu sehen, ob er etwas für sie hatte. Nach bereits 20 Monaten als Selbständige war sie doch noch immer nicht an die finanzielle Ebbe und Flut der Selbständigkeit gewöhnt. Ihre Steuererklärung für das vergangene Jahr zeigte ein respektables Einkommen, mehr, als sie je bei der Arbeit für die Zeitung verdient hatte. Aber das Haus schien jeden Dollar zu verschlingen, und dieses Jahr hatte recht lasch begonnen. Der Januar, um mit Fuzzy Iglehart zu sprechen, war schrecklich gewesen, und obwohl der Februar immer eine ganze Flut von Arbeit brachte, ging die mehr in Richtung mißtrauischer Ehefrauen, die ihren Partnern am Valentinstag nachschnüffelten. Vielleicht hing sie bei ihrem Geschäft doch mehr, als ihr lieb war, von gelegentlichen Publicity-Ausbrüchen ab. Vielleicht hätte sie Jim Yeagers Angebot doch annehmen sollen.

Und vielleicht sollte sie sich auch zwischen den Augen ein kleines Loch bohren lassen, damit das bißchen Gemeinsinn, das sie noch besaß, ein für allemal herauströpfeln konnte.

»Ich hätte ein paar kleinere Gerichtssachen – Eigentumsfälle, Wirtschaftskriminalität –, die ich zwar auch meiner Kanzleihelferin geben könnte, aber sie steckt bis zum Hals in Arbeit, deshalb möchte ich sie gern dir geben«, sagte Tyner ungewohnt liebenswürdig. Die Beziehung zu Kitty hatte ihn milder gemacht, aber Tess war sich nicht sicher, ob es für Tyner das Richtige war, milde zu sein. Ohne seine gewöhnliche Schärfe war er ein bißchen wie ein Lösungsmittel, das keine Farbe mehr lösen kann. »Einfaches Zeug.«

»Ich habe nichts gegen einen schnellen Dollar.«

»Na, was gibt es sonst noch?« fragte er sie und versuchte, den Lieblingsonkel zu spielen. Doch Tess hatte neun Onkel, wie sie Tyner schon mehrfach erklärt hatte: fünf von der Seite ihres Vaters, vier von der ihrer Mutter. Sie wollte sich keinen weiteren mehr anhören.

»Nicht viel. Und bei dir?«

»Ich war gestern abend auf einer Gemeindeversammlung der Geschäftsleute und Anwohner am Mount Vernon. Die Leute sind unruhig, weil hinsichtlich des Überfalls auf Shawn Hayes noch niemand verhaftet wurde, und diese Gerüchte, daß das Ganze etwas mit dem Mord an Poes Grab zu tun haben könnte, heizt die Stimmung noch mehr auf. Die Schwulen in diesem Stadtviertel wollen wissen, ob der Überfall durch seine Lebensweise provoziert worden sein könnte. Und alle anderen wollen es insgeheim tatsächlich so haben.«

»Ich kann mir gar nicht vorstellen, daß Menschen so voller Haß sein können.«

»Nicht voller Haß, sondern voller Angst, und verzweifelt

an die Hoffnung geklammert, daß sie selbst gegen solches Unglück immun sind. Sie reden sich ein, daß ihnen so etwas nicht passieren kann – weil sie klüger sind oder vorsichtiger oder ein besseres Sicherheitssystem haben. Weil sie reicher sind oder weil sie ärmer sind. Es ist schon komisch. Nicht nur bei einer Vergewaltigung wird das Opfer beschuldigt, weil es Opfer geworden ist. Ich habe festgestellt, daß Leute, die vor einer bestimmten Sache Angst haben, sich geradezu auf den Kopf stellen würden, um einen Grund zu finden, warum ihnen genau das niemals geschehen kann. Sie finden den Grund oft im Verhalten des Opfers. ›Na ja, er ist aber auch immer so spät noch ausgegangen.‹ ›Sie hat einfach mit wildfremden Menschen geredet.‹ Solche Sachen.«

»Die menschliche Natur«, sagte Tess, während sie versuchte, eine halbwegs bequeme Stellung auf dem ultramodernen Stuhl gegenüber Tyners Schreibtisch zu finden, der aus zwei drahtdünnen Lederstreifen bestand, die an Chromstangen hingen. Sie hegte schon lange den Verdacht, daß Tyner seine Büroausstattung so auswählte, daß sich die, die ihn zu besuchen wagten, genauso unwohl fühlten wie er. Tyner wollte, daß Leute, die laufen konnten, für diese Tatsache ununterbrochen dankbar waren, deshalb stellten seine Sitzmöbel eine Herausforderung für die Wirbelsäule dar und ließen einem die Beine einschlafen, so daß man anschließend eine ganze Weile aufstampfen mußte.

»Das bezieht sich übrigens nicht nur auf Verbrechen«, fuhr er fort, gerade in Fahrt. »Eine alte Freundin von mir, die Staatsanwältin ist, hat einen kleinen Sohn, bei dem Autismus diagnostiziert worden war. Also quetschen sie jetzt alle ihre selbstsüchtigen, schwangeren Freundinnen aus, in bezug auf ihre Ernährung, ihre Lebensweise, ihre Gene und was für Verhütungsmittel sie benutzt hat, bevor sie schwanger wurde. Sie steht tatsächlich schon am Rande eines Nervenzusammenbruchs, bei so viel Streß, weil ihre ganzen sogenannten Freundinnen nichts anderes wollen als die Versicherung, daß ihnen so etwas nicht passieren kann.«

»Na ja ... die *Leute*, Tyner.« Mein Gott, war der heute gesprächig. Solche Unterhaltungen führte Tess gewöhnlich mit Kitty. Sie hatte Angst, daß aus dieser Beziehung so eine Art Mutant hervorging, ein freundlicherer, sanfterer Tyner. Ein Kyner!

»Ja, die Leute. Also gingen die Bewohner von Mount Vernon gestern abend wieder zurück in ihre Häuser und Geschäfte und hatten nichts dazugelernt, außer, daß Inspektor Rainer inkompetent ist. Inzwischen befürchte ich auch, daß Shawn Hayes, da er ja künstlich am Leben gehalten wird, länger als ein Jahr und einen Tag leben könnte, was bedeutet, daß der Mann, der ihn zusammengeschlagen hat, gar nicht des Mordes angeklagt werden kann. Das ist für eine Familie natürlich eine schwierige Entscheidung, aber ich hoffe, sie sind sich der rechtlichen Folgen bewußt, wenn sie ihn weiter dahinvegetieren lassen.«

»Falls Rainer es jemals schafft, jemanden zu verhaften.«

»Ach ja, Rainer. Er hat mich gestern abend zu einem privaten Gespräch beiseite genommen.«

Tess hätte sich bei dieser Information aufgerichtet, wenn der Stuhl eine solche Bewegung zugelassen hätte.

»Was wollte er?«

»Er wollte einiges über Cecilia hören. Sie hat ja vorletzten Sommer bei mir gearbeitet. Kannst du dich erinnern?«

Wie hätte Tess das vergessen sollen? Tyners Entschluß, eine Schreibkraft einzustellen, hatte Tess dazu gezwungen, sich auf ihre eigenen Füße zu stellen, lange bevor sie das selbst gewünscht hatte. Auch jetzt noch, wo sich Tyners Vertrauen in sie bestätigt hatte, erinnerte sie sich unwillkürlich, wie es gewesen war, sich aus diesem Büro ausgeschlossen zu fühlen. Es war wie damals, als sie zum ersten Mal ohne Stützräder Fahrrad fuhr und der Papa hinterherlief und versprach, er werde nicht loslassen. Und dann ließ der Papa eben doch los – und sie stürzte prompt. Aber sie stand auch wieder auf, so wie jeder wieder aufsteht.

»Na, was hast du ihm also erzählt über unsere alte Freundin, die Seifenkistenkönigin?«

Tyner war verwirrt. »Fährt denn Cecilia Go-Kart?«

»Nein, ich meine das im übertragenen Sinn. Sie muß doch ständig auf einer Kiste stehen, dozieren und Vorträge halten.«

»Oh. Er fragte mich, ob ich sie ›beeinflussen‹ könnte, ob ich sie überzeugen könnte, daß sie Ruhe geben und nicht so viel Lärm machen soll. Ich habe zu ihm gesagt, Cecilia wird weiterkläffen, bis ihr jemand zuhört. Ich hab ihn dann auf den Kopf zu gefragt, ob sie recht habe, und er ist mir ausgewichen.«

»Er ist dir ausgewichen? Das würde ja einen ganz neuen Grad von Empfindsamkeit bei Rainer darstellen. Normalerweise steht er doch nur da und läßt den Mund offen, wenn er eine Frage nicht beantworten kann.« Tess erinnerte sich unwillkürlich an Fuzzy Igleharts Verkaufsstand und die starr blickenden Augen der Fische auf Eis.

»Er ist auch ein großer Verehrer von dir.« Tyners Stimme erlangte wieder ein wenig von ihrer früheren bösen Schärfe. »Warum hast du mir nicht erzählt, daß du in der besagten Nacht dort warst? Warum hast du mich da neulich in Kittys Laden über diesen Mord weiterquasseln lassen, ohne mir mitzuteilen, was du weißt? Ich bin mir vorgekommen wie ein Vollidiot.«

Tess war so froh, daß Tyner sie wieder anschrie, daß sie die Wahrheit sagte. »Weil ich wußte, daß du das falsch finden würdest. Ich bin mir nicht mal sicher, ob *ich* es selbst richtig finde. Zuerst wollte ich nichts anderes, als diesen Typen zu finden, der mir den Auftrag geben wollte, und mir darüber klar zu werden, ob ich ihn Rainer und diesen ganzen

Hyänen von den Medien vorwerfen sollte. Aber dann wurde es richtig seltsam. Es ist so, als hätte ich einen Klienten, weiß aber nicht, wer es ist.«

Sie erzählte ihm alles und war froh, daß sie diese Last abwerfen konnte, und noch mehr, daß sie Tyners schnellen Verstand nun auf ihrer Seite hatte. Crow dachte mehr intuitiv – er kam auf Gefühlsströmungen, die Tess entgingen –, während Tyner scharf und logisch dachte und sich vor allem für Tatsachen interessierte. Wie Whitney war auch er über die Aufmerksamkeiten von Tess' Besucher bestürzt. Er runzelte auch die Stirn, als er von dem Kampf mit Gretchen O'Brien hörte.

»Zwei Frauen mit gezogenen Revolvern, die sich zusammen auf dem Boden herumwälzen«, sagte er. »Das klingt ja wie in einem schlechten Pornofilm.«

»Das klingt ja, als ob du etwas von schlechten Pornofilmen verstehen würdest«, konterte Tess. »Was läuft da also? Ein Mord, ein Überfall, zwei Einbrüche, eine heruntergekommene Privatdetektivin und zwei geheimnisvolle Männer – mein heimlicher Freund und ›Mr Kennedy‹. Falls das nicht ein- und derselbe ist.«

Tyner kämpfte augenscheinlich mit sich. Sie kannte ihn so gut, sie sah, er wollte eigentlich, daß sie diesen Fall sein ließ, konnte sich aber seiner Faszination selbst nicht entziehen.

»Diese beiden Einbrüche – hast du dir die angesehen und herauszufinden versucht, was für eine Verbindung es da geben könnte? Du könntest mal bei denen vorbeischauen und so tun, als wärest du – ach, vielleicht Sicherheitsexpertin, die die Opfer von Einbrüchen aufsucht, weil sie hofft, ihnen ihr einbruchssicheres System zu verkaufen.«

Tess lächelte. »Ich wollte sie jetzt auf dem Heimweg ohnehin beide besuchen, aber ich hatte mir noch keine glaubwürdigen Gründe ausgedacht. Vielleicht benutze ich deine Geschichte.«

Undenkbar, daß sie bei Tyner je das letzte Wort haben würde.

»Kannst du gerne tun«, sagte er. »Weil dir sowieso nichts Besseres einfallen würde.«

14. Kapitel

Bolton Hill gehört zu den Stadtvierteln Baltimores, die für ihre Bewohner fast zur Glaubenssache geworden sind. Außenstehende prophezeiten diesem Viertel schon so lange den Niedergang, wie Tess denken konnte. Tatsächlich gab es Gerüchte über ein bevorstehendes Ende sogar schon vor ihrer Geburt, denn die Aufstände von 1968 hatten viele an der Zukunft der Stadt verzweifeln lassen. Aber jene fanatischen Partisanen, die die innerstädtischen Probleme von Bolton Hill auf sich zu nehmen bereit waren – aufgebrochene Autos, Einbrüche, die schmiedeeisernen Verzierungen und die Parkbänke gestohlen, manchmal auch Überfälle vor der eigenen Haustüre –, wurden mit der wohl beeindruckendsten Bausubstanz von ganz Baltimore belohnt, nur ein paar Gehminuten entfernt von der Konzerthalle, der Oper und dem oberen Ende der Innenstadt. Crow hielt sich auch jetzt noch ein Appartement in der Park Avenue, obwohl Tess sich nicht erinnern konnte, wann er das letzte Mal eine Nacht dort verbracht hatte.

Jerold Ensors Haus war selbst nach dem hohen Standard des Viertels atemberaubend, ein großes Stadthaus in der John Street, das mit den wunderlichsten Antiquitäten vollgestopft war. Jedenfalls war das Tess' Eindruck von ihrem Aussichtspunkt in der Eingangshalle aus, wo sie vor einer Viertelstunde von der Haushälterin gebeten worden war, kurz zu warten, nachdem sie sie durch ihr insistentes Läuten herausgeklingelt hatte. Es war nicht ganz klar, ob man sie einfach nur warten lassen wollte oder aber schlicht vergessen hatte.

Da sie nichts anderes zu tun hatte, betrachtete Tess sich selbst in einem riesigen, verzierten Spiegel – einem Spiegel, der, wenn man dem DIN-A5-Kärtchen glauben wollte, das daneben steckte, in dem Zimmer gehangen hatte, in dem Francis Scott Key gestorben war. Sie fragte sich, ob dieser Umstand sich auf den Wert des Stückes auswirkte. Wäre ein Spiegel aus dem Zimmer, in dem er geboren war, mehr oder weniger wert? Wie fand man heraus, ob solche Aussagen stimmten? Sie dachte an Fuzzy Iglehart, wie er die Ersatzstadionsitze angeschleppt hatte, und mußte lächeln. Manchmal sah es so aus, als hätte jeden das Antiquitätenfieber gepackt, die Überzeugung, daß man irgendein ungeheuer wertvolles Stück besaß, nur daß man leider nicht wußte, was.

Als die Minuten verstrichen, dachte sie weniger über den Spiegel als über ihr Gesicht nach. Bei ihrer Einschätzung von Gretchen O'Brien gestern abend war sie harsch und ziemlich selbstgerecht gewesen. Tess war letzten August 31 geworden, was viel schockierender war als 30. 31 zementierte den Tatbestand, daß die Zahlen weiter stiegen. Trotzdem konnte sie eigentlich nicht in Panik geraten wegen der feinen Fältchen um ihre Augen und der Einkerbungen um ihren Mund. Wenn die Wahl darin bestand, entweder zu lächeln oder eine glatte, faltenlose Maske von einem Gesicht zu haben, dann zog sie es vor, zu lächeln und zu lachen, vielen Dank. Kitty hatte ihr schon früh klargemacht, wie wichtig Sonnenschutz war, und ihre Haut war für jemanden, der ruderte und rannte, in sehr gutem Zustand. Das half auch, bei ihr ein bißchen Fleisch auf die Knochen zu bringen. Die meisten Frauen konnten das gar nicht nachvollziehen.

Aber das Haar – sie glaubte die Stimme ihrer Mutter zu

hören, denn Judith sprach von Tess' Haar immer, als wäre es völlig von ihr losgelöst, so etwas wie ein widerspenstiges Haustier, das Tess nicht zähmen konnte: Das Haar – sollte sie es schneiden lassen? War es unpassend, mit über 30 noch lange Haare zu tragen? Sie ahnte, daß es für solche Dinge Regeln gab, ungeschriebene Regeln, die die anderen Frauen kannten, aber bisher nicht mit ihr hatten teilen wollen.

»Miss Monaghan?«

Jerold Ensor war ein großer, leichenblasser Mann mit schlaffen Zügen. Sein Gesicht sah so traurig aus, daß Tess sich kurz fragte, ob sie die Nachricht von einer Tragödie größeren Ausmaßes verpaßt hatte – Massenmord, Krieg, eine Naturkatastrophe, der bevorstehende Abgang der Orioles nach Washington. Mit so einem Gesicht hätte Ensor am besten Leichenbestatter oder zumindest hauptberuflicher Bahrenträger werden sollen.

Aber dieser Effekt wurde durch seine Stimme ruiniert, einen hohen Tenor, aus dem immer wieder Baltimorer Vokalklänge hervorbrachen, die er nicht ganz unterdrücken konnte, obwohl er es zu versuchen schien.

»Meine Haushälterin brachte mir Ihre Karte und sagte, Sie wollten mit mir über Sicherheitsvorkehrungen sprechen, aus Anlaß des Einbruchs, der hier vor ein paar Monaten stattgefunden hat. Ich hoffe, das ist nicht nur eine Strategie von Ihnen, um mir irgend etwas zu verkaufen.«

Ja, ich benutze Tyners Plan, sagte sie zu ihrem sich sofort meldenden Gewissen. Na und?

»Nein, ich arbeite für keine Firma, falls Sie das fürchten. Aber ich versuche tatsächlich, mein Geschäft zu vergrößern, indem ich Geschäfts- und Privatleuten helfe, ihre Sicherheitssysteme richtig einzuschätzen.« Sie erzählte völligen Unsinn, aber, wie das oft passierte, der Unsinn regte ihre Phantasie an. Vielleicht sollte sie sich als Sicherheitsberaterin etablieren. Das könnte eine nette kleine Geldquelle werden. »Weil ich erst versuche, hier in dieser Gegend Fuß zu fassen, verkaufe ich einstweilen noch gar nichts. Ich befrage Leute, die schon einmal Opfer eines Einbruchs waren, um erst mal zu sehen, was ich in Erfahrung bringen kann über Systeme, die funktionieren, und solche, die nicht funktionieren.«

»Meine Geschichte ist nicht besonders interessant –«

»Ich wünschte, Sie würden es mir überlassen, das zu beurteilen.«

Er schien sie nicht direkt anzusehen, sondern an ihr vorbei auf ihren Rücken im Spiegel zu schauen. »Wollen wir uns in den Salon setzen?«

Der Salon, wie Ensor ihn zu nennen beliebte, war so überladen, wie Tess es noch kaum je bei einem Raum erlebt hatte, und überwältigte das Auge. Die Wände strotzten vor lauter gerahmten Gemälden, und von jeder nur denkbaren Oberfläche sprangen einen Kuriositäten an wie Giftpilze im Wald. Es war, als wäre man in ein Kaleidoskop gefallen; man war zu nahe an den Stücken, um ein Muster zu erkennen. Allmählich kristallisierten sich kleine, überraschende Einzelheiten heraus. Ein alter, drehbarer Postkartenständer aus Metall stand in einer Ecke, voller historischer Ansichten von Baltimore und Maryland. Ein Indianer, der eine Zigarrenkiste hielt, wachte in einer anderen Ecke, und neben ihm – war das möglich? – hing eine altmodische Bartheke mit Zapfhähnen an der Wand.

»Sie funktioniert«, sagte Ensor, der ihrem Blick gefolgt war. »Ich habe sie vom Schulamt gekauft, als sie die alte polytechnische Schule renovierten und zu einem Verwaltungsgebäude umwandelten. Ich war als Schüler am Polytechnikum, und ich bekenne mich zu einem sentimentalen – oder vielleicht sollte ich sagen, egoistischen – Drang nach allem, was mit meiner eigenen Vergangenheit zu tun hat. Der Postkartenständer befand sich in einem Laden, bei dem meine Familie auf den Sonntagsausflügen jedesmal anhielt, um Eis zu kaufen, und der Zigarrenkistenindianer stand im Laden meines eigenen Großonkels. Ich bin Sammler, aber ich sammle nur Dinge, an denen mir liegt.«

Eine großartige Untertreibung, dachte Tess, der immer noch in diesem Raum die Augen übergingen.

»Unwillkürlich muß ich mich fragen«, sagte sie, »wie Sie es überhaupt bemerken können, wenn etwas fehlt. Oder wie ein Einbrecher herausfinden kann, was er hier will. Sie besitzen so viel, ich könnte mir vorstellen, daß einen da so etwas wie eine Lähmung befällt.«

Unwillkürlich mußte sie auch denken, wie sehr Bobby Hilliard in Versuchung geführt worden wäre, wenn er in diesem Raum stünde. Er hatte mindestens ein Objekt aus dem Pratt gestohlen, vielleicht auch mehr, und dieses Stadthaus hier war voller hübscher Sachen, für die nach Daniels Worten sein früherer Kollege eine Schwäche hatte.

»Leider wußte der Einbrecher nur allzu gut, was er wollte«, sagte Ensor. »Meine Stereoanlage, meine Videokamera und ein Fernsehgerät in der Küche. Er war jedenfalls ein kräftiger Bursche, das muß ich zugeben, er hat schwer geschuftet und ist sehr methodisch vorgegangen. Es war fast eine Erleichterung, daß hier ein Profi am Werk war und nicht so jemand, der einen Stein ins Fenster schmeißt und dann blind zusammenrafft, was gerade zu fassen ist wie bei diesem Spielautomaten mit dem Greifarm.« Er hielt inne, als habe er eigentlich noch etwas hinzufügen wollen, und lachte dann. »Um ehrlich zu sein, ich habe selber einen, oben. Aus Ocean City.«

»Wie hat sich der Einbrecher denn Zutritt verschafft?«

»Die Hintertür war nicht abgesperrt.« Er erwähnte das ohne Entschuldigung und ohne Verlegenheit. So ein Idiot, dachte Tess, erinnerte sich dann aber an ihr Gespräch mit Tyner und leistete ihm insgeheim Abbitte. Niemand verdiente es, Opfer zu sein.

»Hatten Sie ein Sicherheitssystem?«

»Jetzt habe ich eins. Ich habe mir gesagt, daß die drei die magische Zahl ist. Aber wirklich, man gehört nicht richtig in das Stadtviertel von Bolton Hill, bevor man nicht mindestens zweimal ausgeraubt worden ist. Das ist so, wie wenn man dem Tennisclub oder dem Schwimmclub beitritt.«

»Und es wurde nichts anderes gestohlen als ein paar elektronische Geräte?«

»Ja. Wie schon gesagt haben die Dinge, die ich sammle, keinen Wert – außer für mich selbst. Wissen Sie, das ist so etwas wie ein Trost, Dinge zu haben, die sonst niemand will.«

Tess hatte einst ihr ganzes Leben auf einer ähnlichen Philosophie aufgebaut. Entschließe dich dazu, völlig am Ende zu sein, dann kann dich niemand noch unglücklicher machen. Das hatte sich als nicht besonders befriedigende Lebensweise erwiesen, aber bei Ensor schien es zu funktionieren.

»Hat die Polizei Ihnen gegenüber erwähnt, daß der Einbruch vielleicht noch mit anderen Straftaten in Verbindung steht?«

Ensor setzte sich auf seinem Stuhl zurecht. Er sah gleichzeitig gelangweilt und wachsam aus. »Das sind Einbrüche oft. Jemand, der stiehlt, stiehlt immer wieder.«

»Nein. Ich dachte an den Überfall auf Shawn Hayes und den Mord an Poes Grab.«

»Was für ein interessanter Gedanke. Sind Sie selbst darauf gekommen?«

Ihm kam der Gedanke nicht absurd vor und nicht überraschend, stellte sie für sich fest. Nur interessant.

»Nein. Ich glaube, er kommt vom Polizeihauptquartier. Hat Ihnen dort niemand davon erzählt?«

»Oh doch«, sagte er mit einem angespannten kleinen Lächeln. »Aber man hat mich auch gebeten, nicht darüber zu sprechen. Mit niemandem. Nicht mit der Presse und vor allem nicht, wie der mit dem Mordfall befaßte Inspektor betonte, mit einer Privatdetektivin, die einen langen Pferdeschwanz trägt.«

»Oh.«

Er beugte sich vor, die Ellbogen auf den Knien, so daß er einer Gottesanbeterin glich. »Aber zu Ihrer Erbauung will ich Ihnen so viel sagen. Ich bin nicht schwul. Tatsächlich würden meine drei Exfrauen sich freuen, Ihnen zu sagen, wie wenig schwul ich bin. So viel zu der Theorie des hate crime. Also, soll ich jetzt Rainer anrufen und ihm sagen, daß Sie hier waren? Denn genau darum hat er mich gebeten. Oder würden Sie gerne etwas zu Ihrer Verteidigung vorbringen? Ich lasse mich sehr gerne überreden.«

Er spielte mit ihr und genoß ihr Unbehagen. Was er nicht wußte, war, daß der Grund für ihr Unbehagen in der durchklingenden sexuellen Prahlerei mit seinen drei Exfrauen lag. Also wirklich, mit jemandem Sex zu haben, der wie Jerold Ensor aussah, das konnte man nur als Nekrophilie bezeichnen.

»Ich glaube nicht, daß ich Sie überreden könnte.«

»Ach, ich bin für den Charme einer Frau sehr empfänglich. Man könnte fast sagen, daß das meine größte Schwäche sei.«

Erwartete er am Ende wirklich von ihr, daß sie schmollte und bettelte? Sie würde sich gar nicht wundern, wenn Jerold Ensor irgendwo in diesem überfüllten Stadthaus eine Sammlung von aufgespießten Schmetterlingen in einem Glaskasten hätte. Jetzt fiel ihr auch auf, warum ihr sein Haus so gruselig vorkam: Es erinnerte sie an das Wohnzimmer des Königs der Zwerge in ihrem Lieblingsbuch zum Thema Oz, *Ozma of Oz*. Dort waren alle Gegenstände in Wirklichkeit Menschen oder Tiere, die der König in Kunstobjekte verwandelt hatte und die das so lange bleiben mußten, bis ein besonders kluges Huhn den Bann brach. Das war eine der präzisesten Beschreibungen von Besitzgier, die Tess je gelesen hatte, und heute erschreckte es sie sogar mehr als damals vor 20 Jahren. Sie hatte von einem Mann, der inzwischen von eigener Hand gestorben war, gelernt, sich vor Leuten in acht zu nehmen, die zuviel Befriedigung am Besitz von Gegenständen empfanden. Die versuchten nämlich manchmal, auch Menschen zu besitzen.

»Kannten Sie Bobby Hilliard?«

»Nicht daß ich wüßte. Aber ich bin oft essen gegangen, also kannte er mich vielleicht schon. Die Polizei hat mich dasselbe gefragt. Den Grund für deren Interesse verstehe ich. Was ist Ihrer?«

»Ich bin mir nicht sicher«, sagte Tess ehrlich. Seit das Porzellanschweinchen sie in ihrem Büro aufgesucht hatte, kam sie sich vor wie bei einem Blindekuh-Spiel, wo sie gegen ihren Willen mit verbundenen Augen in einem Kreis von kichernden Kindern herumirren mußte. Alle waren in den Spaß eingeweiht, außer ihr.

»Haben Sie –«, fing sie an.

Ensor lehnte sich in seinem Sessel zurück, schlug seine langen Beine übereinander und stützte das schmale Gesicht auf die Spitzen der Zeigefinger. »Ich soll nicht mit Ihnen sprechen, und das werde ich auch nicht, wenn Sie das Ganze nicht ein bißchen netter gestalten.«

»Ich glaube, ich will gar nicht wissen, was Sie sich unter netter vorstellen.« Ohne auch nur zu grüßen, ging Tess, und ihr einziger Blick zurück war in den Spiegel, der beim Tod von Francis Scott Key Zeuge geworden war.

Also wirklich, sie würde sich diesen verdammten Zopf irgendwann abschneiden. Woran würde man sie dann erkennen, wie sie beschreiben?

Wenn Ensor gewarnt worden war, sich vor ihr in acht zu nehmen, wäre das zweite Einbruchsopfer, Arnold Pitts aus der Field Street, sicher auch vorbereitet. Na und? Dann würde

Rainer zumindest sehen, daß sie sorgfältig arbeitete. Außerdem konnte Opfer Nummer zwei keinesfalls auch nur annähernd so gruselig sein wie Ensor. Als sie auf dem Mount Royal gerade an einer roten Ampel warten mußte, warf sie einen Blick auf ihren Stadtplan und rief dann zu Hause an, wo Crow völlig vertieft in seine Abbeizarbeiten war.

»Ich muß jetzt auf dem Heimweg noch einen Besuch machen«, sagte sie. »Ich versuche nämlich immer noch herauszufinden, warum die Polizei glaubt, daß es bei diesen Fälle eine Verbindung gibt.«

»Hmmm«, war alles, was Crow sagte, obwohl es ein sehr aufbauendes »Hmmm« war. Sie fragte sich, ob die Dämpfe ihm vielleicht schon das Gehirn umnebelt hatten.

»Wie möchtest du es denn mit dem Abendessen halten?« Sie ließ jetzt ihr schlimmstes passiv-aggressives Selbst die Oberhand gewinnen, in der Hoffnung, Crow werde augenblicklich vermelden, daß er sich um das Abendessen gekümmert und ein für den Winter passendes Mahl von, sagen wir mal, Bœuf Stroganoff mit heißem Brot zubereitet habe.

»Ich habe eigentlich gar keinen Hunger«, sagte er. »Also kannst du das entscheiden.«

Verdammt, die falsche Antwort. »Okay, ich denk mir was aus. Wahrscheinlich wird es etwas mit Mitnehmkartons zu tun haben.«

»Ist schon in Ordnung.« Seine Stimme, bisher zerstreut und verträumt, wurde plötzlich schärfer. »Hast du schon wieder irgendwelche Geschenke von deinem heimlichen Verehrer gekriegt?«

»Nein. Ich glaube, es ist aus zwischen uns. Er ruft nicht an, er schreibt nicht …«

»Ich weiß sowieso nicht, wie ich das finde, daß ein anderer Mann meinem Mädchen Blumen schenkt.«

»Woher willst du denn wissen«, entgegnete Tess, »daß es ein Mann ist?«

Crow war wieder in seine umnebelte Verträumtheit zurückgefallen. »Was meinst du, sollen wir bei den Griffen für die Küchenschränke etwas ganz Ausgefallenes machen und die Seesterne aus Messing nehmen, die sie bei Nouveau haben, oder lieber die originalen Griffe lassen? Die haben so einen nostalgischen Charme.«

»Darüber rede ich jetzt nicht, darüber rede ich jetzt nicht«, sang Tess. »Über so etwas reden meine Eltern. Tatsächlich komme ich heute abend nach Hause und bringe ein Essen mit, das man sich gut gegenseitig auf den Körper schmieren kann, und dann haben wir billigen, schmutzigen Sex, und das einzige, worüber zu reden verboten ist, sind irgendwelche Fragen zur Gestaltung unseres Zuhauses. Wenn du über Vorhangkordeln reden willst, dann nur im Hinblick auf Fesselspiele. Okay?«

»Willst du damit sagen, du erhebst Einspruch, wenn ich sage, daß mich deine Haut an dieses wunderbare neue Synthetikmaterial erinnert, das man überhaupt nicht mehr von Marmor unterscheiden kann?«

Sie legte lachend auf und war froh, daß sie zu ihrem Crow aus Fleisch und Blut nach Hause gehen konnte, und voll Mitgefühl für die Frauen, die die Aufmerksamkeiten von Jerold Ensor, dem lebenden Leichnam, erdulden mußten.

Dem Stadtplan zufolge lag die Field Street im Herzen von Unter-Hampden, was Tess ein Rätsel war. Sie war zwar kein Snob, aber dies galt als eine Gegend, in der Einbrecher eher wohnten als raubten. Sie wußte zufällig, daß ein führendes Mitglied einer hiesigen Verbrecherbande einmal in diesem Abschnitt der Keswick Street gewohnt hatte, bis ihn sein Gewissen übermannte und er seinen besten Freund wegen Mordes anzeigte. Er konnte es sich leisten, seine Tür nicht abzusperren, ohne daß jemand es wagte, ihn zu belästigen.

Sie fand das Straßenschild der Field Street, aber es handelte sich dabei um ein gepflastertes Stück Straße, das kürzer als die meisten Einfahrten war und vor einem leeren Grundstück endete. Nach einem weiteren Blick auf den Stadtplan setzte Tess zurück auf die Keswick Street und bog dann in die Bay Street ein, die durchzugehen schien.

Noch nie hatte ein simples Rechtsabbiegen die Welt so verändert wie jetzt. Eben noch war Tess in der engen dunklen Schlucht der Keswick Street gewesen, die von Reihenhäusern gesäumt wurde. Aber hier nun öffnete sich die Landschaft, und die Bebauung bestand aus kleinen Doppelhäusern aus Stein, die etwas zurückgesetzt auf großen Grundstücken lagen. Die Field Street war ganz wörtlich genommen ein Feld, stellte sie fest; deswegen ging sie auch nicht durch. Sie kannte sich mit Architektur nicht gut aus, sah aber, daß diese Bauweise 100 oder 150 Jahre alt sein mußte. Das Viertel besaß einen ländlichen, bäuerlichen Charme. Hier hätte sie wohnen mögen, wenn sie nicht ihr Landhäuschen in den Bäumen gefunden hätte.

Sie parkte vor Arnold Pitts' Haus, das dunkel und anscheinend leer dalag. Jetzt hätte sie sich leicht Ärger einhandeln können, aber sie war entschlossen, dem zu widerstehen. Es brachte nichts, sagte sie sich, wenn sie versuchte, ins Haus zu kommen. Dann wäre sie wie Gretchen O'Brien, die einbrach und sich einschlich, und Rainer hätte endlich einen Grund, sich auf sie zu stürzen wie eine Tonne Ziegelsteine.

Komischerweise konnte sie sich fast in Rainers Standpunkt einfühlen, wie sie da im Dunkeln saß und ihre Möglichkeiten durchdachte. Warum war sie hier? Sie hatte keinen Klienten, keine Spuren, nichts als ihre eigene Neugier. Zu Beginn ihrer Nachforschungen hatte sie einen logischen, um nicht zu sagen, ehrenhaften Grund zu haben geglaubt: den geheimnisvollen Auftraggeber zu finden und zu erfahren, was er eigentlich wollte. Die Rosen und der Cognac schienen zu bedeuten, daß sie auf dem richtigen Weg war.

Aber vielleicht waren diese Tatsachen nur die selbstgezimmerten Hinweise von Mr Schlaufuchs, die den närrischen Kuckuck in die Sackgasse schicken sollten. Sie seufzte, startete den Wagen und machte sich auf den Rückweg.

An der Straßenecke, wo sie darauf wartete, abbiegen zu können, warf sie im Rückspiegel noch einen Blick auf das dunkle Haus. Zu ihrem Erstaunen kam jemand aus dem Hintergrund hervor, blieb stehen, um eine Plastiktüte in eine altmodische Mülltonne aus Metall zu stecken, und schleppte die Mülltonne dann zum Randstein vor. Das gab ein komisches Bild ab, denn der Mann war kaum größer als die Tonne, und seine Arme, diese kurzen, plumpen Dinger, waren kaum lang genug, an seinem enormen Bauch vorbei bis zu den Griffen der Tonne zu reichen. Er bewegte sich mit winzigen, abgehackten Schritten, ungefähr wie eine Frau in Stökkelschuhen auf Eis, obwohl der Gehsteig frei und offen war, nachdem der Schnee dieses Wochenendes ein paar Stunden nach dem Fallen wieder weggeschmolzen war.

Diesen Gang kenne ich doch, dachte Tess. Diese Silhouette auch. Sie knallte den Rückwärtsgang rein, fuhr auf einen Parkplatz, ließ das Fenster herunter und rief: »Arnold Pitts?«

Beim Klang ihrer Stimme – oder vielleicht erschreckte ihn sein richtiger Name so – stieß Arnold Pitts, das Porzellanschweinchen, alias John Pendleton Kennedy, Porzellanhändler, einen äußerst passenden kleinen Quiekser aus, stieß seine Mülltonne auf die Straße und marschierte davon, so schnell ihn seine Beinchen trugen.

15. Kapitel

Einen Augenblick war Tess durch die Flucht von Pitts dem Schweinchen so verblüfft, daß sie nur zusehen konnte, wie er die Straße hinuntertrippelte, während ihm seine Mülltonne nachrollte. Dann überlegte sie, ob sie überhaupt die Mühe einer Verfolgungsjagd auf sich nehmen sollte. Irgendwann mußte er ja wieder nach Hause kommen, nicht wahr? Und es schien beinahe unsportlich, einem Mann nachzurennen, der fünf Schritte für eine Strecke brauchte, die sie mit zweien schaffte.

Dieser untypische Anfall von Fairneß verflüchtigte sich, und sie lief los und holte ihn ein, als er keuchend und schnaufend in die Keswick Street einbog, wo das 7-Eleven mit der Reihe von Telefonzellen davor sein Ziel zu sein schien. Als er sah, daß sie dicht hinter ihm war, machte er in seiner aussichtslosen Lage eine fast wohlwollende Geste, er blieb nämlich ganz plötzlich in dem kleinen Park gegenüber dem Laden stehen und öffnete die Arme, als würde er erwarten, daß Tess sich hineinwarf.

»Wie haben Sie mich gefunden?« fragte er verstimmt.

Jetzt war es an ihr, ihn in die Irre zu führen. »War nicht schwierig. Überhaupt nicht schwierig.«

Das schien ihn zu ängstigen. Gut.

»Wir müssen reden«, sagte er.

»Was Sie nicht sagen.«

»Aber nicht bei mir zu Hause. Wie wäre es –« Er zeigte auf eine Bar auf der anderen Straßenseite, Ben's, ein Lokal, das Tess nur wegen der Grillbude kannte, die es im Sommer und Frühherbst betrieb. »Wie wär's, wenn wir da 'rübergingen?«

»Ich würde lieber zu Ihnen nach Hause gehen. Schließlich sind Sie auch zu mir gekommen.«

»Ich bin zu Ihnen ins Büro gekommen«, sagte er und richtete sich zu voller Größe auf, wodurch er bestimmt schon zu den richtig schlimmen Achterbahnen, die es auf einem kleinen Jahrmarkt so gibt, zugelassen worden wäre.

»Zu Ihnen nach Hause«, wiederholte Tess.

»Ich habe nicht gern Leute bei mir zu Hause. Sie fassen alles an.«

Tess fing an zu lachen, erkannte aber sofort, daß Pitts es ernst meinte und die Ironie in seiner Selbstgerechtigkeit gar nicht erkannte. »Ich verspreche Ihnen, daß ich das nicht tue.«

»Das sagen alle«, sagte er resigniert. »Und dann brechen alle ihr Versprechen. Sie werden das genauso machen, Sie werden sehen. Aber zum Deubel, dann gehen wir eben.«

Tess brachte ihn zurück.

»Interessantes Viertel.«

»Das waren einmal Mühlenhäuser«, sagte Pitts und sperrte seine Hintertür auf. »Die Gegend heißt Stone Hill.«

»Ich bin schon mein ganzes Leben lang in Baltimore. Ich wohne sogar keine drei Kilometer von hier entfernt« – sie bereute sofort, daß sie ausgerechnet ihm das mitgeteilt hatte –, »und habe doch noch nie davon gehört.«

»Ja«, sagte ihr Gastgeber. »Deshalb habe ich mich auch dafür entschieden. Wegen der Abgeschiedenheit. Man hat es auch nicht weit zur Autobahn, und ich fahre viel in meinem Beruf.«

»Wegen Ihres Porzellanhandels?«

»Eigentlich handle ich mit Antiquitäten. Ich kundschafte die Waren aus und habe mich auf Glas, Porzellan und kleine Tonfiguren spezialisiert. Ich finde das, was die Leute wollen. Und ich finde Käufer für das, was die Leute nicht mehr wollen. Restaurants, die ihre Räume nach einem bestimmten Thema ausstatten wollen, Leute, denen ein paar Vorspeisenteller in ihrem alten gemusterten Porzellanservice fehlen – die kommen zu mir.«

Dir fehlen auch ein paar Vorspeisenteller in deinem Ge-

deck, dachte sie. »Ein Händler, den ich konsultierte, sagte, daß Sie nicht viel von Fiesta-Porzellan verstehen.«

»Fiesta-Porzellan? Puh – so aufdringliches Zeug würde ich nie bei mir zu Hause haben wollen. Nicht meine Zeit, nicht mein Geschmack. Aber ich weiß ziemlich viel darüber. Das muß ich auch, bei meiner Tätigkeit. Ich habe falsche Aussagen gemacht, weil ich Ihr Wissen zu diesem Thema testen wollte. Beziehungsweise Ihr Nichtwissen. Und ich wurde nicht enttäuscht.«

Sie waren durch die Küche ins Haus getreten, die, wie Tess auffiel, nicht zu dem malerischen Haus paßte. Auf den ersten Blick schien es eine ältere Küche zu sein, die noch restauriert werden mußte. Aber die ährengoldenen Küchengeräte glänzten zu sehr, der weiße Linoleumfußboden mit dem Muster aus roten Lilien sah zu neu aus, als daß man schon 50 Jahre darauf herumgelaufen wäre. Der gelbe Resopaltisch war vermutlich ebenfalls ein billiger Nachbau. Ein echter würde heutzutage mehr als 500 Dollar kosten. Tess wußte das, denn sie hatte einmal nach dem Preis von einem gefragt, als sie sich gerade einem kurzen Flirt mit der Nostalgie hingegeben hatte.

»Dies ist eine exakte Kopie der Küche im Haus meiner Eltern in Cockeysville«, sagte Pitts stolz, da er ihr verwirrtes Schweigen für Ehrfurcht hielt. »Es war nicht einfach, noch funktionierende Exemplare der Geräte zu finden. Die alte Geschirrspülmaschine, die man noch hervorrollen und am Ausguß anschließen muß, war wirklich schwer zu kriegen, und ich weiß nicht, was ich tun werde, wenn der Schlauch einmal bricht. Aber genau so hat unsere Küche ausgesehen, bis hin zu den Vorhängen aus Frotteestoff am Fenster, nur daß der Tisch bei meiner Mutter rot war. Und natürlich hatten wir keine Keksdosen.«

»Natürlich nicht«, murmelte Tess. An der gegenüberliegenden Wand der Küche gab es ganz gewöhnliche Regale, die sich geradezu bogen unter der Last von vielleicht 50 oder 100 Keksdosen. Viele gehörten zu den Sorten, die man überall kriegen konnte und die dazu dienten, für bestimmte Süßigkeiten Werbung zu machen – Creos, Fig Newtons, Malomars – andere hingegen waren altertümliche Dosen in verschiedenen Formen: dicke Frauen, zufriedene Katzen, Autos, Häuser, ein Eisenbahnwaggon mit lächelndem Gesicht. Sie entdeckte auch eine Tante-Jemima-Figur, die hoffnungslos weit davon entfernt war, politisch korrekt zu sein, aber die stand auch im untersten Regal in der Ecke, als ob selbst Pitts wüßte, daß man so etwas nicht ausstellte.

Er führte sie in ein Zimmer, das gleichzeitig als Eß- und Wohnzimmer diente, und Tess hatte ein seltsames Déjà-vu. Über den Fluß und in die Wälder – natürlich, das war das Haus ihrer Großmutter, bis hin zu den stapelbaren Beistelltischen und dem Zigarettenanzünder aus Porzellan auf dem Kaffeetisch.

»Lassen Sie mich raten. Das ist eine Kopie des Wohnzimmers Ihrer Eltern.«

»Ich wünschte, es wäre so.« Er schniefte. »Das ist das Wohnzimmer, das ich mir gewünscht habe, als ich heranwuchs. Ich ging sogar mit meiner Mutter zu Levenson und Klein, um ihr zu zeigen, was wir nehmen sollten. Statt dessen entschied sie sich für ein kariertes Sofa.«

Er hatte sich auf einen Stuhl am Eßplatz gesetzt und befand sich damit in einer Nische, die viel zu eng war für die mächtigen Mahagonimöbel, die Pitts da hineingestopft hatte. Ein riesiger Raritätenschrank hing drohend über ihnen, und darin – Tess mußte näher hinsehen.

»Was ist das denn?« sagte sie.

»Nicht berühren!« quiekte er instinktiv, als könnte sie mit ihrem ausgestreckten Finger durch die Glastüren stoßen. »Das sind Salzstreuer. Mutter hat sie gesammelt.«

Tess hoffte sehr, daß »Mutter« nicht etwa in einem Schaukelstuhl im Keller hockte, als verdorrte Leiche, die darauf wartete, daß ihr Vera Miles die Hand auf die Schulter legte, wie in *Psycho*. Sie rief sich ins Gedächtnis, daß der Name des Schweinchens ja Arnold Pitts war und nicht Norman Bates und daß das hier eine alte Mühle in einem dichtbesiedelten Stadtbezirk war und nicht das einsam gelegene Bates Motel mit danebenliegendem Wohnhaus.

Tatsächlich hätten aber ein paar präparierte Körper eine hübsche Ergänzung dieser Ausstattung dargestellt.

»So, Mr Pitts. Sie *heißen* doch Pitts, oder? Arnold Pitts, Field Street. Im Gegensatz zu John Pendleton Kennedy, Adresse unbekannt.«

Er verdeckte mit der Hand ein selbstzufriedenes Lächeln. »Ich glaube, über das Leben von Poe wissen Sie noch weniger als über Fiesta-Porzellan.«

»Aber ich lerne dazu«, sagte Tess. »Und wenn ich Ihren Auftrag tatsächlich angenommen hätte, dann wäre es mir jedenfalls nicht passiert, daß ich mich von dem Denkmal hätte irreführen lassen, am falschen Tag auftauche und alles verpasse.«

Pitts' Fröhlichkeit verflog. »Was wollen Sie damit sagen?«

Tess setzte sich auf einen der Eßzimmerstühle, streckte die Beine aus und kreuzte die Arme über der Brust, ohne sich mit der Antwort zu beeilen. Sie versuchte zu ergründen, ob Pitts überrascht war, daß sie von Gretchen O'Brien wußte, oder entsetzt über die Nachricht, daß seine Privatdetektivin ihren Job vermasselt hatte.

»Ich befriedige Ihre Neugier, wenn meine befriedigt ist. Also, weiß die Polizei Bescheid?«

»Bescheid worüber?« Seine Stimme hob sich bei der letzten Silbe.

»Hier wurde letzten Sommer ein Einbruch verübt. Aus Gründen, die ich nicht nachvollziehen kann, glaubt die Polizei, dieser Vorfall stehe in Verbindung mit dem Mord an Poes

Grab. Aber es könnte der Polizei helfen, wenn jemand Inspektor Rainer erzählen würde, daß Sie kurz vorher durch die Stadt marschiert sind und jemanden gesucht haben, der den Grabbesuch überwacht und den Besucher identifiziert. Ich nehme an, Ihnen ist es lieber, wenn er davon nichts erfährt.«

Ein trotziger Ausdruck erschien auf Pitts' Gesicht und erweckte den Eindruck, er würde sich dort ganz zu Hause fühlen: die Unterlippe vorgeschoben und blaß, die borstigen Brauen tief heruntergezogen über kleine, wässrige Augen.

Er seufzte. »Wieviel?«

»Was wieviel?«

»Es geht hier doch um Erpressung, oder? Ich gebe Ihnen Geld, und Sie verschwinden. Falls Sie nicht irgendwann wiederkommen und noch mehr wollen.«

»Ich verstehe. Sie denken, ich bin ein Gauner und lüge. Komisch, daß Gauner und Lügner das so oft von anderen denken.«

»Ich bin kein Gauner«, sagte er schnell. Wenigstens hatte er so viel Anstand, nicht zu bestreiten, daß er ein Lügner war.

»Fangen wir noch einmal ganz von vorne an. Sie sind zu mir gekommen, um herauszufinden, wer der Grabbesucher ist. Warum?«

»Ich habe Ihnen doch schon gesagt, es gab da ein Armband –«

Tess hob die Hand. »Wir fangen noch einmal ganz von vorne an, hatten wir ausgemacht. Ich gebe Ihnen ein leeres Blatt. Nutzen Sie es gut.«

»Oder?«

»Oder ich gebe der Polizei den Tip, nachzuforschen, wo Sie in der Nacht waren, als Bobby Hilliard erschossen wurde. Haben Sie den Falschen getroffen? War in Wirklichkeit der Grabbesucher Ihr Ziel? Oder kannten Sie Bobby Hilliard?«

»Ich habe ein Alibi«, sagte er schnell. »Ich war mit einem

Freund auf einem Dinner in Silver Spring, das die ganze Nacht dauerte.«

»Um drei Uhr morgens?«

»Wir waren vorher in Washington im Theater.«

»Klingt, als hätten Sie sich eine Menge Mühe gemacht, um dieses Alibi aufzubauen. Warum? Was war Gretchen O'Briens Auftrag?«

Aber hinter seinem nervösen Gestammel und seinem dramatischen Augenrollen besaß Pitts ein zähes kleines Zentrum, so hart wie ein Pfirsichkern.

»Was hat das für eine Bedeutung?« sagte er. »Es ist klar, sie hat ihre Aufgabe nicht erfüllt, was sie zu erwähnen vermied, als sie mir dieses Wochenende eine kurze Darstellung des Sachverhalts gab – und eine Teilzahlung entgegennahm. Ich habe ihr zu schnell die Erklärung abgenommen, daß die unerwarteten Vorfälle am Grab so viel Verwirrung stifteten, daß sie seiner Fährte nicht folgen konnte. Die Zeitungsnachrichten machten es ihr leicht, ihr Versagen zu bemänteln. Es kam mir gar nicht in den Sinn, daß sie nicht dort gewesen sein könnte. Oder daß Sie dort waren.«

»Das habe ich nicht gesagt.«

Er lächelte darüber, daß sie dieser Einzelheit so viel Wert beimaß. »Nein, aber der Polizeibeamte, der mit dem Mordfall betraut ist, hat es mir gesagt, als er mich warnte, daß ich mich vor Ihnen hüten solle. Als er sagte, eine Privatdetektivin werde mich vielleicht besuchen, hatte ich das Recht, zu fragen, warum Sie sich so sehr für den Fall interessierten. Er sagte, Sie seien gierig auf Ruhm. Ehrlich gesagt, ich finde, Sie haben ganz schön lange gebraucht, um eine so offensichtliche Spur zu verfolgen.«

»Es ist noch keine 24 Stunden her, seit ich die Berichte über die Einbrüche gefaxt bekommen habe«, sagte sie zu ihrer Verteidigung. Außerdem, hatte Pitts nicht überrascht ausgesehen, als sie ihn vor dem 7-Eleven einholte?

»Und Sie wissen immer noch nicht, wie sie zusammenhängen, nicht wahr? Zwei Einbrüche, ein Überfall und ein Mord. Sie haben keine blasse Ahnung, was da das Bindeglied ist. Die Polizei übrigens auch nicht, falls Sie das tröstet – und ich natürlich auch nicht.«

Diese letzte Bemerkung schien noch hastig angehängt.

»Wenn Sie mir sagen, worum es bei alledem geht, erzähle ich der Polizei nichts von Ihrem Besuch bei mir und daß Sie Gretchen O'Brien dafür angeworben haben, das zu tun, was ich nicht tun wollte. Sie wird die Aussage nicht verweigern dürfen, wenn Sie sie nicht über einen Rechtsanwalt kontaktiert haben. Sie wird reden müssen.«

Er wartete einen Augenblick, als würde er über ihr Angebot nachdenken, schüttelte dann aber den Kopf. »Ich glaube nicht. Sie werden ja doch irgendwann alles ausplaudern. Sie sind solch eine gute Staatsbürgerin.« Noch nie zuvor hatte sie so viel Verachtung für dieses einfache Wort gehört. »Aber wenn Sie tatsächlich über mich plaudern – also, wenn Sie das tun, werde ich denen sagen müssen, daß Sie zu mir gekommen sind, um mich zu erpressen. Ich glaube, der Beamte für den Mord wäre derart gierig auf so eine Klage, daß er bereit wäre, auf seine übliche berufsmäßige Skepsis zu verzichten.«

»Aber das ist doch eine Lüge. Sie haben das mit der Erpressung aufgebracht. So etwas ist überhaupt nicht mein Ding.«

»Wie heißt doch gleich das alte Sprichwort? Eine Lüge ist schon halb um die Welt, bevor die Wahrheit auch nur die Stiefel anhat? Stimmt schon, das hält sich nicht auf Dauer, weil es nur auf Gerüchten basiert, aber solange es durch die Öffentlichkeit geistert, richtet es bestimmt einigen Schaden an. Überlegen Sie sich also gut, was Sie als nächstes tun und wem Sie Ihre Geschichten erzählen. Ihr guter Ruf ist alles, was Sie haben. Und soviel ich weiß, gibt es in Ihrer Familie durchaus Mitglieder, die gezeigt haben, daß sie nur zu leicht zu einer etwas laxen Handhabung der Moral fähig sind.«

»Das sind alte Geschichten«, sagte sie, obwohl ihr klar wurde, daß sie nicht wußte, ob er auf ihren Vater, ihren Großvater oder zwei ihrer Onkel anspielte. Die Monaghans und die Weinsteins hatten einen etwas improvisierten sozialen Aufstieg gehabt, aber das war lange her. Vorausgesetzt, daß sich Onkel Spike in Boca gut aufführte, was allerdings eine ziemlich unsichere Annahme war. »Und mit mir hat das alles überhaupt nichts zu tun.«

»Oh ja, Sie sind in Presseberichten als blitzsauber dargestellt worden, aber wenn ich die Gepflogenheiten der Medien richtig verstehe, ist es jetzt gerade an der Zeit, daß Sie ein bißchen schlechte Presse kriegen. Die bauen jemanden nur auf, damit sie ihn hinterher wieder niederreißen können. Vertiefen Sie sich doch einmal in das postume Leben von Poe, wenn Sie eine Fallstudie über die Wankelmütigkeit der öffentlichen Meinung haben wollen. Der *Leuchtturm* beißt vielleicht nicht, aber die Fernsehstationen der Stadt wären begeistert über die eine oder andere zu leichtfertige Privatdetektivin. Sie und Gretchen O'Brien. Es heißt ja immer, erst drei machen einen Trend aus, aber vielleicht könnte man da als historisches Beispiel Allan Pinkerton dazutun, diesen echt Baltimorer Privatdetektiv, der wahrscheinlich den Bürgerkrieg um ein paar Jahre verlängert hat, nur weil er die Armee der Konföderierten nicht ausfindig machen konnte.«

Nach diesem langen, raschen Redefluß verstummte Pitts atemlos, aber begeistert von seinem eigenen Mut. Tess war auch ein wenig atemlos, und zwar darüber, wie er es verstanden hatte, die Situation zu seinen Gunsten zu wenden. Das einzige, was sie hier in Erfahrung hatte bringen können, war, daß der Dicke schlauer war, als er erschien. Seine Wahl war auf sie gefallen, weil er wußte, daß sie aufgrund ihrer Familiengeschichte leicht in genau dieser Hinsicht zu beeinflussen war. Er hatte sich einen Privatdetektiv ausgesucht, den er unter Kontrolle bringen konnte. Sie fragte sich, was er gegen Gretchen in der Hand hatte. Aber das war jetzt gleichgültig. Denn gerade eben war ihm ein hübscher Brocken Erpressungsmaterial in die Hand geliefert worden: Gretchen hatte ihn betrogen, indem sie Geld für etwas nahm, was sie nicht geleistet hatte. Auch sie war jetzt hoffnungslos kompromittiert und Arnold Pitts' Anweisungen ausgeliefert.

»Ich glaube«, sagte Pitts, als sie jede Antwort verweigerte, »so etwas nennt man ein mexikanisches Patt. Sie sagen mir nichts; ich sage Ihnen nichts.«

»Aber ich weiß jetzt, wo Sie wohnen«, sagte Tess. »Ich weiß, wer Sie sind. Vielleicht komme ich wieder.«

»Gute Nacht«, sagte er. »Auf Wiedersehen.« Das war ein Befehl.

Sie sah sich in dem Zimmer mit der niedrigen Decke um. Der Fußboden war da, wo er unter Pitts' grünen Teppichen vorschaute, aus Weißfichtendielen. Die Decke besaß freiliegende Balken, und die Wände waren rauh verputzt und hielten wahrscheinlich jedem Nagel stand. Das war ein kleines Juwel von einem Haus, besser gebaut als notwendig, und schrie geradezu nach einfacher Ausstattung.

»Warum kaufen Sie bloß so ein Haus und füllen es dann mit Kitsch aus den fünfziger Jahren?« fragte Tess. »Was soll das?«

»Kitsch? Kitsch? Das sind meine Erinnerungen. Das ist mein Leben.« Pitts, der eben noch, als er ihr drohte, so kühl und ruhig geblieben war, wurde plötzlich vollkommen nervös und verwirrt, als sein Geschmack in puncto Möblierung in Frage gestellt wurde.

»Entschuldigung, ich wollte damit nicht sagen, es sei nicht ... atemberaubend in seiner Liebe zum Detail. Aber warum ausgerechnet hier? Warum nicht in einer hübschen kleinen Maisonettewohnung draußen in Lutherville? Wollen Sie denn nicht die volle Wirkung erzielen?«

»Aber die habe ich doch«, sagte er in echter Verwirrung. »Außerdem wohnt Mutter noch immer in dem Haus in Cockeysville. Und sie hat es entsetzlich verschandelt. Also, sie hat sich tatsächlich so einen Kühlschrank mit einer Eismaschine in der Tür gekauft.« Ihn schauderte. »Die alten Kühlschränke sind so schön, mit ihrem abgerundeten Oberteil und diesen riesigen Griffen, die immer so wirken, als würde man etwas Bedeutendes aufmachen. Wenn sie eines Tages tot ist –«

Tess ließ es – und ihn – dabei. Es war beruhigend zu wissen, daß Mutter Pitts in den Vororten von Cockeysville war und nicht ausgestopft in irgendeinem niedrigen Kellerloch hier in der Nähe.

Allerdings, erinnerte sie sich, als sie wieder im Auto saß, hatte Norman Bates auch immer gesagt, daß seine Mutter noch lebe.

16. Kapitel

Am nächsten Morgen hatte Crow Appetit auf französischen Toast, und so landeten sie im Paper Moon Diner, einer wahren Oase in der Nähe des Kunstmuseums von Baltimore, der noch dazu 24 Stunden geöffnet hatte. Früher war es ein ödes Café gewesen, das Open House, ein so mieser Laden, daß Tess immer wieder einmal herkam, um zu sehen, ob es tatsächlich so entsetzlich war wie in ihrer Erinnerung. Es war. Wenn man im Open House ein Muffin essen wollte, war die zugehörige Marmelade meist schon verschimmelt, und die Substanz, die einem zum Aufhellen des Kaffees gereicht wurde, war grundsätzlich immer geronnen. Wenn sich einmal jemand zu beschweren wagte, erntete der von dem Kellner, der draußen stand, um Gäste anzulocken, finstere Blicke.

Aber mit einer kleinen Menge purpurroter Farbe und einer großen Menge Originalität hatte das Paper Moon die leichengiftverseuchten Geister des früheren Regimes vertrieben. Das Lokal strahlte nur so vor guter Laune, mit seiner Sammlung von PEZ-Automaten und altmodischen Spielsachen. Weihnachtslichterketten strahlten das ganze Jahr über von den freigelegten Dachsparren herunter, und nackte Schaufensterpuppen lauerten in den Büschen vor dem Eingang. Auch der Service war himmlisch, dank einer Errungenschaft, die Crow als das einzig erfolgreiche sozialistische Modell des neuen Jahrtausends bezeichnete: Die Trinkgelder wurden alle gleichmäßig aufgeteilt, so daß jeder aus der Belegschaft ein berechtigtes Interesse daran hatte, das Essen auf den Tisch zu bringen und die Gläser gefüllt zu halten. Auf der Speisekarte diente eine ganze Seite dazu, das System zu erklären, und diese Erklärung grenzte an ein Manifest, aber im Paper Moon fühlte sich Tess sowieso immer ein bißchen, als wäre sie John Reed in der Sowjetunion: Sie hatte die Zukunft der Restaurantbedienung gesehen, und sie funktionierte.

»Es tut mir leid, daß ich dich da hineingebracht habe«, sagte Crow und gähnte über seinem Kaffee. Sie waren gestern nacht lange wach geblieben, bis fast 3 Uhr morgens. Es hatte sich gelohnt.

»Aber ich mag das Paper Moon doch.«

»Nein, ich meine, in diese Poe-Geschichte. Das war ganz allein meine Schuld.«

»Wie kommst du denn darauf?«

»Wenn ich nicht darauf bestanden hätte, daß wir nach Westminster fahren und den Grabbesucher ›beschützen‹, hättest du dich niemals verpflichtet gefühlt, nach diesem Mann zu suchen. Jetzt, wo du ihn gefunden hast …«

»Jetzt, wo ich ihn gefunden habe«, sang Tess, »kann ich ihn wieder gehen lassen.« Die Schrulligkeit des Paper Moon wirkte ansteckend. Außerdem wollte sie nicht über Arnold Pitts sprechen. Sie wollte die warme, glückliche Stimmung, in der sie aufgewacht war, noch ein wenig erhalten. Später, mit gefülltem Magen, würde sie über Pitts häßliche Drohung nachdenken und abwägen, ob er ihr noch irgendeinen Handlungsspielraum gelassen hatte. Ob sie ihm vielleicht zuvorkommen sollte, indem sie zu Rainer ging und ihn auf Pitts falsche Anklagen vorbereitete?

Aber Pitts war in seinem Urteil scharfsinnig gewesen: Rainer konnte sie so wenig leiden, daß er bestimmt gerne das Schlimmste über sie glauben würde. Sie steckte fest. Sie studierte die Speisekarte und fragte sich, ob es noch zu früh am Tag sei, um Humus zu bestellen, der, wie es in dieser selbstbezogenen Stadt vielleicht unvermeidlich war, angeschrieben stand als »Humus: Leben aus der Erde.«

Wortspiele verdarben ihr den Appetit. Vielleicht doch lieber ein Omelett.

»Weißt du was, eines schönen Tages – nicht gerade zum Frühstück, aber wenn wir mittags oder abends herkommen – bestelle ich mir einmal einen Milchshake mit Bier. Wenn sie den irgendwo auf diesem Planeten hinkriegen, dann hier im Paper Moon.«

»Gibt es nicht irgendwo in einem Buch eine Figur, die einen Milchshake mit Bier getrunken hat?«

»Doc, in *Straße der Ölsardinen*«, antwortete Tess, froh, daß sie auch einmal etwas zu den Läuften der Literaturgeschichte beizutragen wußte. Sie schämte sich noch immer ein wenig, die Zielscheibe von Arnold Pitts' literarischem Witz gewesen zu sein. Das 20. Jahrhundert, ja, das war ihr Gebiet. Wenn jemand zu ihr ins Büro gekommen wäre und behauptet hätte, er sei Edmund »Bunny« Wilson oder Harold Bloom, ja, dann hätte sie die Komödie auf Anhieb durchschaut.

Zwei Frauen traten in das Lokal und setzten sich unter ein Mobile aus fliegenden Barbiepuppen. Tess betrachtete unwillkürlich die beiden über die Karte gebeugten Köpfe, einer dunkel, einer hell. Beide Frauen trugen sehr kurz geschnittenes Haar, was die gertenschlanken Hälse betonte. Wenn man von der Farbe absah – die eine so dunkel, die andere in einem Rosenknospenblond –, hätte man sie irrtümlich für Schwestern halten können. Es lag viel Ähnlichkeit in ihrer Art, sich zu kleiden, in ihrer Gestik und Haltung. Tess war so versunken in den Gedanken, wie unterschiedlich sie aussahen und wie eng verbunden sie wirkten, daß sie eine Sekunde brauchte, um das ihr bekannte Profil der dunkelhaarigen Frau zu registrieren.

»Cecilia Cesnik«, sagte sie, zum zweiten Mal innerhalb von drei Tagen.

Und zum zweiten Mal innerhalb von drei Tagen drehte Cecilia sich um und bedachte Tess mit einem mißtrauischen Lächeln.

»Jetzt weiß ich, warum die *Stadtzeitung* als Spitznamen für Baltimore ›Ministadt‹ vorgeschlagen hat«, sagte Cecilia. »Manchmal sieht es so aus, als würden hier nur ein paar Dutzend Leute wohnen.«

Die blaugrauen Augen der Blonden hatten einen Zuckerguß, die jedes Doughnut stolz gemacht hätte. Tess begriff, daß das Cecilias Freundin sein mußte, und versuchte, sich über die Art der Beziehung zwischen Cecilia und dieser seltsamen Frau klarzuwerden.

»Ich heiße Tess Monaghan«, sagte sie, »und das hier ist mein Freund, Crow Ransome.«

Das genügte, um das Eis schmelzen zu lassen. »Charlotte Menaker«, sagte sie. »Woher kennen Sie Cecilia?«

Die Antwort war so kompliziert – und brächte so viele Dinge hoch, die man besser vergaß, so viel Wut und vertane Zeit –, daß Tess und Cecilia, nachdem sie einen Blick gewechselt hatten, die Schultern zuckten und lachten.

»Typische Baltimorer Geschichte«, sagte Tess. »Der Zufall hat uns … zusammengeworfen. Cecilia arbeitete einen Sommer lang als Sekretärin bei dem Rechtsanwalt, mit dem ich zusammenarbeite, Tyner Gray.«

»Dem gutaussehenden Mann im Rollstuhl?«

»Vermutlich«, sagte Tess, schon jetzt sicher, daß sie dieses Kompliment nie an Tyner weitergeben würde. Schlimm genug, daß heterosexuelle Frauen ihn attraktiv fanden. Wenn er erfuhr, daß ihn eine hübsche junge Lesbe als gutaussehend bezeichnet hatte, würde seine Einbildung unerträglich werden.

Crow, der Cecilia ungefähr zur selben Zeit kennengelernt hatte wie Tess, stand plötzlich auf und umarmte Cecilia fest. Cecilia sah erst ein wenig alarmiert aus, entspannte sich dann aber.

»Du siehst großartig aus«, sagte er zu ihr. »Ich habe dich in den Nachrichten gesehen und war so stolz auf dich.«

»Ach ja, die Nachrichten«, sagte Tess. »Na, wie läuft dein Kreuzzug? Hat Rainer nachgegeben und dir noch etwas über seine Nachforschungen gesagt?«

Man sah, daß Cecilia hin- und hergerissen war. Ihr Instinkt verleitete sie natürlich, die Geschichte zu ihrem Vorteil zu erzählen, aber Tess war trotz allem eine Freundin und nicht so ein leichtgläubiger Presseheini.

»Die großen Medien erwähnten uns nur kurz, eben unter der obligatorischen Rubrik ›weitere verrückte Theorien‹«, gab sie zu. »Aber morgen trete ich im Fernsehen bei einer Show auf, die eine ganze Stunde dauert, in *Face Time.* Dann sprechen wir über hate crime und ob die Gesetzgebung da etwas ändern könnte.«

»*Face Time*? Diese Show mit Jim Yeager?« fragte Tess so leichthin wie irgend möglich.

»Ja. Ich weiß zwar, daß er unserem Fall nicht gerade freundlich gegenübersteht, aber er stellt doch ein Forum für eine freie und offene Debatte zur Verfügung.«

Tess fragte sich, ob Cecilia die fragliche Show jemals gesehen hatte oder ob sie nur Yeagers Darstellung von dem übernommen hatte, was er seinem Publikum vorsetzte.

»An deiner Stelle würde ich ihm nicht trauen«, sagte sie und beschloß, ihr nicht zu enthüllen, daß sie die Möglichkeit, in eben dieser Show aufzutreten, ausgeschlagen hatte.

Cecilia konnte Instruktionen nicht ertragen, mochten sie auch noch so sanft und gut gemeint sein. »Ich kann mich nicht erinnern, daß ich dich um Rat gefragt habe. Außerdem habe ich einen wirkungsvollen Knalleffekt in petto. Wir kommen gerade von dem Tierheim, aus dem ich Shawn Hayes Dobermann herausgeholt habe. Die Familie weiß nicht, was sie mit der Hündin machen soll, deshalb haben sie sie dorthin gebracht. Ich nehme sie mit in die Show. Die Leute reagieren vielleicht nicht auf die Notlage eines Homosexuellen, der fast totgeschlagen worden ist, aber ein Hundchen, das um sein Herrchen trauert, so etwas kommt immer gut an.«

Sie zeigte auf die 29. Straße, wo ein blauer RAV 4 geparkt war. Tess sah, wie die lange Schnauze eines Dobermanns sich aus dem Fenster schob, das ein paar Zentimeter weit geöffnet war, um frische Luft in das Auto zu lassen. Sie konnte es nicht leiden, Tiere zu vermenschlichen, aus einer so großen Entfernung schon gar nicht, aber dieser Hund sah tatsächlich bedrückt aus.

»Wie ist es möglich, daß ein Dobermann seinem Herrn nicht zu Hilfe kommt, wenn der geschlagen wird?« fragte sie verwundert.

»Gute Frage«, sagte Cecilia. »Die Polizei würde gern glauben, es rühre daher, daß der Angreifer ein Bekannter von Shawn war. Aber das würde nur erklären, warum der Hund nicht gebellt hat, als diese Person ins Haus trat. Du hast mir doch erzählt, daß du auch einen Hund hast. Würde der müßig danebensitzen, wenn jemand dich angreift?«

Tess dachte nach. »Nein, sie würde müßig daneben liegen, jedenfalls, wenn man ihr vorher etwas zu essen gäbe. Tatsache ist, wenn du ihr Schinken fütterst, dann könntest du mich auch anzünden, und Esskay würde es nicht bemerken. Aber sie ist ja auch kein Dobermann.«

»Der Hund von Baskerville«, grübelte Crow. »Warum hat der Dobermann nicht gebellt?«

»Ach, aber in dieser Geschichte geht es um Poe, nicht um Conan Doyle«, erinnerte ihn Tess.

»In dieser Geschichte geht es durchaus nicht um Poe.« Cecilias Stimme war scharf vor Ärger. »Genau das ist das Problem, das ich mit der Presse habe. Ein Mann ist tot, ein anderer dem Tode nahe, und es passiert nichts, außer, daß jeder irgendwelche schwachen Assoziationen daherbringt, à la ›Das verräterische Herz‹ und irgendwelche Hunde von Baskerville.«

Sie blickten alle über die Straße auf den fraglichen Hund. Ein verdächtig aussehendes Individuum tauchte auf und näherte sich dem RAV 4, aber er sprang zurück, als er sah, was drinnen war. Der Dobermann rührte sich nicht, reagierte überhaupt nicht. Vielleicht war die Hündin tatsächlich fähig, einen Angriff auf ihren Herrn auszusitzen.

»Das ist eine große Hündin«, sagte Crow. »Sie braucht viel Bewegung. Habt ihr einen Garten?«

»Wir haben nicht nur keinen Garten, wir haben auch noch eine Katze«, warf Charlotte ein, in dem Tonfall derer, die die Erfahrung machen mußten, daß man sich häufig über sie hinwegsetzt. Gewöhn dich daran, Mädchen, hätte Tess am liebsten zu ihr gesagt. So ist nun mal das Leben mit Cecilia. »Deswegen bin ich nicht so sicher, wie das funktionieren soll. Sie ist aber eine ganz Süße. Sie heißt Miata.«

»Miata?«

»Seinen Freunden hat Hayes erzählt, sie sei seine Form von Midlife-crisis«, sagte Cecilia. »Paßt mal auf, bringt doch euer Essen hier herüber und leistet uns Gesellschaft, dann müssen wir nicht so über die Tische schreien, ja?«

Sie hätte das gar nicht beiläufiger sagen können, aber Tess war von dem Angebot ganz gerührt. Vielleicht hatte Cecilia in ihrem Leben doch noch Platz für solche, die weder Verbündete noch Weggenossen waren, sondern einfach nur Freunde.

»Wißt ihr, wir könnten euch den Hund abnehmen«, sagte Crow, nachdem sie sich zusammengesetzt hatten.

Tess verschluckte sich an ihrem Orangensaft.

»Na, das könnten wir doch tun«, sagte er. »Der Hinterhof ist eingezäunt, und Esskay könnte ein bißchen Gesellschaft gut vertragen.«

»Esskay würde nicht einmal erkennen, daß das ein Hund ist.«

»Das stimmt«, sagte Crow, »aber sie ist sehr tolerant. Wenn sie sehen würde, daß wir nett zu so einem seltsamen neuen Lebewesen sind, würde sie das auch sein.«

»Es würde ja nicht für immer sein müssen«, sagte Cecilia und griff nach dem Angebot, das Crow gemacht hatte. »Nur für eine Weile, bis Hayes' Familie sie irgendwo unterbringt.«

»Sie ist wirklich unglaublich wohlerzogen«, warf Charlotte ein. »Bis auf die Sache mit dem Sofa.«

Cecilia warf Charlotte einen wütenden Blick zu, als Tess fragte: »Die Sache mit dem Sofa?«

»Im Tierheim haben sie uns gesagt, daß sie ein Sofa zerbissen hat, als sie bei einem von Hayes' Verwandten war«, gestand Charlotte. »Das war der Hauptgrund, warum sie dorthin gebracht wurde.«

»Nicht das ganze«, sagte Cecilia schnell. »Nur einen Teil eines Kissens. Sie wollte sich ein Nest machen.«

»Keine Angst, so etwas läßt Esskay sowieso nicht zu«, sagte Crow. »Sie läßt nichts und niemanden auf dem Sofa sitzen.«

Es ist schon seltsam, daß es einem manchmal wie ein Geschenk vorkommt, wenn man jemandem einen Gefallen tun kann. Tess war davon berührt, daß Cecilia zugeben konnte, sie brauche Hilfe, und noch mehr, daß sie Tess und Crow erlaubte, ihr diese Hilfe zu geben. Wie sie hier so saßen, ein glückliches Quartett, fühlten sie sich wie Freunde.

Und Freunde sollten keine Geheimnisse voreinander haben. Sie war es Cecilia schuldig, ihr zu erzählen, was sie über den Fall Bobby Hilliard in Erfahrung gebracht hatte.

»Weißt du, die Polizei hat ihre Nachforschungen erweitert, über den Mord und den Überfall hinaus«, sagte sie. »Sie untersuchen jetzt auch zwei Diebstähle. Ich weiß nicht, was damit los ist, aber das sind definitiv keine hate crimes, sondern nur ganz gewöhnliche Einbrüche.«

»Und?« Cecilia war plötzlich wieder auf höchster Alarmstufe und kehrte die Aktivistin hervor.

»Na ja, ich hab nur gedacht, vielleicht hat das Auswirkungen auf das, was du morgen abend im Fernsehen sagst.«

»Ich kann mich nicht so wahnsinnig intensiv um Eigentumsdelikte kümmern, wenn Menschenleben auf dem Spiel stehen«, sagte Cecilia.

»Ich will dich ja auch nicht darum bitten, diese vier Verbrechen moralisch gleichzusetzen. Ich sage nur, daß die Polizei glaubt, sie hängen zusammen. Macht diese Tatsache das mit dem hate crime nicht etwas weniger wahrscheinlich?«

»Wir müssen auf diese Probleme aufmerksam machen, wo immer wir können. Die Polizei behandelt Schwule, die überfallen worden sind, genau so, wie früher Vergewaltigungsopfer behandelt wurden.« Cecilia war ein Vergewaltigungsopfer, erinnerte sich Tess, und sie hatte nie gezögert, diesen Umstand moralischer Überlegenheit auszuspielen. »Wir müssen weiter Druck machen, und sei es auch nur, um sicherzustellen, daß künftige Fälle ernster genommen werden.«

Tess war sich nicht sicher, ob Cecila mit dem »Wir« das

Herausgeber-»Wir«, das Majestäts-»Wir« oder nur das bescheuerte Selbstgefälligkeits-»Wir« meinte.

»Willst du damit sagen, es ist dir ganz egal, ob die Einzelheiten stimmen oder nicht, wenn du nur deine Botschaft 'rüberbringst?«

Cecilia wurde rot; sie war es nicht gewöhnt, sich verteidigen zu müssen. »Nein, nein – ich würde niemals etwas sagen, von dem ich wüßte, daß es falsch ist. Aber selbst wenn ich in den Einzelheiten unrecht habe, lenke ich doch die Aufmerksamkeit auf das größere Bild, sozusagen.«

In solchen Augenblicken bemerkte Tess, daß sie die Journalistin in sich noch immer nicht ganz abschütteln konnte. Sie hatte zwar nie geglaubt, daß die Arbeit für eine Zeitung so etwas wie ein Dienst an der Wahrheit sei, aber die Tatsachen waren ihr immer wichtig gewesen. Deren offenkundige Mißachtung durch Cecilia war eine Art Luftverschmutzung. Die Welt stank ohnehin schon vor städtischen Mythen und vom Internet verbreiteten Apokryphen. Man sollte sich nicht vor eine laufende Kamera stellen und Dinge sagen, von denen man wußte, daß sie kein Körnchen Wahrheit bargen, nur weil sie einem zugegebenermaßen höheren Zweck dienten.

»Hast du denn wenigstens Hinweise aus dem Polizeirevier?« fragte Tess. »Oder reimst du dir da einfach etwas zusammen, während du die Sache vorantreibst, und glaubst so lange, daß du recht hast, bis dir jemand das Gegenteil beweist?«

Aber sie waren beide in Tyners Schützengräben geschult, und Cecilia war nicht die Frau, die angesichts eines Schlagabtauschs einknickte. »Hör zu, jeder weiß, daß Shawn Hayes von irgend so einem Schwulenhasser niedergeschlagen wurde, den er irgendwo aufgerissen hatte.«

»Jeder weiß«, wiederholte Tess zornig. »Niemand weiß irgend etwas, weil jeder die Tatsachen verdreht, um zu irgendwelchen Zielen zu kommen, genau wie du. Was würdest du denn dazu sagen, wenn die Christliche Rechte eine Pressekonferenz veranstalten würde, um Gerüchte auszustreuen, mit der sie ihre Anti-Schwulen-Agenda vorwärtsbringen will? Du würdest fuchsteufelswild werden.«

»Weil sie unrecht haben«, sagte Cecilia, das Gesicht verkniffen vom Ärger der Selbstgerechten.

»Das würden die auch von dir denken.«

»Nur zu deiner Information, Jim Yeager ist meiner Meinung. Er hat mir gesagt, daß er mich dort haben möchte, weil er glaubt, daß es ein hate crime ist. Und er ist ja wohl ziemlich rechts, also was sagst du dazu?«

»Dazu sage ich, daß Yeager dir einfach alles sagen würde, was er für nötig hält, um einen Gast für diese blöde Show zu kriegen. Mich hat er nämlich auch gefragt, verstehst du. Nur war sein Ansatzpunkt da ein anderer, alles Poe und Literatur und so. Wenn er schon lügt, um dich in die Show zu bringen, dann kannst du dir doch denken, was er sagt, wenn er dich erst mal drin hat.«

Crow und Charlotte, die apolitischen, konflikthassenden Partner, starrten den Tisch an, wie Kinder, die beim Streit der Eltern dabeisein mußten. Tess hatte ihr Omelett erst halb aufgegessen, aber sie zählte jetzt Geld auf den Tisch und hoffte, sie habe genug Kleingeld, um auch gleich das Trinkgeld mit abzudecken, damit sie gehen konnte, ohne noch einmal an den Tisch zurück zu müssen.

»Wegen dem Hund –«, begann Charlotte.

»Wir nehmen ihn«, sagte Crow eilig. »Bei uns fühlt er sich bestimmt wohler. Sag mir nur, wann ich kommen und ihn holen soll.«

»Warum nicht gleich?« fragte Charlotte.

Fein, dachte Tess. Die Vereinbarung wurde von den beiden getroffen, es hatte nichts mit ihr und Cecilia zu tun. Es gelang ihr, einen Gruß zwischen den Zähnen hervorzupressen, der von Cecilia auf dieselbe Weise erwidert wurde. Charlotte begleitete sie und Crow nach draußen, wo sie Miata aus dem RAV 4 befreiten. Sie war ein erschreckend unterwürfiger Hund, und ihre braunen Augen schienen zu sagen: Macht mit mir, was ihr wollt. Nun ja, Esskay war mit einer ähnlich niedergeschlagenen Haltung in ihr Leben getreten, und binnen Jahresfrist hatte sie sich zu einem narzißtischen, hedonistischen Freßhund gewandelt.

»Cecilia glaubt sich immer im Recht.« Tess kochte noch immer, auf dem Beifahrersitz in Crows Volvo, während ihr Miata schwer ins Ohr schnaufte, ohne auf die vorbeiziehende Landschaft zu achten. »Sie ist ein solcher Prinzipienreiter, so selbstgefällig, so durchdringend in dem, was sie glaubt. Sie hegt niemals auch nur den geringsten Zweifel, macht sich auch nie einen Gedanken darüber, daß ihre Prinzipien ja lebende, atmende Menschen treffen könnten. Kennst du auch solche Leute?«

Crow lächelte. »Oh, ich glaube schon.«

17. Kapitel

Ein guter Freund von Tess, der Lyrik liebte, hatte von Zeit zu Zeit einen kleinen Anfall, bei dem er Audens berühmtes Edikt über die der Versdichtung innewohnenden Grenzen umschrieb. »Denn der Journalismus bewegt nichts«, deklamierte Kevin Feeny dann wohl, irgendwo zwischen dem dritten und dem vierten Martini. »Denn die Regierung bewegt nichts – Gott sei Dank. Denn Gott bewegt auch nichts. Denn nichts bewegt irgend etwas.«

In einer Bar war so eine Vorführung nach ein paar Drinks recht lustig. An einem hellen kalten Morgen im Januar jedoch, wenn es sich bei dem Dichter um Poe handelte und das

Gedicht in einem kunstvoll gefalteten Schreiben ankam, waren die Verse nur unheimlich. Denn es lag die Drohung darin, daß sich weiterhin seltsame Dinge ereignen würden, bis Tess nicht gelernt hatte, zwischen den Zeilen zu lesen.

Dabei hatte der Tag ganz unschuldig angefangen. Beim Aufwachen hatten sie zwei Paar traurige braune Augen über den Bettrand hinweg angeblickt, und sie hatte zweifach die warmen Atemstöße der Hunde auf dem Gesicht gespürt, Stereo-Duftvision. Aber während Esskay aufgeregt herumsprang, sobald Tess mit den Augen blinzelte, rührte sich Miata überhaupt nicht. Tess überlegte kurz, ob sich die Hündin vielleicht um ihren offensichtlichen sozialen Abstieg Sorgen machte. Bis vor kurzem noch hatte sie in einem der geräumigsten Stadthäuser am Mount Vernon gewohnt. Jetzt befand sie sich, nach einem kurzem Zwischenspiel im Hundegefängnis, in diesem bescheidenen kleinen Landhaus. Kein Wunder, daß ihre Bedrücktheit nicht verflog.

Da sie auf Augenhöhe mit Miata war, bemerkte Tess erst jetzt das kunstvoll gearbeitete Halsband der Hündin – Leder mit Metallstacheln. Vielleicht sollte es sie gefährlich aussehen lassen, aber der Effekt war, daß sie wirkte wie eine Dame der Gesellschaft, die sich auf einem Wohlfahrtsmaskenball als Punk verkleidet. Das Halsband war zu breit und wölbte sich im Nacken, als könne es dort in den Muskelfalten nicht richtig Platz finden. Könnte da vielleicht – ? Tess nahm es ab, drehte es um und fand ... nichts. Natürlich, die letzten Vorfälle hatten sie jetzt schon so leichtsinnig und paranoid gemacht wie Hardy Boy oder Happy Hollister, die Kinderdetektive aus den Büchern der fünfziger Jahre. In einem Hundehalsband nach Indizien suchen, dachte sie wütend. Schreiben in Austerndosen verstecken. Also wirklich, vielleicht würde sich Crow jetzt gleich im Bett aufsetzen und atemlos verkünden, daß er Schmuggler durch den Stony-Run-Bach habe waten sehen.

Mit einem reumütigen Lachen über sich selbst stand sie auf, schlüpfte in ihren Jogginganzug und nahm beide Hunde an die Leine. Esskay war nur leicht beunruhigt, als sie sah, daß sie auf ihren Morgenspaziergang diesen traurigen Neuankömmling mitnehmen mußten. Aber als Esskay sah, daß die anderen Hunde im Park sich beim Anblick ihrer muskelbepackten Begleitung zurückzogen, stolzierte sie vor Vergnügen nur so dahin. Ach so, eine Leibwache. Warum hast du das denn nicht gleich gesagt?

Miatas düstere Stimmung verflog allerdings nicht, obwohl Tess glaubte, auf dem Gesicht des Dobermanns den Ansatz eines Lächelns zu sehen, als sich ein kleiner, rattenartiger Hund angriffslustig auf das Duo stürzte und Esskay mit gefletschten Zähnen zurücksprang. Ein bedrohlicher Windhund und ein merkwürdig unterwürfiger Dobermann. Was für ein Paar!

»Hier ist Leinenzwang, wie Sie vielleicht wissen«, sagte sie zu der Frau, die herbeirannte und sich den häßlichen kleinen Rattenhund griff, wobei sie schrie, als wäre Tess verantwortlich für dessen Aggressivität.

»Nur für solche Leute wie Sie, die ihre Hunde nicht unter Kontrolle haben«, sagte die Frau ärgerlich. Das war der alte Kampf, nur diesmal mit einem neuen Gegner, und Tess beschloß, einfach weiterzugehen. Sie war sich nicht sicher, ob Männer Napoleon-Komplexe hatten, aber Hunde hatten sie auf jeden Fall.

Im Winter, bei unbelaubten Bäumen, waren die schmalen Wege im Park offen, und man konnte weit sehen. Tess fand das beruhigend – niemand, weder Frau noch Hund, noch beides, konnte sich hier an sie heranschleichen – und sie lief weiter, als sie gedacht hatte, bis zum Museum Lacrosse an der Ecke des Hopkins Campus.

Als sie zurück in ihre Gegend kam, war sie durchgefroren und hatte Hunger, deshalb legte sie an der Kaffeemühle einen Stop ein und nahm eine Tasse Kaffee und ein Blaubeertörtchen, das sie mit den Hunden teilte, die am Randstein hockten. Genaugenommen teilte sie es mit Esskay. Miata kam ihr wie ein wohlerzogenes Kind aus einer Klosterschule vor, das von Süßigkeiten nichts weiß und darauf abgerichtet ist, nach Möhren zu fragen und Schokolade mit Mißtrauen zu betrachten. Sie schnupperte an dem Törtchen und drehte den Kopf weg. Esskay aß tapfer auch Miatas Portion auf.

So war nach ihrer Einschätzung etwa eine halbe Stunde – jedenfalls nicht mehr als eine Dreiviertelstunde – vergangen, bis sie nach Hause kam und ein weißes Blatt Papier unter einem der Scheibenwischer ihres Toyota vorfand. Ein Werbezettel konnte es nicht sein, so sorgfältig – fast wie Origami –, wie es zusammengefaltet war. Darüber hinaus fand sich an keinem einzigen anderen Auto in der ganzen East Lane so ein Blatt. Tess nahm es mit behandschuhten Fingern von seinem Platz und fragte sich, warum es sich diesmal nicht um das übliche phantasievolle Papier handelte. Hatte sie am Ende vielleicht mehr als nur einen hilfreichen Beschatter? Aber als sie es öffnete, fielen Rosenknospen aus den Falten des Briefs, und die altmodische Computerschrift war die gleiche wie bei der vorigen Nachricht.

Als Kind schon war ich nicht wie andre sind,
Konnte die Welt nicht schaun als Kind,
Wie andre schauen. – Meine Leidenschaft
Schöpfte aus andrer Quelle ihre Kraft.
Und – was ich liebte, liebte ich allein.
Damals als Kind ward mir – zu früher Stunde
Stürmischen Lebens – aus den Tiefen Kunde,
Wo Gutes sich und Böses je gesellt,
Geheimnis, das mich noch in Banden hält:
Aus dem Sturzbach, aus dem Felsenschlund,
Aus dem roten Kliff überm Bergesgrund,

Aus der Sonne, die mich rings umkreist,
Und in goldnen Herbstesfarben gleißt,
Aus des Blitzes grellem Strahl,
Der vorbeizückt – scharf wie Stahl,
Aus des Donnerschlags Gewalt
Trat eine Wolke, grau von Gestalt
(Der Himmel ruhte in blauem Licht)
Ein Dämon vor mein Angesicht.

»Ich habe nicht das geringste gehört«, sagte Crow entschuldigend, als sie die Nachricht vor ihm auf dem Eßzimmertisch ausbreitete.

»Na ja, du bist gestern nacht erst sehr spät nach Hause gekommen, weil du noch im Point warst.«

Crow arrangierte die gelegentlichen Auftritte von Musikern in der Restaurantbar ihres Vaters, und gestern abend war ein ziemlich berühmter Bluessänger aufgetreten, dessen Name Tess aber einfach nie einfiel. Tess mochte Musik, aber sie hatte nie so recht verstanden, was es eigentlich so auf sich hatte mit Jungs und Gitarren. So wie ein kleiner Junge sich aus einer ganzen Palette von Spielsachen unweigerlich den Lastwagen nimmt, so greifen die Hände eines großen Jungen unweigerlich zur Gitarre. Crow hatte mindestens drei; Tess hatte ihn eines denkwürdigen Abends einmal sogar mit seiner Lieblingsgitarre im Bett ertappt, einer 63er Strat. Er spielte sie nicht, sondern schmuste nur einfach mit ihr herum.

»Ja, aber« – er gähnte, schlang die Arme um sie und hüllte sie in den warmen, hefeartigen Duft des eben erst Aufgewachten –, »ich habe wirklich das Gefühl, ich sollte wenigstens ein paar der stereotypen männlichen Rollen erfüllen.«

»Ich werde mich damit zufriedengeben, wenn du mir sagst, was das hier bedeutet.«

»Das bedeutet leider, daß dein Besucher zwar wortreicher,

aber gleichzeitig geheimnisvoller wird. Die letzte Botschaft gab dir eine hübsche, eindeutige Instruktion. Diese hier … ich weiß nicht. Er sagt uns, daß er nicht wie andere Jungs ist, aber ich glaube, darauf wären wir auch von alleine gekommen.«

»*Geheimnis, das mich noch in Banden hält*«, murmelte Tess. »*Ein Dämon vor mein Angesicht*. Sag jetzt bitte, daß ich das Rainer geben soll. Sag mir, ich soll mich gar nicht um die Drohungen des Porzellanschweinchens kümmern – komisch, auch jetzt, wo ich doch seinen Namen weiß, kann ich an ihn nur als das Porzellanschweinchen denken. Sag mir, was ich tun soll, wenn du das stereotype Alphamännchen in meinem Leben sein willst.«

»Tess, ich möchte kein Alphamännchen sein, und ich habe es schon vor langer Zeit aufgegeben, dir irgend etwas zu sagen. Mach du, was du willst und wann du es willst. Du hast einen ganz sicheren Instinkt, solange du nicht so viel *denkst*. Was sagt dir dein Bauch?«

Sie überlegte sich seine Frage sorgfältig und wörtlich. »Daß ein einzelnes Blaubeertörtchen nicht ausreicht, um mich bis zum Mittagessen aufrechtzuerhalten. Und daß ich das Glück habe, einen freundlichen Bibliotheksmenschen zu kennen.«

»Kitty?«

»Nein, ich dachte an meine neue Bekanntschaft aus dem Poe-Zimmer.«

Daniel Clary war einverstanden, sich mit Tess zu treffen, aber nicht in der Bibliothek.

»Ich fühle mich ja sehr geschmeichelt, daß ich Sie beraten soll, aber ich glaube, ich kann es nicht verantworten, mir das von der Stadt bezahlen zu lassen«, sagte er noch an demselben Vormittag am Telefon zu ihr. »Wir werden es abends machen müssen.«

»Soll ich dann zu Ihnen kommen?« fragte Tess. Als er mit der Antwort zögerte, merkte sie, wie dickfellig sie gerade war – Daniel, der mit dem Lohn eines Bibliothekars auskommen mußte, rechnete wahrscheinlich mit einem weiteren freien Abendessen, vielleicht sogar mit noch ein paar Morettis.

»Ich bringe irgendein Fertiggericht mit: Pizza oder Thailändisch oder Chinesisch, oder vielleicht sogar Afghanisch – was Sie gerne mögen. Was hätten Sie denn am liebsten?«

»Pizza wahrscheinlich. Irgend so was Ausgefallenes wäre bei mir reine Verschwendung.«

»Ich bringe auch Bier mit.«

»Das wäre nett«, sagte er in dem arglosen Tonfall eines Kindes, das nicht zeigen möchte, wie sehr es sich nach einer bestimmten Süßigkeit sehnt, und Tess beschloß, ihm etwas ganz Besonderes mitzubringen, vielleicht das Lager von der Baltimore Brauerei oder ein Sixpack Sierra Nevada Pale Ale.

Daniel wohnte im unteren Teil von Charles Village, im ehemaligen Wagenschuppen eines der wenigen freistehenden Häuser dieser vornehm-heruntergekommenen Gegend in der Nähe des Johns-Hopkins-Campus. Der Vermieter und Besitzer, der im Vorderhaus wohnte, das in viktorianischem Zuckerbäckerstil erbaut war, hatte sehr viel Sorgfalt auf seinen Besitz verwandt und mit der überraschenden Kombination unerwarteter Farben – Pfirsichfarben und Beige und Blaßgelb, mit ein wenig Violett und Grün – eine großartige Wirkung erzielt. Der Wagenschuppen sollte das Pendant dazu sein, so wie ein auf Bestellung angefertigtes Puppenhaus oft die Farbwahl am Haus des Auftraggebers wiederholt. Aber hier war hastiger gearbeitet und die Farbe mit weniger Feingefühl aufgetragen worden. Das Ergebnis war ein kleines verlegenes Etwas, das aussah wie ein kleiner Junge, der am Kragen seines besten Sonntagsanzugs zerrt und sich nach seiner Jeans sehnt.

Im Innern wirkte der Wagenschuppen viel zu klein für den breitschulterigen Daniel, der ganz gebückt wirkte, als er auf sie zuging, um ihr die Pizzaschachteln und das Lagerbier abzunehmen. Aber das einzige Zimmer, aus dem das Haus bestand, hätte vielleicht nicht ganz so klein gewirkt, wenn nicht vor jeder Wand noch 30 Zentimeter für Regale verlorengegangen wären, die von der Decke bis zum Fußboden reichten. Es wirkte wie eine mit Büchern ausgefütterte Schachtel, und durch den schmalen Durchgang, der in die Kochnische führte, sah man weitere Regale. Tess fragte sich, ob es vielleicht im Bad auch noch Bücher gab. Die Bücher wirkten wie eine dreidimensionale Tapete, wobei die endlosen Reihen der Regale nur von einem kleinen Kamin auf der Südseite unterbrochen wurden. Die rohen Fichtendielen schienen sich unter der Last all dieser Bände ein wenig, nur ein ganz klein wenig, zu biegen, und Tess sah Lükken zwischen den Dielen, die einen knappen Meter darunter den Erdboden sehen ließen. Sonst gab es sehr wenig in dem Raum, nur noch einen Tisch, zwei Stühle und ein Sofa, vermutlich eines, das man in ein Bett verwandeln konnte.

»Wahrscheinlich sollte es mich nicht überraschen, daß ein Bibliothekar so viele Bücher hat, aber das hier überwältigt mich schon ein bißchen«, sagte Tess, die es sofort zu den Regalen zog, wo sie die Buchrücken studierte. Viele Titel sagten ihr gar nichts, aber die, die sie kannte, waren alles Romane und Geschichtsbände aus dem 19. Jahrhundert: Dickens, Melville, Austen, Thackeray, Cash, Olmsted. Poe hatte ein ganzes Regalbrett für sich allein, ebenso wie Hawthorne und Longfellow. »Im positiven Sinne natürlich.«

»Na ja, Sie sehen ja, daß ich wenig zeitgenössische Literatur habe«, sagte er. »Da ich in einer Bibliothek arbeite, habe ich dort Zugang zu den neuesten Büchern, sobald sie erscheinen. Warum lächeln Sie?«

»Sie erinnern mich an einen meiner Lieblingsautoren, an Philip Roth. In *Goodbye, Columbus* sagt die alberne Verlobte so ungefähr: ›Oh, aber dann mußt du ja alle Bestseller zuerst bekommen‹, zu dem Protagonisten, der Bibliothekar ist. Der, der dann eine Liebesgeschichte mit Ali MacGraw hat.«

»Ali MacGraw?«

»Im Film«, verbesserte sich Tess. »Der taugt aber nicht viel – der Film, meine ich. Aber die Geschichte ist hervorragend. Er hat sie in einem unerträglich jungen Alter geschrieben, mit 23 oder so.«

»Eine Geschichte mit einem Bibliothekar als Helden? Die muß ich lesen. Können Sie sich vorstellen, daß ich von Roth noch nie etwas gelesen habe? Ich glaube, ich gehöre ins 19. Jahrhundert, und zwar ganz und gar. Außerdem sind alte Bücher billiger als neue, wenn man weiß, wonach man schauen muß – und wo. Diese Ausgabe von Jane Austen zum Beispiel« – er zog ein kleines grünes Buch aus dem Regal –, »kostete 30 Dollar, also 5 Dollar pro Buch. Ich habe sie auf dem Trödelmarkt an der Rollschuhbahn gefunden, wo die meisten Stände nur Babyklamotten und nachgemachte Designertaschen verkaufen. *Ein* einziges gebundenes neues Buch kostet genausoviel.«

»Sie sind also Sammler?«

»Nicht so richtig, weil ich es nicht aushalte, etwas zu besitzen, das ich nicht verwenden kann. Diesen speziellen Zwang habe ich nie verstanden.« Er durchblätterte den Band Austen und atmete den Geruch der Seiten mit genausoviel Vergnügen ein wie vorhin den der Pizzas. »Die Ironie dabei ist, wenn ich nicht in einer Bibliothek arbeiten würde und mir daher neue Romane in dem Augenblick kaufen müßte, wo sie erscheinen – und ich muß gestehen, gelegentlich bin ich schon die Beute des Dranges, das Neue sofort haben zu müssen –, dann hätte ich jetzt vielleicht schon eine Sammlung von Erstausgaben von Weltklasse. Statt dessen habe ich nur diese alten, bestoßenen Bücher, die zumindest wertvoll *aussehen*. Immerhin, die Mädchen beeindruckt das schon.«

»Wirklich?«

Er versuchte ein schelmisches Lächeln, sah dabei aber nur schüchtern aus. »Na ja, manche Mädchen jedenfalls. Ein Bibliothekar ist nicht gerade der Renner in einer Welt, wo sonst jeder Aktien und neue Autos und Eigenheime mit Seeblick vorweisen kann, aber es gibt bei Büchern doch eine gewisse Subkultur, die unserem Zauber zugänglich ist.«

Tess, die von ihrer Weinstein-Seite her erblich damit belastet war, Paare zusammenbringen zu wollen, notierte sich im Geiste, daß sie Whitney mit Daniel bekannt machen sollte. Die hatte bei Gott genug Geld, um nicht bei jemand anderem darauf achten zu müssen, daß er keines hatte, und sie liebte Bücher. Mehr als Jungs sogar, wenn man ehrlich sein wollte. Sie teilte auch Daniels offensichtliche Neigung zu Sport im Freien – er hatte ein Zehngangfahrrad in der Ecke hängen und ein Paar Langlaufskier im Schirmständer stehen, zusammen mit einem dicken Wanderstock, der aussah, als wäre er dazu gemacht, einen Gipfel nach dem anderen zu stürmen.

»Das kann ich mir vorstellen«, sagte sie in leichtem, neckendem Ton. Sie beschloß, laut auszusprechen, was ihr durch den Kopf gegangen war, als sie ihn zum ersten Mal gesehen hatte. »Es würde mich nicht wundern, wenn Sie Verehrerinnen hätten, die unter einem Vorwand in die Bibliothek kommen, nur um mit Ihnen reden zu können.«

Er errötete, leugnete es aber nicht. »Also, sehen wir uns das Gedicht mal an.«

Sie hatte das Gedicht fotokopiert, obwohl das Original vermutlich so mit ihren eigenen Fingerabdrücken übersät war, daß diese Vorsichtsmaßnahme kaum Bedeutung hatte. Trotzdem versuchte sie, alles richtig zu machen, das erklärte sie jedenfalls ihrem schlechten Gewissen.

Daniel setzte sich an den alten Holztisch, der offensichtlich zweifach genutzt wurde: als Eß- und als Schreibtisch, und überflog das Blatt. Er las schnell, sogar schneller als Tess, die sich für ziemlich schnell hielt.

»Hmmm«, sagte er. »Und das war das zweite?«

»Ja. Das erste brachte mich in die Bibliothek und zu dem Schild in der Mulberry Street. Aber es war ziemlich unverblümt. Dieses hier bringt mich in Verwirrung.«

»Ich kenne Poes Erzählungen besser als die Gedichte und die Horrorgeschichten besser als die Detektivromane. Trotzdem kommt mir das bekannt vor.« Er stand auf und zog ein Buch aus dem Regal, einen schwarzgebundenen, kleinen Band, der sehr hinfällig aussah. »Ja, hier ist es. ›Allein‹.«

Tess sah ihm über die Schulter. »Hier sind ja lauter Anstreichungen; Sie haben es sehr genau gelesen.«

»Das ganze Buch ist voller Anstreichungen. Das war schon so, als ich es gekauft habe.« Er blätterte durch das Buch. Es war tatsächlich voller Unterstreichungen und Anmerkungen, mit einem Ausrufungszeichen hier und da am Rand. »Ich würde niemals in ein Buch hineinschreiben, nicht einmal in ein neues. Aber wie gesagt, das ist einer der Gründe, warum diese Bücher erschwinglich sind.«

»Was will uns also dieses ›Allein‹ sagen?«

»Was wollen uns alle Gedichte Poes sagen? Er war technisch brillant, ein vorzüglicher Arbeiter. Warten Sie mal, das hier habe ich besonders gern.« Er legte das erste Buch nieder und ging zum Regal, um ein anderes zu holen. »Das hat Poe in einem Vorwort zu seinen Gedichten geschrieben:

Diese kurzen Stücke wurden für die Wiederveröffentlichung gesammelt, um sie von den vielen Verbesserungen zu befreien, die ihnen bei ihrem »Gang durch die Presse« zuteil wurden.

»Offensichtlich kannte Poe die Presse gut«, sagte Tess.
Er las weiter.

Wenn das, was ich geschrieben habe, überhaupt unter die Leute kommt, dann liegt mir natürlich viel daran, daß es so unter die Leute kommt, wie ich es geschrieben habe. Zur Verteidigung meines eigenen Geschmacks jedoch halte ich es für meine Pflicht, zu erwähnen, daß meiner Meinung nach nichts in diesem Band von großem Wert für die Öffentlichkeit oder von großem Nutzen für mich selbst ist. Nicht zu beeinflussende Ereignisse haben mich daran gehindert, jemals auf jenem Gebiet einen ernsthaften Versuch zu machen, das unter glücklicheren Umständen das Gebiet meiner Wahl geworden wäre.

Daniel blickte auf. »Das gefällt mir sehr. Es ist so ... nackt. Er versucht sich selbst mies zu machen, aber sein Ego kommt eigentlich doch durch, genau wie sein Ärger über die materiellen Umstände, die ihn daran hindern, nur zu schreiben.«

»Ja«, stimmte Tess zu und versuchte, ihn dann wieder dem Thema nahezubringen, das anstand, aber ganz vorsichtig. »Aber das Gedicht? Mein Gedicht? Was hat es zu bedeuten?«

»Ich habe keine Ahnung. Meiner Ansicht nach versucht er Ihnen klarzumachen, daß er kein Dilettant oder Wichtigtuer ist, der nur den ›Raben‹ und ›Annabel Lee‹ und vielleicht noch ›Die Glocken‹ kennt mit ihrem Geklingel. Aber sonst sehe ich eigentlich keine Bedeutung. Er hat ein paar Zeilen ausgelassen, falls es denn ein er ist –« Sein Zeigefinger wies auf der Seite auf die vier in ihrem Gedicht fehlenden Zeilen.

Aus gleichem Grunde war ich nie gesonnen
Zur Trauer, und mein Herz hat nie gewonnen
Zur gleichen Melodie im Glücklichsein,
Und was ich liebte, liebte ich allein.

»Auch hier finde ich keine versteckten Hinweise«, sagte Tess.

»Ich auch nicht, außer, daß er vielleicht Angst hatte, er bringt es nicht alles auf eine Seite. Tut mir leid. Ich bin keine große Hilfe, was?«

»Es muß Ihnen überhaupt nicht leid tun. Wahrscheinlich ist es irgend so eine kranke Marotte und soll mich an der Nase herumführen. Ich fürchte, da steckt dieser Inspektor von der Mordkommission dahinter, der den Fall bearbeitet.« Oder Arnold Pitts. Oder Gretchen O'Brien. Oder Jim Yeager, um seiner eigenen Story ein bißchen mehr Power zu geben. Schließlich war er an dem Tag, als die erste Nachricht auftauchte, vor ihrem Haus gewesen. »Mein Freund meint, er versucht uns mitzuteilen, daß er nicht so ist wie andere Jungen.«

»Genau das ist es!« Daniel Clary schloß das Buch mit einem triumphierenden Knall.

»Ist es das? Was?«

»Er – oder sie, egal – versucht, Sie dazu zu bringen, sich Bobbys Leben anzusehen. Das rote Felsenriff. Ich kenne den Westen von Pennsylvania nicht, und wahrscheinlich sind die Berge dort auch gar nicht rot, außer bei Sonnenuntergang, aber ich glaube, jemand will Sie dazu bringen, daß Sie losfahren und Bobby Hilliards Eltern besuchen, mit ihnen reden und herausfinden, ob Bobby ihnen in seinen letzten Lebensmonaten irgend etwas erzählt hat. Das Gedicht betrifft Bobby, nicht Poe. ›*Als Kind schon war ich nicht wie andre sind*‹. Wenn jemals ein Gedicht auf Bobby Hilliard zutraf, dann dieses.«

»Glauben Sie wirklich?« fragte Tess, noch nicht recht überzeugt. »Was könnte es dort denn geben?«

»Eine Wolke, die aussieht wie ein Dämon, nehme ich an, oder ich weiß nicht. Ich weiß, daß Sie hierherkamen, weil ich mich mit Poe auskenne, aber ich kenne auch Bobby. Mir leuchtet das Ganze ein. Wer es auch ist, er möchte, daß Sie zu den Hilliards gehen.«

»Na gut, das schließt Rainer aus.«

»Rainer wie Rilke?«

»Rainer wie Mordkommissar.« Tess sah auf die Uhr. »Ich bin mit meinem Freund in einer Bar verabredet; wir wollen unsere Freundin Cecilia bei einer Show auf Kabel ansehen, *Face Time*. Sie bringen heute etwas zu dem Mord. Wollen Sie mitkommen?«

Daniel Clary schüttelte den Kopf. »Fernsehen macht mich fertig, auch wenn etwas Gutes kommt. Ich lese lieber, ich möchte mir meine eigenen Bilder machen. Wissen Sie was? Ich konnte mir nicht einmal Ken Burns' Dokumentarfilm über den Bürgerkrieg anschauen. Da habe ich gemerkt, daß es zwischen dem Fernsehen und mir nichts wird.«

»Gehen Sie denn ins Kino?«

»Fast nie. Obwohl« – er grinste –, »ich habe ein Gerücht gehört, daß Michael Jackson Poe selbst in einem Film über sein Leben spielen will. Das werde ich mir anschauen.«

»Also, wir könnten doch mal etwas zusammen unternehmen.« Tess überlegte noch immer, wie sie Daniel und Whitney zusammenbringen konnte – aber ganz unforciert und unaufdringlich, nur mal so als Versuch. »Wir biertrinkenden Bibliophilen müssen zusammenhalten.«

»Okay«, sagte er. »Aber glauben Sie bloß nicht, daß ich Sie in meine Geheimnisse einweihe.«

»In was für Geheimnisse denn?«

»Wo ich meine alten Bücher herkriege. Das müssen Sie schon selber herausfinden.«

18. Kapitel

Die Stammgäste, die in Frigos Taverne zusammengekommen waren, hatten erwartet, daß sie das Basketballspiel der Maryland Terrapins sehen würden, was an einem Winterabend in Baltimore eine durchaus vernünftige Erwartung war. Doch Tess, die zu Hause kein Kabelfernsehen hatte, bemächtigte sich der Fernbedienung und fing an, das Talkshow-Ghetto am Ende der fünfundsiebzig Kanäle zu durchsuchen. Sie klickte von einem würdevollen Gesicht zum anderen, bis sie endlich ein besonders großes mit zerrupften Locken fand.

»Tess«, sagte der Barmann mit einem bittenden Unterton, »du machst mich wahnsinnig.«

»Es dauert nicht lange«, beruhigte sie ihn. Als Stammgast und, was noch wichtiger war, als Tochter eines früheren Inspektors des Gewerbeamts genoß Tess die Privilegien eines Potentaten. »Ich muß das unbedingt sehen.«

»Wir geben« – Crow sah auf die Gäste, die für einen Donnerstag abend recht zahlreich waren –, »wir geben eine Runde aus, für jeden hier an der Bar, denn die rechnen vermutlich alle damit, daß sie das Spiel sehen können.«

Das taten sie allerdings, und ein freier Drink besänftigte sie nur wenig, als nun auf *Face Time mit Jim Yeager* umgeschaltet wurde.

Diese Direktübertragung kam normalerweise aus einem Studio in Washington, aber für die heutige Sendung hatte Jim Yeager offenbar das Studio einer längst vergessenen Talkshow aus Baltimore übernommen. Allerdings sah man nicht viel von diesem im Stil der 70er Jahre gestalteten Raum, mit der veralteten Skyline von Baltimore im Hintergrund. Denn *Face Time* hatte einen sehr passenden Namen: Man sah immer nur Gesichter, hauptsächlich das von Yeager, in einer solchen Großaufnahme, daß es den gesamten Bildschirm füllte.

»Ich habe mir sagen lassen, daß man vor der Kamera immer um 5 Kilo dicker aussieht«, sagte Crow nachdenklich, »aber mir war nicht klar, daß sich das nur auf den Kopf bezieht.«

»Er ist noch größer, und das Gesicht ist sogar noch röter als im wirklichen Leben«, sagte Tess. »Das müßte man in 3 D senden. Er sieht aus, als würde er jeden Moment aus dem Bildschirm herausspringen.«

Im weiteren Verlauf der Show wurde Yeagers Gesicht noch röter und seine Ausfälle gegen die Kamera noch häufiger. Tess hatte gedacht, daß Yeager so ein 08/15-Ultrarechter sei, aber seine Ansichten, die sich gegen einfach alles richteten, ließen an Groucho Marx' Ausspruch in *Duck Soup* denken: »Egal, was es ist, ich bin dagegen.« Diejenigen Gäste, die mit ihm zu diskutieren versuchten, wurden mit persönlichen Beleidigungen abgefertigt, die normalerweise aus einem zusammengesetzten Substantiv bestanden, in dem *Polizei* oder *Nazi* vorkam.

»Ach so, Sie sind von der Ernährungspolizei«, verhöhnte er im ersten Teil der Sendung einen Mann, einen Vegetarier, der auf Junk food allgemeine Verbrauchersteuern erheben lassen wollte, während den korrekt Produzierenden Steuererleichterungen gewährt werden sollten. »Oh, hier haben wir die eingebildeten Nazis«, intonierte er, als ein Kolumnist der Pressezentrale kritisierte, der Trainer einer Basketballmannschaft habe rassistische Bemerkungen über seine eigenen Spieler gemacht. »Wann wollen wir denn wieder anfangen, Bücher zu verbrennen, Herr Hauptmann?«

»Willst du es wirklich machen?« sagte Crow bei der nächsten Werbepause.

»Was machen?« fragte Tess, füllte ihre Popcornschüssel nach und ignorierte den gequälten Ausdruck des Barmanns. Was sollte sie machen? Sie hatte vorausgesetzt, Cecilia würde der erste Gast sein, und da saßen sie nun, mit zwei Krügen Rolling Rock in der toten Stunde.

»Bobby Hilliards Eltern aufsuchen, so wie Daniel es vorgeschlagen hat. Ich denke, das ist eine gute Idee.«

»Ich bin mir da nicht so sicher. Warum sagt er mir das nicht direkt? Warum sagt er – oder sie – mir nicht, was er weiß?«

Crow dachte darüber nach. »Weil dein Besucher, glaube ich, auch nicht alles weiß. Er hat ein paar Einzelteile des Puzzles und will sie mit dir teilen. Aus irgendwelchen Gründen vertraut er dir. Er glaubt, du schaffst das.«

»Vertraut mir oder will mich irreführen«, sagte Tess. »Hey, da ist ja Cecilia endlich.«

Selbst bei der nicht gerade großartigen Auflösung auf dem Fernsehgerät der Frigo-Bar sah Cecilia bezaubernd aus, und Miata auch. Die Kamera war ganz vernarrt in Cecilias große Augen und feine Gesichtszüge und hob jeden Muskel am Körper des Dobermanns hervor, der sich zusammengerollt hingelegt hatte.

Unglücklicherweise ließ der Produzent die Kamera viel häufiger auf Yeager richten. Man konnte auch nicht behaupten, daß das nur geschah, um Yeagers Reaktionen zu zeigen, denn das hätte vorausgesetzt, daß Yeager zuhörte. Aber wenn er gerade einmal nicht sprach, war er wie ein Orchestermusiker, der nur an seinen eigenen Einsatz dachte und ungeduldig zählte, bis er wieder drankam.

»Cecilia Cesnik ist Rechtsanwältin in dieser Stadt und versteifte sich als eine der ersten darauf, daß der Mord an Edgar Allan Poes Grab Teil einer viel finstereren Geschichte ist, einer, wie sie Poe selbst hätte schreiben können – wenn er 150 Jahre später gelebt hätte. Freilich, wenn Poe 150 Jahre später gelebt hätte, hätte er sich, glaube ich, von der freizügigen Einstellung unserer Zivilisation verfolgt gefühlt, von der Idee, daß alles in Ordnung ist, solange man sich nur gut dabei fühlt.«

Cecilias Gesichtshaut war so dünn, daß die Kamera das leise Zucken auf ihrem Nasenrücken einfing, als sie jetzt die Stirn runzelte. Yeagers Einleitung klang nicht sehr vielversprechend. Andererseits ließ er sie auch nicht wirklich in die Falle laufen, noch nicht.

»Also, Miss Cesnik« – Yeager ließ das *Miss* summen, bis es wie ein Attribut klang –, »Sie haben einen ziemlichen Wirbel veranstaltet mit Ihrer Behauptung, daß dieser Mord mit einem sogenannten hate crime gegen einen prominenten Bürger von Baltimore in Zusammenhang steht. Können Sie uns sagen, welchen Beweis Sie für diese Behauptung haben?«

Cecilia runzelte wieder die Stirn, wahrscheinlich, weil er das Wort »sogenannt« benutzt hatte, versuchte aber, sich an die Spielregeln zu halten. »Ein Vertrauensmann im Polizeihauptquartier hat uns die Information zufließen lassen, daß die Beamten der Mordkommission Bobby Hilliards Tod in Verbindung mit dem Überfall auf Shawn Hayes sehen, einen Mann, der in unserer Gemeinde sehr bekannt ist –«

»Wenn Sie sagen ›Gemeinde‹, meinen Sie dann Baltimore insgesamt oder nur die sodomitische Subkultur?«

»Sodomitisch!« wiederholte Crow verwundert.

»Ich weiß«, sagte Tess. »Ich dachte immer, dieses Wort hätte einer der Hate-crime-Päpste unserer Stadt für sich gepachtet.«

Cecilia, die etwas aus dem Gleichgewicht gebracht war, versuchte, Haltung zu bewahren. »Ja – vielmehr nein. Vielmehr – Ja, Shawn Hayes war schwul. Ist schwul. Er lebt ja noch. Er ist auch ein reicher, stadtbekannter Bürger, der offensichtlich von einem gewalttätigen Psychopathen angegriffen wurde, den nichts anderes umtrieb als seine Begierde, Schmerz zuzufügen. Ich kann nicht umhin, zu denken, daß die Polizei dieses Verbrechen, wenn ein anderer reicher Baltimorer unter ähnlichen Umständen – jedoch unter den schützenden Vorzeichen einer andersgearteten sexuellen Orientierung – niedergeschlagen worden wäre, von Anfang an ernster genommen hätte.«

»Interessant.« Yeagers Tonfall zeigte an, daß er es alles andere als das fand; er wartete einfach nur darauf, sich auf sie zu stürzen, seinen nächsten Punkt zu machen. »Aber Sie sind etwas zu weit gegangen, nicht wahr, um Ihre eigene Sache voranzutreiben?«

Hier kam eine kurze Aufnahme von Cecilias verwirrtem Gesicht, die ihre Reaktion zeigen sollte, dann war wieder Yeager zu sehen, der den Bildschirm ausfüllte und sehr selbstgefällig aussah.

»Sie sind zu weit gegangen, Sie und Ihre Sexualpolizei. Sie hörten, daß es hier eine Verbindung gab, und weil Shawn Hayes schwul war und das nächste Opfer« – Yeager machte Hasenpfötchen in die Luft, um zu zeigen, daß die Worte *schwul* und *Opfer* in Anführungszeichen stehen sollten –, »und weil das nächste Opfer auch ›schwul‹ war, zählten Sie eins und eins zusammen und bekamen drei heraus. Aber es gibt noch mindestens zwei weitere zugehörige Fälle, habe ich recht?«

»Da müssen Sie die Polizei über ihre Nachforschungen befragen«, sagte Cecilia zögernd, das Gesicht bewegungslos, die Augen wachsam.

»Das habe ich, und ich habe nicht viele Antworten bekommen. Aber auch ich habe meine Vertrauensleute. Und die sagen mir, sie haben da zwei ganz gewöhnliche Einbrüche vor Augen, und zumindest eines der Opfer – in diesem Fall wirklich ein Opfer und nicht so ein Strolch, der wild auf Sex ist und sich Liebhaber aufreißt und der nur bekommen hat, was er verdient – ist *nicht* schwul. Ich hoffe, daß Ihre Vereinigung einen Rechtsschutz hat, denn Sie könnten sich sehr leicht eine Anzeige wegen Verleumdung einhandeln.«

»Ich halte es nicht für Verleumdung, von jemandem zu sagen, daß er schwul ist.«

»Na ja, Sie – ich nehme an, wenn wir uns von Leuten wie Ihnen unsere gesellschaftlichen Regeln aufstellen lassen würden, dann würden wir alle mit Nietenhalsbändern und Netzstrümpfen herumlaufen.«

»Was Sie in Ihrer Freizeit machen, Mr Yeager, geht nur Sie und Ihre Partner etwas an. Vorausgesetzt, es sind Erwachsene und sie sind einverstanden.«

Tess und Crow zeigten einander schnell das Siegeszeichen. Ein Punkt für Cecilia. Wirklich, *Face Time* war in mancher Hinsicht sogar *besser* als das Basketballspiel aus Maryland.

Allerdings wurde bei diesem Spiel hier eindeutig die Gastgebermannschaft begünstigt.

»In bezug auf die Verbindung haben Sie sich getäuscht. Geben Sie das zu?«

Cecilia schüttelte den Kopf. »Ich kann Ihnen nicht die Arbeit der Polizei erklären. Aber nichts, was die – oder auch Sie – gesagt haben, widerlegt unser Argument: Shawn Hayes wurde wegen seiner sexuellen Orientierung angegriffen. Bobby Hilliard wurde vielleicht aus demselben Grund ermordet, ich weiß es nicht. Was ich aber weiß, ist, daß wir nicht warten sollten, bis wir drei, vier, fünf Opfer haben. Ich finde, eins ist schlimm genug.«

»Vielleicht war es ja auch nur ein besonders perverses Sexspiel, das aus dem Ruder gelaufen ist. Haben Sie sich das einmal überlegt? Es wäre nicht das erste Mal, daß so ein reicher, dekadenter Kerl sich besonders grob hat rannehmen lassen wollen und dann auf einmal merkt, daß er damit nicht zurechtkommt.«

Cecilia holte so scharf Atem, daß man es hörte, obwohl sie im Augenblick nicht zu sehen war. Als die Kamera wieder auf sie gerichtet wurde, waren ihre Brauen finster zusammengezogen und ihr Gesichtsausdruck eindeutig wütend. Auch Miata schien die Stirn zu runzeln, als würde sie es gar nicht gerne hören, daß über ihr Herrchen so wenig schmeichelhaft gesprochen wurde.

»Wenn Sie den Polizeibericht gelesen hätten –«

»Das habe ich, und nicht nur den.«

»Wenn Sie den Polizeibericht gelesen hätten, würden Sie wissen, daß es keinerlei Hinweise auf sexuelle Handlungen gab. Mr Hayes wurde brutal geschlagen, von jemandem, der ganz außer sich gewesen sein muß.«

»Na ja, ich kann mir vorstellen, wenn man ganz normal hetero ist und ein Schwuler fällt über einen her, da kann man schon ein bißchen außer sich geraten.«

»Mr Hayes war bei sich zu Hause. Wer der Besucher auch war, er kam freiwillig dorthin.«

Yeager nickte eifrig. »Na endlich sind wir auf der gleichen Wellenlänge. Ja, der Mann, der Shawn Hayes getötet hat, kam freiwillig zu ihm nach Hause – vorsätzlich, könnte man sogar sagen. Und ich möchte mir an dieser Stelle einen Augenblick Zeit nehmen, um exklusiv die Einzelheiten meiner Nachforschungen zu diesem Fall zu enthüllen.«

Exklusiv. Tess wünschte, sie bekäme einen Dollar für jedes einzelne Mal, wo dieses Wort von Fernsehjournalisten mißbraucht wurde.

Yeager drehte sich zur Kamera, und nun verschwand auch noch der letzte Rest der Vortäuschung, es handle sich hier um einen Dialog. »Denn sehen Sie, im Gegensatz zu dem, was Miss Cesnik und ihre Sexpolizei Sie glauben machen möchten, war dieser Überfall nicht die von einem hohen Testosteronspiegel getriebene Wahnsinnstat eines ungeschlachten Heterosexuellen. Hayes' Angreifer war aller Wahrscheinlichkeit nach Bobby Hilliard selbst, der das Haus von Hayes' in der Nacht des Überfalls besuchte.«

Er hielt inne, als warte er darauf, zu hören, wie seine Zuschauer tief durchatmeten, nur gab es bei dieser Show keine Zuschauer im Studio. »Ja, Shawn Hayes war das Opfer eines hate crime – eines hate crime, das von einem sich selbst verabscheuenden Schwulen begangen wurde, der auf Schwule ebenso wie auf Normale Jagd machte, sich in ihr Leben einschmuggelte und dann ihre Häuser überfiel. Als Kellner in den besten Lokalen der Stadt hatte Bobby Hilliard unendlich viele Möglichkeiten, solche Männer kennenzulernen, sich mit ihnen anzufreunden und sie dann auszurauben. Meine Annahme ist, daß Hilliard von der ruhigen Würde eines Mannes wie Shawn Hayes zur Raserei gebracht wurde, der mit seiner Abartigkeit wenigstens nicht protzte. So, jetzt können wir weiter über hate crime sprechen, Miss Cesnik. Wenn ein Schwuler so ein Verbrechen begeht, ist es dann überhaupt noch ein hate crime? Oder muß man weiß und heterosexuell sein« – er zog dieses Wort so in die Länge, daß es klang, als habe es mindestens acht Silben –, »um etwas aus Haß zu begehen?«

»Sie haben keinen Beweis für das, was Sie sagen«, sagte Cecilia mit zusammengebissenen Zähnen, »überhaupt keinen Beweis. Das ist alles nur Mutmaßung, und auch noch unverantwortliche Mutmaßung.«

»Ich habe genauso viele Beweise wie Sie, als Sie bei der Pressekonferenz am Sonntag aufstanden und erklärten, daß Bobby Hilliard ermordet worden sei, weil er schwul war. Warum verlangt meine Vorgehensweise einen höheren Maßstab an Beweisen als Ihre?«

Genau dasselbe hatte Tess Cecilia gestern vormittag auch sagen wollen, allerdings mit etwas diplomatischeren Formulierungen.

»Außerdem habe ich tatsächlich Beweise.« Yeager zog einen kleinen schwarzen Taschenkalender hervor, wie man ihn in jeder Schreibwarenhandlung bekommt. »Bobby Hilliard führte Buch über seine Verabredungen. Aus diesem Buch konnten wir ersehen, daß er Shawn Hayes besucht hat. Es könnte uns auch Aufschluß geben über seine sozialen

Kontakte mit Männern, die während des letzten Jahres ausgeraubt wurden. Deshalb bleibe ich dabei: Bobby Hilliard beging ökonomische hate crimes und wählte sich Männer zum Opfer, die in den Lokalen verkehrten, in denen er arbeitete, und die ihn ganz wahnsinnig machten, weil er selbst nicht fähig war, die Dinge zu besitzen, die sie für selbstverständlich hielten. Aber das ist natürlich nicht – entschuldigen Sie den Ausdruck – nicht geil genug für Sie, stimmt's, Miss Cesnik? Sie verzerren die öffentliche Meinung, indem Sie alles in Ihren Blickwinkel von Sexualpolitik ziehen, bis jeder Sinn daraus verschwunden ist.«

Cecilia war so verärgert – und vielleicht auch so gedemütigt –, daß sie sichtlich bebte. Die Hündin stellte die Haare ein wenig auf, als merkte sie, daß da eine Bedrohung nahte, und Tess glaubte sogar ein leises Knurren zu vernehmen, aber das konnte auch die schlechte Tonqualität des alten Sanyo in der Bar sein.

»Was Sie auch denken mögen über die Wahl, die ein Mensch trifft –«

»Aha, es gibt also eine Wahl, sagen Sie, und nicht nur biologische Vorbestimmung? Eine ungesunde Wahl, die auch hochmotivierte Leute überkommen kann? Da haben wir endlich etwas, worüber wir einer Meinung sind, Miss Cesnik.«

»Was Sie auch denken mögen«, fuhr Cecilia fort, als hätte Yeager gar nicht gesprochen, »Bobby Hilliard ist ganz ohne Frage tatsächlich ein Opfer. Er ist nämlich tot, wenn Sie sich bitte erinnern würden. Jemand hat ihn erschossen.«

»Vielleicht hatte er den Tod verdient.« Yeager ließ das Notizbuch vor Cecilias Gesicht flattern. »Er hatte sich von kleinen Diebstählen weiterentwickelt zu einer ungeheuerlichen Gewalttat. Es war nur noch eine Frage der Zeit, bis er jemanden getötet hätte und der Staat ihn würde töten müssen. Ich glaube, die Polizei sollte die Nachforschungen zu Bobby Hilliards Tod beenden, oder noch besser, den Mordschützen ermitteln und ihm eine Belohnung zukommen lassen. Wir sind alle besser dran, seit er tot ist.«

Der Taschenkalender war nur einige Zentimeter von Cecilias Gesicht entfernt, aber sie zuckte nicht mit der Wimper, obwohl sie die Armlehnen ihres Stuhles umklammerte, als wolle sie sich dort festhalten. Miata, die zum ersten Mal an einer Talkshow im Fernsehen teilnahm, zeigte weniger Zurückhaltung. Mit einem Knurren, das jetzt unüberhörbar war, sprang die Hündin auf Yeager zu, stieß ihn mitsamt seinem Stuhl um und riß ihm das schwarze Büchlein aus der Hand.

»He, das gehört mir«, protestierte Yeager aus seiner mißlichen Lage am Boden.

Cecilia war nicht im Bild, aber ihre Stimme konnte man noch hören. »Dann nehmen Sie es ihr doch ab.«

Der Produzent versuchte in seiner Verwirrung, immer neue Kameraeinstellungen zu bekommen, vor allem einen Blick auf Yeager, der seinen breiten Hintern zeigte, wie er da auf dem Boden herumkroch und immer wieder versuchsweise die Hand nach dem Hund ausstreckte, der jedesmal knurrte, wenn er ihm zu nahe kam. Schließlich richtete Yeager seinen Stuhl wieder auf und sank hinein, das Gesicht in der Farbe einer Tomate.

»Sie sehen *Face Time mit Jim Yeager*«, sagte er. »Und nach der Werbung sind wir wieder da mit einer Zusammenfassung von der Gerichtsverhandlung mit den Polizeibeamten aus Philadelphia.«

Auf Tess' Nicken hin schaltete der Barmann auf den Kanal mit dem Spiel der Terps, bekam dazu aber eine kleine Rebellion zu hören.

»Schalt' wieder zurück, schalt' wieder zurück«, rief einer der Stammkunden mit undeutlicher und belegter Stimme, sehr zum Ärger der anderen schrägen Vögel an der Bar. »Das is ja besser als Profiringen.«

»Und mindestens genauso echt«, sagte Tess zu Crow. »Ich kann es kaum glauben, daß Jim Yeager ein so zentrales Beweisstück wie Bobby Hilliards Taschenkalender in seinen Besitz gebracht haben kann.«

»Na ja, du hast ja immer schon gesagt, daß Rainer so inkompetent ist. Vielleicht hat er es irgendwie verlegt, oder vielleicht hat es auch Jim Yeager irgendwie geschafft, in Bobby Hilliards Wohnung zu kommen. Oder vielleicht haben es auch die Hilliards Yeager gegeben, weil sie es nicht besser wußten. Ich hoffe ja nur, Bobby Hilliard hat eine Tinte benutzt, die sich nicht bei der Berührung mit Hundespeichel auflöst.«

Tess blickte gedankenverloren hinauf zum Bildschirm, obwohl das Gesicht, das jetzt von dort auf sie herunterschaute, die bekanntermaßen völlig verschwitzte Visage Gary Williams' war, des Trainers von Maryland, der sich so sehr aufregte und verausgabte, daß er mehr schwitzte als seine Spieler.

»Na gut, du hast mich überzeugt. Ich werde am Wochenende eine kleine Fahrt auf der Interstate 70 machen und mir die schöne Landschaft von Maryland zu Ende des Winters anschauen. Aber zuallererst muß ich noch, glaube ich, hier in der Stadt einen Besuch abstatten.«

19. Kapitel

Bobby Hilliard hatte in einem überraschend gesichtslosen Wohnblock in Nord-Baltimore gewohnt, in der Art von Behausung, wie sie von verwöhnten Studenten der Johns Hopkins Universität und von vornehmen Witwen bevorzugt wird, die nicht im Traum dran denken würden, ohne Friseur, Feinkostladen, Reinigung und Pediküre im Haus zu wohnen. Nicht, daß sie deren Dienste in Anspruch genommen hätten, sie wollten nur wissen, daß die alle da waren.

Tess beobachtete das Hochhaus von einem Parkplatz in der Charles Street aus, sah sich die kleinen alten Damen an, die mit ihren unvermeidlichen winzigen Hündchen aus dem Haus kamen, bemerkte die Studenten mit ihren wippenden Rucksäcken. Sie hätte gedacht, jemand, der wie Bobby Hilliard hübsche Dinge liebte, würde den Charme einer Wohnung über ihre Bequemlichkeit stellen – also vielleicht ein 1-Zimmer-Appartement mit Kochnische, dafür aber mit Marmorkamin, in Bolton Hill oder Mount Vernon nehmen.

Bolton Hill oder Mount Vernon – Viertel, in denen zwei der Opfer Hilliards gewohnt hatten, wenn man Jim Yeagers Theorie glauben wollte. Tess glaubte sie nicht, noch nicht. Das Niveau der öffentlichen Diskussion war in den letzten Jahren so erschreckend tief gefallen, daß jeder in den Medien alles sagen konnte, vor allem, wenn der Adressat tot war. Siehe Vincent Foster, dessen trauriger Selbstmord eine unendliche Reihe von Verschwörungstheorien ausgelöst hatte. Die vorherrschende Logik bei Radiosendungen und kleineren nebensächlichen Shows wie der von Yeager war, daß man recht hatte, so lange einem niemand nachgewiesen hatte, daß man unrecht hatte. Tess konnte sich noch an die Zeit erinnern, wo der Satz »Laß dir bloß nicht eine gute Story von den Tatsachen verderben« ein Witz im Redaktionsraum der Zeitungen gewesen war und nicht die vorherrschende Philosophie.

Trotzdem schaffte sie es nicht, Yeagers Szenario in ihrem Kopf auszuschalten, jedenfalls nicht völlig. Es füllte ein paar Lücken und schuf Verbindungen, über die die Polizei ein nervöses Stillschweigen bewahrt hatte. Bobby Hilliard war ein Dieb; diese Tatsache wußte sie aus gesicherter Quelle. Die Frage war nur, ob jemand sich innerhalb einiger Jahre vom

Einstecken eines Pillendöschens zu Einbruchsdiebstahl und schließlich zu einem brutalen Überfall weiterentwickeln konnte? Und wenn ja und jemand wußte, daß es so war, warum sollte der ihn dann töten? Warum nicht zur Polizei gehen? Jim Yeager hatte dieses letzte Teilchen des Puzzles geschickt vertuscht, indem er behauptete, Bobby Hilliards Tod sei unwichtig, weil er ein Verbrecher war.

Aber die Löcher in Yeagers Logik waren größer als sein monströser Kopf. Erstens würde das bedeuten, daß Bobby Hilliard tatsächlich das beabsichtigte Opfer bei dem Mord an Poes Grab gewesen war, und davon mußte Tess erst noch überzeugt werden. Der Grabbesucher war derjenige, von dem jeder wußte, daß er am frühen Morgen des 19. Januar dort sein würde. Wer konnte wissen, daß auch Bobby Hilliard anwesend sein würde?

Sie holte ihren Vorrat an Visitenkarten heraus und dachte dabei an Gretchen O'Briens wissenden Spott über ihre Methoden. Zum ersten Mal – nun gut, nicht zum ersten Mal, aber zum ersten Mal während einer Phase des Nachdenkens, nicht angesichts einer Leiche – ekelte es sie tatsächlich vor ihrer Arbeit. Sie hatte lange Zeit in der Tatsache Trost gefunden, daß die Arbeit eines Privatdetektivs ehrlicher und weniger destruktiv als die eines Journalisten sei. Ihre Berichte blieben privat, und obwohl das, was sie aufdeckte, oft Schmerz hervorrief, traf dieser Schmerz doch Leute, die dafür gezahlt hatten, es so gewollt hatten. Im Gegensatz zu einer Zeitung lud sie keine Fremden bei Morgenkaffee und Toast zu einer Familientragödie ein, um BHs, Unterhosen und Gebrauchtwagen zu verkaufen.

Sie steckte ihre Karte »Sicherheitsinspektorin« ein und ging auf den Pförtner von Bobby Hilliards Wohnung zu, nachdem sie sich zumindest für heute wieder mit sich und seinem Beruf abgefunden hatte, wer sie war und was sie tat.

Ein Hausmeister mit steinerner Miene brachte sie hinauf zu Bobby Hilliards Wohnung im fünften Stock, aber bevor er seinen Schlüssel ins Schloß steckte, hielt er noch einmal inne.

»Zwanzig Dollar«, sagte er.

»Zwanzig Dollar?«

»Das haben die anderen auch gezahlt. Zwanzig Dollar, um die Wohnung anzuschauen, in der der Tote wohnte.«

Sie gab nicht gleich klein bei. »Welcher Tote? Welche anderen?«

»Die anderen Leute, die auch falsche Visitenkarten hatten.«

»Oh.« Reinfall. Lieber gleich mal ein paar Fragen stellen, bevor sie ihren Geldbeutel zückte. »Was waren das denn für Leute?«

»Der eine hatte ein Notizbuch und schrieb sich alles auf, was er sah, wie bei einer Inventur.« Das war bestimmt Herman Peters. »Er hat gesagt, er arbeitet für den Staat. Jaja. Ein anderer lief einfach nur herum, sah sich alles an und rieb sich die Hände, wie ein Kind in Disneyland.«

»Was meinen Sie damit?«

»Das einzige, was der wollte, war, hier hereinzukommen, und sobald er drin war, schien er nicht zu wissen, was er machen sollte außer herumlaufen und schauen. Der Kerl hatte so viele Haare, daß es aussah, als hätte er eine Katze auf dem Kopf sitzen.«

Yeager. Treffer. »Sonst noch jemand?«

»Eine Frau. Einen Augenblick dachte ich, Sie wären das wieder, aber sie trug die Haare offen.«

Tess sträubte sich ein wenig bei der Zumutung, daß sie und Gretchen einander ähneln sollten, übergab aber ihre zwanzig Dollar.

»Sind die Bullen auch irgendwann dagewesen?«

»Oh ja, natürlich, gleich nachdem er tot war, noch bevor

es in der Zeitung erschien. Aber auf die habe ich auch aufgepaßt. Auf die *ganz besonders.*«

»Warum?«

Er verdrehte die Augen über ihre Naivität. »Glauben Sie etwa, Bullen klauen nicht? Bei Toten? Sie klauen die ganze Zeit. Einige, nicht alle. Genau wie Feuerwehrleute. Sie würden es gar nicht glauben, wie viele Dinge sich bei einem Hausbrand in Luft auflösen, als hätte es sie nie gegeben.«

Das Appartement war völlig schmucklos, ein vollkommenes Rechteck aus weißen Wänden und Parkettfußboden, die Art von Wohnung, die mit dem Geschmack ihres Bewohners steht und fällt. Hier funktionierte sie, dank einer Sammlung viktorianischer Möbel vom Flohmarkt, die die ganz normalen Zimmer in eine elegante Suite verwandelten. Da die Vorhänge den Ausblick verschleierten, hätte man sich im späten 19. Jahrhundert befinden können, dachte jedenfalls Tess. Sie verstand nicht viel von Antiquitäten. Aber sogar sie erkannte, welche Sorgfalt Bobby Hilliard auf seine Einrichtung verwendet hatte, auf jedes Detail und jede Farbe. Die alten Sessel und das Sofa waren neu aufgepolstert, mit üppigem Samtstoff in Kirschtönen. Der elegante Vitrinenschrank, der im Eßzimmer eine Wand bedeckte, war gekonnt, aber nicht übertrieben restauriert und trug sein Alter mit Stolz.

Im ganzen Appartement waren die Wände mit einer fingierten Ahnengalerie gefüllt – Porträts aus der Zeit um die Jahrhundertwende und Fotos von Herrenhäusern und von Menschen, die sehr wenig Ähnlichkeit mit den wirklichen Eltern besaßen, die nach Baltimore gekommen waren, um den Leichnam ihres Sohnes mitzunehmen. Na schön. Bobby Hilliard war nicht der erste, der sich selbst neu erfinden wollte.

Sie öffnete die Küchenschränke und prüfte den Kühlschrank. Es gab kaum Vorräte – ein paar Suppendosen und Thunfisch, eine verstaubte Packung Nudeln. Hatte Bobby Hilliard geahnt, daß er nur noch kurz zu leben hatte? Sie schüttelte den Kopf und lächelte über ihre eigene Verrücktheit. Wenn man an Küchenschränken zuverlässig die Lebenserwartung ablesen könnte, würde ein zufälliger Besucher in ihrem Haus die Schlußfolgerung ziehen, daß sie schon seit zehn Jahren nur noch auf geborgte Zeit lebte. Als Kellner stellte sich Bobby Hilliard vermutlich mehrmals pro Woche ein Festessen aus Essensresten zusammen. Daß keine Nahrungsmittel hier waren, bedeutete nicht, daß Bobby Hilliard auf den Friedhof gegangen war, um dort zu bleiben.

Trotzdem, irgend etwas fehlte hier. Voller Verwirrung ging Tess noch einmal durch die Zimmer, während der Hausmeister immer sichtbarer ungeduldig wurde, stöhnte und von einem Fuß auf den anderen trat.

»Keine Bücher«, sagte sie, so plötzlich und laut, daß der Hausmeister zusammenfuhr.

»Was?«

»In dieser Wohnung sind keine Bücher.«

Ein Bibliothekar, der keine Bücher besaß. Nein, ein paar schon – neben dem Himmelbett aus Kirschholz war ein kleines Regal, in dem etliche Antiquitätenführer und Sachbücher zu Möbeln standen. Bobby Hilliard besaß auch eine Familienbibel und ein paar Geschichtsbücher über Maryland. Aber das waren abgegriffene Taschenbücher und bestimmt nicht die Bände, die er im Pratt gestohlen haben sollte. Wenn er tatsächlich Bücher gestohlen hatte, wo waren die dann? Hatte er sie verkauft? Aber Daniel Clary war der Meinung, daß Bobby Dinge stahl, um sie zu besitzen, nicht, um sie weiterzuverkaufen. Er mochte hübsche Dinge.

»Sind Sie sicher, daß hier niemand etwas hinausgeschafft hat?«

Der Hausmeister machte ein beleidigtes Gesicht. »Sie sehen doch, wie ich es bei Ihnen mache. Hier hat niemand was rausgeschafft, außer seine Eltern. Die hab ich gelassen, aber das war ja was anderes.«

»Und die Polizei? Ich rede jetzt nicht vom Stehlen, aber sie hätten ja manches als Beweismittel mitnehmen können.«

»Hättense, hamse aber nicht. Sie suchten hier überall 'rum, als wenn sie etwas Bestimmtes gewollt hätten, aber dann sind sie mit leeren Händen wieder gegangen.«

»Was war denn das für ein Geräusch?« fragte Tess. Der Hausmeister drehte sich um, und sie steckte sich Bobby Hilliards winzigen Taschenwecker in einer einzigen schnellen Bewegung ein, nur als Test. Oh ja, er war wirklich schwer zu hintergehen.

Tess zog die Vorhänge auf. Bobbys Appartement schaute nach Osten, über die grün gedeckten Dächer des Guilford hinweg bis auf das teilweise schon abgerissene Memorial Stadion ganz weit hinten. Staubflocken drehten sich träge in den Lichtbahnen, das einzige hier drin, was sich seit längerem bewegte. Die Wohnung wirkte wie eine Filmkulisse. Aber was für eine Rolle hatte Bobby Hilliard gespielt?

»Ist das dort hinten die Francis-Scott-Key-Brücke?« fragte sie den Hausmeister. Während er hinaussah, ließ sie die Uhr wieder aus ihrer Tasche an ihren Platz gleiten. Auch das bemerkte er nicht.

20. Kapitel

Am Samstag vormittag um 10 Uhr erreichte Tess Breezewood, die selbsternannte Motelstadt. Auf halber Strecke zwischen Baltimore und Pittsburgh war diese kleine Straßenkreuzung voller Tankstellen und Schnellimbißläden der unvermeidliche Halt auf jeder Fahrt durch West-Pennsylvania. Unvermeidlich deshalb, weil, wie es hieß, ein Kongreßabgeordneter einst seinen ganzen Einfluß benutzt hatte, um zu verhindern, daß hier eine Kleeblatt-Kreuzung gebaut würde. Um von der Interstate 70 auf die Pennsylvania Turnpike zu gelangen und umgekehrt, mußte man sich drei Blocks weit durch verstopfte Straßen manövrieren, an denen zusammengedrängt Läden standen, die einem den Blutkreislauf genauso zäh machten wie den Verkehr von Breezewood. Tess hielt also an, obwohl ihr Toyota es noch locker bis zur Heimatstadt von Bobby Hilliard geschafft hätte, ohne aufgetankt zu werden. Es war nur noch eine Stunde Fahrt auf dieser Straße.

Tess kannte diesen Teil von Pennsylvania noch aus ihrer Schulzeit, als sie und Whitney und die anderen Rudersportlerinnen des Washington College an der Ruderregatta auf dem Allegheny teilgenommen hatten, die »Head of the Ohio« geheißen hatten. Auch damals schon war sie neugierig auf die kleinen Städtchen gewesen, die entlang der Strecke manchmal hervorspitzten. Eine Zeile von Auden fiel ihr ein, etwas von den unerforschten Orten, zu denen sich hohe Herren nie herablassen würden. Sie hatte sich oft überlegt, ob hier die Topographie die Kultur beeinflußte. Die weich geschwungenen Hügel des südwestlichen Pennsylvania suggerierten einen geschützten, umfriedeten Ort, abgeschieden von der restlichen Welt. Ihr Radio verlor allmählich den Sender, und jeder Druck auf den Suchlauf brachte ihr immer wieder denselben Country-Sender herein. Von diesem Blickpunkt aus konnte man Baltimore als zugehörig zu etwas empfinden, das »der Osten« hieß, obwohl Baltimore Tess nie besonders östlich vorkam, wenn sie dort war.

Die Farm der Hilliards war nicht leicht zu finden, trotz der sorgfältigen Wegbeschreibung von Vonnie Hilliard, die sogar genaue Kilometerangaben gemacht und auf bestimmte Wahrzeichen hingewiesen hatte wie auf ein altes Metallschild mit der Aufschrift ›Koontz Milchprodukte‹, das an der Scheune lehnte, bei der der Grund der Hilliards begann.

Mrs Hilliard war deutlich verwirrt gewesen, als Tess darum gebeten hatte, sie besuchen zu dürfen, aber es kam ihr gar nicht in den Sinn, es zu verweigern. Sie war es gewöhnt, zu tun, was Menschen mit Autorität verlangten. Sie erkannte nicht, daß Tess gar keine Autorität hatte.

Aber die Hilliards wußten immerhin so viel, daß sie diesen Besuch nicht mit einem Kondolenzbesuch verwechselten. Sie setzten sich an ihren Küchentisch, die Hände vor sich gefaltet, und boten nichts zu essen oder zu trinken an. Sie wirkten bedrückt und hoffnungslos wie Leute im Wartezimmer eines Krankenhauses.

»Die Polizei hat uns das alles auch schon gefragt«, sagte Mr Hilliard einmal mit tonloser Stimme. »Welchen Grund hätte jemand haben können, Bobby zu ermorden? Was für Freunde hatte er? Schien er in letzter Zeit mehr Geld zu haben als früher? Aber das wissen wir nicht. Von seinem Leben dort drunten wußten wir überhaupt nichts.«

Sein grimmiger Gesichtsausdruck deutete darauf hin, daß er es lieber auch weiterhin so gehabt hätte.

»Ich bin sicher, daß er niemals einem Menschen weh getan hat«, sagte seine Mutter. »Ich kann nicht glauben, was sie im Fernsehen gesagt haben.«

»Sie haben wohl diese Show auf Kabelkanal gesehen?« Tess versuchte sich vorzustellen, wie die Hilliards Jim Yeager sahen. Ein Mann, der seinen Lebensunterhalt mit Herumschwafeln verdient, mußte ihnen doch wie ein Außerirdischer vorkommen.

»Wir haben eine Satellitenschüssel«, sagte Mrs Hilliard ein wenig beleidigt. »Wir kriegen alle Movie Channels herein und noch einiges mehr.«

»Aber, nein, wir haben es nicht gesehen«, warf Mr Hilliard ein. »Inspektor Rainer rief hinterher an, sicherheitshalber, und sagte, wir sollten uns keine Sorgen machen, er glaubt nicht, daß es so war, wie der Fernsehmensch gesagt hat. Aber trotzdem hat er uns noch gefragt, ob Bobby bestimmte Leute kannte. Ich kann mich an die Namen nicht mehr erinnern ...«

Tess schon. »Arnold Pitts, Jerold Ensor, Shawn Hayes.«

»Ja, so haben sie sich angehört.«

»Und, kannte er sie?«

Die Hilliards seufzten fast unisono, diese beiden, die einander in den gemeinsamen Jahren so ähnlich geworden waren, daß sie fast wie einer wirkten.

»Das wissen wir nicht«, sagte Mrs Hilliard traurig. »Wir wissen es einfach nicht.«

Tess beschloß, dieses vorgebliche Unwissen ein wenig zu hinterfragen. »Wissen Sie, warum er beschloß, seinen Beruf aufzugeben, für den er ja ausgebildet war, und Kellner wurde?«

»Mehr Geld«, sagte sein Vater. »Er hat das College selbst gezahlt, deswegen finde ich, daß es auch seine Sache war, wenn er lieber Essen auftragen als in einer Bibliothek arbeiten wollte.«

»Und das war der einzige Grund?« hakte Tess nach.

Sie blickten sie an, als könnte es keinen besseren Grund geben, und Tess ließ ihren Blick durch die schmucklose Küche schweifen und schämte sich ein wenig. Natürlich hatten seine Eltern diese Erklärung immer akzeptiert.

»Wann haben Sie zum letzten Mal mit ihm gesprochen?«

»An Weihnachten«, sagte Mrs Hilliard, froh, daß sie einmal eine Frage beantworten konnte. »Er wollte heimkommen, aber dann mußte er am Abend zuvor und am Tag danach arbeiten, und das war einfach zuviel. Er schickte uns aber ein paar hübsche Geschenke. In dieser Hinsicht war er sehr aufmerksam.«

»Hübsche Geschenke. Was denn?«

»Also, Eau de Cologne für seinen Vater. Und Parfum für mich. Und eine Vase, die dort.« Sie zeigte auf eine blauweiße

Vase auf der Arbeitsplatte in der Küche. Drei Seidenrosen steckten darin. Tess überlegte, ob wohl echte Blumen hineingesteckt würden, wenn der Frühling kam. Wenn Bobby noch gelebt hätte, hätte er seine Mutter wahrscheinlich angehalten, wenn auch ganz vorsichtig, sie mit Kapuzinerkresse oder Zinnien aus dem eigenen Garten zu füllen.

»Könnte ich mir sein Zimmer ansehen?«

»Warum?« Das fragte Mr Hilliard, voller Mißtrauen.

»Ich weiß nicht«, gestand Tess. »Aber ich bin jetzt so weit gefahren, und ich würde gerne sehen, wo er aufgewachsen ist.«

Das Zimmer, in dem Bobby Hilliard seine Jugend verbracht und seine Flucht aus der Kleinstadt geplant hatte, war eine frühe Version seines Appartements, voller Möbel aus Garagenverkäufen, die er wieder hergerichtet hatte. Nur gab es hier auch Bücher, ein hohes Regal voller Abenteuergeschichten für Jungen: *Die Schatzinsel, Danny Dunn und die Hausaufgabenmaschine.* Kein Poe, jedenfalls sah Tess keinen, aber es gab einen ganzen Stapel klassischer Comics, bei dem *Der goldene Käfer* zuoberst lag. Das konnte auch ein Zufall sein, da die anderen Werke in dem Stapel illustrierte Ausgaben von Hawthorne, Melville, Crane und Dickens waren.

»Die sind nicht so alt«, sagte Mrs Hilliard.

»Von 1969«, sagte Tess in bezug auf *Der goldene Käfer.*

»Ich meine, das sind nicht Bobbys alte Sachen. Er hat sie vor ein paar Jahren bei einem privaten Flohmarkt gefunden, als er gerade zu Besuch war. Hat den ganzen Stapel für fünf Dollar gekauft, und man hätte denken können, daß er einen Diamantring oder so etwas gefunden hat.«

Mrs Hilliard schlang die Arme um sich selbst, als würde sie frieren, und wandte den Blick ab. Tess fühlte, daß sie nicht sehen mochte, wie die Sachen ihres Sohnes berührt wurden, deshalb legte sie das Comicbuch zurück und sah sich weiter im Raum um. Bobby war durch eine Phase von Art-deco-Begeisterung gegangen, bevor er die viktorianische Epoche für sich entdeckte, nach den Lampen zu schließen und den gerahmten Drucken von Maxfield Parrish. Das Kopfende des Betts war verziert, auf dem Bett selbst lagen Berge von Kissen in frischen weißen Schonbezügen, als würde der Bewohner des Zimmers demnächst zurückerwartet.

»Wie reizend«, sagte Tess, nur aus Höflichkeit, aber Mrs Hilliard sah verletzt aus.

»Ja«, stimmte sie widerstrebend zu. Dann: »Glauben Sie, er hat sich für uns geschämt?«

»Was?«

»Bobby. Glauben Sie, er ist deswegen nach Baltimore gegangen, weil ihm dieses Haus nicht gut genug war? Und wir auch nicht, weil wir nur Bauern sind?«

»Nein«, sagte Tess fest, wobei sie vergaß, daß sie Bobby Hilliard eigentlich gar nicht kannte und keinerlei Einblick in seine Gedankenwelt hatte. »Ich gehe davon aus, daß er deswegen weggegangen ist, weil er ... weil er ein Leben führen wollte, wie er das hier nicht konnte.«

»Na ja, er hätte aber doch nach Pittsburgh gehen können, was näher ist. Dort gibt's ja schließlich auch schwule Männer.«

Mrs Hilliard lächelte über Tess' überraschtes Gesicht. »Wir haben nie darüber geredet«, sagte sie, »aber ich weiß es. Und sein Vater wüßte es auch, wenn er wollte. Ich sage nicht, daß wir es verstehen, und wir sind in einer Kirche aufgewachsen, die sagt, es ist eine Sünde, aber er war eben unser Sohn. Wir haben ihn geliebt. Ich habe immer darauf gewartet, daß der Tag kommt, wo Bobby sich wohl fühlt, so wie er ist, denn ich dachte, dann fühlt er sich auch wohl mit dem, wie wir sind und wo er herkommt. Das ist alles.«

»Mir gefällt Ihr Haus sehr.« Obwohl Tess das aus Höflichkeit sagte, meinte sie es auch ernst. »Alte Bauernhäuser sind schön. Es gibt so viele, die durch häßliche Anbauten ruiniert worden sind. Mir gefällt die ursprüngliche Form: das spitze Dach, die Veranda über die ganze Vorderseite. Sie haben nicht das ganze Holz zugestrichen, wie das manche machen, oder Teppichböden über den Holzdielen verlegt. Sie sollten sehen, was Leute, die es zugegebenermaßen gut meinten, mit dem Haus gemacht haben, das ich gekauft habe.«

»Mhm«, sagte Mrs Hilliard, die sich nicht so leicht trösten oder ablenken lassen wollte. »Ich wußte, daß er stiehlt. Ich wollte es nur nicht sagen, nicht vor Webber.«

»Aus der Bibliothek, meinen Sie?«

»Schon sein ganzes Leben lang. Hier und dort. Kleine Sachen, Sachen, die er nicht einmal brauchen konnte. Er hat es nicht oft getan, und wenn, dann war er anschließend wie ein Trinker auf Entzug. Er sah dann immer so beklommen und schuldbewußt aus, und schließlich gestand er es, und ich ging mit ihm jedesmal zurück zu dem Laden oder dem Nachbarn oder dem Klassenkameraden, den er bestohlen hatte. Er versprach immer, daß es nie wieder vorkommen sollte, und wie die Zeit verging, fing ich an, ihm zu glauben. Und dann tat er es doch wieder.«

»Hat er Ihnen gesagt, warum er das Pratt verlassen mußte?«

Mrs Hilliard sah traurig aus. »Ich habe es erraten. Ich kannte ihn ja. Ich kannte seine Schwächen. Aber ich hatte ihn eben lieb.«

»Sie glauben also, daß er getan hat, was die Polizei vermutet. Die Einbrüche, meine ich.«

Sie setzte sich auf einen Jugendstil-Stuhl von Morris. »Oh nein. Diese Männer da unten in Baltimore, die sagen, ihnen wurden Fernseher und Stereoanlagen gestohlen, aber sonst nichts. So etwas würde Bobby nie tun, verstehen Sie? Das habe ich auch zu den Polizisten gesagt – zu Inspektor Rainer und auch zu den anderen beiden Detektiven, die hierherkamen und nach Sachen suchten, von denen man annahm, daß Bobby sie gestohlen hat. Ich ließ sie überall suchen, und sie sahen selber, daß nichts da war. Aber sie wollten mir nicht glauben.«

Tess entdeckte nichts Seltsames in dieser Rede, aber Mrs Hilliard schluckte plötzlich und starrte auf den Fußboden, wobei sie mit ihren knotigen, abgearbeiteten Fingern an ihrem Rocksaum nestelte. Sie schluckte noch einmal, und ihr Hals wurde rot.

»Aber es ist doch etwas hier, nicht wahr?«

Mrs Hilliard sah weiter unverwandt zu Boden.

»Mir können Sie es ruhig sagen, Mrs Hilliard. Ich kann ein Geheimnis bewahren. Das muß ich bei meinen Klienten ja die ganze Zeit.«

»Wenn wir Ihnen einen Auftrag geben würden, Webber und ich, könnten Sie dann beweisen, daß der Fernsehmann über Bobby lauter Lügen erzählt hat? Ich kenne doch meinen Sohn. Er konnte nie jemandem weh tun. Ich weiß zwar nicht, warum ihn jemand ermordet hat, aber so viel weiß ich. Er war ein weichherziger Junge.«

»Ich bezweifle, daß ich Ihnen dabei helfen könnte«, sagte Tess. »Es ist schwierig, zu beweisen, daß jemand etwas *nicht* getan hat. Um Bobbys Unschuld darzulegen, müßte ich herausfinden, wer der Schuldige ist. Privatdetektive sind teuer, Mrs Hilliard, und können nicht garantieren, daß sie Erfolg haben. Es ist besser, wenn Sie die Polizei herausfinden lassen, was mit Bobby passiert ist.«

»Aber denen ist es egal, wie er dasteht. Es ist fast so, als wäre es besser, wenn er ein schlechter Mensch war, denn dann gäbe es mehr Leute, die ihn umbringen wollten. Diese Detektive, die hergekommen sind, die haben entsetzliche Dinge über Bobby gesagt, noch schlimmere als der Fernsehmensch. Sie sagten, er hat Unmengen Sachen gestohlen, aber nicht alle seine Opfer haben sich gemeldet. Sie sagten zu mir, wenn ich irgend etwas wüßte von dem, was er dort unten in Baltimore gemacht hat, sollte ich es ihnen lieber sagen. Aber ich weiß nichts. Ich weiß ehrlich, ehrlich nichts.«

Sie schaute wieder zu Boden, und die Röte breitete sich jetzt von ihrem Hals her über ihr ganzes Gesicht aus. Ein Feuer, das außer Kontrolle geriet.

»Mrs Hilliard, haben Sie etwas vor der Polizei geheimgehalten? Ich könnte Ihnen vielleicht helfen, das wieder in Ordnung zu bringen, könnte eine Vermittlerrolle spielen. Je länger Sie aber etwas vor denen geheimhalten, desto schlimmer wird es.« *Ich kenne mich da aus.*

Sie stand auf und ging zum Wandschrank. »Hier mußte einmal der Installateur ein Stück Holz herausschneiden, um an die Leitung im Bad auf der anderen Seite heranzukommen.« Sie sprach über die Schulter, und ihre Stimme klang gedämpft wegen der Kleidungsstücke, die zu beiden Seiten neben ihrem Gesicht hingen. »Bobby hat da immer Sachen versteckt; er dachte, ich wüßte nichts davon. Aber ich wußte es. Ich habe von Zeit zu Zeit darin nachgeschaut, um sicher zu sein, daß er nicht etwas hatte, was er gar nicht haben sollte. Als er mir mein Weihnachtsgeschenk schickte, habe ich es hierher getan, erstens, weil ich dachte, daß es so wertvoll ist, und dann, weil ... na ja, wenn ich es niemandem zeigte, mußte ich mir auch nicht überlegen, was es sein könnte und wie es in seinen Besitz kam.«

»Ich dachte, er schickte Ihnen eine Vase und Parfum.«

»Das war voriges Weihnachten.«

Sie kam mit einer langen Schmuckschatulle aus dem Wandschrank hervor, die noch in silbernes Geschenkpapier eingepackt war, mit einer vorgefertigten Schleife oben drauf. Drinnen war ein Armband aus Gold mit grünen Steinen. Waren das etwa echte Smaragde? Das Schmuckstück war unleugbar fein und aufwendig gearbeitet, mit jener Sorgfalt und Liebe zum Detail, wie sie heutzutage höchstens noch bei ganz teuren Stücken zu finden ist.

»Bobby könnte das von seinem eigenen Geld gekauft haben«, sagte Tess, als wollte sie sich selbst überzeugen. »Das ist möglich, wenn auch vielleicht nur, weil er andere Dinge stahl und an Hehler verkaufte und deshalb genug Geld hatte.«

»Er sagte zu mir, daß es der Frau eines Königs gehört hatte. Nein, das stimmt nicht. Es gehörte der Schwägerin von irgend jemandem. Ja, das stimmt. Bobby sagte, es würde noch eine Weile dauern, bevor er mir etwas kaufen könnte, das einer echten Königin gehört hat, aber er versprach, daß er das eines Tages machen würde.«

»Betsy Patterson Bonaparte«, regte Tess an und sah Herrn Schweinchen vor sich sitzen, wie er die Füße baumeln ließ und monoton über den Mann klagte, der ihn hereingelegt hatte. Wenn er durch ein falsches Armband zum Narren gehalten worden war, folgte daraus, daß es ein echtes gab? War in all den Lügen, die Arnold Pitts erzählt hatte, doch ein Körnchen Wahrheit gewesen?

»Stimmt. Ich hatte den Namen vergessen, aber er fiel mir wieder ein, als Sie ihn sagten.«

Tess nahm das Armband aus seiner Baumwollhülle und hielt es ans Licht. Sie konnte sich nicht vorstellen, daß man dafür morden sollte. Aber schließlich hielt sie keinen einzigen Gegenstand für wert, dafür zu morden. Würde Arnold Pitts für so etwas töten? Nein, er erledigte die Drecksarbeit nicht selber. Er versuchte, andere dazu zu bringen, daß sie es für ihn taten.

»Haben Sie ein Konto bei der Bank hier?«

»Natürlich«, sagte Mrs Hilliard, wobei sie sich etwas irritiert zeigte. »Denken Sie vielleicht, wir bezahlen mit Hühnern und Gemüse?«

»Ich möchte, daß Sie das zur Bank bringen, sobald die am Montag morgen aufmacht, und es in einen Safe tun. Sobald

Sie das getan haben, sage ich der Polizei Bescheid. Ich werde denen sagen, daß ich für Sie arbeite und daß wir es erst dieses Wochenende gefunden haben, als Ihnen einfiel, daß Sie in Bobbys altem Versteck nachschauen könnten. Auf diese Weise können Sie nicht in Schwierigkeiten kommen, weil Sie etwas zurückgehalten haben, als die sie vorige Woche besuchten.«

Nur ich komme in Schwierigkeiten, dachte Tess voller Selbstmitleid, weil ich mich hier einmische. Rainer wird mir nie glauben, daß ich nicht von Anfang an dabei mitmischen wollte.

Mrs Hilliard sah verwirrt aus. »Arbeiten Sie dann doch für uns?«

»Nein, ich helfe Ihnen nur aus dieser Sache heraus. Es wäre falsch von mir, wenn ich von Ihnen Geld annehmen würde, wo ich doch nicht glaube, wirkliche Ergebnisse erzielen zu können.«

Sie gingen wieder in die Küche, wo Mrs Hilliard anbot, eine Tasse Kaffee zu machen. Tess nahm das eifrig an und versuchte dann, ihre Enttäuschung zu verbergen, als Mrs Hilliard Wasser zum Kochen aufsetzte und ein Glas Schnellkaffee aus den altmodischen Schränken nahm. Jetzt, wo das Gefühl einer gemeinsamen Mission wieder vorbei war, hatten sie einander nichts mehr zu sagen. Tess begutachtete die geflammte kirschrote Oberfläche des Kunststofftischs mit den Chromfüßen und trommelte ein wenig darauf herum. Sie fühlte sich verpflichtet, ein wenig Konversation zu machen, auch wenn es noch so zusammenhanglos war.

»Dieser Tisch gefällt mir«, sagte sie. »Ich habe schon welche gesehen, die bei weitem nicht so gut in Schuß waren wie dieser hier und die Hunderte von Dollars gekostet haben.«

»Sie und dieser Polizist«, sagte Mrs Hilliard kopfschüttelnd. »Ich glaube wirklich, daß die Leute in Baltimore manchmal ein bißchen komisch sind. Der eine Polizeibeamte konnte überhaupt nicht mehr aufhören, von diesem Tisch zu reden. Er bot mir eintausend Dollar dafür.«

»Wirklich?«

»Er sagte, er muß ihn unbedingt für seine Küche haben. Sagte, daß er genau das Stück ist, das ihm noch fehlt, daß er haargenau so ist wie der, mit dem er aufgewachsen ist. Erzählte mir sogar, wie er Erdnußbutter- und Schokocremesandwiches an dem Tisch gegessen hat, als ob ich ihn deswegen eher verkaufen würde.«

Tess stellte noch eine Frage, obwohl sie die Antwort schon wußte. »Dieser Polizeibeamte, wie sah der denn aus?«

»Oh, klein und dick. Und sein Kollege so lang und dünn, mit einem richtigen Galgenvogelgesicht. Das war vielleicht ein Paar! Sie haben ausgesehen wie eine zehn, die läuft. Und so sehr, wie der Kleine meinen Küchentisch wollte, fragte der Große immer wieder, ob er das Koontz-Schild haben kann. Ich fand das wirklich sonderbar, aber ich wollte es nicht verkaufen, auch nicht für hundert Dollar, weil es etwas war, das Bobby eines Tages mit heimbrachte und an die Scheune lehnte, damit man unsere Einfahrt leichter fand. Das ist wahrscheinlich albern von mir, aber ich bin sentimental bei allem, was mit Bobby zu tun hat. Übrigens, ich fand die nicht sehr professionell, diese beiden Polizeibeamten, wie sie da in unseren Sachen herumschnüffelten und fragten, wo die herkommen und was sie kosten. Überhaupt nicht wie die bei der Mordkommission. Aber wahrscheinlich muß man nicht so besonders gut sein, wenn man bei Raub und Einbruch arbeitet, oder wie sie das nennen.«

»Einbruch?« sagte Tess. Alle möglichen Verbindungen schossen ihr durch den Kopf. In Bobbys Wohnung waren auch zwei Polizeibeamte gewesen. Das hatte ihr eingeleuchtet, und sie hatte sich nicht die Mühe gemacht, den Hausmeister nach Einzelheiten zu fragen. Jetzt allerdings fragte sie sich, ob diese wandelnde zehn nicht auch dort ihren Besuch abgestattet hatte. Wenn ja, dann hatten sie gewußt, daß Bobby Hilliard tot war, noch bevor sein Name in der Presse erschien. Sie hatten schon vorher gewußt, wer er war.

»Ja, Einbruch. Ich kann mich erinnern, weil es so auf der Visitenkarte stand.« Sie holte zwei Kärtchen von dem altmodischen, buckligen Kühlschrank der Marke Norge, wo sie mit einem Magnet von einem hiesigen Markt befestigt gewesen waren, und reichte sie Tess. Die Karten waren nicht die offiziellen, sahen auch nicht einmal entfernt so aus, aber wer sollte das in Pennsylvania schon wissen? Da stand BALTIMORE CITY POLICE DEPARTMENT, und daneben sogar die Flagge von Maryland in Farbe. Die Computer und die mit der neuesten Technik ausgerüsteten Drukker machten den Kriminellen heutzutage das Leben einfach zu leicht.

Und der Name auf der ersten Visitenkarte lautete Auguste Dupin, eine Anspielung auf Poe, die Tess zum letzten Mal auf dem Gang des Polizeihauptquartiers von Baltimore gehört hatte. Oh, Arnold Pitts war solch ein Witzbold. Wie er sich nur immer herausstreichen mußte, wenn er sich diese falschen Identitäten zulegte. Und wie gönnerhaft er war, wenn er seine Pseudonyme bei Poe nach dem Gesichtspunkt aussuchte, wie belesen seine Opfer waren. Welchen Namen hatte er wohl Gretchen gegeben? A. G. Pym? Rod Usher?

Die zweite Karte identifizierte seinen Kollegen als Rufus Griswold. Tess hatte inzwischen so viel über Poes Leben gelesen, daß sie wußte, daß es sich dabei um Poes perfiden literarischen Nachlaßverwalter handelte, der Poes Ruf so sehr geschadet hatte, nachdem Poe gestorben war.

»Plan geändert, Mrs Hilliard«, verkündete Tess.

»Was?«

»Geben Sie mir einen Dollar.«

Die Frau sah verwirrt aus, fischte aber gehorsam vier Vierteldollarstücke aus einem großen Steinguttopf auf der Arbeitsplatte und händigte sie Tess aus.

»Sie haben soeben einen Privatdetektiv beauftragt.«

21. Kapitel

Fett und Mager rannten um die Wette
Auf die Schnauze fiel dabei der Fette
Und Herr Mager, der gewann die Wette

Am Sonntag morgen erwachte Tess mit diesem alten Reim im Kopf. Sie wußte nicht einmal, woher sie ihn kannte. Vom Seilspringen? Aber als Mädchen hatte sie Seilhüpfen gar nicht gemocht. Sie hatte Bücher gelesen über die Art Mädchen, die das gern taten, und sich gefragt, warum sie nicht ein bißchen mehr so wie die war. Sie war ein fußballspielendes, knieaufschürfendes, unfallstationansteuerndes Mädchen gewesen.

Aber wenn sie auch nicht wußte, woher sie den Kinderreim kannte, so wußte sie doch sehr wohl, warum er ihr gerade im Kopf herumspukte. Fett und Mager – Pitts und Ensor, das Duo Laurel and Hardy aus Baltimore. Dieses undynamische Duo hatte Bobby Hilliards Wohnung und die Farm seiner Eltern durchsucht. Und doch hatte keiner von beiden zugegeben, daß er den anderen kannte. Nicht Tess gegenüber und auch nicht, soviel sie wußte, der Polizei gegenüber. Offiziell waren sie einfach nur zwei Opfer von Einbrüchen. Hatten sie sich erst nach Bobbys Tod kennengelernt und beschlossen, sich aus irgendwelchen Gründen zusammenzutun? Oder waren sie schon vorher befreundet gewesen?

Sie wußte es nicht, konnte es nicht wissen. Aber sie sah Pitts' dunkles Haus in der Field Street vor sich und daß er an diesem Abend gewartet hatte, bis er dachte, sie sei fort, und dann mit seinem Müll herausgetrippelt kam. Er tat so, als hätte er schon tagelang auf sie gewartet, aber sie nahm an, daß es eher erst seit einer Viertelstunde gewesen war, denn so lange hatte sie ungefähr von Ensors Haus bis zu seinem gebraucht. Im Rückblick wünschte sie, sie hätte den Mülleimer durchsucht, den er in seine Einfahrt herausgebracht hatte. Vielleicht gab es einen Grund, warum er den Müll so eilig nach draußen bringen mußte.

So, nun hatte sie also die Oberhand. Sie wußte, wo sich der Gegenstand befand, den Pitts unbedingt wollte, ein Gegenstand, den er nicht als gestohlen gemeldet hatte, ein Gegenstand, von dem er behauptet hatte, daß er sich die ganze Zeit in seinem Besitz befand. Mit dieser Tatsache konnte sie ihm drohen. Andererseits hatte Pitts bewiesen, daß er ein äußerst behender Gegner war, einer, den man besser nicht frontal angriff. Ihre erste Runde gegen ihn hatte sie verloren.

Wie sollte sie also vorgehen? Darüber dachte sie nach, während sie mit den Hunden im Stony Run Park spazierenging. Esskay fing an, die Gesellschaft ihrer schlanken Leibwächterin zu schätzen, und machte Freundschaftsangebote, indem sie auf die Kaninchen und Eichhörnchen wies, die ihnen über den Weg liefen. Miata jedoch nahm keine Notiz davon. Sie ging niedergeschlagen weiter, unglücklich ohne ihr Herrchen.

Eine schlanke Leibwächterin. Tess dachte plötzlich an Gretchen O'Brien – zwar nicht wirklich schlank und auch nicht wirklich Leibwächterin, aber definitiv in Verbindung zu Pitts. Sie wüßte wahrscheinlich, ob Pitts und Ensor eine Beziehung hatten, die weiter zurück datierte als die beiden Einbrüche bei ihnen. Nicht, daß Gretchen diese Information Tess freiwillig gegeben hätte. Sie würde auf Umwegen dazu gebracht werden müssen, oder vielleicht konnte sie auch dazu gereizt werden, wenn man ihr enthüllte, daß Pitts sie genau deswegen ausgewählt hatte, weil ihr Ruf einen unangenehmen Beigeschmack hatte.

Gretchens Name erinnerte sie an einen weiteren widerspenstigen Knoten in den Tatsachen, die sie sammelte. Es war, als würde sie sich ihr eigenes riesiges Garnknäuel machen, indem sie einen Faden nach dem anderen herbeitrug. Wenn Ensor und Pitts Bobbys Wohnung schon einmal selber durchsucht hatten, warum hatte Pitts dann Gretchen noch einmal hingeschickt? Oder war sie hingegangen, ohne es ihm zu sagen, noch immer in dem Versuch, ihre Unfähigkeit zu bemänteln? Die »Polizei« war schnell gekommen, hatte der Hausmeister gesagt, noch ehe die Zeitungen den Namen des Toten abgedruckt hatten. Aber wenn Pitts und Ensor die ganze Zeit schon gewußt hatten, wer Bobby Hilliard war, was sollte es dann, jemanden anzustellen, der ihn in jener Nacht zu Poes Grab folgte? War ihre Zielscheibe der echte Grabbesucher, wie Pitts behauptet hatte? Aber der Grabbesucher hatte doch das Armband gar nicht; Bobby Hilliard hatte es. Sie bekam langsam Kopfschmerzen.

Die offene Wiese am höchsten Punkt des Stony Run Parks wurde bald zu einem engen Pfad durch dichtes Gehölz. Hier war eine Synagoge geplant, aber man hatte noch nicht mit dem Bau begonnen, und die Stelle lag sehr einsam. Tess war froh, daß die Bäume unbelaubt waren, so daß sie ziemlich weit sehen konnte. Der Statistik nach war sie hier sicherer, als sie es in ihrem alten Wohnviertel je gewesen war. Aber das kam ihr nicht immer so vor. Wenn sich ihr jetzt jemand genähert hätte – also, man mußte zugeben, daß Esskay nicht die einzige war, die sich freute, in diesen Tagen einen Dobermann dabeizuhaben. Miata fühlte sich vielleicht mutlos und verzagt, aber sie sah trotzdem ganz schön gefährlich aus. Tess überlegte, ob sie nicht von nun an beide Hunde mit ins

Büro nehmen sollte. Bestimmt war es für Miata gesünder, nicht ständig die Dämpfe von den Renovierungsarbeiten einatmen zu müssen.

Wer würde wegen eines Armbandes töten? Es mußte noch viel kostbarer sein, als sie dachte. Trotzdem konnte sie sich nicht vorstellen, daß die ganze Welt atemlos darauf wartete, das Armband zu sehen, das die kurzzeitige Schwägerin eines Kaisers getragen hatte. Man mußte schon verdammt krank im Hirn sein, um so wahnsinnig scharf auf solch ein obskures Stück Geschichte von Baltimore zu sein.

Heute war Sonntag, ein Tag der Ruhe. Auch die Selbständigen – besonders die Selbständigen, und besonders noch diejenigen, die gerade einen Fall für einen Dollar übernommen hatten – verdienten einen freien Tag, wenn sie fast zwei Wochen lang jeden Tag gearbeitet hatten. Wie Scarlett O'Hara beschloß sie, über all das morgen nachzudenken.

Crow tolerierte alle Arten von Trivialkultur außer Fernsehen, und er hatte Tess von ihrer Gewohnheit befreit, das Fernsehen zur Entspannung zu benutzen. Er hatte viele Einfälle, wie er sie entspannen und beruhigen konnte, einige sogar in aufrechter Haltung.

Nur Sonntag abends bestand sie auf den *Simpsons* und *King of the Hill*. Bestimmt enthüllte es eine ganze Menge über ihren Charakter, daß sie zu ihrer Unterhaltung so gerne Zeichentrickfilme sah. Aber sie mußte viel zu sehr lachen, um sich groß darum zu scheren. An diesem Abend gab es eine Wiederholung, einen ihrer liebsten Streifen: Marge spielt in dem Musical *Endstation Sehnsucht* mit, während Maggie einen Superausbruch à la *Gesprengte Ketten* aus dem Ayn-Rand-Kinderheim plante. Tess und Crow versuchten, alle Anspielungen auf die beiden Filme mitzukriegen, schafften es nicht und freuten sich darüber, obwohl Tess diese Episode schon fünf oder sechs Mal gesehen hatte. Dann stellten sie den Ton leise und ließen sich von den Fernsehbildern anstrahlen, während sie aneinander neue Gebiete suchten, die es noch zu kolonialisieren galt. In diesem einen Punkt ihres gemeinsamen Lebens akzeptierte Crow Tess' Vorliebe für Routine nicht. Er hatte Grund dazu.

Sie schlief in seinen Armen ein, wachte aber schlagartig auf, als die Zehn-Uhr-Nachrichten kamen und die Blaulichter der Polizei über den Bildschirm blitzten. Aha, der übliche Spätfilm am Wochenende, ein Mord. Da stand, wie es sich gehörte, der Reporter in der Kälte draußen, und seine Haare flatterten; da waren die gelben Absperrungsbänder; da war auch der zahnlose Augenzeuge – warum nur schienen die Leute, die mit den Fernsehreportern sprechen wollten, in puncto Kieferorthopädie immer gar so mangelhaft versorgt?

»Er war ein netter Mensch«, soufflierte Tess gähnend.

»Und so ruhig«, fügte Crow hinzu.

»Er lebte sehr zurückgezogen«, sagten sie im Chor.

Sie vermutete, es sei der übliche prosaische Mord, ein häusliches Drama oder etwas, das mit der Drogenszene zu tun hatte, in einem der heruntergekommenen Stadtviertel, die einfach nie weniger zu werden schienen, wie gut die heimische Wirtschaft auch stand. Aber als die Kamera zurückfuhr, sah man im Hintergrund eines der feineren Hotels der Stadt, nicht die übliche verfallene Häuserzeile.

»Ein Mord in der Innenstadt? Da fällt mir gleich ›roter Ball‹ ein.« Sie griff nach der Fernbedienung und schaltete den Ton ein. »Wenn das ein Tourist war, dann dreht man in der Stadt durch.«

»Die Polizei gibt zum jetzigen Zeitpunkt nur wenige Informationen heraus, und die Hotelverwaltung lehnt es ab, vor der Kamera zu sprechen, aber die Einzelheiten, die Kanal 6 herausgefunden hat –«

»Was bedeutet, daß der Reporter von Kanal 6 sich hingestellt und dem Polizeisprecher zugehört hat«, murmelte Tess.

»– zeigen, daß das Mordopfer nach dem Essen in einem nahe gelegenen Restaurant gerade ins Hotel am südlichen Hafen zurückkehren wollte, als es von dem Täter angegriffen und nach einem kurzen Kampf niedergestochen wurde.«

»Das Fremdenverkehrsamt wird begeistert sein. Als dieses Hotel gebaut wurde, sagten alle, daß es zu weit von der Innenstadt entfernt liege, daß niemand so weit nach Osten gehen wolle.«

»Aber das Viertel dort ist so sicher wie jedes andere in der Innenstadt«, sagte Crow. »Sogar noch sicherer. Ich würde eher dort herumlaufen als vor dem Fremdenverkehrsamt.«

Im Hintergrund sah Tess ihren einzigen Freund aus dem Polizeirevier, Mordinspektor Martin Tull, der sich mit den Uniformierten im Bild unterhielt. Die Fernsehkameras ließen ihn immer unvorteilhaft aussehen, hoben seine narbige Haut hervor und sein schmales Gesicht. In Wirklichkeit war er ein gutaussehender Mann, fast eine Schönheit.

Aber er war nicht der Mann, vor der Kamera Kommentare abzugeben. Diese Aufgabe fiel immer einem der öffentlichen Nachrichtensprecher zu, die so wenig über die Arbeit der Polizei wußten, daß nie die Gefahr bestand, sie könnten etwas Interessantes oder Wichtiges sagen. An diesem Abend handelte es sich bei dem Nachrichtensprecher um eine Frau, und Tess fragte sich unwillkürlich, ob sie sich schon so schick angezogen und schön frisiert hatte, bevor die Nachricht von dem Mord sie erreichte.

»Wir wissen, daß es sich bei dem Opfer um einen 53 Jahre alten Weißen handelt«, leierte sie dem Reporter gegenüber herunter. »Eine Zeugin berichtete der Polizei, daß der Mann sich noch ungefähr einen Block von dem Hotel entfernt befand, als er von einem Mann angesprochen wurde. Sie schienen ein paar Worte zu wechseln, und dann stürzte das Opfer zu Boden. Die Zeugin rannte ins Hotel und schrie um Hilfe. Als die Polizei kam, lagen die persönlichen Dinge des Mannes rings um ihn verstreut, als hätte der Angreifer seine Taschen durchsucht, nachdem er ihn niedergestochen hatte. Seine Brieftasche wurde ein paar Meter neben seiner Leiche gefunden, ohne alles Bargeld, und er trägt keine Uhr, deshalb geht man davon aus, daß der Räuber auch die mitgenommen hat.«

»Um was für eine Waffe handelte es sich?«

»Er wurde erstochen, aber am Tatort wurde keine Waffe gefunden.«

»Können Sie der Öffentlichkeit zu diesem Zeitpunkt schon seinen Namen bekanntgeben?«

Die öffentliche Nachrichtensprecherin warf einen Blick auf ihre Notizen hinunter. »Ja. Wir erreichten seine Ehefrau in der gemeinsamen Wohnung in Washington, und sie hat eine vorläufige Identifizierung vorgenommen. Der Tote, der geschäftlich hier zu tun hatte, war« – sie stolperte ein wenig über seinen Namen – »Jim Yeeger – nein, Yeager. Seine Frau sagt, er arbeitet fürs Fernsehen.«

Der Reporter quasselte weiter und spielte mit der Sprecherin den üblichen Mikrophon-Tango – du einen Schritt, ich einen Schritt, du einen, ich einen –, aber Tess konnte sich nicht mehr auf die Worte konzentrieren. Jim Yeager, erstochen. Jim Yeager, tot – 72 Stunden nach seiner häßlichen Konfrontation mit Cecilia. Nicht, daß Cecilia, oder sonst jemand aus ihrer Ad-hoc-Gruppe von Aktivisten, jemals so etwas tun würde. Das war völlig undenkbar. Und wenn jemand Jim Yeager aus politischen Gründen ermordet hatte, warum sollte er es dann als Straßenraub hinstellen? Außer natürlich, es sollte Jim Yeager zeigen, daß es gleichgültig war, ob dich jemand wegen deines Geldbeutel oder wegen deiner Sexualpraktiken erstach, tot war tot.

Crow nahm ihr die Fernbedienung aus der Hand und richtete sie auf den Bildschirm, wobei er auf einen nicht vorhandenen Knopf drückte. »Entschuldigung«, sagte er verlegen, als der Reporter und die Nachrichtensprecherin weiter plapperten, »aber ich will damit immer wie mit einer Computermaus umgehen. Ich denke jedesmal, daß ich den Bildschirm zoomen kann, damit ich die Bildausschnitte, die ich sehen will, vergrößern kann.«

»Was ist dir denn aufgefallen?«

»Da war etwas« – er hielt die Fernbedienung noch immer wie einen Zeigestock, als könne er ihr durch schiere Willensanstrengung neue Fähigkeiten aufzwingen –, »am Rande der Markierungsstreifen. Tull hat sich einen Augenblick an der Stelle hingekniet. Aber es ist ja dunkel. Ich könnte nicht sagen, was genau er da angeschaut hat.«

Er ging auf einen anderen Kanal, fand einen anderen Blick auf dieselbe Szene, einen anderen Reporter mit vom Wind zerwühlten Haaren, der ebenfalls auf die öffentliche Nachrichtensprecherin wartete, wie ein Mann bei Damenwahl. Um die Sendezeit zu füllen, plauderte er mit der Moderatorin im Senderaum und antwortete auf Fragen, die er die blonde Moderatorin wahrscheinlich angewiesen hatte, ihm zu stellen, bevor sie mit der Sendung begannen.

»Und bisher gibt es noch keine Verdächtigen, Bart?« zirpte die Moderatorin.

»Die Polizei hat bisher noch niemanden festgenommen, aber sie untersucht gerade, was das Opfer die letzten paar Stunden hier in Baltimore getan hat. Man weiß von seiner Frau, daß er essen ging, und die Polizei sagt, daß man eine Quittung fand, die zeigt, daß er heute abend im Restaurant am Stadthafen aß, obwohl noch unbekannt ist, ob er allein oder in Gesellschaft war.«

»Warum war er denn hier in Baltimore?«

»Seit dem Mord an Poes Grab, der seine ganze Aufmerksamkeit gefesselt hatte, strahlte er seine Show von hier aus –«

Der Kanal wechselte wieder. »Entschuldigung«, sagte Crow. »Das war ein Versehen.« Aber Tess hielt sein Handgelenk fest, bevor er wieder zurückschalten konnte. Auf diesem Sender hatte der Kameramann es geschafft, ein paar kunstvolle Aufnahmen des Schauplatzes zu machen, bevor die Polizei die Medien zurückgedrängt hatte, und sie sah jetzt, was Crow ins Auge gesprungen war. Rund und rot, wie sie waren, hätte man sie im ersten Moment für Blutspritzer halten können, aber sie hatten Dornen.

Drei rote Rosen. Drei ... rote ... Rosen. Nicht eine oder vier, nicht weiß oder rosa, nicht Nelken oder Gänseblümchen. Drei rote Rosen. Lag vielleicht auch eine Flasche Courvoisier auf der Straße? In einem Rinnstein von Baltimore könnte man eine Flasche viel zu leicht übersehen. Nur die vornehme Marke würde eventuell auffallen.

Aus Beschützerinstinkt heraus wollte Crow sofort wieder umschalten, aber Tess nahm ihm die Fernbedienung weg, finster entschlossen, alles zu erfahren.

»Und er kam gerade vom Essen zurück?«

»Ja, er war bei einem Abendessen im ›Stadthafen‹.«

»Mein Gott«, sagte Tess zu dem Fernseher, »wenn du schon nichts weißt, dann halt doch wenigstens die Klappe.«

Das Telefon läutete, und sie erlaubte Crow, den Ton abzustellen. Sie nahm an, es würde Tyner sein, aber die Nummer, die auf dem Display erschien, war ihr unbekannt.

»Ja?« sagte sie geistesabwesend und erwartete, die üblichen Floskeln zu einer Kreditkarte oder mal wieder einem Fernverbindungstarif zu hören.

»Sie sind einen Mord wert«, sagte eine unbekannte Stimme. Die Verbindung war schlecht, oder aber der Hörer war mit irgend etwas bedeckt worden.

»Was?« Obwohl es in ihrem Kopf drunter und drüber

ging, tastete Tess nach einem Stift und einem Stück Papier. Als sie kein Papier fand, kritzelte sie sich die Nummer auf die Hand.

»Jetzt wissen auch Sie, was ich schon die ganze Zeit wußte: Sie sind einen Mord wert.«

»Was? Wer?«

Aber der Anruf war mit einem leisen, würdevollen *Klick* beendet worden. Sie wählte die Nummer, die auf ihrer Hand stand, hörte es aber nur immer wieder in die Nacht hinaus klingeln. Endlich, beim fünfzehnten oder sechzehnten Mal, nahm jemand ab.

»Sie haben die falsche Nummer«, sagte eine Stimme zu ihr, eine andere Stimme. Oder doch nicht? Die erste hatte undeutlich und wie aus großer Entfernung geklungen. Dieser Mann hier klang großspurig und gerissen, es war eine Stimme von der Straße.

»Woher wollen Sie denn wissen, daß es die falsche Nummer ist?« fragte sie und blickte auf die sieben Zahlen auf ihrer Hand.

»Weil das hier ein öffentliches Telefon ist, Ecke North Avenue und St. Paul Street. Es ist von *niemand* die richtige Nummer.«

»Haben Sie vielleicht den Mann gesehen, der vor noch nicht mal einer Minute an diesem Telefon stand?«

»Lady, das hier ist keine Gegend, wo man sehr lange herumsteht, wissen Sie? Ich kam gerade aus dem KFC, und ich kann einfach nicht an einem läutenden Telefon vorbei. Ich mußte es einfach wissen – wissen Sie?«

Sie wußte.

22. Kapitel

Tess schnappte sich eine große Tasse Kaffee, eine Flasche Orangensaft, eine Tüte Bagels und Tyner Gray, als sie am Dienstag früh zu Rainer ging.

»Wozu braucht sie einen Anwalt?« war die erste Frage des Inspektors. Es entging Tess nicht, daß er von ihr in der dritten Person sprach. Eine interessante Entwicklung. Sie war versucht zu sagen, was ihre Mutter in solchen Situationen zu sagen pflegte – »›Sie‹ ist für die Katz« –, aber statt dessen nahm Tess einen Schluck Orangensaft. Hier ein Schluck, da ein Bissen, und sie würde das alles ganz gut überstehen.

Tyner hatte eine andere Strategie, eine, bei der Takt nicht dazugehörte. »Sie braucht einen Anwalt, weil Sie ein rachsüchtiges Arschloch sind.«

»Gar so schmeichelhaft brauchen Sie es aber nicht zu bringen«, sagte Rainer und nahm sich ein Bagel. Er spähte in die Tüte, um zu sehen, ob Tess auch Frischkäse mitgebracht hatte. Sie hatte, aber es war ganz gewöhnlicher Frischkäse – ohne Schnittlauch, ohne Kräuter und definitiv ohne irgendwelche süßen Sakrilege. Tess hatte schon beobachtet, daß Polizisten Bagels nahmen und sie in Doughnuts zu verwandeln versuchten, indem sie sie dick mit Blaubeerfrischkäse oder Erdbeermarmelade oder noch Schlimmerem bestrichen. Angesichts des puren weißen Frischkäses beschloß Rainer, sein Bagel trocken zu essen.

»Also«, sagte er, wobei seine zu vielen, zu kleinen Zähne die Mohnkörnchen wie eine Dreschmaschine bearbeiteten. »Was hat sie gewußt? Und, was noch wichtiger ist, seit wann hat sie es gewußt?«

»Warum ist das wichtig?« Die Frage kam von Tyner, nicht von ihr.

»Na ja, erstens ist dieses Wochenende jemand ermordet

worden. Wenn sie vielleicht« – wieder dritte Person; nippen und kauen, nippen und kauen, nippen und kauen, nicht nach dem Köder schnappen – »von Anfang an entgegenkommender gewesen wäre, hätte ich hier jetzt nicht zwei ›rote Bälle‹.«

»Bearbeiten Sie die wohl beide?« Tyners Frage war höflich, aber scharf. Sie diente dazu, Rainer ins Gedächtnis zu rufen, daß er hier nicht zwei doofe Zivilisten vor sich hatte, die man glauben machen konnte, daß ein einzelner Superbulle sämtliche Morde bearbeitete und löste. Rainer hatte den Mord an Poes Grab in den frühen Morgenstunden bekommen, Yeager war an einem Sonntagabend umgekommen. Keinesfalls konnte dieselbe Schicht beide Fälle bearbeiten, noch viel weniger derselbe Polizeibeamte.

»Also gut, nein, aber ich muß jetzt mit den Kollegen zusammenarbeiten. Bevor man sich umsieht, hat man schon so eine Sonderkommission am Hals.«

»Stehen die beiden Morde in Zusammenhang?« Das Reden besorgte noch immer nur Tyner.

»Ich habe so meine Vermutungen, aber ich glaube, das hängt ganz davon ab, was sie mir erzählen wird.«

»Was Tess Ihnen erzählt, hängt wiederum davon ab, worauf wir uns vorab verständigen können.«

»Was, Sie wollen jetzt schon mildernde Umstände? Ich dachte, sie hat für den zweiten Mord ein bombensicheres Alibi.«

Tyner und Tess erkannten, daß Rainer das sehr witzig fand, und lächelten matt.

»Sie haben ziemlich viel Wirbel gemacht, als ich Sie gestern anrief, um dieses Treffen zu vereinbaren«, sagte Tyner. »Ich erinnere mich noch genau, daß der Ausdruck ›Behinderung der Justiz‹ fiel. Aber Tess hatte gute Gründe, nicht früher auszupacken. Ich gehe davon aus, daß Sie verärgert waren und unüberlegt sprachen. Aber ich brauche Ihre Versicherung, daß eine solche Anschuldigung vom Tisch ist, und zwar für immer.«

»Für die Zukunft kann ich nichts versprechen«, sagte Rainer. »Ich meine, was ist, wenn sie sich weiterhin in die Geschäfte der Polizei einmischt? Sie wollen also so etwas wie eine Carte blanche für Dinge, die sie noch gar nicht gemacht hat?«

Carte blanche? Aus Rainers Mund klang das, als spräche er von einem Mann namens Kurt Blantsch. Ach so, Carte blanche. Einen Blankoscheck, eine Niemals-ins-Gefängnis-Karte. Ja, genau das wollte Tess.

»Nein«, sagte Tyner leise und geduldig. Komisch, aber er wirkte viel einschüchternder, wenn er sich bemühte, mit leiser Stimme zu reden. Wenn Tyner sich in Zaum zu halten versuchte, war das so ähnlich, wie wenn jemand mit einem Pitbull an einer zerschlissenen Leine spazierenging. Wenn man klug war, ging man trotzdem auf die andere Straßenseite. »Ich schlage ein Abkommen vor. Tess bekommt Immunität. Es stimmt, sie hat nicht alles auf den Tisch gebracht, als Sie zum ersten Mal mit ihr sprachen. Aber Tess wurde auch erst infolge des Gesprächs mit Ihnen klar, daß sie Informationen besaß, die Sie verwenden konnten, Informationen, zu denen sie genau deshalb kam, weil sie Ihre Anweisungen nicht befolgte. Und zu dem Zeitpunkt hatte sie bereits legitime Gründe, sich nicht zu äußern.«

»Legitime Gründe? Erzählen Sie das mal Bobby Hilliards Eltern. Und vielleicht auch Yeagers Ehefrau.«

»Nein«, sagte Tess.

Beide Männer drehten die Köpfe, als hätten sie vergessen, daß sie auch noch im Zimmer war. Hier lag das Problem mit dem ganzen Dritte-Person-Ding. Ein Mädchen verschwand.

»Ich weiß, wie das ist, wenn einen das Gewissen drückt«, sagte Tess und hob zum ersten Mal die Augen von ihrem Bagel. »Aber das ist hier nicht der Fall. Bobby Hilliards Weg stand fest, bevor Arnold Pitts zu mir ins Büro kam. Und Jim

Yeager schnüffelte an den Tagen nach Bobby Hilliards Tod in dessen Wohnung herum. Er brachte sich selbst ins Spiel, eine Tatsache, die verschiedene andere Leute vielleicht auch wußten – Arnold Pitts, Jerold Ensor, Gretchen O'Brien –«

»Gretchen O'Brien? Ist dieses Miststück auch mit in den Fall verwickelt?«

»Sie arbeitet für Arnold Pitts, jedenfalls tat sie es. Wahrscheinlich hat er sie inzwischen gefeuert. Warum ist sie ein Miststück?« Damit schweifte sie zwar ab, aber sie war neugierig.

»Sie mußte kündigen, weil man sie beim Klauen erwischt hatte.«

»So etwas hört man öfter«, sagte Tess, die sich an die zynischen Worte des Hausmeisters erinnerte, in bezug auf Polizisten, die vom Tatort Souvenirs mitgehen ließen, aber auch an Gretchens eigene Version ihrer Vergangenheit, die deutlich anders geklungen hatte.

»Ja, aber sie klaute Zeug von ihren eigenen Kollegen. Aus deren Spinten und so 'ne Scheiße. Sie ist 'ne echte Klepto.«

»Na gut, wie gesagt war sie in Bobby Hilliards Appartement. Pitts und Ensor wahrscheinlich auch, wobei sie sich als Polizisten ausgaben, und anschließend machten sie sich auf die Socken und probierten es bei den Hilliards. Jeder, der sich mit dem Hausmeister unterhielt, so wie ich am Freitag, hätte nach seiner Beschreibung Yeager erkannt.«

»Sie waren also in Hilliards Appartement.« Rainer kaute die Innenseite seiner Wangen mit ein paar schnellen, heftigen Bewegungen. »Also, dann könnte ich Sie auf jeden Fall verklagen wegen ... irgend etwas. Wenn es mir in den Sinn käme.«

Dieser simple Satz ließ Tess aufhorchen. *Wenn es mir in den Sinn käme.* Das Bild, das der Satz hervorrief, war das einer winzigen Erbse, die versuchte, einen großen Felsen zu bewegen. Rainer machte ihr keine angst. Die Person, die ihr angst machte, lauerte nur undeutlich am Rande ihres Lebens, unbekannt und unsichtbar. Er hatte sie angerufen, wußte also ganz genau, daß sie da war und auf ihn wartete. Jemand beobachtete sie schon die ganze Zeit, jemand, der bestenfalls ein Versteckspieler war. Und schlimmstenfalls? Daran durfte sie gar nicht denken.

»Schauen Sie, ich stehe zu den Fehlern, die ich wirklich gemacht habe«, sagte Tess. »Als wir zum ersten Mal miteinander sprachen, habe ich Ihnen nur eine einzige Sache nicht gesagt: daß ein Mann zu mir gekommen war, der unbedingt herauskriegen wollte, wer sich hinter dem Poe-Toaster verbirgt. Deshalb war ich in der besagten Nacht auch an Poes Grab. Ich befürchtete, daß jemand anderes den Job übernommen hätte, und ich wollte nicht, daß der Grabbesucher enttarnt wurde. Ich glaubte ehrlich, daß es sich nur um irgendwelche kleinlichen Querelen handelte.«

»Aber als sich dann herausstellte, daß es sich um Mord handelte, da schien es Ihnen immer noch nicht so wichtig, mir diese Tatsache mitzuteilen?«

Diese Frage hatte sie kommen sehen, in dem Bewußtsein, die Wahrheit würde ihr hier nicht aus der Patsche helfen. Sie konnte nicht riskieren, Rainer zu sagen, daß sie gerade seine Kompetenz in Zweifel gezogen hatte, seine Fähigkeit, einen Bürger vor den Bluthunden der Medien zu schützen.

»Ich bin unprofessionell vorgegangen«, sagte sie. »Ich war übernächtigt, und das machte mich wahrscheinlich etwas widerspenstig. Hinzu kommt – der Mann, der sich John Pendleton Kennedy nannte, ist einfach nicht der Typ, den man auf Anhieb mit einem Mord in Verbindung bringen würde. Ich hatte die Absicht, ihn zu suchen, ihm ein paar Fragen zu stellen und dann für mich zu entscheiden, ob er in die Sache verwickelt sein könnte. Als ich herausfand, daß er mir einen falschen Namen genannt hatte, war ich plötzlich irgendwie mit drin in der ganzen Sache. Und als die Blumen kamen –«

Die Blumen. Sie schauten alle drei auf die Gegenstände, die auf dem Tisch ausgebreitet lagen. Denn außer ihrer Verpflegung hatte sie alles andere auch mitgebracht: die inzwischen verwelkten Blumen, die halbe Flasche Martell, die zunehmend rätselhaften Botschaften, sogar die Rosenknospen, die sie auf dem Boden ihres Briefkastens gefunden hatte. Seltsam, es gab ihr einen Stich, diese Dinge jetzt Rainer zu überlassen, obwohl ihr doch andererseits jeder Gedanke an den Menschen, der sie ihr hinterlassen hatte, eine Gänsehaut verursachte. Wahrscheinlich nicht der Grabbesucher, überhaupt kein Besucher, keine gütige Seele, die sie einer Lösung entgegenführte, sondern ein Mörder. »Sie sind einen Mord wert«, hatte er zu ihr gesagt. »Das wissen Sie jetzt.«

»Die Blumen ...« Rainer suchte in seinen Akten herum. »Ja, ich habe die zeitliche Reihenfolge von dem Ganzen hier. Tyner hat mir alles am Telefon gesagt. Aber es ist doch schon eine Woche her, seit Sie herausgefunden haben, daß der Typ, der zu Ihnen gekommen war, Arnold Pitts hieß und daß wir uns den Einbruch bei ihm in Zusammenhang mit diesem Fall ansahen. Warum hielten Sie dies nicht für wichtig genug, um zu uns zu kommen und uns davon zu unterrichten? Brauchen Sie erst zwei Morde, um etwas ernst zu nehmen?«

Tess unterdrückte eine weitere unpassende Antwort – *Nein, aber es hilft* – und fuhr fort. »Er drohte mir. Er sagte, er würde Ihnen erzählen, daß ich ihn melken wollte, daß ich ihm anbot, für Geld den Mund zu halten, und ihn nur anzeigen würde, wenn er nicht zahlte.«

»Ja, na und? Das wäre doch eine Lüge gewesen, oder?«

Tess zählte die Sesamkörner auf ihrem Bagel, unfähig, eine passende Antwort zu finden. Es hatte keinen Sinn, Rainer zu sagen, was er sich selbst nie eingestehen würde, daß er nämlich Kleingeist genug war, um Lügen über Menschen zu glauben, die er nicht mochte. Sie entschloß sich, statt dessen ihm ein wenig Wasser auf seine Mühlen zu gießen und so zu tun, als wäre sie wirklich die Person, die er sie immer beschuldigt hatte zu sein.

»Ehrlich gesagt habe ich Angst, daß ich zur Zeit eine solche Lawine von schlechter Publicity nicht überstehen könnte. In der Zwischenzeit bekam ich ja auch diese Botschaften, und ich dachte, wenn ich tue, wozu die Botschaften mich aufforderten ... Ich weiß auch nicht. Ich saß in der Falle. Ich habe ein paar ganz falsche Entscheidungen getroffen. Aber ich habe nichts Illegales getan.«

Sie zog ein Expreßpaket aus ihrem Rucksack. Das war das einzige gewesen, was sie davon hatte abhalten können, Montag früh als erstes hierherzukommen, denn sie hatte in Pennsylvania anrufen und Vonnie Hilliard bitten müssen, den Plan zu ändern und zum nächsten Paketversand zu gehen anstatt zur Bank. Das Armband war heute früh angekommen, noch immer in seiner Weihnachtsverpackung.

»Als Arnold Pitts zu mir kam, sagte er, der Grabbesucher habe ihm ein Armband verkauft, von dem er behauptete, es sei ein historisches Stück und habe einst Betsy Patterson Bonaparte gehört.« Sie sah, daß Rainer die Stirn runzelte, aber nicht fragen wollte, obwohl er nicht Bescheid wußte. Keine gute Eigenschaft für einen Polizisten der Mordkommission. Keine gute Eigenschaft bei irgendwem.

»Ich habe mit dem Namen auch nichts anfangen können«, beruhigte sie ihn. »Das war eine Schönheit hier aus der Stadt und eine Zeitlang mit Napoleons Bruder verheiratet. So wie Pitts die Geschichte erzählte, besaß er das Armband, war aber verärgert, weil es nichts wert war. Doch Bobby Hilliard hatte dieses Armband seiner Mutter zu Weihnachten geschenkt und ihr gesagt, es sei echt.«

»Sie denken, daß zwei Männer wegen diesem Ding tot sind«, sagte er, stocherte mit seinem Stift daran herum, als wäre es eine Schlange, und wollte es von seinem Baumwollfutter hochheben. Das Armband blieb erst hängen, löste sich aber schließlich aus seiner Vertiefung in dem Baumwollstoff. »Ich meine, mir ist es egal, ob die Königin Elisabeth es getragen hat oder nicht, dieses Ding würde bei einem Pfandleiher hier in Baltimore keine tausend Dollar einbringen. Wie kann man so etwas denn verscherbeln?«

»Jemand, der den Hintergrund kennt, würde vielleicht eine ganz schöne Summe dafür bezahlen. Ich weiß nicht. Ich muß davon ausgehen, daß es das war, wonach Pitts und Ensor suchten, in Bobbys Wohnung und auf der Farm seiner Eltern. Was sollte es sonst sein?«

Rainer dachte scharf nach. Es war kein schöner Anblick. »Aber Pitts sagte doch, er habe das Armband.«

»Pitts hat viel gesagt. Der Mann, der mich Sonntag abend anrief, sagte, ›sie‹ seien einen Mord wert. Er konnte damit Menschen meinen, oder Prinzipien, oder Besitzgüter. Er konnte alles damit meinen. Das hier ist ein ›es‹, im Singular. Sind ›sie‹ Hilliard und Yeager? Pitts und Ensor? Ich weiß es nicht. Ich habe Ihnen jetzt alles gesagt, was ich weiß. Ich finde, Sie sollten mir sagen, was Sie herausgefunden haben.«

Rainers Gesicht war bedrückt. Das war der reinste Ausdruck, den Tess je bei ihm gesehen hatte.

»Das macht alles keinen Sinn, verdammt noch mal, nicht das geringste bißchen. Wir kommen ganz nahe heran, und dann kracht alles wieder auseinander. Tatsache ist, daß wir gar keine Beweise dafür haben, daß die beiden Dinge in Verbindung stehen, Hilliard und Yeager. Das einzige, was sie gemein haben, ist, daß wir bei beiden verdammt wenig Spuren haben.«

»Also haben Sie Tess die ganze Zeit nur so ein bißchen an der Nase herumgeführt und ihr nur so aus Spaß ein schlechtes Gewissen aufoktroyiert?« Tyner war für sie wütend, Tess selber aber nicht. Sie war auch nicht beruhigt. Auch wenn sie die Schuld an Yeagers Tod nicht auf sich nahm, mochte sie sich doch auch nicht mit der Idee anfreunden, daß die zeitliche Abfolge am Sonntag abend ein Zufall gewesen sei.

»Bitte.« Tess wäre es unangenehm gewesen, Rainer wie auch immer zu berühren, deshalb tippte sie an das Armband, das noch immer an Rainers Stift baumelte. »Bitte sagen Sie mir alles, was Sie wissen. Ich bin eindeutig in Gefahr. Ist es zuviel verlangt, daß Sie mir helfen, mich zu schützen?«

»Sie haben sich da selber reingeritten«, sagte Rainer in seiner scheinheiligen Art.

»Ja und nein. Ich habe Arnold Pitts nicht darum gebeten, mit mir ins Geschäft zu kommen. Ich habe keinen Fremden dazu eingeladen, mir nachzuschleichen, mir andauernd Geschenke und Botschaften zu Hause und am Büro zu hinterlassen. Ich habe Angst, nach Hause zu gehen, Rainer. Wissen Sie, wie das ist? Crow und ich sind gestern früh in sein Studio umgezogen, mit einem Windhund und einem Dobermann noch dazu. Zwei Menschen und zwei Hunde in einem einzigen Zimmer. Vielleicht haben Sie bald einen dreifachen Mord zu bearbeiten.«

Rainer wurde schnell unruhig und mußte sich dann bewegen. Jetzt stand er auf und fing an, in Kreisen um Tess und Tyner herumzugehen, in kleinen ziellosen Bewegungen, wie ein verwirrter Falke, der nicht weiß, ob er eine Beute im Gras erspäht hat oder nur etwas Glänzendes.

Tyner sagte: »Sie hat mit Ihnen zusammengearbeitet, und es ist nur vernünftig, davon auszugehen, daß sie in Gefahr ist. Können Sie uns gar nichts sagen?«

Rainer befand sich gerade hinter ihnen, als er zu sprechen begann, und obwohl er manchmal vor ihnen vorbeiging, weil er weiter in Kreisen und Bögen lief, nahm er kein einziges Mal Blickkontakt auf. Es war, als würde er mit sich selbst sprechen oder laut denken, wobei es in allen Gängen rumorte und klapperte.

»Bobby Hilliard war Kellner und arbeitete in den großen

schicken Restaurants der Stadt, wobei er ständig die Stelle wechselte. Weil er es so wollte, nicht, weil er jemals in Schwierigkeiten geraten wäre. Seine Kollegen sagen, er war ein Charmeur, ein guter Redner, der genau wußte, wie sehr er sich einbringen mußte, und er war ein anerkanntes Genie darin, sich die besonderen Wünsche von Leuten zu merken. Stammgäste pflegten nach den Tischen zu fragen, die er bediente, wenn sie eine Reservierung machten, und folgten ihm oft auch in ein neues Lokal.

Aber – er war ein Dieb.« Er machte eine Pause, als erwartete er, daß Tess sich an dieser Stelle einschalten würde. Er testete sie, stellte sie fest. Er wußte schon längst, daß sie im Pratt gewesen war und dort von Bobbys beruflicher Vergangenheit erfahren hatte. Sie blieb still.

»Er stahl in der Bibliothek«, sagte Rainer, »aber nicht in den Restaurants, niemals in den Restaurants. Er war so ehrlich, daß er andere Kellner darauf hinzuweisen pflegte, wenn er sah, daß jemand ein Trinkgeld einstecken wollte, oder einem Gast nachlief, wenn er den Eindruck hatte, der habe versehentlich zuviel Trinkgeld liegengelassen. Dann mußte ich erfahren, daß ihn die Kollegen vom Einbruchsdezernat zu einigen Einbrüchen in der Stadt verhört hatten.«

»Als Verdächtigen?« Die Frage kam von Tyner.

Rainer blieb stehen, um darüber nachzudenken. »Offiziell nicht. Tatsächlich hatte er auch für alle ein Alibi. Aber die Alibis waren fast zu gut, so als hätte er darauf gewartet, daß jemand kam und danach fragte. An dem Abend, als es Pitts traf, arbeitete er. Und Ensor hatte an dem Abend, an dem er bestohlen wurde, eine Party bei sich zu Hause. Jeder hätte da die Tür offenlassen können. Einschließlich Ensor, wie er selbst betonte. Wenn man den Beamten glauben soll, die den Fall übernahmen, war er geradezu glücklich, die Schuld auf sich zu nehmen, und ziemlich gleichgültig außerdem, wenn man es genau betrachtete.«

»War Bobby auf der Party?« fragte Tess.

Rainer hatte sich endlich verausgabt. Er ließ sich schwer auf seinen Stuhl fallen. »Nicht als Gast, sondern er arbeitete da. Er arbeitete nämlich Teilzeit für eine Catering-Firma und verdiente so an seinen freien Abenden noch zusätzlich Geld. Die Stammkunden, die ihn aus dem Restaurant kannten, heuerten ihn am Ende auch für ihre Privatfeten an. Aber hier liegt das Problem – seine Arbeitgeber erinnern sich, daß er oft eine Menge Unannehmlichkeiten auf sich nahm, um den Abend frei zu bekommen und diese Partys machen zu können, auch wenn sie am Samstag oder am Sonntag stattfanden. Er konnte eigentlich nicht so viel verdient haben, wenn er auf diesen Partys arbeitete, wie wenn er seine reguläre Schicht arbeitete. Also sagen Sie mir einmal, warum er das gemacht hat.«

Tess schwieg noch einen Augenblick, aber nur, um Rainer Auftrieb zu geben. »Um zu diesen Häusern Zutritt zu bekommen. Aber gab's denn eine Party bei Pitts? Oder bei Shawn Hayes? Und wurde bei jedem, der eine Party gab, am Ende eingebrochen?«

»Pitts hat diese Catering-Firma nicht in Anspruch genommen, soviel wir wissen«, gab Rainer zu. »Und die große Urlaubsfeier, die Hayes gab, war ein oder zwei Wochen früher, vor Weihnachten. Er hatte ein ganz schön ausgeklügeltes Alarmsystem. Ich nehme an, daß Bobby nicht herausfand, wie man es ausschalten konnte. Wir waren von der Voraussetzung ausgegangen, daß sich Bobby mit Shawn Hayes verabredet hatte, um ins Haus zu gelangen.«

»*Waren* ausgegangen«, wiederholte Tess, die die Bedeutung der Vergangenheitsform erkannte.

»Na ja, für uns war die Sache dann tote Hose, nicht wahr? Soll kein Wortspiel sein. Selbst wenn wir eine ganze Anzahl von Einbrüchen und den Überfall aufklären können, sagt uns das eigentlich noch nicht, wer Bobby Hilliard ermordet hat.

Und nur dadurch läßt sich schließlich der Fall aufklären. Seine Opfer sind feine, aufrechte Typen. Die Art von Leuten, die sofort die Polizei rufen, wenn irgendeine Kleinigkeit schiefgeht, keine, die so etwas selbst regeln. Außer –«

»Außer?«

»Außer, Bobby ist auf dieselbe Weise mit ihnen in Verbindung getreten wie mit Shawn Hayes. Ich kenne mich nicht gut aus mit hate crimes, aber falls er hinter Typen her war, die ihre ... Vorlieben nicht so laut ausposaunen wollten, dann haben die vielleicht auch keine so große Lust, uns davon zu erzählen, verstehen Sie? Vielleicht gibt es noch eine ganze Menge Geschädigte, von denen wir gar nichts wissen, weil sie lieber den Verlust verschmerzen als zu berichten, wie es dazu kam. Bobby Hilliard wußte aber, daß jemand nicht gut auf ihn zu sprechen war. Er hat sich in der ersten Januarwoche eine Pistole gekauft, und er hatte sie bei sich, als er ermordet wurde.«

»Davon wußte ich nichts«, sagte Tess. »Sie haben das nirgends bekanntgegeben. Aber ich kann es ihm nicht verdenken. Ich tue das gleiche.«

»Hier drin?« fragte Rainer.

»Nein, ich wollte keinen Streß machen, indem ich eine Waffe mit aufs Polizeirevier bringe. Sie liegt im verschlossenen Handschuhfach von Tyners Bus. Aber sonst trage ich sie die ganze Zeit. Ich habe einen Waffenschein. Es ist ganz legal.«

»Es ist vielleicht legal«, sagte Rainer, »aber deswegen noch lange nicht gescheit.« Er zerbiß das letzte Wort in zwei rauhe Silben, so daß Tess einen Augenblick brauchte, um zu verstehen, was er gesagt hatte. In Rainers Mund klang Gay Scheid wie eine entfernte Cousine von Kurt Blantsch. Auf jeden Fall würde sie sich mit Rainer aber nicht auf eine Diskussion über den zweiten Zusatzartikel zur Verfassung einlassen.

»Dann denke ich, daß Arnold Pitts jetzt die Nummer eins

unter Ihren Verdächtigen ist, oder? Ihm lag sehr daran, Bobby Hilliard zu finden, er war durch Bobby Hilliard zu Schaden gekommen. Und er legte offensichtlich großen Wert auf dieses Armband, aus welchen Gründen auch immer. Sind Sie bei ihm zu Hause gewesen? Der Typ ist ein Fetischist. Ich möchte nicht erleben, was jemandem passieren würde, der versehentlich eine von seinen Keksdosen zerbricht.«

»Ja, ich war dort. Okay, der Typ will also das Armband wiederhaben. Aber wo hat er so ein Stück überhaupt her? Mit so etwas handelt er doch normalerweise gar nicht. Und warum sollte er einen Privatdetektiv einsetzen, wenn er sowieso vorhat, dem Typ zu folgen und ihn umzulegen«, fragte Rainer. »Was macht das für einen Sinn?«

»Vielleicht, um irgendwie ein Alibi aufzubauen«, mutmaßte Tyner, aber er klang selbst nicht überzeugt. »Wenn er einen solchen Zauber macht, indem er jemanden in dieser Nacht auf den Friedhof schickt, kann er den Anschein erwecken, er hätte nicht selbst vor, dorthin zu gehen.«

»Sie haben Pitts ja kennengelernt«, sagte Rainer zu Tess. »Sie haben ihn gesehen.«

»Schon zweimal.«

»Wie groß, würden Sie sagen, ist er?«

Sie hielt die Hand waagerecht in Höhe ihrer Schlüsselbeine und rechnete schnell. »Knapp einen Meter sechzig.«

»Wenn er einen guten Tag hat. Und Jim Yeager?«

»Fünf bis zehn Zentimeter größer als ich. Ich würde ihn auf einen Meter achtzig schätzen, obwohl davon bestimmt noch einmal fünf Zentimeter für Haare weggehen.«

»Also, wir wissen zwar nicht, wer Bobby Hilliard erschossen hat, aber wir wissen, daß der andere Typ in dem Cape größer war als er, nicht wahr? Er ist noch nicht ausgeschieden, bei weitem noch nicht. Ganz im Gegenteil, seit Sie mir die vielen kleinen Geschenke gezeigt haben, die Sie bekommen haben.«

»Es gibt keinen Beweis, daß das derselbe Mann ist, der Grabbesucher und mein Verrückter.«

»Okay, aber einen Moment mal. Für Yeager haben wir eine Augenzeugin, eine wirklich gute, wenn man bedenkt, daß sie nur einen Block entfernt war. Sie sagte, der Typ, der ihn erstochen hat, war fast genauso groß, wenn nicht größer, und falls Pitts nicht gerade auf Stelzen herumgetapst ist, schließt ihn das aus. Also, na klar, ich habe eine ganze Menge Fragen an Arnold Pitts, aber ich fürchte, er wird auch ein paar gute Antworten haben. Den anderen Kerl will ich haben, den Herrn Grabbesucher, und das werde ich auch öffentlich verbreiten. Zumindest ist er Augenzeuge des Verbrechens. Es ist also seine Bürgerpflicht, sich zu erkennen zu geben, aber wenn er das nicht tut, werde ich ihn zu finden wissen. Nix mehr mit ›lieber Onkel‹.«

»Wie wollen Sie ihn denn finden, wenn niemand weiß, wer er ist?« fragte Tyner neugierig.

»Ich bin schließlich Polizeibeamter. Das gehört zu meiner Arbeit. Niemand kann ein Geheimnis vollkommen wahren, und in Baltimore gibt es bestimmt irgend jemanden, der weiß, wer der Typ ist, denn er hat es ihm irgendwann einmal gesagt, war mal auf einer Party betrunken oder zeigte seiner Frau eines Abends das Cape. Sogar Superman hat am Ende Lois Lane gesagt, wer er ist. Deshalb werde ich ihn finden.«

Tess zog ihre Digitalkamera heraus, ihr neuestes Spielzeug. Es war ganz hilfreich, wenn man sah, wie ein Foto werden würde, bevor man es aufnahm, und die Fotos anschließend auf Disketten speichern konnte. Außerdem würde sie sich vielleicht ihre eigene Website einrichten, ihre liebsten Überwachungsfotos zusammenstellen und Gebühren verlangen, wenn sich jemand die mit den Nackten darauf runterladen wollte. *www.tessmonaghan.com*.

»Wollen Sie mich für Ihr Fotoalbum verewigen?« fragte Rainer.

»Nein, ich will nur ein paar Fotos von dem Armband machen, so daß ich es einigen Leuten in der Stadt zeigen kann, die mir dann vielleicht sagen können, ob es echt ist oder nicht.«

»Das ist aber unsere Sache«, wandte Rainer ein. »Verdammt, Sie sollen doch damit aufhören. Ich dachte, darum ging es die ganze Zeit bei unserem Gespräch hier. Lassen Sie uns unsere Arbeit machen, und machen Sie die Ihre.«

»Das *ist* ja auch meine Arbeit. Ich arbeite für die Hilliards. Sie haben ein Recht darauf, den Wert dieses Stückes zu erfahren, das sie freiwillig der Polizei ausgehändigt haben, und ein Recht darauf, zu erfahren, ob ihr Sohn es rechtmäßig erworben hat. Wenn er es nicht gestohlen hat, sollten sie es zurückbekommen, wenn das erst alles vorbei ist. Ich mache ein Foto, damit ich es einigen hiesigen Schätzern und Sachverständigen zeigen kann, um zu erfahren, ob sie je von einem solchen Stück gehört haben.«

»Sonst machen Sie nichts?«

»Einstweilen nicht. Die Hilliards hätten gerne, daß ich beweise, daß nicht Bobby Shawn Hayes angegriffen hat, allem Unken von Yeager zum Trotz.«

»Was, glauben die wirklich, sie könnten so einen großen Prozeß bezahlen?«

»Bobby ist tot«, sagte Tyner. »Und kann deshalb nicht mehr vor dem Gesetz angeklagt werden. Da Yeager tot ist, macht ihn das auch nicht gerade zu einem idealen Angeklagten, obwohl ich glaube, daß man einen Anspruch auf sein Vermögen einklagen könnte. Aber so ist es ja gar nicht, die Hilliards versuchen ja nicht, Geld aus dem Tod ihres Sohnes herauszuschlagen. Sie wollen einfach nur die Wahrheit wissen, auch wenn die nicht schön ist.«

»Wenn wir schon von Schönheit sprechen« – Rainer lächelte arglistig, ein Effekt, der durch den Mohn zwischen seinen Zähnen noch gesteigert wurde –, »Sie haben mich gar nicht nach unserer Augenzeugin gefragt, derjenigen, die mit ansah, wie Yeager ermordet wurde.«

Tess richtete die Kamera auf das Armband, überprüfte den Bildausschnitt auf der Rückseite der Kamera und drückte auf den Auslöser. »Sie sagte, daß sie mit Yeager verabredet war. Wahrscheinlich bin ich einfach davon ausgegangen, daß sie eine vom hiesigen Gewerbe war, ungeachtet des Frauchens in Washington.«

»Oh, ich glaube, eine solche Verabredung würden Sie mit diesem Mädchen nicht zustande bringen. Es heißt ja immer, die Welt ist klein, aber ist es nicht komisch, daß ausgerechnet die Person, die sah, wie Yeager getötet wurde, zufällig auch eine der letzten Personen war, die von Yeager interviewt wurde?«

»Soll das heißen –«

Rainer nickte und genoß ihre Bestürzung. »Cecilia Cesnik wartete an der Ecke auf Yeager. Und glauben Sie bloß nicht, daß die Beamten, die den Fall bearbeiten, sich diesen glücklichen Zufall nicht sehr genau ansehen werden.«

»Aber ich bekam einen Anruf –«

»Ja, Sie bekamen einen Anruf. Bekommen die Leute jeden Tag. Und soviel wir wissen, waren Sie extra dazu ausersehen, einen Anruf zu bekommen, damit wir gar nicht erst alle Möglichkeiten in Erwägung ziehen. Aber keine Sorge. Ihr Herzensfreund Tull ist stellvertretender Leiter im Fall Yeager, deswegen bin ich sicher, daß Sie alle Sensationsmeldungen kriegen, die Sie brauchen.«

»Sie denken doch nicht etwa, daß Cecilia –«

»Ich habe nicht zu denken. Das ist nicht mein Fall, und so soll es auch bleiben. Jim Yeager hat im Fernsehen herumgeschrien, was für ein Held doch Bobby Hilliards Mörder war und daß wir ihm eine Medaille verleihen sollten, warum also sollte der ihn töten wollen? Meiner Meinung nach gibt es unendlich viele Leute, die gerne wollten, daß Yeager den

Mund hält. Angefangen bei der Gästeliste von der Show an diesem Abend. Oder vielleicht ist Yeager auch von der Schwulenpatrouille ermordet worden, von der Liga gegen Schwulenhetze.«

Er lachte über seinen vermeintlichen Witz, während Tess und Tyner heimlich einen Blick der Bestürzung wechselten.

»Also dann«, sagte Tess und steckte ihre Kamera ein, »passen Sie gut auf diese Sachen auf, ja? Vor allem auf das Armband.«

»Das ist doch selbstverständlich.«

»Tatsächlich? Wie konnte dann Yeager sich Bobby Hilliards Taschenkalender verschaffen?«

»Hat er gar nicht. Er fragte mich, ob er mal reinschauen kann, und ich sagte nein. Er fragte mich, wie er aussah, also sagte ich es ihm. Einfaches schwarzes Notizbuch, so wie man es in jeder Schreibwarenhandlung bekommt. Er kaufte eins, um es im Fernsehen hochzuhalten, aber das war nur Bluff. Das echte haben wir, und glauben Sie mir, da steht nichts anderes drin als seine Arbeitszeiten. Keinerlei Hinweise. Er hat das alles erfunden.«

»So ein Bastard«, sagte Tess.

»Ja, aber wenn Sie anfangen wollen, alle Journalisten zu töten, die keine Moral besitzen, dann wird es schwierig, die Zeitung erscheinen zu lassen.«

Was sollte Tess sagen? Sie war derselben Ansicht.

23. Kapitel

Der Mann mit den silbergrauen Haaren hinter dem Ladentisch von »Gebrüder Gummere«, einem der letzten Juweliere in der Innenstadt von Baltimore, schüttelte den Kopf, als Tess ihm am nächsten Vormittag die Fotos zeigte.

»Ich kann das Alter eines Stückes unmöglich nach einer Fotografie bestimmen, ganz zu schweigen von irgendwelchen Aussagen zu seiner historischen Authentizität«, sagte er. »Was sagten Sie, was das für Steine sind?«

»Smaragde, soweit ich als Laie das sagen kann, aber bei meinem Sachverstand könnten es auch Glassplitter einer zerbrochenen Rolling-Rocks-Flasche sein. Können Sie mir gar nichts sagen? Wäre es wenigstens denkbar, daß so etwas einer reichen Frau Anfang des 19. Jahrhunderts gehört hat?«

»Nun ja, ich nehme an, daß es zu einer Parure gehört hat«, sagte er, während er Tess' Foto noch einmal mit zusammengekniffenen Lidern ansah. Er hatte große blaßblaue Augen, die runder waren als bei den meisten Menschen, und man konnte sich gut vorstellen, daß sie sich im Lauf der Jahre allmählich an die Form der Lupe, die er an einem Samtband um den Hals trug, angepaßt hatten. »Ich meine, es würde schon einleuchten, wenn Betsy Patterson Bonaparte eine geschenkt bekommen hätte. Aber ich spreche rein hypothetisch.«

»Was ist eine Parure?«

»Ein Set zusammenpassender Schmuckstücke, wie sie nur sehr hochgestellte Persönlichkeiten trugen«, sagte er. »Wahrscheinlich ein Diadem, ein Kropfband, eine Halskette und normalerweise zwei Armbänder.«

»Und wäre so etwas wertvoll?«

»Sicher, natürlich abhängig davon, in welchem Zustand es ist und ob seine Echtheit verbürgt werden kann. Ich habe nie gehört, daß Betsy Patterson Bonaparte eine Parure hatte, andererseits habe ich auch nie gehört, daß sie *keine* hatte. Irgendein Nachkomme hatte vielleicht einmal einen finanziellen Engpaß und verkaufte die Stücke, um wieder auf die Beine zu kommen. So etwas kommt in den besten Familien vor.«

»Komisch, Patterson gehört für mich nicht zu den ganz großen Namen von Baltimore, wie etwa Carroll oder Calvert«, sagte Tess. »Schließlich ist der Patterson Park ja auch eine Gegend, wo die Pädophilen auf der Suche nach kleinen Jungen umherstreifen, und der Campus der Patterson Park High School war nie einer der besten hier in der Stadt. Komisch, wie sich die Dinge ändern. Aber ich glaube, das bedeutet für mich: zurück ins Pratt und mehr lesen.«

»Es gibt unangenehmere Beschäftigungen am letzten Tag des Januars«, bemerkte der eine Bruder Gummere.

»Normalerweise würde ich Ihnen da zustimmen, aber heute fühle ich mich so rastlos. Ich habe das Gefühl, ich muß mich ständig bewegen.« Tess erlaubte sich nicht, darüber nachzudenken, wie dieses Bedürfnis nach Bewegung in Verbindung stand mit dem Gefühl, daß jedes Verweilen, wo auch immer und aus welchem Grund auch immer, sie einem Feind ausliefern konnte, den sie noch nicht kannte. »Außerdem soll ein Schneesturm kommen, und viele Firmen in der Stadt schließen heute früher und lassen ihre Angestellten nach Hause gehen, wann die es für richtig halten. Die Bibliothek ist wahrscheinlich jetzt schon geschlossen.«

»Also, wenn Sie ganz schnell etwas brauchen, kriegen Sie sicher einen Crashkurs über die Patterson – oder über jede andere Frau aus Marylands Geschichte – im Mu-sieum.«

»Mu-was?«

»Das ist ein Museum zu Ehren von Marylands Frauen, das man nur nach Voranmeldung besuchen kann. Die Dame, die es leitet, kennt sich gut aus mit allen Einzelheiten im häuslichen Leben der Frauen. Nicht nur mit Schmuck, sondern auch damit, wie sie ihre Tische deckten und was für Wandbespannungen oder Vorhänge zu den verschiedenen Zeiten benutzt wurden.«

Tess blieb skeptisch. Sie kannte sich gut aus mit den kuriosen Besonderheiten von Baltimore; wenn ihr da eine bisher entgangen war, konnte sie unmöglich interessant sein. »Sie wollen mich jetzt aber nicht in die Wüste schicken, oder?«

Er drückte auf den Türöffner unter dem Ladentisch und ließ einen anderen Besucher ein, einen wohlhabend aussehenden Herrn, der ungeduldig zu sein schien, wie das wohlhabend aussehende Herren des öfteren scheinen. Zeit ist Geld, und dieser Mann hatte das Konzept offenbar noch erweitert: Er schien zu denken, daß auch Tess' Zeit sein Geld sei. Tatsächlich hatte Tess bisher noch nie einen Menschen mit Monokel gesehen.

»Ich kann nicht sagen, ob ich Sie in die Wüste schicke, weil ich nicht weiß, was Sie herauszufinden hoffen«, sagte der Juwelier, während er seine Aufmerksamkeit diesem vielversprechenderen Kunden zuwandte, der sich immer wieder räusperte, wie eine Lautsprecheranlage, die vor einer wichtigen Bekanntmachung die atmosphärischen Störungen bereinigen will. »Aber eines *kann* ich Ihnen versprechen: Diese Erfahrung werden Sie nicht so schnell vergessen.«

Daß man aus einer persönlichen Obsession ein Museum macht, hat in Maryland Tradition. Die Universität von Maryland besaß ein zahnheilkundliches Museum, das sich immer wieder als Titelgeschichte für den *Leuchtturm* anbot, wenn Saure-Gurken-Zeit war, ebenso wie ein Privathaus, das sich der Geschichte der Glühbirne verschrieben hatte. Das Dime Museum, eine Verbeugung vor den Besonderheiten des 19. Jahrhunderts, war das jüngste dieser Museen. Es gab sogar ein Museum, das sich der Geschichte der weiblichen Hygiene widmete, drunten im Prince George County.

Dennoch fand Tess es traurig, daß weder sie noch Whitney

eine wenn auch nur lückenhafte Liste der Heldinnen Marylands zustande brachten, als sie von Whitneys Büro bei der Talbot Foundation zum Sitz des Mu-sieums in der Calvert Street gingen. Nein, Crow und Daniel Clary, den sie aus Spaß mit eingeladen hatte, wußten viel mehr von Marylands Hitparade der Persönlichkeiten mit doppeltem X-Chromosom als dessen echte Töchter.

»Elisabeth Seton natürlich. Sie ist eine Ikone«, begann Crow.

»Seton Hill sagt mir was«, sagte Tess.

»Barbara Mikulski«, sagte Daniel, »ehemalige Sozialarbeiterin, die Senatorin wurde. Rosa Ponselle, die Opernsängerin.«

»Billie Holiday.« Darauf war Whitney gekommen. Obwohl sie nichts auf dem Kopf hatte, schien sie gar nicht zu bemerken, wie kalt es war oder daß man jeden Augenblick mit Schnee rechnen mußte. Ihre blasse Haut rötete sich nicht, wodurch ihre grünen Augen dunkler und härter wirkten. Wie Smaragde, dachte Tess, was sie wieder auf das Armband aus der Parure brachte.

»Aber die ist eigentlich in Philadelphia geboren«, betonte Daniel. »Wißt ihr noch, damals, als der *Leuchtturm* das publizierte, ignorierten es die Leute einfach irgendwie, weil sie so etwas nicht hören wollten.«

»Na ja, wenn man glauben will, was man im *Leuchtturm* liest«, sagte Whitney, die früher für diese Zeitung gearbeitet hatte und sie deshalb mehr verabscheute als irgend jemand sonst, den Tess kannte. »Außerdem gibt es eine Statue von ihr drüben in West-Baltimore. Also muß sie von hier sein.«

»Es gibt auch eine Büste von Simón Bolívar in einem Park in Guilford«, sagte Crow. »Heißt das vielleicht, daß er von dort ist? Also los jetzt, fällt euch denn sonst niemand mehr ein, der in einem Museum zu finden sein müßte, das den berühmten Frauen von Maryland gewidmet ist?«

»Wallis Warfield Simpson«, sagte Whitney. »Die Geschwister Cone. Hab ich euch eigentlich erzählt, daß ich mal auf so einer Benefizgala des Museums eingeladen war, und eins der hiesigen Lokale servierte Kartoffelpüree mit Knoblauch in kleinen Focaccia-Tüten, zu Ehren der Sammlung ›Cone‹? Ich weiß ja nicht. Ich kann mir nicht vorstellen, daß die Schwestern an etwas Derartiges dachten, als sie alle ihre Matisses und Picassos dem BMA vermachten: daß ihr Name einmal als Bezeichnung für einen Kartoffelsnack herhalten müßte.«

»Linda Hamilton.«

Tess schämte sich sofort für diesen ihren Beitrag aus der niedrigeren Volkskultur, vor allem, als Crow, Whitney und Daniel im Chor fragten: »Wer?«

»Diese Schauspielerin aus den *Terminator*-Filmen. Ihr wißt schon, die mit den tollen Armen. Die kommt von der Ostküste.«

»Ach, natürlich, Filme«, sagte Whitney abschätzig. »Wenn das zur Geschichte zählt, kommen wir alle in Schwierigkeiten.«

»Wenn es nicht zählt, wird leider das Maryland Mu-sieum in Schwierigkeiten kommen.«

Von außen sah das Mu-sieum wie jedes andere Reihenhaus in der Calvert Street aus, hier am etwas vergammelten oberen Ende des Mount Vernon. Die anderen Reihenhäuser waren in Appartements unterteilt oder in Büros von Architekten und Rechtsanwälten umgewandelt. Dieses hier jedoch sah gepflegter aus als seine Nachbarn, mit Blumenkästen, die im Winter allerdings leer standen, und den strahlend weißen Marmorstufen, die für die Einwohner von Baltimore so etwas wie ein Fetisch sind.

Drinnen zeigte das Vestibül mit dem Fliesenboden seine vertraute Beziehung zu Ammoniak und scharfen Reinigungsmitteln. Die Messinglampen glänzten, und Tess bekam fast ein schlechtes Gewissen, als sie nun auf dem Klingelknopf unter einem handgeschriebenen Kärtchen mit der Aufschrift MM einen Fingerabdruck hinterlassen mußte.

»M&M's?« fragte Whitney hoffnungsvoll. »Marilyn Monroe?«

»Maryland Mu-sie-um, nehme ich an.« Tess konnte den Namen noch immer kaum aussprechen, ohne zu kichern und zu prusten.

Ein kehliges Flüstern antwortete auf Tess' Läuten, und das Schloß der Innentür ging auf.

Tess hatte eine Privatwohnung erwartet, mit ein paar gerahmten Fotografien und Schaukästen mit staubigen Artefakten, aber die Räume, in die sie nun traten, wirkten so professionell wie die einer kleineren Galerie, mit hellen Holzböden, weißen Wänden und Beleuchtungsschienen. Ein rechteckiges schwarzes Kästchen mit Silhouetten aus Holz, die Marylands Schriftstellerinnen darstellten, hing gleich neben ihnen an der linken Wand.

»Anne Tyler natürlich!« sagte Whitney. »Ich habe sie bei Eddie's gesehen.«

»Haben Sie versucht, sie anzusprechen?« fragte Daniel.

»Natürlich nicht. Wenn man so viel über Anne Tyler weiß, daß man sie erkennt, dann weiß man auch genug, daß man sie in Ruhe läßt.«

Sei nicht so apodiktisch, hätte Tess ihrer Freundin am liebsten ins Ohr gezischt. *Du verschreckst ihn sonst nur.*

Zu den anderen Büchern und Fotos im Schaukasten gehörten auch Leslie Ford, eine Krimiautorin aus den dreißiger Jahren; Gertrude Stein, die eine Weile zusammen mit Alice B. Toklas hier in Baltimore gelebt hatte; außerdem eine Frau, von der nur ein Buch bekannt war, *Here at Susie Slagle's*; und Sophie Kerr, die mit dem Geld, das sie als beliebte Romanautorin verdient hatte, den höchstdotierten Literaturpreis des Landes bei der Alma mater von Tess und Whitney gestiftet hatte. Außerdem waren da auch noch Zelda Fitzgerald – die nach Baltimore leider hauptsächlich wegen seiner psychiatrischen Krankenhäuser gekommen war – und Louise Erdrich.

»Louise Erdrich?« fragte Crow. »Aber die stammt doch irgendwo aus dem Westen, lebte in New Hampshire und zog dann nach Minnesota. Wie kommt sie hierher?«

»Sie hat ihren Magister hier an der Johns Hopkins gemacht.« Das war wieder die flüsternde Stimme, die sie am Eingang gehört hatten, aber Tess sah niemanden. »Ich wollte auch Grace Metalious dazunehmen – ihre zweite Heirat fand in Elkton statt –, aber ich glaube, ich warte noch und widme *Peyton Place* später lieber eine ganze Ausstellung. Ich fasse den Begriff ›heimisch‹ sehr weit, wenn es um jemanden geht, den ich dabeihaben will. Ich kann ihn aber auch sehr eng sehen, wenn es jemanden betrifft, den ich nicht dabeihaben will. Sie werden bemerkt haben, daß Maria Shriver hier ist, nicht aber Kathleen Kennedy Townsend. Mir kommt sie immer wie eine ganz skrupellose Politikerin vor, auch wenn sie Vizegouverneurin ist.«

Die Kuratorin bzw. Besitzerin hatte hinter einer gläsernen Vitrine hervorgespitzt, und das konnte sie auch nur, weil sie sehr klein war. Also, sie war zumindest kleinwüchsig. Die Proportionen ihres Körpers abzuschätzen war schwierig bei den üppigen Metern von Seide, in die sie sich gehüllt hatte. Dies und der schneeweiße Turban, den sie trug, ließen sie wie eine Wahrsagerin oder Spiritistin aussehen. Aber der weiße Beutel auf ihrem Kopf war gar kein Turban, wie Tess erst auf den zweiten Blick erkannte, sondern nur ihr Haar, das zu einer harten Blase aufgebaut war. Die Kuratorin des Mu-sieums sah ein bißchen aus wie eine bessere Variante der abwesend dreinschauenden Frauen, die man oft durch die Straßen irren und mit sich selbst sprechen sah. Die Frauen, die unterwegs sind, nannte Tess sie bei sich, denn sie marschierten durch ihre leeren Tage mit einem spürbaren Sinn für eine Mission und sprachen streng mit sich selbst.

Aber diese Frau hier besaß etwas, was jene verrückten Frauen nicht hatten, einen Sinn für Humor, ein Bewußtsein für die eigene Exzentrik, und dadurch wurde sie zugänglich.

»Sie sind sicher die junge Frau, mit der ich am Telefon gesprochen hatte«, sagte die Kuratorin und näherte sich Whitney. Immer gingen die Leute davon aus, daß Whitney die Verantwortliche sei. »Ich bin Mary Yerkes.«

»Nein, *ich* habe Sie angerufen, Tess Monaghan«, sagte Tess. »Whitney Talbot und Crow Ransome sind mitgekommen, weil sie sich für Marylands Geschichte interessieren, und Daniel Clary arbeitet im Pratt.« Sie hatte Whitney benutzt, um für diesen Besuch einen plausiblen Vorwand zu haben, und Crow versuchte dieser Tage ohnehin in ihrer Nähe zu sein und war entschlossen, sie überall zu begleiten, wo Esskay und Miata das nicht konnten. »Aber die Stiftung von Whitneys Familie unterstützt häufig solche Projekte wie das Ihre. Vielleicht möchten Sie ihr ja gerne ein wenig von dem erzählen, was Sie so machen, und einen Zuschuß beantragen.«

»Oh nein«, sagte Mary Yerkes lächelnd und zupfte an einem ihrer Ohrringe. Es waren ziemlich große Clips, silberne Tigerkatzen mit leuchtendblauen Augen. »Ich möchte von niemandem Geld, weil ich nicht will, daß mir irgend jemand sagt, was ich tun soll. Das hier ist ein sehr persönliches Projekt. Ich möchte nicht einmal Gemeinnützigkeit beantragen. Andererseits mache ich tatsächlich keinen Gewinn – ich habe einfach meine Sammlung zusammengestellt und lasse die Leute herkommen und sie anschauen. Ich lehne Schenkungen ab.«

»Aber wovon leben Sie?« fragte Daniel.

»Von Geld«, antwortete die Kuratorin mit zusammengekniffenen Augen, als fände sie die Frage seltsam. »Ach so, Sie meinen, wo das Geld herkommt? Ich hatte eine kleine Erbschaft von meinem Vater. Wissen Sie, Vater war der Meinung, daß Frauen keine höhere Bildung brauchen. Deshalb schickte er meine Brüder auf die Hochschule, und das Geld, das er für meinen Unterricht hätte zahlen müssen, legte er an; er nannte das meine Mitgift. Aber ich habe ihn ausgetrickst; ich habe nicht geheiratet. Als er starb, war der kleine Batzen Geld schon ganz schön viel wert. Ich finde, ich bin bei dem ganzen Handel am besten weggekommen. Denn der einzige Grund, warum ich hätte studieren wollen, war, daß ich Geschichte und Literatur lesen wollte, und da stellte sich nun heraus, daß man das auch allein machen kann. So haben meine Brüder also Uniabschlüsse; ich hingegen habe meine geschichtswissenschaftliche Aufgabe und eine Million Dollar, dank der Wunder der Zinseszinsen.«

»Sehen Sie sich als Historikerin?« fragte Tess.

»Ich glaube, jeder ist Historiker«, sagte Mary Yerkes, und Daniel nickte, als hätte er da einen verwandten Geist gefunden. »Wir sind alle die Historiker unseres eigenen Lebens. Denken Sie nur an die Art und Weise, wie die meisten Menschen ihre Wohnung dekorieren, und daß sie Fotoalben und Briefe aufbewahren, als würden sie auf die historische Weihe warten. Ich habe eben nur den Rahmen über mich hinaus erweitert.«

Tess verstand, was sie meinte. »Aber warum ein Museum, das nur Frauen gewidmet ist?«

»Warum nicht? Großer Gott, meine Liebe, es gibt sogar ein Museum, das sich der Kanalisation der Stadt widmet. Glauben Sie nicht, daß da die Frauen auch eins verdient haben?«

»Wäre es nicht besser«, fragte Whitney, »wenn die Geschichte der Frauen ihren Platz neben der Geschichte der Männer einnehmen würde, wenn wir Geschichte als etwas Allumfassendes sehen würden, anstatt so sehr auf unsere Ausgrenzung hin zu arbeiten, bis schließlich jede Minderheit und Interessengruppe ihr eigenes Fach bekommen muß?«

Mary Yerkes griff nach oben und zwickte Whitney in die Backe, als wäre sie ein entzückend frühreifes Kind – was gar nicht so einfach war, wenn man davon ausging, daß Whitney so groß war wie Tess und es auf ihrem scharfknochigen Gesicht nur wenig Fleisch zu zwicken gab.

»Liebste, natürlich wäre das viel besser. Schicken Sie mir doch ein Telegramm, wenn es soweit ist, okay? Falls ich das noch erlebe.«

Die vier begannen durch die Galerie zu schlendern, die sehr offen gestaltet war, da man in dem ehemaligen herrschaftlichen Erdgeschoß fast alle Zwischenwände herausgerissen hatte bis auf die Schiebetüren zwischen dem vorderen Salon und dem Eßzimmer, die noch erhalten waren. Es war schwer zu entscheiden, ob Mary Yerkes ein bißchen einfältig war oder aber schlau wie ein Fuchs. Der Bereich MARYLAND IM FILM etwa schloß auch Edith Massey mit ein, die eine so bemerkenswerte Rolle in den frühen Filmen von John Waters gespielt hatte. Aber hier fand man auch Divine, Waters' berühmtesten Star. Mary Yerkes mußte doch wissen, daß sich Glenn Milstead nach dem, wo er geboren und wo er gestorben war, nicht für eine Aufnahme in dieses Museum eignete. Aber wie sie gesagt hatte: Sie war großzügig bei denen, die sie dabeihaben wollte, und streng, wenn sie jemanden fernhalten wollte. Schließlich war es ja auch ihr Museum.

Und sie besaß tatsächlich ein Foto von Linda Hamilton, stellte Tess fest, ungefähr aus der Zeit von *Terminator 2*, mit diesen wunderbar geäderten Armen. Tess hatte versucht, ihre eigenen Arme so zu trainieren, daß sie aussahen wie diese, hatte aber schnell erkannt, daß sie es nicht fertigbrachte, sich beim Essen so einzuschränken, wie es diese gestählte Figur verlangte. Nichts war es wert, daß man Brot und Pasta dafür aufgab.

»Nun gut, gibt es irgend etwas Besonderes, das Sie gerne

wissen möchten?« fragte die Yerkes, während sie durch die Räume schlenderten und alles in sich aufzunehmen versuchten.

»Ein örtlicher Juwelier hat mich hergeschickt«, sagte Tess. »Er meinte, Sie wüßten vielleicht etwas über Betsy Patterson Bonaparte.«

»Ich interessierte mich sehr für sie, als ich noch jünger war. Das ist vorbei – heute macht es mich traurig, daran zu denken, daß sich viele Frauen ihren Platz in der Geschichte erheiraten mußten –, aber ich habe seinerzeit ziemlich viel über sie gelesen.«

»War Ihr Interesse so groß, daß Sie auch ihren Briefwechsel oder andere Quellen aus dieser Zeit gelesen haben? Ich möchte nämlich herausfinden, ob irgendwo Geschenke erwähnt werden, die Jerome ihr vielleicht gemacht hatte – speziell eine Parure« – sie stolperte über das französische Wort, aber Mary Yerkes nickte –, »die aus Gold und Smaragden war.«

»So auf Anhieb klingelt es nicht bei mir, aber ich bin schon eine alte Frau. Es gibt viele Glocken, die in meinem Glokkenstuhl nicht mehr klingeln. Das könnte ich aber für Sie herausfinden, wenn Sie wollen. Oben habe ich meine Handbibliothek, mit allen möglichen Texten und Artikeln zu Kleidung und Schmuck aus der Zeit.«

Whitney, die auch durch die opulenteste Museumsausstellung rennen konnte, als gelte es, Zeitpunkte zu sammeln, hatte bereits alles gesehen und wurde ungeduldig, während Daniel zu der Literaturabteilung in der Nähe des Eingangs zurückgekehrt war. Aber Crow, der noch jung genug war, um nicht wählerisch zu sein bei der Art und Weise, wie er seinen Kopf mit Fakten und Trivialem versorgte, war von dem Mu-sieum hingerissen. Er stand jetzt vor einer Vitrine mit der Aufschrift POES FRAUEN.

»Maria Clemm, mit der er lebte. Seine Mutter natürlich«,

sagte er. »Virginia Lee, seine Cousine und Braut. Elmira Shelton, die Frau, mit der er sich angeblich kurz vor seinem Tod verlobte. Die kenne ich alle. Aber wer war Fanny Hurst?«

»Eine New Yorker Schriftstellerin, mit der er angeblich eine Affäre hatte«, sagte Mary Yerkes. »Auf ihre Weise war sie ziemlich klug und begabt. Eine Geschichte über sie besagt, daß sie eines Tages ausging und ihre Geldbörse vergessen hatte, also schrieb sie ein Gedicht und verkaufte es, um Geld zu haben.«

»Wäre es nicht einfacher gewesen«, fragte Whitney, »wenn sie einfach heimgegangen wäre und ihre Geldbörse geholt hätte?«

Mary Yerkes ignorierte diese Frage. »Ich wünschte, ich hätte für diese Vitrine mehr als nur Fotos. Aber Objekte zu Poe sind so schwer zu bekommen, und so teuer, wenn man tatsächlich einmal eines findet. Die Bücher – also, an die möchte ich nicht ran, und mir liegt sowieso nicht viel daran, Bücher zu sammeln. Aber manche Leute haben eine Locke von seinem Haar, die man ihm abgeschnitten hatte, als er öffentlich aufgebahrt lag. Ein Professor, mit dem ich bekannt bin, hat ein Stück Stoff aus Virginia Lees Aussteuer. Und der ›Laden des 19. Jahrhunderts‹ drunten in Südwest-Baltimore hat ein Stück von seinem Sarg. Mit diesen Kreisen kann ich nicht mithalten. Andererseits können ohnehin nur wenige Baltimorer mithalten bei einer Sache, bei der es nur noch um Geld geht.«

»Was meinen Sie?« fragte Tess.

Mary Yerkes zögerte. Ihre Schutzschicht aus Ironie war jetzt verschwunden, und sie sah viel mehr wie die zerbrechliche alte Frau aus, die sie tatsächlich war. Sie war mindestens 75, erkannte Tess, aber ihr kauziger Humor ließ sie alterslos erscheinen.

»Es gibt für alles einen Schwarzmarkt«, sagte sie und

wählte ihre Worte mit noch mehr Bedacht als bisher. »Leute kommen immer wieder auf mich zu ... oder taten es doch zumindest früher, bis sie bemerkten, daß ich ethische Grundsätze hatte. Trotzdem höre ich immer noch hie und da Gerüchte über gewisse Dinge. Seltene Dinge, Dinge, die ins Museum gehören, die an sich keinen Wert haben, aber für ernsthafte Sammler unbezahlbar sind. Ich gestehe, daß ich einmal selber in Versuchung geführt war, und da rief ich den Händler ein paar Tage nach unserem ersten Gespräch an, um ihm zu sagen, daß ich meine Meinung geändert habe. Er lachte und sagte, ich sei überboten worden, der Wettbewerb um seine Waren sei sehr heftig geworden.«

»Der Wettbewerb?«

»Er hat keine näheren Angaben gemacht, aber ich hatte so das Gefühl, daß gerade dieser Dieb – das war er schließlich, auch wenn er sich Antiquitätenhändler schimpfte – jemanden gefunden hatte, der bereit war, ihm fast jeden Preis zu zahlen für das, was er ›Baltimorabilia‹ nannte. Es handelte sich dabei um einen der Pokale von Toots Barger.«

»Toots Barger?« Nicht einmal Crow kannte den Namen.

»Mein Lieber, sie war einfach eine der großartigsten Sportlerinnen, die Baltimore je hervorgebracht hat. Sie war Champion im Duckpin-Bowling. Jedenfalls, er hatte mir den Pokal angeboten, ich sagte nein, und später, in einer schwachen Stunde, änderte ich meine Meinung. Aber als ich ihn dann anrief, hatte er das Fünffache von dem Preis erhalten, den er ursprünglich verlangt hatte. Ich hörte nie mehr von ihm.«

»Würden Sie mir sagen, wie er hieß?«

»Das würde ich schon, wenn ich mich daran erinnern könnte, aber es würde Ihnen nicht viel nützen. Er starb vor mindestens fünf Jahren. Ich weiß noch, wie ich in der Zeitung seine Todesanzeige las und fast erleichtert war, was ja ziemlich gestört ist. Wissen Sie, er kannte eben mein Geheimnis. Er wußte, daß ich einmal in Versuchung gekommen war, etwas Unrechtmäßiges zu tun. Als er starb, war mein Geheimnis sicher.«

»Aber jetzt haben Sie es *uns* erzählt«, bemerkte Crow. Tess sah, daß er sich verliebt hatte, auf seine ganz eigene Weise. Crows Flirts hatten selten etwas mit Sex zu tun; während andere Frauen mit ansehen mußten, wie ihre Liebhaber hinter süßen jungen Dingern her waren, neigte Crow eher dazu, für die Exzentriker beiderlei Geschlechts zu schwärmen. Er war scharf auf die ganze Menschheit. »Jetzt ist es doch raus.«

»Ach, aber Sie würden meine Schwäche nicht ausnützen, indem Sie mich in Versuchung führen. Jedenfalls hoffe ich das. Diese Parure: Gibt es die wirklich, oder ist es nur ein Gerücht?«

»Ein Armband ist da. So viel wissen wir.« Tess konnte ihre Enttäuschung nicht verbergen. Sie hatte die Hoffnung genährt, daß der Antiquitätenhändler, der Mary Yerkes in Versuchung geführt hatte, Arnold Pitts gewesen wäre. Oder vielleicht hatte auch Bobby Hilliard sie angerufen, um Sachen weiterzuverkaufen, die er in der Bibliothek gestohlen hatte. Das wäre eine mögliche Erklärung dafür gewesen, daß die Dinge, die er gestohlen hatte, sich nicht in seinem Besitz fanden. Aber wenn er Geld dafür bekommen hatte, wo war das Geld hingekommen? Jedenfalls nicht in seine Wohnung mit den Luxusmöbeln vom Flohmarkt, und nicht zu seinen Eltern.

»Der Händler, der Ihnen den Pokal verkaufen wollte – haben Sie je herausgefunden, wer sein Kunde war?«

»Nein, nur, daß er außerordentlich reich gewesen sein muß.«

Reich war ein relativer Ausdruck. Tess hatte den Eindruck, daß sie selbst oder jemand mit einer Stiftung von einer Million den Begriff unterschiedlich anwenden würden. »Reich wie ein Millionär? Ein Milliardär?«

»Sagen wir so: Dieser Mensch war bereit, Zehntausende Dollar für einen Pokal zu zahlen, dessen Materialwert nicht höher als ein paar Dollar war. Nun gut, es ist theoretisch möglich, daß er von Salzstangen und Dosenfisch lebte, um sich solche Launen leisten zu können, aber irgendwie bezweifle ich das. Wer sammelt, muß auch fähig sein, zu *bewahren*: klimatisierte Räume, Sicherheitssysteme, professionelle Lagerung, egal wofür, für Bücher oder für alte Stoffe. Ich kenne Leute, die viel für ihre Sammelleidenschaft opfern, aber Sammeln heißt auch Konservieren. Es ist keine zufällige Nebenbeschäftigung für lockere Leute mit kleinem Geldbeutel. Man muß leidenschaftlich und verbissen sein.«

»Würden Sie für Ihre Sammlung töten?« fragte Crow.

»Crow!« schalt ihn Whitney, wobei sie unbewußt eine unheimliche Kopie ihrer eigenen Mutter darstellte. Daniel, der zurückgekommen war, um ihrem Gespräch zuzuhören, sah ebenfalls entsetzt aus. Doch Mary Yerkes hielt den Kopf schief, von der Frage fasziniert.

»Töten?« sagte sie schließlich. »Nein, ich könnte nicht töten, um meine Sachen zu schützen. Aber ich könnte mich dem Übel sozusagen in den Weg stellen. Wenn ich eines Nachmittags hier ankäme und Rauch aus den Fenstern kommen sähe, könnte ich mich dazu hinreißen lassen, etwas ... Unkluges zu tun. Hereinzurennen und Sachen zu nehmen, bevor die Feuerwehr kommt, das zu retten, was mir am wertvollsten ist.«

»Was würden Sie dann nehmen?« drängte Crow sie. »Was ist Ihnen am wichtigsten?«

Mary Yerkes legte den Finger auf die Lippen und warf einen verschwörerischen Blick durch den Raum. »Bitte«, flüsterte sie. »Man kann Sie hier verstehen.«

24. Kapitel

»Wenn du Zweifel hast«, sagte Crow, »dann geh zum Duckpin-Bowling.«

Da sie nur noch einen kleinen Rest vom Nachmittag übrig hatten – zu wenig für Tess oder Whitney, um noch einmal ins Büro zu gehen, aber andererseits zu früh, um zum Abendessen oder in eine Bar zu gehen –, hatten sie sich in die Southway Lanes begeben, angeregt durch Mary Yerkes' Worte über Toots Barger. Der lang erwartete Schnee fiel endlich, in weichen, langsamen Flocken, und schien es nicht eilig zu haben, die Stadt wieder zu verlassen, und so waren sie hier die einzigen Gäste.

Tess hatte ganz vergessen, daß Duckpin-Bowling sich zu normalem Bowling etwa so verhält wie Baltimore zu New York – kleiner, eigensinnig provinziell und komplizierter, als man auf den ersten Blick glauben würde. Man hatte drei Würfe für jeden Frame, aber die Kugeln, die etwa handgroß und ohne Löcher waren, erforderten eine andere Art von Geschicklichkeit. Kraft allein brachte beim Duckpin keine guten Ergebnisse. Man konnte den Zehner auf den Punkt treffen und fünf Pins stehenlassen.

Außer man war wie Whitney, die im ersten Spiel 130 Punkte erzielt hatte und im zweiten Spiel mit zwei Strikes und einem Spare in den dritten Frame ging. Sie schwor, es sei erst das dritte Mal, daß sie Duckpins kegelte, aber Tess argwöhnte allmählich, daß es im Heim der Talbots ein oder zwei geheime Bowlingbahnen gab, auf denen Whitney seit Jahren ihre Geschicklichkeit übte, und zwar im Hinblick auf eben diese heutige Gelegenheit, sie zu demütigen. Zwischen ihren Runden trank Whitney Bier, ein abgestandenes Budweiser, und vergnügte sich damit, die Namen der verschiedenen hiesigen Kegelvereine zu studieren.

»Die ›Wen juckt's‹«, rief sie aus. »Die ›Is doch scheißegal‹.

Die ›Hoffnungslosen Spatzen‹. Das ist ja, als ob Sartre und Camus in Süd-Baltimore wieder zum Leben erwacht wären und beschlossen hätten, von jetzt an zu kegeln anstatt zu schreiben.«

Daniel lachte beifällig, aber Tess hatte ihren Plan, die beiden zusammenzubringen, bereits wieder aufgegeben. Zwischen Whitney und Daniel hatte es nicht im geringsten gefunkt. Crow und Daniel dagegen – sie waren ein perfektes Paar, mit ihrer Liebe zu geheimnisvollen Trivialitäten und ihrem ganz ähnlichen aufrichtigen Ernst.

Tess kam zu dem Schluß, daß an allem nur die Kugel schuld war, legte daher die rote weg, die sie an den Planeten Mars erinnerte, und nahm sich eine braungesprenkelte, die aussah wie das Ei eines tollpatschigen Vogels. Sie zielte leicht nach rechts, um ihren Linksdrall zu kompensieren, und schob die Kugel über die Kegelbahn. Der Wurf war perfekt – er ließ den Einser und den Fünfer stehen.

»Nich werfen, nur rollen«, schimpfte die Besitzerin, eine ältere Frau in einem ausgeblichenen rosa Pullover, die ihnen von ihrem Platz hinter der Bar aus argwöhnisch zusah. Das Wetter machte sie nervös; sie wollte gerne zumachen und nach Hause gehen. »Mir ham grade erst die Bahnen machen lassen.«

Tess zuckte entschuldigend mit den Schultern – sie hatte gar nicht werfen wollen; die Kugel war ihr irgendwie aus der Hand gerutscht – und warf ihre zweite Kugel in die linke Kugelfangrinne, ihre dritte in die rechte.

»Ich kannte mal einen Therapeuten, der Kegeln als gute Möglichkeit empfahl, seine verborgene Wut abzureagieren«, sagte sie und ließ sich auf den seriellen Plastikstuhl neben Whitney gleiten. »Mit Duckpins geht es aber nicht so gut. Vielleicht ist das eher etwas bei Leuten, gegen die man nicht so arg viel hat.«

Eine kleinliche Beschwerde, wie Arnold Pitts vielleicht sagen würde. Diesen Ausdruck hatte er gebraucht, als er sie zum ersten Mal aufsuchte. Aber wie kleinlich war eine Beschwerde denn, wenn jemand dabei starb? Tess glaubte wieder die Stimme am Telefon zu hören – *sie sind einen Mord wert* – und unterdrückte ein Schaudern.

»Wen würdest du dir denn im Augenblick vorstellen, wenn du wegen der Katharsis spielen würdest?« fragte Whitney. »Obwohl, wenn ich mir deinen Punktestand ansehe, dann fürchte ich, du würdest hier eher noch neurotischer rausgehen als vorher.«

»Miststück«, sagte Tess heiter.

Sie mochte Whitney wirklich sehr und hätte mit ihr lieber ein Leben lang Beleidigungen ausgetauscht, als mit irgend jemandem so eine schmierige, pseudoverschwisterte Freundschaft zu haben, die darin bestand, sich gegenseitig in den Rücken zu fallen, den Freund auszuspannen und Enthaarungsmittel in die Wimperntusche zu mischen.

»Die Schwierigkeit ist, ich weiß ja nicht, auf wen ich wütend bin. Jemand hat mir mein Leben gestohlen – hat mich aus meinem Haus getrieben und in die Lage gebracht, mich alle drei Sekunden umzusehen –, und ich weiß nicht, wer. Das ist mein größtes Problem. Rainer, Arnold Pitts, Jerold Ensor – die haben auch damit zu tun, aber sie zu treffen würde mir längst nicht so viel Befriedigung verschaffen.«

»Hat Rainer sie inzwischen verhört?«

»Ja, heute vormittag. Aber sie erschienen mit ihren Anwälten und wichen praktisch jeder Frage aus. Leider ist es so, daß er eigentlich nichts gegen sie in der Hand hat, außer, daß sie sich als Polizeibeamte ausgegeben haben. Was zwar keine Kleinigkeit ist, aber eben auch keine Anklage wegen Mord.«

Crow spielte seine Runde zu Ende, und dann brachte Daniel auf die harte Tour eine Acht zustande. Er tippte Whitney auf die Schulter. Sie stand auf und warf, als wäre es ihr einziges Bedürfnis, so schnell wie möglich wieder zu dem Gespräch zurückzukehren.

»Was sagten sie denn, was sie wollten, als sie Bobbys Appartement und die Farm der Hilliards durchsuchten?«

»Daß sie ihre Sachen wiederhaben wollten, was eine ganz gute Entschuldigung ist.« Tess ging zum Kugelregal, wägte mehrere Kugeln in der Hand und prüfte sie, wie eine Hausfrau einen Kohlkopf prüft. Vielleicht doch wieder die rote Kugel, dachte Tess, erinnerte sich aber dann, daß das im Slang der Ausdruck für einen aufsehenerregenden Mord war. Sie nahm sich statt dessen eine erbsengrüne. Noch vier Pins. Die unterbrochene, zerklüftete weiße Reihe erinnerte sie an das Gebiß im Mund von einem aus der Südstadt.

»Aber Rainer hat doch Pitts nach dem Armband gefragt, oder?«

»Mhm, und da hatte er auch eine Ausrede parat. Pitts sagte, Bobby habe die ganze Zeit über dieses Armband gesprochen, deshalb habe er es stellvertretend für alles andere ins Gespräch gebracht. Es habe ihm nie gehört und sei ihm auch gleichgültig. Er bot an, seine Geschäftsbücher offenzulegen, um zu beweisen, daß er niemals solch ein Stück ge- oder verkauft habe.«

Wenn sie ihre Aufmerksamkeit zwischen Reden und Kegeln teilte, schien es besser zu klappen. Sie schaffte gegen alle Wahrscheinlichkeit einen Spare, setzte sich auf Crows Stuhl und warf einen verstohlenen Blick auf den Spielstand. Whitney war nicht mehr einzuholen, doch sie selbst, Crow und Daniel lagen fast punktgleich. Den Männern war das egal, aber Tess insgeheim nicht. Was sie auch tat, Tess gewann gern. Whitney hingegen ging bei jeder Unternehmung davon aus, daß sie ohnehin gewinnen würde, was ein großer Unterschied war. Daniel schien keinen Funken Wettbewerbsgeist in den Knochen zu haben, und in Crows hemmungsloser Begeisterung für den Southway selbst nahm das Kegeln nur einen untergeordneten Platz ein. Er war in die Details verliebt. Zum Beispiel in die Punktetafel, auf der Werbung für die in der Nähe gelegenen Läden zu sehen war, die damit prahlten, daß sie Marken führten, für die »überall im ganzen Land Werbung gemacht wurde«, oder in ein Foto von Jerry Lewis, von ungefähr 1972, wo er um Unterstützung im Kampf gegen Muskelschwund bat.

Diese Köstlichkeiten verblaßten aber noch gegen die Anzeige eines Pizzaservices, der für sich in Anspruch nahm, die »glücklichen Hungrigen« zufriedenzustellen. Das riß er sich von der Tafel ab und verstaute es in seiner Brieftasche.

»Das wäre ein schöner Titel«, sagte er zu Tess, »wenn ich noch Songs schreiben würde.«

»Warum schreibst du eigentlich keine mehr?« fragte sie neugierig, denn sie erinnerte sich noch gut an die witzig-albernen Lieder, die er aus dem Stegreif komponiert hatte, als sie sich kennenlernten.

»Ich bin verliebt, ich habe einen Job, und mein Hund ist auch nicht tot«, sagte er. »Worüber könnte ich Lieder machen?«

Whitney wollte das vorherige Thema noch nicht fallenlassen. »Und Cecilia? Hast du sie gefragt, warum sie Yeager treffen wollte?«

»Sie hat meine Anrufe nicht beantwortet«, sagte Tess traurig. »Wahrscheinlich bin ich ›eine von denen‹ für sie geworden.«

»Eine von denen?« fragte Daniel erstaunt.

»Einfach nur noch eine von denen, die in einer riesigen Verschwörung gegen sie und ihre Sache stecken. Sie scheint vergessen zu haben, daß ich sie noch warnte, lieber nicht in Yeagers Show aufzutreten. Aber Charlotte hat mit Crow gesprochen, als sie vorbeikam, um Miata mitzunehmen. Sie sagte, Cecilia sei sehr aufgewühlt. Was gut so ist. Das sollte sie auch sein. Schließlich hat sie erlebt, wie jemand ermordet wurde.«

Daniel machte große Augen, als könne er kaum glauben, in was für einer verwegenen Gesellschaft er sich befand. Crow betrachtete weiterhin völlig gebannt das alte Foto von Jerry Lewis. Whitney hatte einen kurzen Ausrutscher und schaffte bei ihrem nächsten Versuch nur neun Pins.

»Ich glaube, diese Kugel ist uneben«, sagte sie.

Tess trat an die Linie und versuchte es noch einmal mit dem Trick des Therapeuten. Aber sie empfand keine Freude, als sie die Kugel losließ, keine Erleichterung, als die Kugel den ersten Pin traf und den Rest umwarf, was ihr heute abend zum ersten Mal gelang. So lange sie nicht wußte, wer ihre Feinde waren, konnte sie es nicht genießen, sie umzuwerfen.

Baltimore sah im Schnee so hübsch aus, vielleicht, weil niemand mehr draußen war. Und dieser Schneesturm, der das örtliche Wetteramt ausgetrickst hatte, kam einem wie ein unverhofftes Geschenk vor, weil er so viel harmloser war als vorhergesagt. Er war die Küste entlanggekommen und dann über der Stadt hängengeblieben, als würde ihm gefallen, was er da sah. Aber der Schnee fiel träge, und die Schneeschicht stieg nur langsam.

Sie verabschiedeten sich von Whitney, die ihren Familien-Kombi gerne durch den Schnee steuerte, nur um zu beweisen, daß sie es konnte, und manchmal unbesonnene Baltimorer rettete, die vor lauter Schreck von der Straße abgekommen waren. Daniel folgte Tess und Crow in die Stadtmitte, wo sie ihre Autos in die Parkgarage der Universität von Baltimore abstellten, ohne sich daran zu stören, daß sie sie erst morgen früh würden wieder herausholen können. So würden sie sie wenigstens am Morgen nicht ausgraben müssen, nachdem die Schneepflüge durchgefahren waren. Sie spazierten durch die Stadtmitte und suchten nach einem Restaurant, das geöffnet hatte, und schließlich fanden sie ein paar ganz Hartgesottene in der Eulenbar des Hotel Belvedere. Die Küche war eigentlich nicht mehr offen, aber auch nicht geschlossen. Sie bestellten eine Flasche Rotwein und aßen Kartoffelchips mit Blauschimmelkäse und danach Steaksandwich mit Pilzen auf Weizenvollkorntoast.

»F. Scott Fitzgerald kam hier immer her«, bemerkte Daniel nebenbei. Crow fing an zu strahlen und sah sich noch einmal in dem hohen Raum um, mit seiner dunklen Holztäfelung, seinen bunten Glasfenstern und den geschnitzten Eulen hinter der Bar. Auch auf einem Triptychon aus bunter Bleiverglasung waren Eulen zu sehen.

»Ich wußte zwar, daß er in Bolton Hill, ganz in der Nähe meiner Wohnung, an *Zärtlich ist die Nacht* gearbeitet hat, aber ich habe ihn mir noch nie in der Eulenbar vorgestellt«, sagte Crow. »Glaubst du, er brachte seine Texte hierher und schrieb dann bei einem Drink daran weiter, oder bei zwei Drinks, oder auch bei zwölfen? Vielleicht saß er an genau diesem Tisch.«

Tess bezweifelte das – der gedrungene Tisch war wahrscheinlich jünger als Crow –, ließ diese phantasievolle Behauptung aber stehen, genau wie Daniel. Schließlich war Fitzgerald ja *tatsächlich* hiergewesen und hatte *tatsächlich* zu den bleiverglasten Eulen hinaufgeschaut. Es sah immer so aus, als würde bei den Eulen eine fehlen, denn auch die Schrift unter den zwinkernden Eulen bestand aus einem offensichtlich unvollständigen Vierzeiler:

Eine alte weise Eule hockte in der Eiche,
Sprach immer weniger, je mehr sie sah,
Vernahm doch um so mehr, was rings geschah …

Keiner von ihnen, auch Daniel nicht, wußte, wie die letzte Zeile hieß, obwohl jeder so seine Vermutungen hatte.

Zuhören oder nicht zuhören, das brachte sie in Gedanken wieder auf Cecilia. Tess hoffte, daß sie sie nur deshalb mied, weil sie sich gedemütigt fühlte, nicht aus Schuldgefühl. Sie wünschte, Cecilia würde sich bei ihr jetzt melden. Es war furchtbar, einen Menschen sterben zu sehen. Tess war einer der wenigen Menschen in Cecilias Bekanntschaft, die damit Erfahrung hatte. Das Wort *Hybris* flammte in ihrem Kopf auf, wie ein Neonschild, das flackert und dann voll erstrahlt.

»Worüber lächelst du?« fragte Crow.

»Über mich selber. Ich habe mich gerade bei einem völlig idiotischen Gedanken erwischt. Ich dachte, ich sei eine der wenigen in Cecilias Bekanntschaft, die je einen Menschen hat sterben sehen. Aber als Aktivistin in der Schwulenszene hat sie bestimmt mehr Menschen sterben sehen, als ich es jemals werde – eines langsameren Todes vielleicht, und eines vorhersehbaren, aber eben doch sterben. Der Tod gehört niemandem. Sollen wir gehen? Wir haben einen langen Weg, vor allem auf diesen rutschigen Straßen.«

»›Wandern durch den weißen Winterwald‹«, sang Crow. »Wie geht das noch weiter? Irgendwas mit einem Schneemann, den sie bauen, und nennen ihn dann Hochwürden Brown –«

»*Pater* Brown. Der fragt dann, ob wir verheiratet sind, und wir sagen, nein, aber wir leben zusammen und haben ganz tollen Sex miteinander, und wenn Sie nicht geschmolzen sind, können Sie das nächste Mal zusehen, wenn Sie wieder in der Stadt sind«, sang Tess zurück. Daniel errötete, zog sich hastig seinen Mantel über, verabschiedete sich und eilte nach Osten, um ein Taxi zu suchen, während sie nach Westen gingen.

Auch ohne einen kirchlichen Schneemann wirkte der Gang zurück zum Bolton Hill ein wenig wie das, was sich Tess unter einer schmalzigen Passage in einem Liebesfilm vorstellte. Aber was in der Kunst schmalzig wirkte, konnte im wirklichen Leben bezaubernd sein, und sie genoß jede Minute des Ausrutschens und Dahinschlitterns. Sie waren schon ganz dicht an Crows Wohnung, unter diesem heftigen, hysterischen Gelächter, das sich immer wieder selbst zum Anlaß nimmt, als Crow einfiel, daß sie Verpflegung für den nächsten Tag brauchten. Er blieb vor dem Lebensmittelladen an der Ecke stehen, der noch offen zu haben schien, und schaute durch die Fenster hinein, um zu sehen, ob die neurotischen Baltimorer ihn am Ende leergekauft hatten.

»Milch und Brot haben sie wahrscheinlich nicht mehr, aber ich glaube, eine fettarme Kaffeesahne für deinen Kaffee morgen früh kriegen wir noch«, sagte Crow. »Und ich nehme auch noch einen Entenmann's mit. Einverstanden?«

»Klar.«

»Gehst du nicht mit rein?«

»Ich bin hier draußen besser aufgehoben als dort drin. Im letzten halben Jahr ist der Laden dreimal überfallen worden.«

Er sah sie streng an, aber dazu hatte Crow kein Talent. Er ging mit dem Rücken voran in den Laden und versuchte sie im Auge zu behalten, während er seine Einkäufe tätigte.

Tess stellte sich in den Lichtkegel, den eine Straßenlampe warf, drehte ihr Gesicht zum Himmel und fing kichernd ein paar Schneeflocken auf der Zunge. Die Stadt wirkte an diesem Abend so friedlich, wo die Leute den Schneesturm zu Hause abwarteten, weil sie wußten, daß sie mit mehr als fünf Zentimeter Schneedecke nicht zurechtkamen. Morgen wäre der Schnee wieder weggeschmolzen, und alle würden ihr normales Leben wiederaufnehmen, ein wenig verlegen, daß sie angesichts einer so kleinen Gefahr schon gekniffen hatten. Aber an diesem Abend war es, als wäre die Zeit stehengeblieben. Sie hatte ihre Sorgen vergessen. Sie wollte nichts anderes als heimkommen, die Hunde aus dem Bett werfen und es warm haben.

Entenmann's war eine gute Marke; sie hatten einen ganz anständigen Kaffeekuchen. Aber wenn man schon Kaffeekuchen zum Frühstück aß, warum dann nicht gleich Kuchen? Und wenn man Kuchen essen konnte, dann folgte daraus, daß man auch Kekse essen konnte. Und wenn Kekse zum Frühstück, dann sollten es die von Pepperidge Farm sein, am liebsten Lido, obwohl sie auch Mint Milano akzeptieren könnte. Jeder Hafen wäre im Sturm okay. Jeder Pepperidge im Sturm. Sie lachte über sich selbst und drehte sich um, weil sie Crow in den Laden folgen wollte, aber plötzlich lag sie auf den Knien, einen brennenden Schmerz im Nacken, dort, wo eine Hand – sie dachte jedenfalls, es war ein Hand, sie hoffte, es war eine Hand – so heftig zugeschlagen hatte, daß es für ein Schleudertrauma genügte.

»Du Schlampe.«

Die Stimme war hinter oder über ihr. Vielleicht beides. Sie konnte sich nicht orientieren. Sie trug keine Handschuhe – wann hatte sie die denn ausgezogen? Hatte sie überhaupt welche angehabt? –, so daß sich ihre Hände unwillkürlich zusammenzogen, während sie in den Schnee griff, und ihre Füße schienen auf der Stelle zu treten, als sie sich aufzurichten versuchte. Ein Fuß – ja, ein Fuß, diesmal eindeutig ein Fuß, im schweren Gummi und Leder eines Schnürstiefels; es erleichterte sie seltsamerweise, daß sie das erkannt hatte – trat sie ins Kreuz, so daß sie flach hinfiel.

Die Stimme rasselte weiter, so harsch, wie die Ketten an den Autoreifen, die über die Mount Royal Street rasselten, die sehr weit entfernt schien. Dorthin mußte sie es irgendwie schaffen, oder in den Laden. Sie mußte irgendwohin, wo Menschen waren.

»Warum hast du meinen Namen da mit reingezogen?« tobte die Stimme. »Hast du nicht schon genug Mist gemacht? Wegen dir hab' ich schon Geld verloren, du Schlampe, und jetzt sind die Bullen hinter mir her und drohen mir. Das ... kann ... ich ... nicht ... brauchen.«

Jedes Wort dieses letzten Satzes wurde von einem Tritt begleitet, von der Rückseite ihrer Schenkel aufwärts zu ihrem Steißbein. Aber *dort* traf der Fuß nicht mehr, und der Tritt landete rechts neben dem beabsichtigten Ziel. Tess wartete, in der Annahme, daß der nächste Tritt treffen würde, und fragte sich, ob einem auf diese Weise das Rückgrat gebrochen werden konnte. Sie war seltsam unbeteiligt, offenbar eine Nebenwirkung von Wein und Schmerz.

Aber der Tritt kam nicht, nur Geschrei, aber diesmal von einer tieferen Stimme als vorhin. Sie sah eine Tüte Kaffeesahne vorbeifliegen und zerplatzen, so daß sich deren Weiß mit dem des Schnees vermischte, und gleich darauf lag noch jemand neben ihr auf dem Gehsteig, ein langer, kräftiger Körper, hingestreckt von Crow und dem Angestellten des Ladens, der einen Kittel trug.

»Alles in Ordnung?« fragte Crow ängstlich und rieb ihre Hände zwischen den seinen, um sie zu wärmen. Es war, als wäre sie wieder sieben Jahre alt und käme in den Keller zurück, nachdem sie den ganzen Tag auf dem Selbstmordberg Schlitten gefahren war; jeder nannte seinen Schlittenberg Selbstmordberg. Sie hatte nicht mehr gewußt, daß die Haut sich anfühlte, als würde sie brennen, nachdem man in Kälte und Schnee gewesen war, daß alles brannte wie Feuer.

»Natürlich«, sagte sie, aber nur, weil sie nett sein wollte. Komisch, jetzt tat ihr die andere, um die sich niemand kümmerte, fast leid, auch wenn sie sie angegriffen hatte. Der Angestellte hockte rittlings auf ihrem breiten Rücken, wo er absurd klein aussah, wie ein Zwergencowboy, der jeden Moment abgeworfen werden konnte. Aber der Körper der Frau unter ihm leistete keinen Widerstand, sie strich sich nur das Haar aus dem Gesicht und stieß ergeben die Luft aus.

»Hey, Gretchen«, sagte Tess, die immer noch versöhnlich sein wollte, »wie geht's?«

»Leck mich.«

Daraus schloß Tess, daß alles in Ordnung war.

25. Kapitel

»Ich wußte schon, daß ich damit nichts erreiche. Aber es hat mir trotzdem gutgetan, dich mal so richtig zu vermöbeln. Das hattest du verdient.«

Die wenigsten Überfallopfer laden ihre Angreifer zu sich nach Hause zu Tee und Brandy ein, noch viel weniger teilen sie mit ihnen einen Entenmann's Kaffeekuchen, der eigentlich für das Frühstück am nächsten Tag bestimmt ist. Aber Tess hatte es, obwohl ihr von Gretchens Überfall noch die Ohren dröhnten und die Orientierung fehlte, doch fertiggebracht, so schnell zu denken, daß sie ihr einen Handel vorschlug: Wenn sie jetzt redete, gab's dafür später keine Anzeige.

»Ich habe dir doch gar nichts getan«, sagte Tess und reichte Gretchen einen Becher Tee, den sie gleichgültig auf den Boden stellte, und ein Gläschen Brandy, den sie in einem Zug hinunterstürzte.

»Du hast mich zweimal fast meine Lizenz gekostet.« Gretchen wandte sich an Crow, als wäre er der Vorsitzende einer Geschworenenrunde, die aus ihm, Esskay und Miata bestand. Die drei hockten feierlich nebeneinander auf dem aufgeschlagenen Sofa, während Gretchen den einzig bequemen Sessel im Zimmer für sich hatte. Tess saß mit übergeschlagenen Beinen vor einem Heizlüfter, der ihr den Rücken wärmte und die zarten Halsmuskeln massierte.

»Wie denn das?« fragte Crow.

»Erst verpfeift sie mich an Pitts und erzählt ihm, daß ich den Grabbesucher gar nicht gesehen habe, weil ich mich im Datum geirrt hatte. Und dann, sobald sie von den Bullen vorgeladen wird, spuckt sie sofort meinen Namen aus. Das Polizeihauptquartier von Baltimore und ich sind nicht gerade die besten Freunde. Für mich ist es besser, wenn sie gar nicht mehr wissen, daß ich auch noch da bin.«

»Warum denn das?« Tess war neugierig, ob die Antwort mit dem übereinstimmen würde, was Rainer ihr erzählt hatte.

»Wir haben so einiges ... erlebt.« Im Munde eines anderen hätte das wie Euphemismus klingen können. Aber Gretchen O'Brien wirkte an diesem Abend, als wolle sie nicht taktieren. Sie schien sich ihre Worte genau zu überlegen und so weit wie möglich bei der Wahrheit zu bleiben.

»Ich rede offen, wenn du auch offen bist«, sagte Tess. »Beim ersten Mal, da bei Pitts, war es gar nicht meine Absicht, dich in Schwierigkeiten zu bringen, es hat mich allerdings auch keine schlaflosen Nächte gekostet. Du bist bei mir im Büro eingebrochen, hast zu mir gesagt, daß ich scheiße bin, und hast nicht erklärt, warum du da warst. Also hat es mir natürlich ein bißchen gutgetan, Pitts wissen zu lassen, daß du dein Ding vermasselt hattest. Ich konnte ja nicht wissen, daß du ihm was vorgemacht und versucht hast, unter falschen Angaben Geld von ihm zu kriegen.«

Gretchen sah dem Cognacschwenker auf den Grund, wie Esskay manchmal in ihren Freßnapf schaute, als könnte sie kraft ihrer Konzentration das Futter zurückzaubern. Crow ging zu ihr hinüber und leerte fast die ganze Flasche in ihr Glas.

»Ich hatte ja vor, nachzuarbeiten. Deswegen bin ich auch zu dir ins Büro gekommen, und ich habe irgendwelche Geschichten erzählt, um in Bobby Hilliards Appartement zu kommen. Ich dachte, daß sowieso niemand sehr viel weiß und daß ich dem Typen ja nicht mal dann hätte folgen können, wenn ich dort gewesen wäre, wegen der Schießerei. Wenn ich *wirklich* dort gewesen wäre, wäre ich sofort abgehauen, denn natürlich hatte Pitts verdammt wenig Interesse, daß ich mit den Bullen rede.«

»Ich nehme an, Pitts sah das anders.«

»Ja, er hatte mich genau dort, wo er mich haben wollte. Er

sagte, wenn ich irgend jemandem von ihm erzähle, dann würde er mich bei der staatlichen Lizenzbehörde drankriegen und angeben, daß ich bei ihm unter falschen Angaben abkassiert habe. Ich dachte, er will vielleicht, daß ich ohne Bezahlung noch ein paar Angelegenheiten für ihn erledige, aber nein, er wollte nur sichergehen, daß ich weiß, er kann mich reinreiten, wenn ich auch nur seinen Namen laut ausspreche.«

»Genau das gleiche hat er bei mir gemacht, falls dich das tröstet. Er hat sich sehr gut informiert, das muß man ihm lassen. Er kannte unsere Schwachstellen.«

»Wie kommst du denn darauf?« Gretchen war perplex. »Er konnte doch nicht vorher wissen, daß ich die Sache vermasseln würde.«

»Aber er konnte die wahren Hintergründe wissen, warum du bei der Polizei aufgehört hast.«

Tess betonte das Wörtchen *wahr* nur ganz minimal, damit es Gretchen nicht entging. Es entging ihr nicht, und ihr Gesicht rötete sich in einem schnellen, furchterregenden Zorn, woraufhin sich bei Tess sofort der Nacken verkrampfte.

»Rainer hat es mir erzählt«, fügte sie hinzu. »Es war nicht meine Absicht, dich in Schwierigkeiten zu bringen, als ich mit ihm sprach, ich habe einfach nur alle aufgezählt, von denen ich wußte, daß sie nach Bobby Hilliards Tod in seiner Wohnung waren. Aber Rainer sprang auf deinen Namen an wie eine Katze, die eine Maus erwischen will.«

»Rainer«, sagte Gretchen mit matter Stimme. »Dieser Schwanzlutscher.«

»Ja.«

Crow meldete sich zu Wort. »Das ist doch komisch, wenn man es sich genau überlegt.«

»Was?« fragten Gretchen und Tess im Chor.

»*Schwanzlutscher* als Beleidigung. Ich meine, warum eigentlich? Entweder man ist es, oder man ist es nicht, aber eigentlich ist es keine Beleidigung, außer natürlich, man hat eine wahnsinnige Angst vor Schwulen. Was bei Rainer wahrscheinlich der Fall ist, aber warum denkt ihr beide, daß das eine passende Beleidigung ist? Und *Arschloch* – jeder hat doch eins, warum also nennt man jemanden so? Sicher, es ist ein grobes Wort, aber es ist doch keinen Streit wert. Dann gibt es auch noch *Motherfucker*, da verstehe ich es, aber in den Fällen, wo dieser Ausdruck tatsächlich zutreffen würde, wird er eigentlich gar nicht benutzt. Oder glaubt ihr, daß jemals jemand Ödipus so genannt hat?«

Gretchen sah Tess an. »Ist er auf Drogen?«

»Nein, aber sein Serotoninspiegel ist etwas unausgeglichen. Paß auf, ich stimme dir da bei. Rainer ist ein Schlappschwanz« – sie warf Crow einen warnenden Blick zu, weil sie kein Interesse hatte, zu hören, wie dieses spezielle Schimpfwort auseinandergenommen würde –, »aber er sagte, du seist eine Diebin. Hast du Kollegen bestohlen? Wurdest du gezwungen zu kündigen?«

»Ich war nur der Sündenbock.« Gretchen hielt sich ganz still, als müsse sie jeden Muskel beherrschen, um diese Geschichte zu erzählen. »Es verschwanden immer wieder Sachen, also mußte auch irgend jemand verschwinden, und der wirklich Schuldige durfte es nicht sein. Wißt ihr, es gab da so einen Sergeant – ein guter Kerl, sehr beliebt, hatte eine lange Geschichte in der Abteilung. Und eine lange Geschichte von Problemen, wegen seinem Suff. Seine Frau ließ ihm wöchentlich einen bestimmten Betrag zukommen; er mußte über jeden Pfennig Rechenschaft ablegen. Also fing er an zu klauen, um Geld zum Saufen zu haben. Die reden also mit ihm, weil er ja so ein guter Kerl ist und so, und da sagt er: ›Also, ich weiß ja nichts Genaues, aber ich habe gesehen, wie die O'Brien bei anderen in den Sachen rumgewühlt hat.‹ Ich wurde gefeuert, er blieb eine Weile nüchtern, und die Diebstähle hörten auf. Er hatte ein schlechtes

Gewissen, aber doch nicht so schlecht, daß er die Wahrheit gesagt hätte.«

»Ich habe Schwierigkeiten, zu glauben, daß davon sonst niemand wußte«, sagte Tess. Und meinte damit: Quatsch.

»Ach, der Chef hat das schon geahnt. Später, als man ihn bei sich um die Ecke in einem Spirituosengeschäft beim Ladendiebstahl erwischt hat, haben es sich alle zusammengereimt. Aber wißt ihr, ich hatte einen Kompromiß ausgehandelt und mich einverstanden erklärt, zu gehen, wenn ich einen Teil meiner Pension bekommen würde, und die Abteilung auf keinen Fall zu verklagen. Ich habe irgend so einen Vertrag unterschrieben, also hätte ich nicht viel machen können. Ich kann mich eigentlich auch gar nicht so sehr beklagen. Mit dem Geld von der Pension habe ich mir mein Geschäft aufgebaut, und ich verdiene dreimal soviel wie in der Abteilung, sogar ohne Überstunden.«

Die Geschichte war beinahe plausibel und absolut nicht nachprüfbar – keine Namen, keine wirklichen Einzelheiten. Tess wollte Gretchen nicht in die Defensive drängen, jedenfalls nicht deswegen.

»Es hat dir also gutgetan«, fragte Tess, »dich an mich heranzuschleichen und mich von hinten niederzuschlagen? Zufällig wohne ich zur Zeit nur deswegen hier, weil ich Angst habe, daß irgend so ein verrückter Psychopath mich umbringen will – oder vielleicht auch nicht. Heute abend dachte ich einen Augenblick lang, jetzt bin ich dran.«

Sie wußte, daß sie das etwas zu melodramatisch brachte, aber Gretchen sah schockiert aus, und genau das wollte sie sehen – Gretchens Reaktion.

»Hast du geglaubt, ich will dich umbringen? Daran habe ich nie gedacht. Ich wollte einfach nur ... ich wollte mich dir einfach entgegenstellen.«

»Entgegenstellen, von hinten?«

»Ich hatte hier schon stundenlang im Auto gewartet, weil

ich vorhatte, mit dir zu reden. Sonst gar nichts. Aber als er dich dann da auf der Straße allein stehen ließ« – sie zeigte mit dem Kopf auf Crow –, »überkam es mich plötzlich in Sekundenschnelle, dich niederzuschlagen. Ich war stinksauer, nachdem Rainer mich gestern besucht hatte. Ich bin dir gestern abend nach Hause gefolgt, um zu sehen, wo du wohnst, und habe mir die Adresse aufgeschrieben.« Gretchen machte eine Pause. »Eigentlich hättest du ja mitkriegen müssen, daß du beschattet wirst. Vor allem, wo du doch im Augenblick so um deine Sicherheit besorgt bist. Ich meine, ich bin ein Profi, aber du doch auch. Zugegebenermaßen.«

Sie hatte recht, und jetzt war Tess in die Defensive geraten. »Du bist mir also gefolgt, was? Stellst vielleicht du mir die Rosen und den Cognac hin? Und schreibst mir Gedichte?«

Daß Gretchen sie jetzt mit offenem Mund anstarrte, war überzeugender als jedes noch so leidenschaftliche Leugnen, mit dem sie sich verteidigt hätte. Sie hatte ganz eindeutig keine Ahnung, wovon Tess sprach. Um das plötzliche Zittern ihrer Hände zu verbergen, nahm Tess einen Schluck von dem Brandy, den Crow wohl noch von einer Studentenfete aus seiner Zeit als Kunststudent herumstehen hatte. Er war gleichzeitig zu süß und zu scharf und erzeugte in ihr ein Verlangen nach dem Martell, den sie Rainer übergeben hatte. Sie fragte sich, ob sie den wohl je wiedersehen würde. Na ja, vermutlich würde sie die Flasche zurückbekommen.

Gretchen sagte: »Weißt du, dieses Gespräch haben wir zwar irgendwie jedesmal, aber – willst du mich jetzt verklagen?«

»Vielleicht käme es ja nicht jedesmal so weit, wenn du nicht in mein Büro einbrechen oder mich zusammenschlagen würdest. Aber nein, ich habe versprochen, daß ich das nicht tue, und ich tue es auch nicht.«

»So mancher hat schon ein Versprechen gebrochen«, sagte Gretchen. »Pitts hat mir versprochen, daß ich berühmt werde, wenn ich diesen Auftrag für ihn erledige.«

»Berüchtigt vielleicht. Kein Mensch hätte sich auch nur im geringsten gefreut, wenn da jemand den Grabbesucher demaskiert hätte.«

»Das habe ich inzwischen auch begriffen. Aber er klang so überzeugend – und war bereit, mir dreimal soviel wie üblich zu zahlen.«

Tess konnte Gretchen aus ihrer Geldgier keinen Vorwurf machen. Am richtigen Tag und im falschen Moment konnte der richtige Geldbetrag einem schon den inneren Kompaß für Gut und Böse verstellen. Mit diesem Haus, das praktisch jeden Cent von ihrem Bankkonto wegsaugte – dem Haus, aus dem sie jetzt vertrieben war, ohne Hoffnung auf baldige Rückkehr –, hätte es ihr auch passieren können, daß sie einen anrüchigen Auftrag annahm. Nicht diesen, aber dafür einen anderen, den vielleicht umgekehrt Gretchen unzumutbar gefunden hätte, egal, aus welchen Gründen. Sie sollte nicht zu Gericht sitzen, nicht deswegen. Der Besuch an Poes Grab lag ihr persönlich am Herzen, das bedeutete aber nicht, daß er auch Gretchen wichtig sein mußte.

»Was wollte Pitts eigentlich genau von dir? Ich meine, außer bei dem Grabbesuch dabeizusein?«

»Ans Grab gehen und dem Typen nach Hause folgen. Sein Autokennzeichen notieren, falls er mit dem Wagen fuhr. Wenn er zu einem Privathaus ging, sollte ich die ganze Nacht dort bleiben und ihm am Morgen wieder folgen, falls er nämlich die Wohnung eines Freundes benutzt hatte, um zu übernachten. Pitts wollte, daß ich so lange wie möglich an ihm dran bleibe und alles aufschreibe, wo er hingeht.«

»Aber du hast den Grabbesuch verpaßt –«

»Weil auf dem Denkmal das falsche Datum steht«, warf Gretchen ein, noch immer wütend darüber, sich von etwas irreführen zu lassen, das ganz wörtlich in Stein gehauen war.

»Weiß ich. Aber wie hast du dann von mir erfahren?«

»Ich habe trotz allem ein paar Freunde aus meinem alten

Job, die wissen, daß mir übel mitgespielt worden ist. Sie haben mir die Liste der Zeugen gegeben. Die meisten konnte ich am Telefon erreichen und noch einmal befragen, um herauszufinden, ob sie etwas wußten, was aber nicht der Fall war. Aber da du als Privatdetektivin angegeben warst, dachte ich, du würdest es sofort durchschauen, wenn ich dir irgend etwas vorspielen würde. Außerdem wollte ich wissen, für wen du arbeitest. Es kam mir gar nicht in den Sinn, daß du nur als Touristin dort warst. Wenn ich etwas mache, egal, ob es richtig oder falsch ist, dann tue ich es immerhin.«

Tess ließ ihr alle Beleidigungen durchgehen. »Aber was hast du denn gedacht, was du in Bobby Hilliards Appartement finden würdest?«

»Irgend etwas, was mir vielleicht half, Pitts noch ein paar Tage hinzuhalten, bis ich den Grabbesucher doch noch ausfindig machen und von Pitts das restliche Geld bekommen konnte, das er mir schuldete. Er war ziemlich sauer, daß ich dem Typen nicht gefolgt war, trotz des Mordes und so. Als wenn das meine Schuld gewesen wäre.« Gretchen klang ehrlich und ausnehmend betrübt.

»Du hast nichts von dem erreicht, wozu er dich beauftragt hatte«, erinnerte Crow sie, mit seiner sanftesten Stimme, die Tess bei sich seine Kommt-freßt-mir-aus-der-Hand-ihr-Vögelchen-Schneewittchenstimme nannte. »Eigentlich war er dir gar nichts schuldig.«

»Ich habe Zeit investiert. Ich hatte ein Recht –« Gretchen selbst konnte ihre Verteidigung nicht aufrechterhalten. »Du hast ja recht. Wahrscheinlich hoffte ich eben, daß ich das Ganze von hinten aufrollen konnte. Den Mord sah ich als meine zweite Chance an. Ich hatte eine gute Entschuldigung, gescheitert zu sein, aber wenn ich es doch noch geschafft hätte, wäre es nicht so schlecht gewesen.«

»Was für einen Grund hat Pitts denn genannt, warum er den Grabbesucher demaskieren will?«

»Er sagte, der Typ, der das machte, habe ihn betrogen, und das wollte er jetzt gegen ihn vorbringen und ihn zwingen, ihm vollen Schadenersatz zu gewähren.«

»Wegen eines Armbands, stimmt's?«

»Nein, er sagte, es handelte sich um einen Autounfall und daß die Versicherung des Typen einen Anspruch von Pitts Mutter abgewiesen habe, nachdem sie sich bei einem Blechschaden einen kaputten Rücken geholt hatte. Er sagte, er habe sonst keine Möglichkeit, die Arztrechnungen seiner Mutter zu bezahlen.«

Pitts hatte also gelernt, seine Geschichte maßzuschneidern, nachdem er Tess hatte streichen müssen, und sie aus einer häßlichen und lächerlichen Kleinigkeit zu einer bewegenden Saga von menschlichem Leid und Schmerz zu verbessern. Eindeutig war das ein Mann, der auf seinen kleinen Füßen sein Gehirn benutzen konnte.

»Gretchen, ist dir schon je der Gedanke gekommen, daß wir mehr gemeinsam haben, als wir vielleicht zugeben wollen?«

»Ich sehe dir überhaupt nicht ähnlich«, schoß sie zurück, als ob auch ihr gegenüber jemand diese Ähnlichkeit erwähnt hätte.

»Ich dachte mehr an unsere gemeinsamen Feinde – Pitts, Rainer. Wenn wir uns zusammentun würden, könnten wir vielleicht ein paar Punkte machen.«

»Wie meinst du das?«

»Glaubst du, Pitts hat jemals irgend jemandem die Wahrheit gesagt? Dir, mir, den Bullen?«

»Nein.«

»Er sucht etwas. Vielleicht ist es das Armband, vielleicht ein Eßzimmerset von 1950, vielleicht auch der heilige Gral, verdammt. Egal, was es ist, es ist ihm wichtig. Und Ensor auch, obwohl der auch nur von Pitts genasführt worden sein könnte, als er ihn dazu überredet hat, mit ihm zusammen

Polizist zu spielen, weil er dachte, das könnte ihm dazu verhelfen, sein Zeug wiederzufinden. Vielleicht weiß der auch nicht, was die wirkliche Beute ist. Du hast doch gesagt, du bist gut im Beschatten?«

»Die Beste«, sagte sie ohne Zögern.

»Gut, du bekommst eine Chance, das zu beweisen. Wir werden Pitts jetzt sieben Tage die Woche 24 Stunden lang beschatten, und zwar abwechselnd.«

»Er weiß aber, wie wir aussehen –«

»Dazu gibt es Hüte und Perücken.«

»Und unsere Autos –«

»Ich kriege beim Budget Rent-a-Car in der Howard Street den Mitarbeiterpreis, zum Dank für eine Arbeit, die ich einmal gemacht habe. Und du?«

»Avis, in Towson. Aber wer bezahlt uns? Wie gesagt, ich arbeite nicht umsonst.«

Komisch, daß sich immer die echten Huren den Frauen gegenüber so überlegen fühlten, die sich aus Liebe oder Ehrgefühl hingaben. »Ich habe Auftraggeber, die Hilliards. Wenn das jetzt Ergebnisse bringt, teile ich das Honorar mit dir.«

»Dein halbes Honorar reicht niemals für meine ganze Zeit«, argumentierte Gretchen. Und dabei wußte sie noch nicht einmal, daß ihre Hälfte sich auf 50 Cent belaufen würde.

»Schlimmstenfalls kriegen wir was über Pitts heraus, darauf würde ich wetten, und können ihm dann drohen, ihn genau so zu erpressen, wie er uns zu erpressen drohte. Ein Mann, der so viele Lügen erzählt wie Arnold Pitts, muß ein paar Geheimnisse haben, denkst du nicht auch?«

»Doch«, sagte Gretchen, und ihr Gesicht strahlte. »Oh doch.«

Tess griff nach der Brandyflasche und goß den letzten Rest in ihre beiden Gläser, mit dem Hintergedanken, daß sie sich dadurch ersparte, ihn in Zukunft bei irgendeiner Gelegenheit trinken zu müssen, wenn ihre Geschmacksknospen wieder schärfer waren und klarer schmeckten. Crow döste zwischen den beiden Hunden, deshalb stießen die beiden Frauen nicht an, sondern hoben nur die Gläser, immer noch mißtrauisch, Partner aus purer Notwendigkeit. Sie begutachteten sich über die Glasränder hinweg.

Also wirklich, dachte Tess, wir sehen uns nicht im geringsten ähnlich.

26. Kapitel

Als fünf Tage später das Telefon in Crows Wohnung um 4 Uhr früh klingelte, war das wie ein Ausweg aus einer zunehmend finsteren und unheilvollen Traumwelt. Tess hatte seit dem Mord an Jim Yeager allnächtlich diese häßlichen Gefilde durchstreift. Sie konnte sich nie so richtig erinnern, was geschah, während sie schlief, aber sie wachte jeden Morgen unsicher und angstbeladen auf.

»Gretchen?« flüsterte Tess, den Mund ganz dicht an dem altmodischen Hörer, der so viel härter und fester als moderne Telefone war. Was konnte Crow auch anderes haben als ein Telefon mit Wählscheibe, dessen Mechanik so schwer ging, daß so ein schwächlicher, an Tastentelefone gewöhnter Finger dieser Aufgabe kaum gewachsen war. »Ich weiß schon, daß ich gesagt habe, ich sei ein Morgenmensch, aber vor Sonnenaufgang müßte es eigentlich nicht sein.«

»Du wirst das bestimmt sehen wollen«, sagte Gretchen leise. »Wenn ich da allein hineingehen würde, wärest du später sauer. Ich kenne dich doch. Außerdem kann ich ohne dich sowieso nicht hinein.«

»Wo hinein?«

»Ich bin vor dem LK, jenseits des Rundturms von B&O, eine Straße südlich vom Pratt.«

Tess zog sich schnell an und nötigte Crow, weiterzuschlafen, obwohl er schläfrig vorbrachte, daß er sie doch überallhin begleiten wollte. Sie erinnerte ihn daran, daß Gretchen und ihre Kanone auf sie warteten, und er ließ sie allein in die Nacht hinausgehen.

Die Adresse, die Gretchen Tess angegeben hatte, lag in Süd-Baltimore, in einem Viertel, das als Pigtown bekannt war. Es war ein netteres Viertel, als der Name vermuten ließ – aber anders konnte es ja auch kaum sein. Ihre Müdigkeit verflog, während sie den Martin Luther King Boulevard hinunterfuhr, und sie spürte, daß sie aufgeregt war. Gretchens Anruf schien zu versprechen, daß endlich etwas geschah.

Sie folgten Pitts nun schon fast eine Woche lang, ohne daß es zu etwas geführt hätte. Er lebte genau so, wie er behauptet hatte – er ging auf Nachlaßverkäufe, besuchte Privatleute, traf sich mit Restauratoren, die stilvolles Geschirr oder Besteck wollten. Der Samstag hatte sich besonders lang hingezogen, während Tess versucht hatte, Pitts auf Flohmärkten und in Läden der Heilsarmee zu folgen, ohne gesehen zu werden. Trotz der falschen Brille und einer von Crows Strickmützen auf dem Kopf wagte sie es nicht, dem scharfsichtigen Händler zu nahe zu kommen. Auf der Straße war er leichter zu verfolgen, wo er mit einem korallenroten Bus unterwegs war, der Tess an einen geschwollenen Bauch erinnerte, denn er verbrachte den ganzen Tag damit, verschiedene Waren zu verschlucken und wieder auszuspeien. Pitts war ein schrecklicher Autofahrer, was nicht überraschte, er war gleichzeitig unentschlossen und willkürlich, wechselte ständig die Spur, beschleunigte ohne Grund und konnte auch ganz plötzlich herunterbremsen, wenn er einen alten Tisch oder eine Kommode in einer Einfahrt erspäht hatte, die da auf den Sperrmüll warteten. Einmal hätte er seinen Bus fast um einen Telegraphenmasten gewickelt, in Perry Hall, wo der ungewöhnlich ungehobelte Besitzer einer Kommissionswarenhandlung für seine Ware mit dem Schild warb: SACHEN VON TOTEN LEUTEN ZU VERKAUFEN. Pitts versuchte, das handgeschriebene Schild zu kaufen, wurde aber abgewiesen.

Es kam Tess so vor, als sei es der Sinn von Pitts' Leben, das Zeug auf diesem Planeten umzuverteilen, indem er es von einer Person kaufte und an eine andere weiterverkaufte. Der Bus fuhr leer los und kam leer zurück, während Pitts und sein Geldbeutel dick wurden. Und alles war ganz legal, soweit Tess das beurteilen konnte. Wenn sie Pitts' Kunden überprüfte, unter dem Vorwand, sie gehöre zu einer Spezialtruppe des Baltimorer Polizeihauptquartiers, die sich mit Diebstahl befaßte, hatten alle die richtigen Papiere und Quittungen. Auch waren sie alle voller Lob für Pitts und betonten, wie fair und zuverlässig er sei. Klar, er verlangte viel, aber er wußte eben auch, was die Sachen wert waren.

Was Pitts in dieser Woche nicht tat, war fast genauso bemerkenswert. Er traf sich nicht mit Ensor. Er kehrte nicht zu Bobby Hilliards Appartement zurück. Tess nahm an, daß er wußte, er werde überwacht, wenn auch nicht, von wem. Was auch immer seine Fehler waren, Pitts bewies, daß er Geduld hatte, sich Zeit lassen und auf das warten konnte, was er wollte. Sie fragte sich schon, ob er vielleicht gleich bis zum nächsten 19. Januar warten wollte. Sie fragte sich auch, ob der Grabbesucher überhaupt noch einmal ans Grab kommen würde, solange Bobby Hilliards Mörder frei herumlief. Andererseits, wenn der Grabbesucher selbst Bobby Hilliards Mörder war – aber ihr Geist wehrte sich sofort wieder gegen dieses Szenario. Bobby hatte das Fest des Grabbesuchers gestört, nicht umgekehrt. Der Grabbesucher war unbeabsichtigter und unfreiwilliger Zeuge gewesen.

Sie parkte ihren grauen Sunbird hinter Gretchens weißem

Taurus. Mietwagen waren etwas Schönes – nicht nur nicht auffindbar, sondern auch nicht wiedererkennbar, absolut allgemein. Es war, als wäre dieser Industriezweig eigens für Privatdetektive geschaffen worden.

»Ist er hier?« fragte sie flüsternd, während sie sich auf den Beifahrersitz gleiten ließ. Sie sah seinen Bus nirgends auf der Straße, und wie sein Besitzer war er schwer zu übersehen, er so groß wie sein Besitzer klein und der Lack trüb und glanzlos.

»Nein, ich habe ihn abziehen lassen.«

»Gretchen –«

»Paß mal auf, ich habe jetzt die ganze Woche meine Schicht von sechs Uhr abends bis sechs Uhr früh durchgezogen, und es war so langweilig wie nur irgend etwas. Du hattest die ganze Action.«

»So würde ich es nicht nennen«, sagte Tess. »Obwohl ich jetzt einiges verstehe von buntem Fiesta-Porzellan, Jadeit und einem Zeug namens Vaselineglas, das leuchtet, als wäre es bestrahlt worden. Ich habe auch ein Geschirr für Nachos gefunden, mit vier kleinen Schälchen, die nach den vier Grenzstaaten benannt sind und auf ein größeres Tablett passen. Es hat nur 15 Dollar gekostet. Man gibt die Salsa und den Queso in ›Utah‹ und ›Arizona‹ –«

»Also, während du Schnickschnack kaufst, sitze ich fast jede Nacht auf der Straße und beobachte ein Haus, in dem es dunkel ist. Aber gestern abend kam er kurz vor 11 Uhr heraus, stieg in seinen Bus und fuhr direkt hierher. War dann fast die ganze Nacht da drin, allein, soviel ich weiß. Ich folgte ihm wieder zurück zu seinem Haus, wo er sich vermutlich schlafen gelegt hat. Dann bin ich hierher zurückgefahren und habe dich angerufen. Wir finden ganz bestimmt keinen besseren Zeitpunkt, um das zu machen. Die Tür hat ein Standardschloß und einen Riegel. Nicht zu knacken, jedenfalls nicht für mich.«

Tess kam nicht von dem Gedanken los, daß Pitts momentan unbeobachtet war. Ohne Gretchens Wissen konnte er sie entdeckt und sich dieses Manöver ausgedacht haben, um an diesem Morgen losgehen und etwas anderes machen zu können, während sie hier vor einem leeren, bedeutungslosen Haus saßen. »Du hättest hierher zurückkommen können, nachdem ich meine Schicht angefangen habe.«

»Hier sind wir beide notwendig. Und es ist doch auch besser, es jetzt zu tun, wenn wir wissen, daß er weg ist, oder? Los, los, Tess, es ist Zeit für einen kleinen Bruch.«

Tess begutachtete das Gebäude. Es unauffällig zu nennen wäre geschmeichelt gewesen. Ein hingeducktes Doppelreihenhaus aus abbröckelndem Backstein mit einer schweren Stahltür und im Erdgeschoß ganz ohne Fenster. Im ersten und zweiten Stock gab es je drei Fenster, deren Scheiben angestrichen waren, so daß sie genauso dunkel erschienen wie die alten Backsteine.

»Zu den Fenstern komme ich nicht hinauf. Die sind zu hoch.«

»Auf der Rückseite gibt es ein kleineres, ungefähr auf halber Höhe zwischen den Stockwerken. Es könnte meiner Meinung nach zu einem Bad gehören. Zugestrichen wie die anderen, aber nicht ganz so hoch. Ich kann dich hochheben, damit du hineinkommst.«

»Warum soll ausgerechnet *ich* hinein?«

Gretchen hob gespielt unschuldig die Augenbrauen. »Ich dachte, du schneidest so gerne Glas. Neulich, als ich zu dir sagte, daß wir meiner Meinung nach Pitts' Haus durchsuchen sollten, als er gerade mal weg war, da hast du mir doch erzählt, wie gut du mit deinem Glasschneider bist.«

Tess konnte sich zwar nicht daran erinnern, daß sie mit ihren Fähigkeiten geprahlt hatte, aber tatsächlich schnitt sie lieber eine Scheibe auf, als daß sie ein Schloß knackte. Mit einem Seufzer kehrte sie zurück zu ihrem Mietauto, wo sie für die Dauer dieser Beschattungsaktion ihr Werkzeug verstaut hatte, und ging dann mit Gretchen zur Rückseite des alten Reihenhauses. Der ganze Block schien verlassen. Die anderen Häuser hatten vernagelte Fenster und Türen und Schilder mit der Aufschrift ›Betreten verboten‹, was aber nicht hieß, daß sie leer waren, ganz und gar nicht. Tess konnte das Gefühl nicht loswerden, daß jemand sie beobachtete, aber sie sagte sich, daß es wahrscheinlich nur ein schlafloser Drogensüchtiger war. Wenn sie und Gretchen es schafften, in diese kleine Festung einzubrechen, würden die Männer aus der Nachbarschaft bald folgen und drinnen alles aus Metall mitnehmen.

Sie mußten um den Block herumgehen, um in die müllübersäte Hintergasse zu kommen, wo die Ratten so heiter und friedlich herumtrotteten wie Schafe auf einer Wiese. Als Gretchen vom Hochheben gesprochen hatte, war Tess davon ausgegangen, daß sie mit den Händen eine Räuberleiter machen und Tess dadurch zum Fenster hinaufheben würde. Doch Gretchen bückte sich und zeigte, daß Tess sich auf ihre Schultern stellen sollte.

»Du kannst mich doch niemals so halten«, wandte Tess ein. »Da falle ich bloß runter und brech mir das Genick.«

»Ich kann das schon, ich bin stark. Zieh nur deine Stiefel aus. Ich habe das oft mit meiner kleinen Schwester gemacht, wenn wir Zirkus spielten.«

Die Tatsache, daß sie eine Schwester hatte – die Tatsache, daß Gretchen, die Mach-keinen-Scheiß-Frau, in ihrem Leben jemals so etwas wie ein Spiel gespielt hatte –, war die einzige persönliche Angabe, mit der Gretchen bis zu diesem Augenblick herausgerückt war. Tess beschloß, ihr zu trauen. Sie legte die Handflächen gegen das Gebäude und setzte erst den einen Fuß in Socken, dann den anderen in die breiten Vertiefungen zwischen Hals und Schultern. Dann war sie zu ihrem Erstaunen auch schon oben, weil Gretchen sie – nicht leicht, aber doch gleichmäßig, und ohne viel zu wackeln – zum Fenster gehoben hatte. Tess hielt sich für stark, aber Gretchen trainierte ihren Oberkörper ganz offensichtlich ein bißchen mehr.

»Gibt's denn das, daß wir so ein Glück haben?« rief Tess aus. Ihre Stimme war so laut, daß sie in der stillen Straße widerhallte, aber hier zu flüstern wäre ihr lächerlich vorgekommen.

»Was?«

»Dieses Fenster ist irgendwann zugestrichen worden, und jemand muß sich wohl darauf verlassen haben, daß es dadurch auch zu bleibt, denn es ist nicht abgesperrt. Aber das Holz ist von der jahrelangen Feuchtigkeit so morsch, daß ich glaube, ich kriege es ohne Schneiden auf.«

Sie klopfte mit der Faust gegen alle Ecken des Rahmens und fing dann an, mit aller Kraft die untere Scheibe hochzudrücken. Sie vergaß, daß ja Gretchens Schultern das einzige zwischen ihr und dem Erdboden waren, und versuchte, ihr ganzes Gewicht einzusetzen, indem sie mit dem rechten Fuß nach vorne trat. Einen Augenblick schwankten sie wahnsinnig – ja, das wäre wirklich ein reizender Zirkusakt gewesen –, aber Gretchen hielt Tess' Knöchel fest und schaffte es, wieder die Balance zu finden.

Tess drückte weiter, und das Fenster öffnete sich, aber keine 50 Zentimeter weit. Das genügte ihr, befand sie, um durchzukommen. Sie hielt sich am Sims fest und zog ihren Körper durch die Öffnung. Einen Augenblick baumelten ihre Beine im Leeren, aber dann drückte sie mit der Hand gegen die Innenwand und rutschte hinein, dankbar für Mantel und Handschuhe, die sie gegen das splitterige, zersetzte Holz unter ihrem Bauch schützten.

»Hey!« rief Gretchen, als hätte sie Angst, allein draußen bleiben zu müssen.

Tess steckte den Kopf hinaus. »Wirf mir eine von den Taschenlampen herauf, dann gehe ich runter und schau, ob ich dir die Vordertür aufsperren kann. Und bring meine Stiefel und meine Tasche mit, okay?«

Sie befand sich auf dem Absatz der Hintertreppe. Tess schlich hinunter, wobei sie sehr genau aufpaßte, wo sie ihre unbeschuhten Füße hinsetzte. Doch das alte Gebäude war, wenn auch nicht gerade blitzblank, so doch sauber. Es gab keinen Müll auf der Treppe, keine Abfälle, weder tierisch noch menschlich, und die Küche, in die sie jetzt trat, besaß noch die alten Armaturen. Hier war das Metall noch nicht den Aasgeiern zum Opfer gefallen, noch nicht. Sie gelangte in einen schmalen Gang und folgte ihm bis zur Vorderseite. Die Eisentür hatte einen Riegel, wie Gretchen gesagt hatte, doch Pitts war so nett gewesen, den Schlüssel darin stecken zu lassen. Tess liebte die Dummheit anderer Leute, wenn sie davon profitieren konnte.

»Hast du was entdeckt?« fragte Gretchen, warf Tess ihre Stiefel und ihren Matchsack hin und drängte sich an ihr vorbei, als fürchte sie, daß Tess das Haus schon ohne sie durchsucht habe.

»Ich bin sofort an die Tür gekommen«, sagte Tess. »Nur die Ruhe, jetzt überlegen wir erst einmal kurz, was wir hier machen. Als allererstes sollten wir herausfinden, ob es hier vielleicht elektrisches Licht gibt.«

Sie standen im Flur eines Hauses, das einmal recht vornehm gewesen zu sein schien, bis dann jemand die Fenster im Erdgeschoß zugemauert hatte. Eine breite Treppe schwang sich zu den Obergeschossen hinauf, und an der Decke hing ein Kronleuchter. Im Schein ihrer Taschenlampe fand Tess den Lichtschalter und knipste ihn an. Das Licht war trüb, die Birnen vom Staub der Jahre bedeckt, aber es war immer noch besser, als im Schein der Taschenlampen umherzuschleichen. Gretchen eilte den schmalen Gang hinunter.

»Dort hinten war ich schon«, rief Tess ihr nach. »Dort ist nur noch eine alte Küche. Schauen wir lieber mal, was hinter diesen Schiebetüren ist.«

»So eine Menge Gerümpel«, sagte Gretchen, nachdem sie den Lichtschalter in diesem Zimmer betätigt hatte. Das war auch Tess' erster Gedanke. Schachteln waren fast bis zur Decke gestapelt, und wie Gespenster standen dazwischen mit Tüchern abgedeckte Möbelstücke herum. Der Raum war so vollgepfropft, daß man nur ein paar Schritt weit in ihn vordringen konnte. Und doch strahlte er eine gewisse Ordnung aus, so als ob sein Besitzer es sofort merken würde, wenn etwas verändert war.

»Schauen wir uns doch jetzt die Zimmer oben an«, sagte Gretchen, und Tess sah keinen Grund, ihr nicht zu folgen. Doch als sie sich umdrehte, blieb sie mit dem Stiefelabsatz an einem der Tücher hängen, riß es von seinem Platz und enthüllte dadurch einen Gegenstand, den sie nie wieder zu sehen erwartet hatte. Es war ein Leuchtturm aus Bakelit, fast so groß wie sie selbst, der Turm grün-weiß gestreift und mit einer Art Gaslampe auf der Spitze.

»Das ist der Leuchtturm vom *Leuchtturm*!«

»Was?«

»Die Nachbildung des Logos, das der *Leuchtturm* über dem Impressum stehen hat. Der stand früher auf einem Podest über dem Eingang zu den Büroräumen des *Leuchtturms* in der Saratoga Street«, erklärte Tess, während sie um den Leuchtturm herumging. »Er verschwand Mitte der achtziger Jahre, während der Renovierungsarbeiten. Ein junger Mann aus einem Antiquitätengeschäft in Fells Point erzählte mir erst neulich, daß noch heute immer wieder deswegen angerufen wird, aber es ist dann jedesmal falscher Alarm.«

»Wer würde denn so was wollen?« fragte Gretchen voller Zweifel. »Er ist total schäbig und sieht nicht so aus, als wäre er viel wert.«

»Ist er aber vielleicht«, sagte Tess. »Für den einen oder anderen ist er vielleicht eine ganze Menge wert. Ich frage mich nur, wieso er hier ist.«

»Na ja, jeder schmeißt doch mal was weg, oder? Die Stadt hat Jahre gebraucht, bis sie diesen beschissenen Hund vom Rundfunkgebäude von diesem Typen in Virginia zurückgekriegt hat, der ihn damals gekauft hatte, und dann haben sie ihn in dieses blöde Museum getan. Ich kann überhaupt nicht verstehen, wieso man einen derartigen Zirkus um so einen großen Gipshund macht, nur weil er früher einmal auf einem Gebäude stand, an dem man als Kind immer vorbeigefahren ist.«

»Das ist eigentlich ganz harmlos, außer – Gretchen, laß uns doch mal nachsehen, was es hier sonst noch so gibt.«

Während viele der Schachteln tatsächlich mit Porzellan und Geschirr und Nippes gefüllt waren, kristallisierte sich bald ein zweiter Schwerpunkt heraus, während sie da fieberhaft in den frühen Morgenstunden arbeiteten. Es war »Maryland, mein Maryland«, gesungen von Arnold Pitts. Es gab hier Schachteln voller böhmischer Ware, von Untersetzern bis zu Schildern, die Baltimore als das Gelobte Land auswiesen. Es gab T-Shirts, die hergestellt worden waren, um Werbung für die Lotterie von Maryland zu machen, die in den Siebzigern gegründet worden war, als man es noch für fortschrittliche Innenpolitik hielt, die Ärmsten des Landes dazu zu übertölpeln, die Neubauprojekte der Mittelklasse zu finanzieren.

Es gab eines der originalen Bretter für Ouija, das ja in Baltimore erfunden worden war, eine Tatsache, die Tess vergessen hatte. Schachteln über Schachteln voller Andenken an die Orioles und die Colts, zu denen auch eine Bank gehörte, die wie ein Football geformt war – und die Tess am liebsten eingesteckt hätte. Einen Brief von Bob Dylan an die Polizeidirektion von Baltimore, in dem er nach Einzelheiten im Fall

Hattie Carroll fragte, obwohl er ihre Geschichte bereits in einem Song verarbeitet hatte. Den altmodischen Badeanzug und den Strohhut, die der damalige Oberbürgermeister getragen hatte, um mit den Seehunden herumzutollen, als das Aquarium nicht zur festgesetzten Zeit fertig wurde. Schließlich gab es auch noch ganze Kartons voll alter Postkarten, in deren üppigen, handgemalten Farbtönen ein verflossenes, möglicherweise nie so gewesenes Baltimore erglühte. Jedenfalls konnte sich Tess nicht an ein Baltimore von so düsterer Schönheit erinnern.

Und hier war auch tatsächlich das Stück, auf das Mary Yerkes vom Mu-sieum so scharf gewesen war, einer von Toots Bargers Kegelpokalen. Tess hob ihn hoch und dachte daran, daß er zu einem so teuren Preis verkauft worden war, daß ihn sich Mary trotz ihres Millionenerbes nicht hätte leisten können.

Gretchen war ganz bestürzt. »So eine Menge Scheiß.«

»Für die meisten Menschen schon«, sagte Tess, die noch immer den Pokal in der Hand hielt, einen Sockel mit Holzfurnier und darauf eine schlanke weibliche Figur im Rock, die sich gerade in perfekter Haltung bückte, um die Kugel rollen zu lassen. »Aber für manche … für manche ist das wertvoller als Geld oder Edelsteine. Es gibt Leute, die ihre eigene Vergangenheit sammeln. Bis zu einem gewissen Grad tut das ja jeder. Man möchte etwas haben, weil man es schon einmal hatte oder weil es einen zum Beispiel an das Geschirr erinnert, das die Mutter benutzte, oder an die Bonbondose, die die Großmutter auf der Anrichte stehen hatte.«

Tess dachte an ihre eigenen Sachen: die Berger-Keksdose auf ihrem Schreibtisch, die Planter's-Erdnußdose, in die sie ihre Quittungen steckte, und das Schild »Zeit zum Haareschneiden« aus dem Friseurladen in Woodlawn, in dem an ihr während ihrer Oberschulzeit immer herumgepfuscht worden war. Auch sie war nicht immun gegen den Impuls, die Vergangenheit zu bewahren, an die sie sich erinnerte.

»Mich wird man nie dabei erwischen, daß ich so ein Zeug kaufe, wie es meine Eltern hatten«, sagte Gretchen verächtlich. »Ich mag *neue* Sachen, Sachen, die funktionieren. In meiner ganzen Wohnung gibt es kein einziges Stück, das älter als fünf Jahre ist.«

Das Ouija-Brett hatte noch seine Originalverpackung, und Tess zögerte, bevor sie die öffnete. Die Originalverpakkung trug genausoviel zum Wert bei wie das Brett selbst. Aber gelbe Klebebandstreifen an beiden Enden legten die Vermutung nahe, daß die Schachtel zumindest schon einmal geöffnet worden war. Sie nahm das Brett heraus, balancierte es auf ihrem Schoß, legte ihre Finger auf die – wie hieß das noch gleich? –, die Planchette, genau, und wartete, ob die andere Welt ihr vielleicht etwas zu sagen hatte. Aber die schwieg natürlich, denn für Ouija braucht man zwei Personen, und Gretchen spielte ja nicht mit.

»Pitts und Ensor haben der Polizei erzählt, daß sie ausgeraubt worden seien«, sagte Tess und sah auf das vertraute Brett hinunter, mit Sonne und Mond und dem ominösen AUF WIEDERSEHEN, das ganz unten stand. »Sie waren in Bobbys Wohnung und auf der Farm der Hilliards, um nach ihren Sachen zu suchen. Aber nach welchen denn eigentlich? Nach den Polizeiberichten handelte es sich bei den gestohlenen Dingen um elektronische Geräte – Fernseher, Videokameras, Videorecorder. Bei denen hätte die Versicherung die Wiederbeschaffung gezahlt. Wer würde sich eine solche Mühe machen, etwas wiederzufinden, was doch ganz leicht ersetzt werden kann?«

»Na ja, es ging ja auch noch um das Armband, weißt du nicht mehr? Wenn es wirklich aus Gold und Smaragden ist – ganz egal, wem es gehörte oder wer es trug –, dann muß es einiges wert sein.«

»Ja, für irgend jemanden ist es wahrscheinlich eine ganze Menge wert«, stimmte Tess zu. »Aber ich glaube langsam, daß das Armband nur ein Teil ist.«

»Stimmt, es gehört zu einem Set.« Gretchen klang ungeduldig. »Das hast doch du mir erzählt.«

»Nein, ich meine, es gehört zu irgend etwas viel Größerem, etwas, das all das hier verbindet.«

Draußen begann die Stadt zu erwachen. Der Verkehrslärm vom nahe gelegenen Martin Luther King Boulevard klang inzwischen gleichmäßig herüber. Wegen der Fenster war ihnen entgangen, daß die Sonne schon aufgegangen war.

»Nimm den Schlüssel von der Tür und laß Nachschlüssel anfertigen, damit wir das Original hierlassen können und Pitts nicht herausfindet, daß jemand da war, falls er zurückkommt. Ich verstaue hier alles wieder, damit das Zimmer genauso aussieht wie vorher.«

»Und dann?« Das war eine gute Frage.

»Und dann ... dann müssen wir herauskriegen, ob es für unseren kleinen Club nicht noch ein paar potentielle Mitglieder gibt.«

»Was denn für einen Club?«

Sie hielt eines der T-Shirts aus dem geheimen Vorrat des Warenvertriebs für die Lotterie von Maryland empor, das leuchtendgrün war und einen Glücksbringer als Emblem aufgedruckt hatte. »Na, du weißt schon: Arnold Pitts hat mich gevögelt, und ich habe dafür nichts gekriegt als dieses lausige T-Shirt.«

27. Kapitel

Gretchen ließ drei Schlüssel bei einem Schlüsseldienst in Südwest-Baltimore nachmachen, dessen Inhaber erstaunlich gleichgültig auf einen solchen Wunsch zu so früher Morgenstunde reagierte. Einen für Tess, einen für Gretchen und einen, den Tess in ein Kuvert steckte und in den Briefkasten eines bestimmten Stadthauses am Bolton Hill steckte, zusammen mit einer maschinengeschriebenen Notiz, auf der nichts als die Adresse des Hauses stand, zu dem der Schlüssel paßte, und ein Hinweis, wann er am besten benutzt werden sollte.

Eine ähnliche Notiz – ohne Schlüssel natürlich, denn er brauchte ja keinen – hinterließ sie am Haus von Arnold Pitts am Stone Hill.

Tess war sich, während sie im winterlichen Zwielicht verstohlen zu den jeweiligen Türen hinaufstieg und um sich sah, ob sie auch nicht beobachtet wurde, durchaus bewußt, daß sich ihr Verhalten nicht von dem ihres eigenen Nachschleichers unterschied. Es verschaffte einem eine wohlige Gänsehaut, wenn man herumschlich und anonyme Botschaften hinterließ. Sie wollte das nicht, konnte es aber nicht abschütteln.

Sie hatten beschlossen, die Botschaften gegen 6 Uhr abends zu hinterlegen, unmittelbar bevor die beiden Männer von der Arbeit heimkehrten. Das ließ ihnen einen Spielraum von einer Stunde, einer Stunde, in der so ziemlich alles schiefgehen konnte. Gretchen hatte vorgeschlagen, sie sollten einen Notplan aufstellen und Crow und Whitney mit einbeziehen, aber Tess war seltsam zuversichtlich.

»Ich möchte nicht mit einem ganzen Netz von Leuten arbeiten«, sagte sie zu Gretchen, als sie sich zum Essen in das letzte überlebende ›Roy Rogers‹ von Baltimore setzten und ihren Plan ausarbeiteten.

»Das ist kein Netz, das ist einfach nur gesunder Menschenverstand. Wenn Pitts sich entschließt, woanders hinzugehen – wenn er sich entschließt, abzuhauen –, sind wir ihn los.«

»Das wird er nicht tun.« Tess zog eine Fritte durch die Mischung, die sie selbst aus Barbecue-Sauce und Ketchup hergestellt hatte, und fühlte sich so überlegen und selbstsicher wie seit Tagen nicht mehr. »Die Nachricht verspricht ihm etwas, was er unbedingt haben will. Das bringt er niemals fertig, da nicht zu kommen.«

»Ich hoffe wirklich, du hast recht.«

»Ich hatte schließlich auch recht damit, daß wir ihn beschattet haben, oder? Jetzt ist es an der Zeit, daß wir das kleine Schweinchen mal quieken lassen, daß man es bis hinunter zum Central-Booking-Gebäude hört.«

Nach dem Essen fuhren sie zu dem Haus in Südwest-Baltimore zurück – und warteten. Etwas anderes als warten konnten sie nicht tun. Alles war seltsam friedlich. Sie hörten nicht Radio und unterhielten sich nicht, sondern saßen einfach nur vorne in Gretchens Leihwagen und sahen zu, wie um sie herum die Dunkelheit hereinbrach. Die Straße hatte Halogenlampen wie in einem Hochsicherheitstrakt, aber die meisten davon gingen nicht mehr. Allmählich nahmen die Stadtstreicher ihren Weg zu den verlassenen Gebäuden, mit kleinen Papierbeuteln und speckigen Einkaufstüten mit Essen zum Mitnehmen in den Händen, und sie wirkten eigentlich gar nicht so viel anders aus als die Arbeiter, die am Ende eines schweren Tages nach Hause gingen. Die Schultern gebeugt, die Köpfe gesenkt, sahen sie erschöpft aus. Vielleicht war Junkie ja wirklich einer der härtesten Jobs in Amerika.

Ensor kam als erster, aber ihm war auch ein 15 Minuten früherer Zeitpunkt angegeben worden als Pitts. Er fuhr einen

Mercedes-Benz, ein älteres Modell in der Farbe von einem Rotkehlchenei.

»So ein häßlicher, alter Schrotthaufen«, sagte Gretchen.

»Aber doch nicht so alt, daß er schon wieder den Charme eines Oldtimers hätte«, stimmte Tess zu, und ihr kam der Gedanke, daß man das alles auch über den Fahrer selbst hätte sagen können.

Fünf Minuten später raste Pitts Bus auf zwei Rädern um die Kurve und hielt mit quietschenden Bremsen.

»Die ganze Zeit, wo wir ihn beschattet haben, mußte ich immer denken, daß dieses Ding wie eine Blase aussieht«, sagte Gretchen.

»Wirklich? Mir kam es immer wie ein Magen vor«, sagte Tess, überrascht, daß Gretchen, die doch alles so wörtlich nahm, zu solchen Scherzen fähig war.

Pitts sprang heraus und lief zur Tür, wobei er einen schnellen, verstohlenen Blick um sich warf. Als er merkte, daß die Tür schon aufgesperrt war, hielt er inne, die Hand auf dem Türgriff wie festgefroren. Er mußte wohl tief eingeatmet haben, denn Tess sah ihn eine große weiße Wolke ausatmen. Schließlich straffte er die Schultern und marschierte mit einem überzeugenden Ausdruck von Entschlossenheit hinein.

»Waffen haben die also nicht, oder?« fragte sie Gretchen. »Du hast ja die Zulassungen bei der Staatspolizei gecheckt.«

»Keine *gemeldeten* jedenfalls. Man kann aber nie wissen, ob nicht einer von diesen Pissern eine illegale Knarre dabeihat.«

»Hast du Ensor erkannt? Seid ihr euch je begegnet?«

»Nein, der einzige, mit dem ich zu tun hatte, war Pitts, und er hat nie etwas von einem Partner erwähnt. Seinen Worten nach war das nur eine Sache zwischen ihm und dem Grabbesucher.«

»Ensor und der Besucher haben ungefähr die gleiche Größe«, sagte Tess nachdenklich. »Und der Mann, der Yeager getötet hat, war auch groß.«

Gretchen zog ihre Glock. »Gehen wir leise rein oder laut?«

»Leise, würde ich sagen. Und blockiere ihnen unbedingt den Gang zur Küche. Ich möchte auf keinen Fall, daß einer von beiden an uns vorbei zur Hintertreppe und zu dem Fenster auf der Rückseite rennt. Wenn ich da reingekommen bin, könnte auch einer von ihnen hinauskommen.« Obwohl Pitts, rundlich, wie er war, wahrscheinlich steckenbleiben würde, wenn er hinauszuschlüpfen versuchte, und dann dort warten müßte, eingezwängt wie Puh der Bär in Kaninchens Haustür.

»Hast du so was schon mal gemacht?« fragte Gretchen.

»Eigentlich nicht. Und du?«

»Nö.« Gretchen grinste. »Ich war Verkehrspolizistin. Hab in den ganzen zwei Jahren meine Waffe kein einziges Mal benutzt.«

»Und hast du lange Mittagspausen gemacht?«

»Ich habe nur schnell hinter dem Lenkrad was gegessen, wie ein richtiger Polizist das macht.«

»Kaffee getrunken?«

»Ich mag lieber Tee.«

»Vielleicht haben sie dich deswegen rausgeschmissen. Du hast ganz eindeutig nicht so richtig das Zeug dazu gehabt.«

Gretchen runzelte die Stirn, und Tess wurde klar, daß man über dieses Kapitel in Gretchens Geschichte keine Witze machen durfte. Jedenfalls jetzt noch nicht, und vielleicht niemals. Oder vielleicht grundsätzlich nicht über sie. Gretchen O'Brien war eine sehr zornige junge Dame. Es war bei Gott interessant, genau in diesem Moment an die Kluft zwischen den beiden erinnert zu werden, wo es unbedingt nötig war, sich aufeinander zu verlassen und zusammenzuhalten.

Pitts hatte die Tür hinter sich abgesperrt, was Tess interessant fand. Wollte er Ensor einsperren? Oder wollte er jemand anderen aussperren? Wie auch immer, sie und Gretchen hatten jedenfalls ihre Schlüssel. Sie öffneten die Tür so leise wie möglich, da sie nicht genau wußten, wo sich die Männer im Haus gerade aufhielten.

Im Eingangsbereich brannte Licht, und die Schiebetüren zum Salon waren geöffnet. Tess stellte fest, daß von verschiedenen Objekten die Tücher abgenommen waren – nicht nur vom Leuchtturm des *Leuchtturms*, sondern auch von einer alten Anrichte aus Mahagoni, einem schwarzsamtenen Porträt von Johnny Unitas und einem großen Werbeschild für Lanzer Whiskey, einem hiesigen Brand. Gut, Ensor hatte seinen Vorsprung also genau so genutzt, wie sie es vorhergesehen hatten. Sie und Gretchen standen so still, wie sie nur konnten, und lauschten, ob ihnen nicht irgendein Geräusch den Weg zu ihrer Beute weisen würde. Sie hörten Stimmen im Obergeschoß, das sie bei ihrem letzten Besuch nur ganz kurz untersucht hatten, aber es hatte den Eindruck erweckt, als würde Pitts dort die empfindlicheren Güter verwahren – historische Kleider, Hutschachteln aus alten Kaufhäusern, Silber aus den pleite gegangenen Stieff-Werken. Sie und Gretchen wechselten einen Blick und nickten. Tess nahm die Hintertreppe, Gretchen schlich nach vorne.

Kurz vor dem oberen Ende der Treppe kauerte sich Tess nieder und lauschte. Die Stimmen schienen aus einem der mittleren Zimmer zu kommen, dessen Tür geschlossen war. Gretchen kam von der Vordertreppe heran, und sie stellten sich vor die Tür und versuchten mitzuhören. Das war nicht schwer, da die Stimmen mit jedem Satz lauter wurden.

»Ich bin doch nicht blind, Arnold, ich sehe, was hier los ist. Du hast Sachen versteckt, hast gesagt, daß sie nicht zu finden sind, oder hast Fälschungen angeschleppt. Du hast uns betrogen. Bist du dafür verantwortlich, daß Shawn so zusammengeschlagen wurde? Hast du meine Wohnung ausgeraubt und dann so getan, als wärst du bestohlen worden, damit niemand argwöhnen konnte, daß du alles das zurückgestohlen hast, was du schon einmal gestohlen hattest?«

»Nein, hab ich nicht.« Pitts klang verängstigt, und man hörte keine Spur von der schlauen Arroganz, die er beim letzten Treffen mit Tess gezeigt hatte. »Das würde ich doch nie tun. Du kannst hier alles durchsuchen; ich habe deine Sachen nicht. Ja, gut, ich habe hier Sachen, die ihr gewollt habt, du und Shawn, Sachen, von denen ich gesagt habe, daß ich sie nicht finden kann. Ihr habt mich dazu benutzt, die Sachen heranzuschaffen, aber ihr wolltet nichts mit mir teilen. Angeblich waren wir ja eine Kooperative, aber ich habe meinen Anteil nie bekommen. Also kannst du mir gar nicht vorwerfen, daß ich nicht sofort alles übergeben habe, was ich hatte.«

»Du bist dafür bezahlt worden, die Gegenstände ausfindig zu machen und sie auf jeden Fall zu erwerben. Du bist sehr hübsch dafür bezahlt worden.« Das Wort *hübsch* klang in Ensors Mund ominös. »Du warst nie wirklich Teilhaber bei diesem Unternehmen. Du warst nur der Zulieferer, schlicht und ergreifend gesagt. Du hättest dir diese Dinge selbst ja gar nicht leisten können.«

»Und ihr hättet sie ohne mich nicht finden können! Also, wo ist jetzt mein Armband? Du hast mir versprochen, daß du mir mein Armband zurückgibst.«

»Ich habe es so satt, ständig von diesem beschissenen Armband zu hören! Du hast eine Meise, weißt du das? Wir haben unbezahlbar wertvolle Objekte verloren, nur weil du so einem billigen kleinen Hehler traust, und du kannst über nichts anderes reden als über dieses wertlose Stück Massenprodukt ohne die geringste Erlesenheit. Du denkst immer, du bist so verdammt clever, aber mit jeder von deinen Ideen hast du uns nur immer noch schlimmer bloßgestellt.«

»Es ist überhaupt nicht wertlos.« Pitts klang so gekränkt, wie man es sich gekränkter gar nicht hätte vorstellen können. »Das war eine limitierte Reproduktion, die Hutzler's anläßlich der 150-Jahr-Feier von Baltimore herausgebracht hat, und es gehörte meiner Mutter. Es ist immer gut, wenn man ein Körnchen Wahrheit in seine Lügen streut, das gibt der Lüge erst den richtigen Schwung. Außerdem, hätte ich vielleicht einem Privatdetektiv – oder sonst wem – sagen sollen, daß wir den Grabbesucher suchten, weil Bobby Hilliard behauptete, er habe ihm die Sachen gegeben? Nicht einmal diese Schlampe O'Brien hätte diesen Job dann übernommen.«

Tess warf Gretchen einen verständnisinnigen Blick zu. Es war schwierig, einen schlechten Ruf loszuwerden, auch wenn man ihn gar nicht verdiente. Vor allem, wenn man ihn gar nicht verdiente.

»Wo hast du die Lanze hingetan, Arnold? Hast du sie hier verstaut oder woanders? Ich hoffe nur, du hast dafür gesorgt, daß sie gesäubert wurde. Sicher ist Shawns Blut überall darauf. Und vielleicht auch das von dir? Hat wirklich Bobby Hilliard in dieser Nacht die Sachen von Shawn gestohlen, oder hattest du sie schon die ganze Zeit? War das alles nur ein abgefeimter Plan, um mich zu überzeugen, daß du sie nicht selber eingesteckt hast?«

Die Lanze? Gretchen sah Tess an, die den Kopf schüttelte. Das einzige, was ihr dazu einfiel, war das Schild im Erdgeschoß, das für Lanzer Whiskey warb. Aber Ensor meinte offensichtlich etwas völlig anderes.

»Ich habe Shawn Hayes nicht angegriffen. Und weshalb bist du dir eigentlich so sicher, daß es eine Lanze war? Ich glaube, du selber hast ihn in der Nacht zusammengeschlagen, und du hast Bobby ermordet, als er an dem Grab auftauchte, weil du gemerkt hast, daß er dich zum Narren gehalten hat und daß er die Sachen immer noch hatte. Und vielleicht hast du diesen anderen Mann auch noch umgelegt, diesen Fernsehreporter. Was hatte er denn in seinem kleinen

Büchlein, Jerry? Was hast du denn befürchtet, daß er finden könnte, wenn er genau genug nachschaute? Vielleicht hattest du ja auch mit Bobby eine Affäre, und ihr wolltet mich und Shawn aus dem Weg haben. Jeder, der so auffallend hetero ist, wie du es von dir behauptest, kompensiert normalerweise etwas.«

Tess hörte ein leises ›Wusch‹, als würde jemand ein Kissen brutal vermöbeln, gefolgt von einem fast unmenschlichen Kreischen von Pitts. Ensor mußte ihn in den Magen geboxt haben. Sie und Gretchen nickten sich zu, und dann ließ sie Gretchen den Vortritt. Sie stieß die Tür mit einer kurzen, schnellen Bewegung auf und schrie mit aller Kraft: »Keine Bewegung!«

Die beiden Männer kamen diesem Befehl nach, jedenfalls einen Moment lang, und es bot sich ein seltsam komisches Szenario: Pitts auf dem Rücken, wobei sich seine Beinchen bewegten wie die eines Käfers, und Ensor mit der Hand an seiner Kehle.

Und da schien es, als hätten sie die Rollen vertauscht, als wäre Ensor das Opfer und Pitts der Angreifer. Denn Ensor sah erleichtert aus, als er sie sah, während bei Pitts vor Furcht die Unterlippe zu zittern begann.

»Ich war's nicht«, schrie Pitts. »Ich habe überhaupt nichts getan.«

»Ist die Polizei schon unterwegs?« fragte Ensor, stand auf und staubte sich die Hände ab, als wären sie bei der Berührung mit Pitts Hals schmutzig geworden. »Ich hoffe es. Ich bin bereit, ihnen alles zu sagen, was ich weiß.«

»Alles?« fragte Tess.

»Alles«, sagte er mit einem düsteren Nicken und trat vor.

Und in dem Moment schlug er Gretchen in aller Ruhe den Handrücken ins Gesicht, so daß sie zu Boden fiel. Ihr Kopf schlug hart auf, mit einem scheußlich festen Ton, und obwohl sie weiter ihren Revolver irgendwie umklammert hielt, schien dieser Schlag sie außer Gefecht gesetzt zu haben.

»Gretchen!« schrie Tess auf und eilte auf sie zu, wodurch sie Ensor die Möglichkeit gab, abzuhauen. Pitts war nicht weit dahinter.

»Erwisch wenigstens einen, um Gottes willen«, nuschelte Gretchen. »Ich bin in Ordnung, aber ich bring dich um, wenn du sie beide abhauen läßt.«

Tess wollte Ensor haben, wollte ihm heimzahlen, daß er Gretchen niedergeschlagen hatte, aber er hatte einen tollen Start hingelegt. Pitts hingegen war ungeschickt auf die Füße gekommen und zögerte auch schon wieder am oberen Ende der Vordertreppe. Er war sprichwörtlich verloren. Er warf einen Blick über die Schulter, sah Tess näher kommen und wandte sich wieder der Treppe zu, um seine Flucht anzugehen. Doch er rutschte in seinen glänzenden Schuhen bereits auf der obersten Stufe aus, und seine Beine flogen in die Luft, so daß sein Abstieg weitaus schneller vor sich ging, als er geplant hatte. Ein Rodelschlitten hätte einen vereisten Hang kaum schneller herunterkommen können.

Obwohl ein Rodelschlitten aller Wahrscheinlichkeit nach eine glattere Landung hingelegt hätte. Pitts landete auf dem Treppenabsatz, mit seinem rechten Bein in einem Winkel, den der Schöpfer der Menschheit, wer es auch sein mochte, bestimmt nicht so geplant hatte. Andererseits, dachte Tess, als sie sich über den wehklagenden Mann beugte, hatte sich der Schöpfer der Menschheit wahrscheinlich auch nie ein Exemplar wie dieses träumen lassen.

»Bitte«, sagte er, »bitte –«, und streckte eine Hand nach Tess aus, als erwarte er ihre Sympathie.

»Was?«

»Ich muß Ihnen sagen, Sie müssen wissen –«

»Ja?« Das war gut.

»Ich – ich möchte ins Johns Hopkins oder in die Uniklinik, nicht ins Bon Secours.«

Tess kniete sich neben ihn. »Und wie wäre es, wenn ich Sie auf eine Kugel beißen ließe, während ich das selber entscheide?«

28. Kapitel

Pitts kam in die Universitätsklinik. Gretchen ebenfalls; sie wurde dort auf eine Gehirnerschütterung untersucht. Die Ärzte hielten das für unwahrscheinlich, aber Tess wurde trotzdem gebeten, die Nacht bei ihr zu verbringen, für alle Fälle. Tess sah sich immer wieder mit den dringenden Fragen der Ärzte konfrontiert, die Näheres zu Gretchens Verletzung erfahren wollten, bis sie schließlich erkannte, daß man Gretchen für das Opfer einer familiären Auseinandersetzung hielt und Tess für ihre Angreiferin. Zum Glück hatten sie sich, bevor die Sanitäter kamen, eine Geschichte ausgedacht, eine Geschichte, die ihnen die Polizei vom Leib halten würde, zumindest für eine Weile: Gretchen war gestürzt, als ein Balken sich löste und sie mitten im Gesicht erwischte, und Pitts war die Treppe hinuntergeeilt, um Hilfe zu holen, als er stürzte.

»Das war aber ein schlimmer Abend«, sagte eine junge Ärztin, deren Stimme gleichzeitig skeptisch und mitfühlend klang und zu Geständnissen einlud.

»Ach, sagen Sie bloß«, sagte Tess. »Wann kann ich bitte meinen Onkel sehen?«

»Ja, Ihren Onkel.« Die Ärztin zog einen Stapel Papiere in einem Schnellhefter aus festem Papier zu Rate. Ihr Ausweiskärtchen, das sie an einem Kettchen um den Hals trug, gab ihren Namen mit MASSINGER, R. an. Mit ihrem runden Gesicht und den großen blauen Augen sah sie auf dem Foto ernst und ehrfürchtig aus, als sei sie von der Größe ihrer Aufgabe überwältigt. Im wirklichen Leben wirkte sie ganz ähnlich.

»Also, wohnt er mit Ihnen und Ihrer Gefährtin zusammen? Ist die Adresse in der Bayard Street seine Wohnung oder Ihre? Sie wissen ja, es kann sehr anstrengend sein, wenn man verschiedene Beziehungen unter einem Dach zu vereinen versucht. In einem solchen Haushalt mit mehreren Generationen können Konflikte exponentiell anwachsen, und das bringt viele Menschen aus der Fassung. Dafür muß man sich nicht schämen, aber dafür gibt es Hilfe.«

Die letzten Sätze klangen, als hätte sie sie aus einem Textbuch oder einer Broschüre auswendig gelernt. In einer anderen Stimmung hätte Tess wahrscheinlich die Ironie zu schätzen gewußt, die darin lag, daß sie von dieser gesteigerten Sensibilität gegen häusliche Gewalt Zuspruch bekam. Heute abend jedoch dachte sie nur, daß Baltimores soziale Hilfsdienste immer dann am besten zu arbeiten schienen, wenn sie ihr einen Strich durch die Rechnung machten.

»Gretchen ist meine Geschäftspartnerin«, sagte sie und versuchte, eine Geduld zu zeigen, die sie nicht empfand. »Wir leben nicht zusammen. Das Haus in der Bayard Street ist eine der geschäftlichen Niederlassungen meines Onkels.« Jedesmal, wenn sie die Lüge ihrer verwandtschaftlichen Beziehung zu Pitts wiederholte, schickte sie im Geist eine Entschuldigung an ihre wirklichen Onkel aus Fleisch und Blut, da sie sich fühlte, als habe sie sie verleumdet. »Kann ich ihn jetzt sehen?«

Die Ärztin sah Tess weiterhin skeptisch an. Aber sie konnte nichts machen, solange die Geschichten zusammenpaßten. Sogar Pitts stimmte in diesen Gesang mit ein, denn Tess und Gretchen hatten ihm erklärt, er werde sofort aus dem

Krankenhaus ins städtische Gefängnis gebracht, wenn er nicht tue, was sie ihm sagten.

»Ja, ich denke schon«, sagte Frau Dr. R. Massinger resigniert. »Der Bruch ist letztlich gar nicht so schlimm; er hat Glück gehabt. Aber ich muß Sie warnen, er ist von den Schmerzmitteln noch ein wenig benommen.«

Um so besser.

Pitts, der in einem Bett in einem der durch Vorhänge abgeteilten Untersuchungszimmer hochgebettet lag, das linke Bein in einem Flexicart-Gips, war nicht so benommen, daß er nicht mit einem Blick gleichzeitig Angst und Ärger hätte ausdrücken können.

»Daran sind nur Sie schuld«, verkündete er und kreuzte die Arme über der Brust.

»An Ihrem Unfall? Das glaube ich nicht. An der Zusammenkunft in Ihrem Warenlager? Unbedingt. Aber andererseits wäre es zu beidem nicht gekommen, wenn Sie nicht – wie sagte Ensor noch gleich? – so verdammt clever gewesen wären.«

»Ich bin auch clever«, murmelte Pitts. »Cleverer jedenfalls, als das manche Leute wahrhaben wollen.«

»Wissen Sie was? Da stimme ich Ihnen zu. Und jetzt müssen Sie mir sagen, was Sie mit all dieser Ihrer Hirnkraft zu erreichen versucht haben.«

Pitts drehte den Kopf zur Seite, als käme es ihm zu, das Gespräch zu beenden. Tess ging einfach um das Bett herum und näherte ihr Gesicht dem seinen, so weit sie es ertragen konnte. Er roch nach Pfefferminze und Rasierwasser und Schweiß und noch etwas – dem vollen, hormongeschwängerten Geruch, den der Körper ausströmt, wenn er dem Tod nahe ist.

»Bis jetzt habe ich die Polizei noch nicht gerufen. Wenn Sie jetzt nett zu mir sind und mir sagen, was ich wissen will, gebe ich Ihrem Rechtsanwalt einen Vorsprung vor der Polizei.«

»Das ist kein großer Gefallen. Die Bullen müssen mich doch sowieso mit meinem Anwalt sprechen lassen.«

»Das schon«, stimmte Tess zu. »Aber wenn Sie gleich mit dem Anwalt drohen, werden sie Ihnen mit größerer Wahrscheinlichkeit mehrere Mordanklagen anhängen. Nun besitzen Sie da ja ein ganzes Warenlager voller, wie ich annehme, gestohlener Sachen, aber ich glaube eigentlich nicht, daß Sie fähig wären, jemanden zu töten. Also sprechen Sie mit mir und dann mit Ihrem Anwalt, dann verbessern Sie Ihre Chancen, nicht als Beteiligter oder Helfershelfer im Fall Bobby Hilliard angeklagt zu werden.«

Er sah erschrocken aus. »Könnte das passieren? Weil, ich habe nichts – ich habe wirklich nicht das allergeringste mit den Morden oder dem Angriff auf Shawn zu tun.«

»Das könnte allerdings passieren.«

Neben dem Bett stand ein Stuhl, und Tess nahm darauf Platz, damit sie nicht mehr Nase an Nase mit Pitts war. Sein Gesicht schien sich zu entspannen – die Stirnfalten verschwanden, und die Backen sahen nicht mehr ganz so aufgeblasen aus –, und Tess erkannte, daß er in gewisser Weise erleichtert war, wenigstens einmal die Wahrheit sagen zu können. Lügen strengt an, und Pitts, den ja auch noch die Schmerzmittel umnebelten, war diese Anstrengung leid.

»Ich bin Antiquitätenhändler, und zwar ein guter«, fing Pitts an, mit einem Seufzer, der zugleich erschöpft und schuldbewußt klang. »Shawn Hayes benutzte mich schon jahrelang, um das ganze Land, und auch noch die Nachbarstaaten, nach Fundstücken auf dem legalen Markt durchzukämmen. Aber irgendwann wurden er und Jerold Ensor scharf auf Sachen, die man auf dem offenen Markt nicht kaufen oder verkaufen konnte. Sie kamen mit allem möglichen Gerede über Partnerschaft daher – ich sollte ihnen beschaffen, was sie wollten, egal, mit welchen Mitteln, und es würde uns dann gemeinsam gehören.«

»Warum haben Sie sie nicht einfach zahlen lassen, soviel Sie herausschinden konnten, und sind mit Ihrem Geld zufrieden gewesen? Warum wollten Sie eine Partnerschaft?«

Pitts hätte nicht melancholischer dreinschauen können. »In meinem Beruf kann man es sich nicht leisten, die Sachen zu behalten, die man will. Auch wenn man eine absolut einzigartige Entdeckung macht – die Ming-Vase bei einem Garagenverkauf –, muß man sie verkaufen. So ist das in diesem Geschäft. Glauben Sie vielleicht, ein Mensch möchte Keksdosen und Salzstreuer sammeln? Nein, ich habe mich deshalb darauf spezialisiert, weil sie nicht wirklich wertvoll waren, als ich damit begann. Heutzutage wären, ehrlich gesagt, sogar die Keksdosen für mich unerschwinglich. Alles ist heute so teuer. Kleine alte Damen, die einem vor zehn Jahren einen signierten Stickley noch für 20 Dollar verkauften, wollen jetzt Tausende für irgend so einen Scheiß von Montgomery Ward. Ich nenne das den Ausverkauf Amerikas per e-Bay.«

Tess widersprach nicht – auch sie hatte diese seltsame neue Gier kennengelernt –, aber dieser Spur wollte sie jetzt nicht folgen.

»Und was hat das alles mit Bobby Hilliard zu tun?«

»Ich wußte von vielen Schatzkammern illegaler Ware hier im Land. Ich nannte das Baltimorabilia, obwohl das die Sache nicht ganz trifft, aber Marylandia klingt nicht so gut, finden Sie nicht auch? Ich wußte, von wem es hieß, daß er eine Locke von Poes Haar habe, zum Beispiel, oder die Opernhandschuhe der Herzogin von Windsor. Shawn Hayes wußte das übrigens auch: Diejenigen, die sich dieser Leidenschaft hingeben, haben immer das Gefühl, sie müßten darüber quasseln, Andeutungen fallenlassen, vor Leuten damit angeben, denen sie trauen zu können glauben. Sonst wäre es ja auch, als ob man eine Nachtigall hätte, den Käfig aber immer zugedeckt ließe. Und Shawn war klug. Er wußte, daß es, wenn man etwas stahl, das in illegalem Besitz war, für die Geschädigten außerordentlich schwierig wäre, laut zu protestieren.«

Pitts' Stimme verlor sich, wobei unklar blieb, ob ihn nun die Schmerzmittel davontrugen oder eine Träumerei über Marylandia. Nein, Baltimorabilia. Er hatte schon recht, der letztere Ausdruck war viel besser.

»Aber Bobby –«, drängte ihn Tess.

»Bobby? Ach so, Bobby. Na ja, denken Sie doch mal nach. Ich brauchte einen Prellbock, jemanden, der für mich selbst auf die Suche ging. Ich brauchte jemanden, der in den Häusern, die ich ausgekundschaftet habe, Inventur machen konnte, der kleinere Stücke mitgehen lassen und mir sagen konnte, was es dort sonst noch gab. Jemand, der ein Fenster offenlassen oder mir das Sicherheitssystem im Haus erklären und mir sagen konnte, wann der Besitzer verreist war.«

»Und wie haben Sie das angestellt, etwa per Kleinanzeige im *Leuchtturm*: ›Gesucht: freischaffender Kleptomane, flexible Arbeitszeit, angenehmes Betriebsklima‹?«

»Sehr witzig«, sagte Pitts, und die Gelegenheit, sich über sie lustig zu machen, schien ihn zu wecken und aus seinem Traumland zurückzuholen. »Manchmal braucht man nichts als die Gabe, durch Zufall eine glückliche Entdeckung zu machen. Ich war eines Tages in einer Kommissionshandlung in Hampden, im ›Turnover‹, und sah Bobby ein ledergebundenes Schächtelchen einstecken – nicht wertvoll, aber sehr hübsch. Er hatte Geschmack. Ich folgte ihm. Er war so dankbar, als er erkannte, daß ich ihn nicht reinreiten wollte, sondern ihn erwählt hatte, weil ich seine Wahl bewunderte. Es war lediglich eine Frage der Zeit, bis ich seine Dankbarkeit in Dienstbarkeit verwandelt hatte. Als ich auch noch erfuhr, daß er kellnerte, war die Sache perfekt. Es war kein Problem, ihm einen Job bei einer Catering-Firma zu beschaffen, und zwar bei einer, die oft für die besseren Partys engagiert wird.

Und als dann Shawn Hayes allen von dieser bestimmten Catering-Firma vorschwärmte, bekam sie natürlich noch mehr Aufträge. Shawns Meinung in solchen Punkten hatte immer sehr viel Gewicht.«

»Verstand Bobby, was Sie taten?«

»Mehr oder weniger. Es schien ihn zu amüsieren. ›Ihr verdient alle nicht, etwas von diesem Zeug zu besitzen‹, hat er zu mir einmal gesagt. Seine Haltung schien zu sein, wenn der und der etwas gekauft hatte, obwohl er wußte, daß es illegal war, was interessierte es dann ihn, wenn wir die Besitzverhältnisse zugunsten von Shawn und Jerold veränderten? So nannte er das, was wir machten. Die Besitzverhältnisse verändern.«

»Ein hübscher Euphemismus«, sagte Tess. Sie fragte sich, ob krankhafte Geschwätzigkeit wohl eine der üblichen Nebenwirkungen beim Gebrauch von Schmerzmitteln sei. »Wie lange ging denn diese glückliche kleine Gaunerchose so?«

»Oh, alles in allem vier Jahre lang. Wir mußten uns Zeit lassen. Unsere Opfer konnten zwar nicht die Polizei einschalten, aber wir mußten trotzdem aufpassen. Wir wollten nicht, daß irgendwann ein Muster zu erkennen war.«

Und doch sind Muster unweigerlich irgendwann zu erkennen, dachte Tess, so wie das Kaleidoskop bei jeder Drehung ein neues Muster hergibt. Es ging einfach nur darum, die richtige Perspektive zu bekommen, weit genug entfernt zu sein. Tess erkannte allmählich, wie die Dinge zusammenpaßten – und was nicht paßte.

»Dieses Warenlager in der Bayard Street – das ist vollgestopft mit Sachen, die Hayes und Ensor gern gehabt hätten, aber Ensor hatte sie vorher noch nie gesehen. Haben Sie auf denen gesessen wie auf Spekulationsobjekten und darauf gewartet, daß der Wert stieg, so daß Sie sie teurer hätten verkaufen können? Oder konnten Sie es einfach nicht ertragen, sie herzugeben?«

»Ein wenig von beidem«, gab Pitts zu, und zwar mit einem stolzen Unterton, als sei Doppelbetrug eine besonders seltene Form von Verfeinerung. »Ich hortete sie als ... Machtmittel. Sie müssen bedenken, wir sollten ja eigentlich ein Team sein, Shawn, Jerry und ich. Manche Objekte sollten wir gemeinsam besitzen, die sollten von einem Haus zum anderen gehen wie eine Wanderausstellung von einem Museum zum anderen. Aber Shawn weigerte sich, die beiden kostbarsten Stücke mit uns zu teilen. Er sagte, er sei der einzige, der die richtigen Sicherheitsvorkehrungen bei sich zu Hause besitze. Nachdem Jerry und ich ausgeraubt worden waren, sagte er, das beweise nur, daß er recht habe. Später – bevor er überfallen wurde – habe ich mir sogar überlegt, ob er nicht selber dafür verantwortlich war, ob er unsere Häuser hat überfallen lassen, um diese Entschuldigung zu haben. Aber es war natürlich Bobby.«

»Bobby? Warum?«

Pitts zuckte mit den Achseln, so gut er das überhaupt konnte, bei all den Krankenhauskissen, die um ihn herum festgestopft waren. »Das weiß nur er. Ich denke, es amüsierte ihn, daß er uns das antun konnte, was wir anderen angetan hatten. Wir sind nicht gleich darauf gekommen. Wissen Sie, die Einbrüche in mein Haus und in das von Jerry sahen ganz anders aus als unsere eigenen, die ja mit chirurgischer Feinheit durchgeführt wurden; sie waren eher so, wie es normalerweise für Baltimore typisch ist. Ein Mordsdurcheinander. Und Sachen geklaut, die man gut versetzen kann.« Er sah kleinkrämerisch drein. »Obwohl er doch den wunderbaren Hamilton Beach Mixer mitgenommen hat, den ich besaß, so einen, wie er an der Theke in Drugstores für Milchshakes verwendet wurde. Das hätte mir ein Fingerzeig sein müssen.«

»Und das Armband?« drängte Tess. »Sie sind doch heute abend zu Ihrem Warenlager gekommen, weil in meiner

Nachricht versprochen wurde, daß Sie es zurückkriegen. Aber ich sollte Ihnen wohl sagen, daß es die Polizei hat. Die Hilliards haben es vorige Woche ausgehändigt.«

»Es gehört mir«, sagte er wild. »Sie werden es mir zurückgeben müssen.«

»Wahrscheinlich«, sagte Tess und spürte einen Stich wegen Vonnie Hilliard. Sie hätte es niemals getragen, aber wie gern hätte sie es hie und da angeschaut und sich an den Sohn erinnert, der es ihr geschenkt hatte. »Aber ich hörte Ensor sagen, daß es nicht besonders wertvoll ist.«

»Für mich ist es wertvoll. Es gehörte meiner Mutter«, sagte Pitts steif, als würde er von einem Liebhaber sprechen, der ihn betrogen hatte. »Bobby wußte, daß es keinen wirklichen Wert hatte, aber einen unendlich hohen Gefühlswert. Er nahm es nur mit, um mich zu verletzen, um zu zeigen, daß er die Oberhand hatte. Aber ich wußte gar nicht, daß es fehlte, bis zu dem Überfall auf Shawn. Ebenso wie Jerry dachte ich nicht im Traum daran, daß etwas wirklich Wertvolles aus meinem Haus fehlen könnte. Das war eine interessante Wendung, muß ich zugeben, und sehr clever von Bobby. Wir zeigten die Einbrüche an, weil wir nicht darauf kamen, wer uns beraubt hatte und was alles fehlte. Das brachte uns überhaupt erst die Polizei ins Haus. Und, das versteht sich ja wohl von selbst, wir zogen es vor, die Aufmerksamkeit der Polizei unter allen Umständen zu vermeiden.«

Tess lächelte hinter vorgehaltener Hand. Bobby Hilliard hatte einen gewissen Humor besessen. Nachdem er dafür bezahlt worden war, Pitts dabei zu helfen, Diebe zu bestehlen, hatte er beschlossen, die Männer zu berauben, die ihn beschäftigten. Aber wozu? Und warum mußte es so böse enden? Über Bobbys frühen Eskapaden lag noch so eine gewisse Romantik à la *Hier braucht es einen Dieb, um einen Dieb zu fangen*, doch die ließ sich überhaupt nicht mit dem Angriff auf Shawn Hayes in Verbindung bringen.

»Ich bin etwas verwirrt in bezug auf die zeitliche Abfolge. Bei Ensor wurde im Sommer eingebrochen, bei Ihnen im Herbst. Aber wann sahen Sie, daß das Armband fehlte?«

»Nachdem Shawn –« Pitts konnte den Satz nicht beenden. »Ich rief die Familie an und sagte, daß mir Shawns Besitz vertraut sei. Schließlich war ich sein Antiquitätenhändler. Es war sinnvoll, wenn ich Inventur machte. Alles war da – bis auf die beiden wertvollsten Stücke. Da rief ich Jerry an und sagte zu ihm, er solle nachsehen, ob aus seiner Sammlung etwas fehle. Und natürlich hatte jemand den Splitter von Poes Sarg gestohlen, den Jerry in einer Schublade in seinem Studio aufbewahrte.«

»Und das wußte Bobby?«

»Ich habe es ihm leider gesagt«, sagte Pitts. »Er zeigte langsam so viel Interesse für unser ... Sammeln, und er schien uns so gar nicht dafür zu verurteilen. Er fing sogar an, uns noch weitere Opfer vorzuschlagen, auf die er kam, wenn er bei der Arbeit Gesprächsfetzen mit anhörte. Aber als ich sah, was bei Shawn fehlte – genau diese beiden Stücke, die Shawn in einer verschlossenen Schublade in einem alten Schreibtisch aus der Kolonialzeit aufbewahrte –, da wußte ich, daß er uns betrogen hatte. Das waren nämlich die einzigen Stücke, die fehlten. Das heißt, die und die Waffe, von der wir glauben, daß sie bei dem Überfall benutzt wurde.«

»Die Waffe«, sagte Tess. »Ach ja. Sie und Jerold Ensor sprachen von einer ›Lanze‹, als Sie sich vorhin stritten. Was war das?«

»Wissen Sie etwas über Marylands Geschichte im Bürgerkrieg?«

Ehrlichkeit verpflichtete Tess, den Kopf zu schütteln. »Ich weiß, daß die Nordstaaten die ersten Gefallenen hatten, weil der Mob gewalttätig wurde. Und daß Francis Scott Keys Nachkomme einen Großteil des Kriegs als Gefangener in Fort Henry verbrachte. Aber das ist auch schon ungefähr alles.«

»Das reicht auch. Ross Winans, der bei der Eisenbahn ein Vermögen verdient hatte, wollte den Bürgern Baltimores helfen, sich zu verteidigen. Er befahl die Herstellung der Winans-Lanze, einer groben, aber effektvollen Waffe, die eineinhalb Meter lang und mit einer Stahlspitze versehen war. Aber die Truppen der Nordstaaten erwischten den Transport und zerstörten fast alle, indem sie sie einfach zerbrachen. Irgendwie blieben aber doch ein paar heil. Die in Shawn Hayes Salon war eines der ersten Stücke, das ich für ihn gesucht hatte.«

»Hat die auch Bobby für Sie gestohlen?«

Pitts zog ein Gesicht. »Wir mußten nicht alles stehlen. Manchmal haben wir auch einfach nur mit Geld bezahlt, mit sehr viel Geld.«

»Wie bei Toots Bargers Kegelpokal?« Tess konnte sich an Mary Yerkes' Geschichte erinnern und daß ihr der inzwischen verstorbene Händler gesagt hatte, sie könne beim Wettbewerb für solche Schätze niemals mithalten.

»Ja, der steht bei Jerry im Untergeschoß, das in Zirbelkiefer neu vertäfelt ist. Er hat ihn auf dem Kaminsims stehen. Jedenfalls glaubt er, er hat den echten, aber ich habe ihn selbst behalten und ihm eine Fälschung angedreht. Sie müssen verstehen, ich war immer der Mittelsmann, so daß Shawn und Jerry niemals riskieren mußten, ihren Ruf zu schädigen. Ich hatte sämtliche Risiken zu tragen; sie nahmen sich sämtliche Belohnungen. Und wenn wir erwischt worden wären, hätte ich die Strafe abgesessen.«

Tess dachte, daß Bobby vielleicht dasselbe empfunden hatte.

»Diese Lanze fehlt also, und darum denken Sie, daß Hayes mit der angegriffen wurde?«

»Ja. Ja, ich fürchte, so ist es«, sagte Pitts, und es wurde nicht ganz klar, ob sich sein Kummer auf seinen Geschäftspartner bezog, der noch immer im Koma lag, oder auf den Verlust eines wertvollen Objekts.

»Aber Sie sprachen von zwei weiteren Objekten.« Tess fiel ihr anonymer Anrufer wieder ein, der gesagt hatte, *sie* wären einen Mord wert. »Die zwei Dinge, die Shawn Hayes entwendet wurden. Was war das?«

»Das waren einfach die Kronjuwelen unserer Sammlung«, sagte Pitts, »einfach die beiden großartigsten Stücke, die ich je gefunden habe, Entdeckungen, die alles andere in den Schatten stellten. Ich habe sie einer alten Dame abgekauft, die selber eine Diebin war, aber eine törichte Diebin, die ihre Bedeutung nicht begriff. Wenn sie gewußt hätte, was sie da in Wirklichkeit besaß –«

»Was denn nun?« Tess war am Ende ihrer Geduld.

»Genau die Sachen, für die Edgar Allan Poe vielleicht getötet worden ist, in seinen letzten Tagen in Baltimore.«

29. Kapitel

Eine Viertelstunde später zog Tess mit einer schnellen Bewegung den Vorhang auf, der Pitts' Bett in dem Untersuchungszimmer umgab – und wäre fast stracks in Frau Doktor R. Massinger hineingelaufen, die in dem Bereich vor dem Vorhang herumschwebte. Tess hoffte, sie habe nicht gelauscht. Wenn doch, wie würde sie sich Pitts' schluchzendes Geständnis zusammenreimen, diese seltsame kleine Erzählung, die gerade aus ihm herausgepurzelt war?

»Ich muß zu Gretchen, um ... ihr das Rezept zu bringen«, sagte sie zu der jungen Ärztin, die ein Diplom im seelenvollen, mitleidenden Blicken zu haben schien. »Bitte, lassen Sie meinen Onkel nicht gehen, was auch geschieht.«

»Wenn er nach Hause will, ist es hier im Krankenhaus gang und gäbe –«

»Ich bitte Sie –« Tess hielt inne, nahm sich zusammen und versuchte, die Rolle zu spielen, die man von ihr erwartete, die liebevolle Nichte. »Sie müssen verstehen, Onkel Arnold ist ein stolzer alter Kauz. Er denkt, er kommt allein zurecht, aber das kann er eindeutig nicht. Ich bringe Gretchen jetzt, was sie braucht, und dann schaffen wir beide ihn zu mir nach Hause. Aber er dreht durch, wenn Sie ihm sagen, daß er heute nacht nicht in seinem Bett schlafen kann. Ich habe ihm schon gesagt, daß ein Freund von ihm bald hiersein wird, Horatio Lyman.« Typisch Pitts, einen Anwalt mit einem Namen aus einem Roman des 19. Jahrhunderts zu haben. »Wenn er fragt, sagen Sie ihm, Lyman sei schon unterwegs. Wir sind gleich wieder da.«

»Aber wenn er doch will –«

»Sie sind ein Schatz«, sagte Tess und eilte davon. Sie hatte ihre ganze Selbstbeherrschung gebraucht, um nicht über die Schulter zurückzurufen: *Achten Sie überhaupt nicht auf den Mann da hinter dem Vorhang.* Wann würde sie Gelegenheit haben, *das* noch einmal zu sagen?

Gretchen, die einen Eisbeutel an ihren geschwollenen Kiefer hielt, stellte weniger Fragen, als Tess sie packte und zum Auto zog, aber nur, weil ihr das Sprechen noch schwerfiel.

»Du weißt hoffentlich, was du tust?«

»Eigentlich nicht«, sagte Tess. »Aber ich weiß, was wir suchen. Zwei Schmuckstücke: einen goldenen Käfer mit Augen aus Saphir und ein Medaillon. Arnold Pitts sagt, Poe habe sie bei sich getragen, als er in seinen letzten Lebenstagen von Richmond nach Baltimore fuhr. Aber er hatte sie nicht mehr, als er gefunden und ins Washington Medical College gebracht wurde, wo er starb, und es gibt nichts Schriftliches, daß sie überhaupt existiert haben.«

Sie klärte Gretchen über alles auf, was Pitts gesagt hatte. »Pitts sagte, er müsse den Grabbesucher finden, denn Bobby behauptete, ihm diese beiden Objekte gegeben zu haben, nachdem er sie aus Shawn Hayes' Haus entwendet hatte.«

»Wann? In der Nacht, als Bobby ermordet wurde, oder früher? Es müßte aber früher gewesen sein, damit er einen Grund hatte, mir diesen Auftrag zu geben, oder?«

»Nicht unbedingt«, sagte Tess. »Pitts glaubt, Bobby habe gelogen, um sich zu schützen, und erst später beschlossen, die Lüge wahr werden zu lassen. Überleg doch mal: Er hat da dieses Diebesgut, dieses unglaublich wertvolle Zeug, das nicht einmal als gestohlen gemeldet werden kann und ihn andererseits mit dem Überfall auf Shawn Hayes in Verbindung bringen würde. Er könnte es natürlich behalten, aber Pitts und Ensor sind hinter ihm her. Also gibt er es jemandem, den jeder kennt – und doch niemand kennt. Er tut es vor Augenzeugen. Wenn er nicht ermordet worden wäre, hätte er damit durchkommen können.«

»Aber wie können denn eine goldene Anstecknadel und ein Medaillon es wert sein, daß man dafür mordet?«

»Weil es eben nicht nur irgendein Medaillon ist. Es ist ein Memento mori.«

»Ein was?«

»Ich kannte den Ausdruck vorher auch nicht, außer als Titel von einem Roman von Muriel Spark«, sagte Tess. »Das ist ein Schmuckstück, das an jemanden erinnert, der tot ist, und oft das Haar des Toten in die Gestaltung mit einbezieht. Wenn Pitts die Wahrheit sagt, war bei diesem das Haar von Virginia, Poes Frau, eingearbeitet. Es wäre also unglaublich wertvoll – wenn Pitts die Wahrheit sagt.«

»Ein großes ›Wenn‹«, murmelte Gretchen.

Das stimmte. »Deswegen fahren wir jetzt auch direkt zum Poe-Museum. Im *Leuchtturm* kam in der Woche, als Bobby ermordet wurde, eine Aufzählung der verschiedenen Theorien zu Poes Tod, aber da stand nichts über goldene Käfer und Medaillons, und in den Biographien habe ich auch nichts darüber gelesen. Ich habe vorhin meinen Onkel Donald angerufen, der hier Kontakte zu allen möglichen Leuten hat, und habe ihn darum gebeten, daß uns dort jemand empfängt. Irgendwie hat er das auch hingekriegt.«

»Onkel Donald? Ist das eines der schwarzen Schafe in deiner Familie, mit denen Pitts dir gedroht hat?«

»Eher ein hellgraues«, sagte Tess. »Er sagt immer gerne, auf seinem Grab soll stehen: NIEMALS ANGEKLAGT.«

Mit ihrem bukolischen Namen hätte die »Straße der Freundschaft« eigentlich auf dem Lande sein und über Wiesen und Haine von Bäumen blicken sollen. Zu Poes Zeiten war das auch so gewesen. Aber die Stadt hatte die Straße schon vor langer Zeit eingeholt, und sie lag jetzt in einem der schlimmsten Viertel von Baltimore, von Sozialwohnungen umgeben. Diese niedrigen Häuser hießen die Poe-Häuser, ein grausamer und ironischer Tribut. Die Stadt mußte während der normalen Öffnungszeiten eine Polizeistreife die Straße auf und ab fahren lassen, um etwaige abenteuerlustige Touristen zu schützen, die sich hierherwagten.

Doch hier, mitten in der Straße der Freundschaft, stand das winzig kleine Ziegelhaus, in dem Poe in den dreißiger Jahren des 19. Jahrhunderts mit Marie und Virginia Clemm gewohnt hatte. Es wirkte verlassen und ein wenig müde, als würde es eines Tages einfach unter seinem eigenen Gewicht zusammenbrechen.

Jeff Jerome, der Leiter der Poe-Gesellschaft, hatte zu Hause ein kleines Kind und ließ sich deshalb entschuldigen, daß er diese private Führung nicht geben könne, hatte aber an seiner Stelle einen Dozenten geschickt. Tess empfand bis jetzt keine besonderen Schuldgefühle, daß sie sich unter einem Vorwand hier einschlichen – bis die Holztür aufging und sie sah, daß der Dozent sämtliche Utensilien Poes angelegt hatte. Gretchen, die sonst vor nichts erschrak, fuhr zurück, als sie den Mann in dem weißen Kragen, der schmalen Krawatte und der groben schwarzen Perücke sah.

»Willkommen in meinem Hause«, intonierte er.

Tess seufzte innerlich. Dies alles erinnerte sie sehr an eine Fahrt nach Appomattox, als sie noch auf der Oberschule gewesen war. Auf diesem Schauplatz des Bürgerkriegs gab es Schauspieler, die die verschiedenen Archetypen des Bürgerkriegs darstellten – den Soldaten der Nordstaaten, den Pfadfinder der Konföderierten –, die die Besucher über das Gelände führten und didaktisch zu »interagieren« versuchten. Lee war nicht der einzige, der damals bereit gewesen war, die Waffen zu strecken.

»Ich heiße Tess Monaghan«, sagte sie, »und das ist meine Mitarbeiterin, Gretchen O'Brien.«

Gretchen runzelte die Stirn bei dem Wort »Mitarbeiterin«, und Tess erkannte, daß sie dachte, das bedeute, sie stehe tiefer. »Wir sind Partnerinnen«, fügte sie hinzu, in der Hoffnung, daß sie das besänftigen werde.

»Partnerinnen, die im Auftrag der Talbot Foundation kommen, soviel ich weiß?« fragte Poe hoffnungsvoll. Tess fragte sich, ob die tiefe, einschläfernde Stimme auf irgendwelche historischen Vorgaben zu Poes tatsächlicher Stimme beruhte. Sie selbst erinnerte das eher an den Gastgeber von irgendwelchen mitternächtlichen Horrorfilm-Marathons, lokalen Mickertypen, der sich als Vampir oder Gespenst verkleidete und bei jeder Werbeunterbrechung den Mond anheulte.

Dann aber dachte Tess daran, daß der Mann in der schlechten Perücke ein Mensch war, ein Mensch, der ihr einen ungeheuren Gefallen tat, indem er das Museum ein paar Minuten vor Mitternacht für sie öffnete. Sie selbst hingegen – sie selbst war eine Betrügerin, die mit Geld winkte, das sie gar nicht zu vergeben hatte, vor einem Museum, das es gewiß nicht bekommen würde.

»Ja«, sagte sie. »Vielen Dank, daß Sie damit einverstanden waren, uns das so kurzfristig zu ermöglichen. Die Talbots sind ja berühmt für ihre Impulsivität.«

»Und berühmt für ihre Großzügigkeit«, sagte Poe, und über Tess schwappte eine neue Welle von schlechtem Gewissen hinweg. »Also gut, wollen Sie die volle Führung, oder möchten Sie das Haus lieber selbst erkunden?«

»Lassen Sie uns erst mal allein durchgehen«, sagte Tess, denn es kam ihr grausam für alle Beteiligten vor, wenn sie den Mann gezwungen hätte, seinen ganzen Auftritt zu spielen. »Wir möchten nur sehen, was Sie hier haben, und Ihnen ein paar Fragen stellen, wenn wir durch sind.«

Gretchen warf ihr hinter dem Rücken des Dozenten einen schnellen Blick zu, und Tess zuckte die Schultern. Sie hatte das Gefühl, daß sie es ihm – und Poe – schon aus Höflichkeit schuldig war, wenigstens so zu tun, als würden sie sich ansehen, was hier war. Es konnte ja nicht länger als ein paar Minuten dauern.

Obwohl es drei Stockwerke umfaßte, war das Poe-Haus winzig und hatte insgesamt weniger Quadratmeter als das Mu-sieum von Mary Yerkes. Es besaß einige Gegenstände und Erinnerungsstücke aus Poes Leben. Doch vieles von dem, was es hier zu sehen gab, war nur typisch für die damalige Zeit im allgemeinen und nicht für das Leben des Schriftstellers im besonderen. Tess und Gretchen schauten sich alles an, so schnell sie konnten, und bemerkten unter anderem das Porträt der jungen Virginia oder eine Information über eine Medaille, die von Poes Denkmal gestohlen worden und später wiedergefunden worden war. Aber nein, nichts über Medaillons, nichts über goldene Käfer.

Im zweiten Stock, in einer sprichwörtlichen Dachkammer, wo ihr Kopf fast die Decke berührte, blieb Tess an einem Schreibtisch stehen, der vor einem Fenster aufgestellt war. Auch hier wieder nicht Poes wirklicher Schreibtisch und nicht die Aussicht, die Poe gehabt hatte und die bestimmt bedeutend heiterer gewesen war als jetzt das leere, mit Abfall übersäte Grundstück und die Rückseite verschiedener baufälliger Reihenhäuser. Hier hatte er »Berenice« geschrieben, eine Horrorstory, die so schrecklich war, daß er am Ende Teile davon wieder gestrichen hatte, um das Feingefühl seiner Zeit nicht zu verletzen. Es ging dabei um eine Frau, die lebendig beerdigt wurde, was im 19. Jahrhundert eine sehr reale Angst gewesen war. Was würde Poe wohl schreiben, wenn er das heutige Baltimore sehen könnte? fragte sich Tess. Näherte sich die Stadt erst seiner Vision, oder hatte sie sie längst schon überholt? Irgendwo in der Nacht begann eine Glocke die Stunde zu schlagen. Es war Mitternacht. Wie passend.

Und Tess empfand endlich, was ihr an so vielen anderen Orten nie gelungen war, ein Gefühl der Verbundenheit mit diesem Schriftsteller, der ihr so wenig bedeutet hatte, bevor Arnold Pitts zu ihr ins Büro gekommen war. Poe war für sie nichts als ein muffiges Fossil gewesen, jemand, den man auf der Oberschule gezwungen war zu lesen, nichts weiter als ein »Nimmermehr«. Sie verstand jetzt, was Crow empfunden hatte, als er in der Eulenbar saß und von Fitzgerald träumte, und warum Mary Yerkes den Kegelpokal von Toots Barger haben wollte. Es spielte keine Rolle, daß die Einrichtung hier nicht mehr die von Poe war, daß der Blick verdorben war, daß sie von der Straße herauf laut und heiser ein Radio dröhnen hörte. Schließlich war auch das 19. Jahrhundert keine gar so anständige Zeit gewesen, es war auf seine Weise laut und ungebärdig gewesen und hatte nach Pferdedung und Kohlefeuer und Plumpsklosett gestunken. Aber dieses Gefühl – das war der Grund, warum Leute dafür kämpften, ein Gebäude zu erhalten, und warum manchmal bestimmte Dinge, ganz simple Dinge, so wichtig waren. Es ging dabei gar nicht um das alte Klischee von George de Santayana, daß man nämlich die Vergangenheit mit ihren Fehlern, wenn man sich ihrer nicht mehr erinnerte, noch einmal durchleben mußte. Sich an seine eigenen Fehler zu erinnern, war auch kein Talisman; Tess hatte die ihren in vollem Wissen immer und immer wiederholt. Die Vergangenheit war einfach um ihrer selbst willen wert, daß man sie kannte und sich an sie erinnerte. Sie lag nicht hinter uns, nie wirklich hinter uns, sondern unter uns, sie hielt uns, ein Fundament für alles, was da kommen sollte, und für alles, das jemals gewesen war.

»Hey, schau dir das mal an«, rief Gretchen, und Tess mußte sich wachrütteln, als käme sie aus einem Traum.

»Das« war das einzig bekannte Foto des Poe-Toasters, das von der Zeitschrift *Life* in den frühen neunziger Jahren gemacht worden war. Die Zeitschrift hatte ihn aus einer gewissen Entfernung aufgenommen, um seine Identität zu schützen. Und das war auch gelungen. Er war nichts als ein verschwommener Schatten.

»Das könnte jeder sein«, sagte Tess.

»Ja«, stimmte Gretchen zu.

Sie gingen zurück in den ersten Stock, wo Stühle vor einem Fernsehgerät mit einem Endlosvideo aufgestellt waren. Gretchen drückte auf den Startknopf, und was folgte, war, wie Tess ungern zugab, uralter Ramsch aus Baltimore – eine Mischung von Videofutter aus Nachrichtenprogrammen verschiedener Sender; ein fünf Jahre alter Reisebericht für irgendeinen Kabelkanal; und, ach ja, eine Serie von Angeboten des öffentlichen Dienstes, die gelaufen waren, als der Kanal 54 sein Vincent-Price-Wochenende gefeiert hatte.

Aber der Höhepunkt, wenn es schon kein besseres Wort dafür gab, war ein hier hergestelltes Video, in dem Poe einem Jungen erschien, der mit seinen Klassenkameraden durchs Museum ging. Der Schauspieler, der Poe darstellte, war gut, sein kleiner Kollege jedoch alles andere als ein Naturtalent. Er stand wie angewurzelt an einer Stelle und plärrte die Worte heraus, die er von einer imaginären Schautafel abzulesen schien, als würde ein Trainer seine Geschwindigkeit mit einer Radarpistole stoppen.

»Es-heißt-du-warst-verrückt-stimmt-das?«

Poe lächelte den Knaben freundlich an und versicherte ihm, das sei er nicht gewesen.

Die Informationen, die dabei vermittelt wurden, waren tatsächlich ganz gut und schufen eine vielfältigere Sicht auf Poe, als das die meisten kurzen Abhandlungen erlaubten. Am Ende, als Poe anfing, sich in Luft aufzulösen, dank ein paar ziemlich mickriger Effekte, rief der jetzt verlassene kleine Junge seinem neuen Freund zu: »Wo kann ich dich finden?«

»In den Büchern, Michael, in den Büchern.«

Gretchen kicherte so heftig, daß sie fast einen Hustenanfall bekam, und sogar Tess mußte zugeben: »Na ja, Hamlet war es nicht gerade, sollte es ja auch nicht sein. Trotzdem, es ist ziemlich genau.«

Aber weder hier noch sonst irgendwo im Museum war ein goldener Käfer erwähnt worden oder ein Memento mori der geliebten Virginia.

Sie marschierten nach unten, wo sie den Poe-Dozenten mit einem Handy beschäftigt fanden, mit den Papieren für die Pferdewette offen vor sich auf einem der gläsernen Schaukästen. »Und morgen bei der fünften –« Seine normale Sprechstimme war deutlich höher als seine Poe-Stimme und ein wenig nasal. »Warte mal, ich muß dich zurückrufen.« Er richtete sich auf, verstaute das Handy in seiner Brusttasche und war wieder Poe.

»Fanden Sie alles zu Ihrer Zufriedenheit, meine Damen?«

»Ja, natürlich«, sagte Tess. »Hören Sie bitte, ich hatte meinen Onkel speziell darum gebeten, Jeff Jerome zu fragen, ob es irgendwelche Forschungsergebnisse gäbe, die nahelegten, daß Poe ein Medaillon besaß, in dem sich eine Locke von Virginia Clemms Haar befand. Er sagte, das werde er mit jemand anderem klären, der sich besser als er selbst mit den Artefakten von Poe auskennt.«

»Ja, mit Jeff Savoye. Ich habe mit ihm gesprochen, als ich herfuhr, und er sagte, er habe noch nie von so etwas gehört. Er hatte seine Zweifel. Er unterhält eine Originalliste über Artefakte zu Poe auf der Website des Museums, in der steht, wo man sie finden kann. Und in manchen Fällen, wo sie zuletzt zu finden waren, bevor sie ›verschwanden‹.«

»Und was hielt er von einem goldenen Käfer, einer kleinen Anstecknadel mit Edelsteinaugen, die Poe angeblich zur Erinnerung an seine gleichnamige Geschichte bekommen hätte –«

»Daran hatte er noch größere Zweifel. Wenn Poe solch ein kostbares Spielzeug geschenkt bekommen hätte, wäre er bestimmt gezwungen gewesen, es irgendwann zu verkaufen. Er lebte immer von der Hand in den Mund.«

»Auch wenn es einen gefühlsmäßigen Wert gehabt hätte?«

»Poe war Schriftsteller. Gefühle konnte er sich nicht leisten.«

»Aber wenn solche Gegenstände doch noch gefunden würden, und wenn man ihre Echtheit auch nachweisen könnte –«

»Dann wären sie für uns äußerst interessant, oder für das Museum in Richmond oder das in Philadelphia –«

»Du lieber Gott«, fragte Gretchen. »Wie viele Museen braucht ein Schriftsteller überhaupt?«

Der Dozent sah sie mißtrauisch an. »Im Fall von Edgar Allan Poe halte ich drei für kaum angemessen.«

Gretchen verdrehte die Augen, und Tess stieß sie an.

»Wie könnte man die Echtheit von so etwas beweisen? Vorausgesetzt, sie wären tatsächlich vorhanden.«

Der Dozent fuhr sich mit dem Finger in den Kragen, als würde der ihn jucken. »Das fällt eigentlich nicht in meine Kompetenz, aber ich nehme an, Sie bräuchten dazu irgend etwas Schriftliches – Briefe von Poe oder jemandem, der ihm nahestand –, das auf diese Gegenstände hindeutet. Aber auch dann würde man es nie genau wissen. Geschichtliche Tatsachen in einem Disput zu beweisen, das ist eine schwierige Sache. Nehmen Sie zum Beispiel Poes Tod. Man kann vielleicht ein paar Theorien ausschließen oder durchlöchern. Aber der wahre Verlauf wird nie geklärt werden.«

»Warum gräbt man ihn nicht aus und benutzt die modernen Wissenschaften, um seine Überreste zu erforschen?« fragte Tess.

»Und stellt das auf dem Denkmal richtig, wenn man schon dabei ist«, murmelte Gretchen, die noch immer auf einen längst verstorbenen Steinmetz sauer war.

»Wozu? Es ist ja nicht so, als gäbe es da nach so vielen Jahren noch Blut und Gewebeproben. Manches soll eben ein Geheimnis bleiben.«

Aber diesem letzten Satz konnte Tess nicht zustimmen, nicht in diesem Fall.

Sie und Gretchen gingen in die bitterkalte Nacht hinaus und sahen sich vorsichtig nach allen Seiten um, bevor sie wieder in ihren Leihwagen stiegen. Tess hatte den Eindruck, sie sehe ein kleines Lächeln auf Gretchens schiefem Gesicht.

»Was ist?« fragte sie. *»Was ist?«*

»Es-heißt-du-warst-verrückt-stimmt-das?« rief Gretchen, wobei sie »Michael« perfekt imitierte.

»Ja«, sagte Tess. »Ganz klar, das bin ich. Also such mich in den Büchern, Michael. In den Büüüüüüüüüüüüüüchern!«

Sie fingen beide an zu lachen, fast hysterisch, in einer Art ausgelassener Fröhlichkeit, die gefährlich nahe an den Tränen war. Denn Tess wußte, und hatte den Verdacht, daß auch Gretchen es wußte, daß Arnold Pitts nicht im Krankenhaus auf sie warten würde. Gedopt mit Percoset, das linke Bein in Gips, hatte er es dennoch geschafft, sie in die Wüste zu schicken, während er in die Nacht hinaushumpelte und ein letztes Lachen auf ihre Kosten genoß.

30. Kapitel

»Dafür könnte ich euch beiden die Lizenz entziehen lassen.«

Tess und Gretchen ließen die Köpfe hängen wie zwei Schulmädchen, die im Büro des Schulleiters so tun, als würden sie bereuen. Gretchens Profil war wie versteinert, fast zornig, während sie diese Tirade ausgerechnet an einem Ort über sich ergehen lassen mußte, an dem sie schon mehr als genug gedemütigt worden war. Tess war zu müde, um mehr als Betäubtheit zu fühlen. Diese Drohung war so vorhersehbar, entsprach so sehr dem Klischee.

Das Überraschende dabei war nur, daß sie von Tyner kam, während Inspektor Rainer zusah, mit ruhigem Gesicht, den Mund zu einem rätselhaften, aber keineswegs ironischen Lächeln verzogen.

»Immerhin haben wir endlich das Motiv aufgedeckt«, sagte Tess und wunderte sich, daß ihre Stimme so quiekte. Einzig Tyner konnte sie so extrem in die Defensive treiben.

»Was denn für ein Motiv?« konterte Tyner. Rainer fuhr zusammen, als hätte Tyner ihn angeblafft, und warf einen versteckten Blick auf die Unterlagen des Falles, die aufgeschlagen vor ihm lagen. Tess wurde klar, daß er sich mehr als jeder andere Polizeibeamte der Mordkommission, den sie kannte, auf schriftliche Aufzeichnungen stützte. Zum Verkehrspolizisten ausgebildet, leistete er mehr, wenn es um die Maßnahmen nach einem Autounfall ging, als wenn er sich eine simple chronologische Reihenfolge merken sollte.

»Ich bin da jetzt selber ein bißchen verwirrt«, sagte der Inspektor. »Pitts hat ihnen gesagt, daß Bobby Gegenstände gestohlen hat, die es gar nicht gibt, wenn man von den eigenen Nachforschungen der Mädchen ausgeht.«

Die »Mädchen« tauschten einen Seitenblick, sagten aber nichts.

»Pitts hat sie verarscht«, schnauzte Tyner Rainer an, »damit er abhauen konnte, und sie sind glatt darauf reingefallen!«

Rainer zuckte mit den Achseln, als würde ihn das alles gar nichts angehen.

»Bobby Hilliard arbeitete für diese Männer, wandte sich dann gegen sie und begann, sie zu bestehlen, weil er wußte, daß sie nicht die Macht hatten, etwas gegen ihn zu unternehmen«, probierte es Gretchen, aber nicht einmal sie klang so ganz überzeugt.

Tess nahm diesen Faden auf. »Jeder der beiden kann ihn getötet haben, nur um sicherzugehen, daß er schweigt. Oder weil er darauf gekommen ist, daß einer von ihnen, vielleicht sogar beide, mit dem Überfall auf Shawn Hayes in Verbindung gebracht werden konnte. Dieses Trio bestätigt jedenfalls das Sprichwort, daß es unter Dieben keine Ehre gibt. Sie bestahlen ihre Freunde, sie hintergingen einander, sie versuchten einander sogar zu töten. Haben Sie schon einen Durchsuchungsbefehl für ihre beiden Häuser?«

Rainer nickte, noch immer mit demselben fröhlichen kleinen Lächeln.

Tyner hatte noch mehr als genug Wut in sich, um weiterzumachen. »Stört euch das gar nicht, daß wir jetzt nichts anderes haben als zwei Spuren, die kälter sind als der Friedhof, auf dem alles angefangen hat? Wenn diese Kinderdetektive hier Sie früher eingeweiht hätten, wären die Kerle jetzt vermutlich schon hinter Schloß und Riegel. Es hat nicht viel Sinn, wenn man weiß, wen man einsperren will, aber nicht, wo er ist. Wo *sie* sind«, verbesserte er sich.

»Eigentlich«, sagte Rainer, »haben wir es ganz gerne, wenn sie abhauen. Dann wissen wir, daß wir hinter den Richtigen her sind.«

Vor nicht ganz zwei Stunden hatte die Polizei Ensors rotkelcheneiblauen Mercedes auf einem Parkplatz für Langzeitparker am Flughafen von Philadelphia gefunden. Ein Schalterbeamter sagte, ein Mann mit Ensors Personalausweis habe ein Flugticket nach Mexico City verlangt und bar bezahlt. Man ging davon aus, daß Mexiko nur das Sprungbrett für ein anderes Land war, wo er schwerer zu finden – und schwerer auszuliefern – wäre. Tess mußte ihm zugestehen, daß er einen klugen Schachzug gemacht hatte: Indem er eine Chartermaschine benutzt hatte, die von Philadelphia aus flog, hatte er die Polizei düpiert, die seinen Namen samt Beschreibung allen größeren Fluglinien in Baltimore und Washington durchgegeben hatte.

Pitts hatte noch nicht mal so viele Spuren hinterlassen. Er und sein korallenroter Bus waren einfach verschwunden. Tess konnte nicht einmal der ernsten jungen Frau Dr. Massinger einen Vorwurf machen: Pitts hatte sich gar nicht abgemeldet, er ging einfach hinaus, nahm ein Taxi und fuhr hinüber zur Bayard Street, wo sein Bus stand. Die Polizei hatte den Taxifahrer gefunden, der ihn dorthin fuhr, aber sonst nichts. Ach ja, und man wußte, daß Pitts sein Rezept für Schmerztabletten um 2 Uhr morgens in einem die ganze Nacht offenen ›Rite Aid‹ in White Marsh eingelöst hatte. White Marsh lag im Norden der Stadt, dicht an der A 95, die nach Philadelphia führte, unter anderem. Tess kam zu dem Schluß, daß es nichts nützen würde, darauf hinzuweisen. Wenn Rainer nicht von selbst auf diese Verbindung kam, war sie für ihn nicht glaubwürdig.

»Ensor griff Pitts vor Ihren Klientinnen an«, sagte Rainer. »Pitts Geständnisse im Krankenhaus gegenüber Tess – die Einzelheiten über das, was er stahl, und wie er es machte – genügen für eine Gerichtsverhandlung, wenn man ihn findet. Ich weiß, daß der Fall Hilliard damit nicht offiziell als abgeschlossen gelten kann, aber ich kann in den Medien bekanntgeben, daß wir einen Verdächtigen identifiziert haben.«

»Nur im Fall Hilliard. Wir wissen noch immer nicht, wer Yeager erstochen hat.«

Rainer zuckte die Achseln. »Nicht mein Fall und nicht mein Problem.«

»Pitts glaubt, daß Ensor Yeager ermordet hat«, warf Tess ein.

»Warum?«

»Er hatte offensichtlich Angst, was in Bobbys kleinem schwarzen Buch stehen könnte. Er wußte ja nicht, daß Yeager das nur erfunden hat. Außerdem wird er nach Baltimore zurückkommen müssen.«

»Wie kommen Sie darauf?«

Tess dachte an das Haus am Bolton Hill. »Ensor lebt für seinen Besitz. Ich glaube nicht, daß er es erträgt, davon getrennt zu sein. Diese Besessenheit von den materiellen Dingen ist seine Achillesferse. Sie hat ihn dazu gebracht, zu stehlen und zu töten. Sie wird ihn auch zurück nach Baltimore und zu seinen Sachen bringen, gegen sein besseres Wissen. Er wird sich nicht anders helfen können.«

»Na toll«, sagte Rainer. »Dann findet er bestimmt irgend so einen Psychiater, der ihm bestätigt, daß er nicht zurechnungsfähig war.«

»Tun Sie doch alles, um ihn vor Gericht zu stellen, bevor man Ihnen den Fall aufgrund eines Gutachtens entzieht«, schlug Tyner vor. »Müssen Sie nicht eine Verhaftung vornehmen, bevor Sie den Fall als geklärt melden können?«

Rainer verfiel in ein zerstreutes Schweigen. Man konnte ihn im wahrsten Sinne des Wortes denken hören, dachte Tess. Er knirschte mit den Zähnen, schnalzte mit der Zunge und trommelte mit den Knöcheln auf seinen Schreibtisch. Das Ganze ließ Tess an ein aufziehbares Huhn denken, das sie einmal in einem Laden auf dem Land draußen an der Frederic Street gesehen hatte. Man mußte eine Münze in den Schlitz werfen, und es scharrte und gackerte und plusterte seine metallenen Federn auf, und nach einer halben Ewigkeit rollte ein winziger staubiger Gummiball heraus.

»Ich frage mich, warum er ausgerechnet nach Mexico City wollte«, sagte er schließlich. »Ich wäre eher an die Küste gegangen, nach Cancún oder Cozumel.«

Vor der Polizeiwache ließ Tyner es sich nicht nehmen, schnurstracks in seinen Bus zu steigen und davonzufahren. Er war immer noch sauer auf sie, auch wenn Rainer sich so kavaliersmäßig benommen hatte. »Unklug« war das Wort, das er gebraucht hatte, und Tess wunderte sich, wie sehr sie das traf. Was sie auch getan hatte, ob es richtig oder falsch gewesen war, es war durchdacht und wohlüberlegt gewesen.

Die ganze Stadt sah von hier aus grau aus – der Himmel, die Häuser. Tess schaute hinüber zur War Memorial Plaza und erinnerte sich an den sonnigen Sonntag, an dem Cecilia an dieser Stelle so viel Tumult ausgelöst hatte. Sie sah wieder die Hilliards vor sich, wie klein sie vor den riesigen Pferden ausgesehen hatten. Sie hatte ihnen gleich gesagt, daß sie Bobbys Unschuld nur feststellen konnte, indem sie die Schuld von jemand anderem bewies. Rainer ging davon aus, daß ihr das inzwischen gelungen war. Gretchen auch und Tyner ebenfalls, was das betraf. Sogar Pitts. Alle waren sich darin einig, daß Ensor Hayes angegriffen und wahrscheinlich auch Yeager ermordet hatte, aus Angst, er habe Beweise für seine Verbindung mit Bobby. Deswegen war er auch geflohen.

Sie wünschte, sie wäre auch so zuversichtlich gewesen.

»Ich glaube, ich kann jetzt wieder in mein Haus zurück«, sagte sie zu Gretchen. »Ensor ist zu sehr mit seiner Flucht beschäftigt, als daß er mir noch etwas tun könnte.«

»Bist du sicher, daß er dir die Botschaften geschickt und dich in der Nacht damals angerufen hat?« fragte Gretchen.

»Das ist eigentlich egal. Auf jeden Fall bin ich für niemand mehr eine Bedrohung. Ich habe den Verdacht, daß Pitts die Botschaften schickte, aber Ensor den Anruf machte. Ich glaube, keiner hat dem anderen getraut – mit gutem Grund. Pitts hatte Angst, weil er glaubte, Ensor habe Shawn niedergeschlagen und Bobby Hilliard getötet. Ensor argwöhnte vielleicht, daß Pitts die Gegenstände hatte, die bei Shawn Hayes gestohlen worden waren.«

»Aber es wurden ja gar keine Gegenstände bei Shawn Hayes gestohlen, wenn du dich bitte erinnerst. Das hat der Typ im Museum doch gesagt.«

»Dieser Dozent im Poe-Museum sagte uns, daß es keinen goldenen Käfer und kein Medaillon gebe«, stimmte Tess zu. »Aber ich glaube, *irgend etwas* wurde doch aus Shawn Hayes' Haus entwendet. Pitts' Lügen haben immer ein Körnchen Wahrheit in sich, wenn auch nur, weil er zu faul ist, sich ein ganzes Lügengewebe auszuspinnen. So ähnlich hat er es ausgedrückt.«

»Tess –« Gretchen zögerte und hatte plötzlich Hemmungen, einen Rat zu geben.

»Was?«

»Wenn du jetzt wieder zu dir nach Hause ziehst, schau dich bitte immer um. Ich wollte jetzt da drin nicht darüber reden, aber ein Auto am Flughafen beweist nichts, als daß da eben ein Auto am Flughafen steht.«

»Was willst du damit sagen?«

»Du läßt dein Auto am Randstein stehen, du kaufst dir ein Ticket. Jeder denkt, du bist irgendwo hingeflogen. Vielleicht stimmt es, vielleicht aber auch nicht. Das ist eine – wie sagt man noch gleich? –, eine optische Illusion. Weißt du, vielleicht hat er gar kein Flugzeug genommen. Oder er ist in Dallas, wo man den Anschlußflug hat, ausgestiegen. Oder er ist tatsächlich nach Mexiko geflogen und dann wieder umgekehrt und mit dem Auto oder mit dem Bus zurückgekommen. Über diese Grenze kommt man ganz leicht, vor allem, wenn man weiß ist. Außerdem haben wir keine Ahnung, wo Pitts ist, und das ist ein übler kleiner Mann. Deswegen sage ich eben, paß auf dich auf, weil ... weil ...« Sie schien nach dem richtigen Wort zu suchen.

»Weil?«

Sie seufzte. Ihre Wange war nicht mehr geschwollen, aber Ensors Hand hatte ein Mal von üppigem Königspurpur hinterlassen, das mit roten und goldenen Lichtern durchsetzt war, eine mißfarbene Familien-Helmzier.

»Weil du nicht gar so gut bist. Tut mir leid, aber das stimmt. Du bist gut im Denken, aber du bist nicht straßenfest. Du merkst nicht mal, wenn dir jemand folgt, auch wenn du damit dein Scheißleben retten könntest, und du hältst deine Knarre, als wär's eine Haarbürste.«

Und damit war Gretchen gegangen und ihre Partnerschaft offensichtlich aufgelöst.

Die Erinnerung an Gretchens Worte überfiel Tess wie eine Kaltwetterfront, als sie später über ihre Schwelle trat, und löschte viel von ihrer Freude, wieder nach Hause zu kommen. Eine glückliche Esskay lief schnurstracks zum Sofa, während Miata nur seufzte und Tess aus ihren traurigen braunen Augen anblickte, als wolle sie sagen: Wann kann ich endlich wieder zu *mir* nach Hause? Crow machte sich sofort wieder an die Küchenschränke, nahm ein Stück Stahlwolle und drehte seinen Ghettoblaster auf. An der East Lane war wieder der Mardi Gras eingekehrt.

Tess war mitten in ihrem Wohnzimmer stehengeblieben und machte Inventur bei ihren Besitztümern. Alles war noch da: das vom Hund beschmutzte Samtsofa, ihr Schild »Menschenhaar«, das Gefäß für Tortilla-Chips mit den vier Grenzstaaten, das sie gekauft hatte, als sie Pitts beschattete; die Austerndose, die Fuzzy Iglehart ihr gegeben hatte, um sie bei ihrem Drängen auf Bezahlung hinzuhalten. Es gab auch ein friedliches Ölgemälde von Bäumen, das sich durch nichts anderes auszeichnete als dadurch, daß es ihr gefiel. Außerdem besaß sie einen bemalten Wandschirm, von einer der bekanntesten Wandschirmgestalterinnen von Baltimore, Dee Herget. Der Halbkreis zeigte den typischen Blick auf Schwäne, die über einen ruhigen Teich zogen.

Alles in allem hätte man für das, was im Raum war, wohl keine tausend Dollar bekommen. Aber Tess mochte ihre Sachen so sehr, daß sie niemals einen Preis dafür gemacht hätte. Bis zu einem gewissen Grad definierte sie sich über die Möbel, die sie auswählte, und die Sachen, die sie an der Wand hängen hatte. Andere Leute beurteilte sie nach denselben Kriterien. Komisch, sie kannte – und verachtete – Frauen, die Männer nach den Autos beurteilten, die sie fuhren. Und Whitney hatte einmal eine vielversprechende Beziehung abgebrochen, weil der Mann, wie sie es ausdrückte, »so wenig Ahnung hatte, daß er sich den Caesar-Salat bei Eddie's *angemacht* bestellte«.

Doch Tess war in ihren Vorurteilen nicht weniger töricht. Wäre es so fatal gewesen, in einem Haus mit avocadogrünen Küchengerätschaften zu wohnen? Früher schien ihr das so, aber jetzt nicht mehr.

»Poch-poch«, sagte eine tiefe Männerstimme auf der anderen Seite der Tür. Sie fuhr erschrocken zusammen. Aber als sie durch den Türspion schaute, war es nur Daniel, die Arme voll mit Pizzaschachteln, einem Sechserpack Yuengling und einem schmalen schwarzen Buch, das obenauf balancierte.

»Was machst du denn hier?«

»Ich habe Crow heute angerufen, weil ich wissen wollte, ob er vielleicht heute abend mit zu dieser Bluesband im Acht vor Zehn gehen will.« Tess' Idee mit der Beziehung zwischen Whitney und Daniel war zwar gescheitert, doch die zwischen Crow und Daniel wuchs und gedieh. »Er sagte, er glaube nicht, daß man dich heute abend allein lassen sollte. Also dachte ich, ich revanchiere mich ein bißchen für deine vielen

Nettigkeiten und bringe was zum Essen mit und ein kleines Geschenk zum Wiedereinzug. Ja, wer ist denn das?«

Er deponierte die Last, die er auf den Armen trug, auf dem Eßzimmertisch, um sich der immer um Aufmerksamkeit bettelnden Esskay zuzuwenden, die davon ausging, daß jeder, der in ihr Hoheitsgebiet eindrang, ihre Schönheit bewundern mußte. Daniel wollte fair sein und versuchte auch Miata zu streicheln, aber Esskay stieß ihm immer wieder die Schnauze unter die Achsel und lenkte seine Hände wieder auf ihren schlanken Kopf. Miata in ihrer Apathie achtete gar nicht darauf.

»Sie ist ein Geheimnis, das wir noch nicht gelüftet haben«, sagte Tess und wies mit dem Kinn auf den Dobermann.

»Wie meinst du das?«

»Der Hund der Baskervilles. Warum hat sie nicht gebellt, als Shawn Hayes angegriffen wurde?«

»Vielleicht war sie gar nicht da«, sagte Daniel.

»Hm?«

»Ich habe mir das mal überlegt. Ich bin ja schließlich ein Fan von Poe. Du bist davon ausgegangen, daß es immer einer gegen einen ging. Aber wenn jetzt die beiden Männer, die du verfolgt hast, zusammengearbeitet haben? Wenn der eine den Hund spazierenführte, während der andere Shawn Hayes' Haus ausraubte? Und dann kommt Hayes rein, der andere flippt aus –«

»Und wenn jetzt ein Gorilla durch den Kamin gekommen wäre wie in *Die Morde in der Rue Morgue*?« fragte Tess. Sie sprach sanft, aber mit einiger Mühe. Sie hatte es langsam satt, daß jeder ihre Arbeit wie ein Kreuzworträtsel betrachtete, wie ein Spiel, bei dem alle mitmachen durften. »Daniel, du vergißt eines. Ich habe gesehen, wie Ensor versuchte, Pitts zu töten.«

»Weil Pitts ihn hintergangen hat. Oder vielleicht haben sie es auch nur dir zuliebe gemacht. Vielleicht war das alles nur gespielt.« Wie betrunken von so viel Aufmerksamkeit wankte Esskay zu ihrem Sofa zurück, und Daniel versuchte auch Miata ein wenig Zuneigung zu zeigen, indem er sie unter ihrem Halsband kraulte. Aber der Dobermann wollte das nicht. Die Hündin schüttelte seine Finger ab und ging weg, um sich auf den Boden zu werfen, wobei sie sich in ihrer Stellung der eines toten Hundes so weit annäherte, wie das ein Hund nur kann.

Wieder ein Klopfen, diesmal ein richtiges. Tess öffnete die Tür und sah Cecilia und Charlotte Hand in Hand draußen stehen. Cecilia hielt sich ein wenig hinter Charlotte, wie ein kleines Mädchen, das geführt wird, wenn es zum ersten Mal in die Schule geht oder in die Praxis eines Arztes, um geimpft zu werden. Unter ihren dunklen Augen waren tiefe Ränder, und ihre durchsichtige Haut sah aschfahl aus.

»Ich habe in den Nachrichten gesehen, daß die Polizei glaubt, sie haben im Fall Bobby Hilliard jetzt einen Tatverdächtigen, und daß sie einen Haftbefehl gegen jemanden erlassen haben«, sagte sie, wobei sich ihre Worte überstürzten. »Du hattest recht, und ich lag falsch. Ich würde ja sagen, daß es mir leid tut, aber eigentlich tut es mir gar nicht leid. Wenn ich alles noch einmal machen könnte, würde ich es wahrscheinlich wieder genauso machen.« Cecilia hielt inne, um zu betrachten, was sie gesagt hatte. »Außer, zu Yeagers Show gehen.«

»Na –« Tess wußte, daß sie jetzt nicht lächeln durfte, aber sie konnte sich nicht helfen. Cecilias Entschuldigung war grantig, aber ehrlich. »Das ist ja immerhin schon etwas, finde ich.«

»Nicht deswegen, weil er mich zum Idioten gemacht hat«, sagte Cecilia und trat über die Schwelle. Sie bemerkte Daniel, sah ihn etwas verwirrt an, weil es nicht Crow war, und verschwendete weiter keinen Gedanken daran. »Aber wenn ich nicht zu der Show gegangen wäre, hätte Yeager mich nicht gebeten, daß ich mich mit ihm an diesem Abend treffen soll. Dann hätte ich nicht gesehen, was passiert ist. Ich wünschte wirklich, ich hätte … das … nicht sehen müssen. Ich habe immer noch Alpträume.«

»Die wirst du noch eine ganze Weile haben.«

Vielleicht für immer, vielleicht auch nicht. Tess wußte nicht, wie lange ihr die Alpträume bleiben würden. Es war schon zwei Jahre her, seit sie gesehen hatte, wie ein Mann von einem Taxi überfahren wurde, und jetzt sah sie die Szene zwar nicht mehr so häufig im Traum, aber doch noch von Zeit zu Zeit, oft, wenn sie es am wenigsten erwartete, nach glücklichen, sorglosen Tagen. Aber ihr hatte auch der Mann etwas bedeutet, dessen Tod sie mit ansehen mußte. Diese Last zumindest hatte Cecilia nicht.

»Moment mal. Hast du gerade gesagt, Yeager habe dich gebeten, dich mit ihm zu treffen? Aus irgendeinem Grund dachte ich immer, daß du einfach dort auf ihn gewartet hast, in der Hoffnung, ihn für das, was er dir angetan hatte, zur Rede zu stellen.«

»Nein, er hat mich hinbestellt, dieser reaktionäre Wichser.« Sie hielt sich verlegen die Hand vor den Mund. Sogar Cecilia erkannte, daß eine persönliche Beleidigung von jemand, der gerade ermordet worden war, etwas unpassend erschien. »Er hinterließ eine Nachricht für mich in dem Büro, das unsere Gruppe im Gebäude des Gesundheitsamts hat, in der er mich fragte, ob wir uns sehen könnten. Offensichtlich läßt sich Jim Yeager nicht gerne zu kruder Technologie herab – Anrufe, Faxe, E-Mails –, solange er eine andere Möglichkeit hat.«

Tess fiel ein, daß Yeager sein Handy nicht ausschalten wollte, als er mit ihr in der Kaffeemühle saß. Ihr war es so vorgekommen, als fühlte er sich mit Technologie vollkommen wohl.

»Warum hättest du ihn denn treffen sollen, nachdem er dich so übel behandelt hatte?«

»Er schrieb, er wolle sich entschuldigen, weil er etwas wisse, das alles ändere. Es war mir egal, ob er sich entschuldigt, aber natürlich wollte ich hören, was er erfahren hatte. Ich nehme an, es war das, was du herausgefunden hast, daß es um irgendwelches Zeug von jemandem ging. Ich wartete fast zwanzig Minuten lang an dieser Ecke. Als ich gerade gehen wollte, sah ich ihn kommen –«

Ihr versagte die Stimme, und Tess begriff, daß sie die Szene wieder vor sich sah. Charlotte mußte das auch bemerkt haben, denn sie nahm Cecilia bei der Hand und beruhigte sie.

»Cecilia – diese Nachricht«, fragte Tess sanft. »Wie sah die aus?«

»Ach, die war so richtig typisch. Am Computer eingetippt, aber mit irgend so einer phantastischen altmodischen Schrifttype, die aussah wie mit der Feder geschrieben. Mein Gott, er war so ein richtiger Möchtegern-George-Will. Nur zu bombastisch.«

Mit irgend so einer phantastischen altmodischen Schrifttype. *Scheiße, Scheiße, Scheiße.* Tess besaß die Botschaften ihres Besuchers nicht mehr, nicht einmal in Kopie. Sie fing Daniels Blick auf, und er nickte. Er hatte diesen Punkt auch bemerkt.

»Und wie kam die Nachricht?« Sie versuchte, Cecilia keine verborgenen Hinweise zu geben, ihr nichts zu suggerieren.

»Per Brieftaube«, sagte Cecilia ungeduldig. »Mein Gott, Tess, was soll das denn heißen, wie kam die Nachricht? Er schob sie unter der Tür durch. Wir hatten am Sonntag nachmittag eine Versammlung, wie immer. Die Nachricht lag da, als ich um vier dort ankam, um das Büro aufzusperren.«

Und Yeager war ein Mann der festen Gewohnheiten, dachte Tess, ähnlich wie sie selbst. Er aß jeden Abend im selben Lokal am Inneren Hafen – McCormick und Schmick's, denn da sei Gott vor, daß er in einem der örtlichen Lokale essen sollte, wenn auch ein Restaurant einer renommierten Kette in der Nähe war – und ging zu Fuß zurück zum Hotel, als würde das sein überreiches Essen wieder ausgleichen.

»Ich wollte nur wissen, was für Papier es war und ob es vielleicht in einem irgendwie besonderen Umschlag steckte.«

»Ich kann mich nicht erinnern, aber ich glaube, es war einfach nur ein ganz normales Blatt Papier, das zweimal gefaltet war. Die Tür schließt ziemlich tief unten ab, und außerdem liegt dort ein Teppich. Etwas Dickeres hätte gar nicht durchgepaßt.«

»Wußte Rainer über diese Nachricht Bescheid? Hast du sie ihm gezeigt?«

»Ich habe mit dem anderen Inspektor, Tull heißt er, mehr als mit Rainer geredet. Du weißt schon, der, der den Fall Yeager bearbeitet. Ich glaube, Tull habe ich es erzählt, aber Rainer sprach nur ganz flüchtig mit mir. Vielleicht nahm er an, daß es sich um einen Anruf handelte, ich weiß nicht so genau. Aber worum geht es denn eigentlich?«

Rainer nahm vielleicht an, so ein Arsch. Das paßte wieder mal. Er las nicht einmal Tulls Aufzeichnungen, weil es ihm schnuppe war, ob der Mordfall eines anderen aufgeklärt wurde.

»Es geht darum, Cecilia, daß ich nicht glaube, daß Yeager dir diese Nachricht geschrieben hat. Wenn du mich in letzter Zeit nicht so gemieden hättest, wüßtest du, daß ich immer wieder Botschaften bekam, in einer altmodischen Computerschrift, als wären es Hinweise in einem ganz geheimnisvollen Schundroman. Ich glaube, Yeagers Mörder wollte, daß du dort bist. Er wollte eine Zeugin haben.«

»Aber warum?« fragte Daniel. »Warum sollte jemand zu einem Mord einen Augenzeugen einladen?«

Tess dachte an Gretchens Bemerkung, daß Ensor seine Flucht vielleicht nur vorgetäuscht habe, daß falsche Schlußfolgerungen entstehen können, indem wir blanke Tatsachen auf eine bestimmte Weise interpretieren.

»Der Mörder wollte, daß Cecilia einen großen Mann in einem Umhang sah, einen Mann mit Rosen und Cognac, weil es zu dem Muster von dem paßt, was an Poes Grab abgelaufen ist. Aber wenn Cecilia jetzt gar nicht gesehen hat, was sie zu sehen glaubte? Weißt du, ich glaube, du solltest zu einem Hypnotiseur gehen und mal probieren, ob der nicht noch Einzelheiten aus dir herausholen kann, an die du dich unterbewußt erinnerst, die du aber aus Schock oder Angst verdrängst.«

»Einem Hypnotiseur? Ach Tess, bitte. Du kommst mir langsam ein bißchen komisch vor.«

»Bin ich vielleicht auch.« Aber sie war jetzt eigentlich nur noch fester von ihrer Theorie überzeugt. Vielleicht konnte sie selbst aus Cecilia einige Erinnerungen herausholen, unter dem Deckmantel von Mitgefühl und Freundschaft. »Wollt ihr nicht zum Pizzaessen bleiben? Daniel hat genug für zehn Leute mitgebracht.«

»Ich habe immer so viel Appetit«, sagte er und errötete. »Wahrscheinlich überschätze ich, wieviel andere brauchen.«

Charlotte und Cecilia schüttelten bei diesem Angebot fast unisono den Kopf.

»Ich habe getan, weshalb ich hergekommen war, Tess«, sagte Cecilia, und ihre Stimme bebte vor Gefühl, obwohl man nicht wußte, vor welchem. »Ich habe gesagt, daß ich nicht sagen kann, es tut mir leid, aber eines tut mir tatsächlich leid. Ich wünschte, ich hätte früher kapiert, daß ich nicht so sehr gegen dich hätte kämpfen müssen.«

Sie verlor die Fassung und begann zu weinen. Da hätte Tess sie gerne umarmt, aber Charlotte hatte sie schon in die Arme genommen, deshalb beschränkte sie sich darauf, ihr unbeholfen den Arm zu tätscheln.

»Cecilia, so schlimm ist das doch gar nicht. Du hast ja niemanden umgebracht.«

»Ich dachte ... ich dachte schon ...«, sagte sie, mit der gebrochenen Stimme, die einem heftigen Weinen folgt. »Deswegen habe ich dich auch gemieden. Die ganze Zeit über dachte ich, daß ich schuld an Yeagers Tod bin, weil ich irgendwie irgend jemand aufgestört haben muß. Vielleicht war es ja *wirklich* so. Vielleicht hat mich jemand dort an diese Straßenecke hinzitiert, damit ich die Konsequenzen aus meinen Reden sehen soll. Großer Gott, vielleicht dachte jemand, es sei das, was ich wollte. Wenn sich herausstellt, daß Yeager von einem von uns getötet worden ist ...« Sie verlor wieder die Fassung.

»Du hast gar niemanden aufgestört, Cecilia«, sagte Tess mit schmeichelnder Stimme zu ihr. »Das war Yeager selbst. Dieser Terminkalender, den er durch die Luft schwenkte – der war gar nicht echt. Wenn ihn irgend etwas umgebracht hat, dann seine eigene Dummheit. Jerold Ensor dachte wahrscheinlich, daß sein Name in diesem Heft stand. Oder Arnold Pitts. Wenn sie dich dazu verlockt haben, den Mord mit anzusehen, so nur, um den Grabbesucher mit hineinzuziehen. Wer wäre denn ein besserer Mordverdächtiger als der Mann, dessen Namen niemand kennt? Vielleicht dachten sie, wenn sie aus dem Grabbesucher einen Mordverdächtigen machen, würden die Bullen alles daran setzen, ihn zu identifizieren, und das wiederum würde sie zu dem bringen, was Bobby Hilliard ihm in jener Nacht gegeben hat, egal, was es war.«

Cecilias Schultern zuckten immer noch, als sie eine neue Welle von Schluchzern unterdrückte. Daniel, den so viele Gefühlsausbrüche in Verlegenheit brachten, floh mit einem Bier in der Hand in die Küche, um Crow zu suchen.

Und Tess wurde klar, daß ihre Worte, die eigentlich nur hatten trösten sollen, möglicherweise ganz nahe an die Wahrheit herangekommen waren.

Yeagers Mörder wollte den Grabbesucher, egal, wie. So dringend, daß er selbst vorgab, er zu sein, um die Polizei dazu zu bringen, den richtigen »auszuschwemmen«. Yeagers Mörder glaubte, Bobby habe dem Grabbesucher die noch immer geheimnisumwitterten »sie« übergeben, die Dinge, für die zu töten lohnte. Der Plan war gescheitert, was bedeuten konnte, daß der Grabbesucher in Lebensgefahr schwebte. Aber wie soll man jemanden beschützen, wenn man nicht weiß, wer er ist?

31. Kapitel

»Sind Sie sicher?« hatte die verwirrte Büroangestellte der *Stadtzeitung* gefragt. Sie hatte die Anzeige dreimal hintereinander vorgelesen, aber kein einziges Mal richtig. »Ich meine, das sind viele Wörter, und es ist auch ganz anders als das meiste, was wir sonst in unseren Kontaktanzeigen haben. Normalerweise ist das alles ein bißchen direkter, verstehen Sie?«

Tess hatte es verrückterweise geschmeichelt, daß die Angestellte sich überhaupt darum kümmerte. Diese Frau mit einer ganz jungen Stimme war zu Beginn des Gesprächs noch ein gelangweilter Automat gewesen. Jetzt war die Maske der Langeweile verschwunden, und sie beeilte sich nicht mehr gar so sehr, von Tess die Anzeige zu kriegen und das Geld und anschließend sie aus der Leitung.

»Direkter? Meinen Sie etwa so: ›Du: schwarzes Cape, Rosen, Cognac. Ich: Zopf, alter Tweedmantel, Smith & Wesson. Kurz gesehen vor der Westminster Hall, am 19. Januar und dann – nimmermehr.‹«

»Das klingt schon besser«, hatte die Angestellte ihr zugestanden. »Aber Sie könnten mit noch weniger Worten auskommen. Das mit dem ›Nimmermehr‹ brauchen Sie eigentlich gar nicht, weil, also, er weiß das doch sowieso, oder? Schließlich, wenn Sie den Typen seitdem gesehen hätten, würden Sie ja keine Anzeige aufgeben. Außerdem, wenn Sie mich fragen: Lassen Sie das mit dem Gedicht sein.«

Tess hatte auf die Zeilen geschaut, die sie an ihrem Küchentisch auf einen Block gekritzelt hatte. Da stand:

Aus gleichem Grunde war ich nie gesonnen
Zur Trauer, und mein Herz hat nie gewonnen
Zur gleichen Melodie ein Glücklichsein.
Und – was ich liebte, liebte ich allein.

Das waren die vier Zeilen, die in dem Gedicht »Allein« gefehlt hatten, in dem letzten Sendschreiben ihres Besuchers, wer er auch sein mochte.

Nach vielem Stiftkauen, im übertragenen und im wörtlichen Sinn, hatte Tess dem noch ihren eigenen Vierzeiler hinzugefügt:

Auch wenn ein Mann ein Fremder ist,
Doch die Gefahr ihn nicht vergißt.
Morgen um 6 Uhr am Platz, vergessen Sie's nicht,
Ich kenn' Ihr Geheimnis, Sie mein Gesicht.

»Ich bleibe bei meiner Version«, sagte sie mit Nachdruck zu der Angestellten.

»Glauben Sie mir, es ist zu unklar. Sie müssen deutlicher werden, wenn Sie ein Ergebnis sehen wollen.«

»Na ja, es gibt ja auch noch eine nächste Woche, stimmt's, und dann kann ich es ja immer noch besser machen.«

Tess legte auf, aber sie war noch lange nicht fertig. Sie hatte Karteikarten mit demselben Knittelvers drucken lassen, und jetzt zog sie mit Esskay und Miata los, um sie an ihren altgewohnten Lieblingsplätzen auszuhängen. Wenn ihr jemand in all den Wochen gefolgt war, war er auch an diesen Stellen gewesen. Sie ging zur Kaffeemühle, wo Tavis damit einverstanden war, das Kärtchen an die Kasse zu kleben, wobei er ihr verschwörerisch zuzwinkerte. Sie überquerte die Straße und ging zum Video Americain, wo ein zweites Kärtchen in ein Durcheinander von Anzeigen für Musikunterricht, Wohngemeinschaften und Flohmärkte kam. Am Ende des Tages hingen ihre dichterischen Versuche in den beiden Supermärkten, in denen sie immer einkaufte, in Kittys Buchladen, in dem Fitneß-Studio, wo sie Gewichtheben betrieb, und in dem Spirituosengeschäft an der Ecke.

Auf den Karten standen Angaben zu Ort und Zeit des gewünschten Treffens. Die Stadtzeitung kam immer mittwochs heraus, also müßte »morgen« eigentlich eindeutig zu verstehen sein. Allerdings war Tess keineswegs optimistisch, daß sie eine Antwort bekommen würde. Es war genausogut möglich, daß er die Zeit dazu benutzte, um zu ihrem Büro oder zu ihrem Haus zu gehen. Deshalb würde Crow im Haus an der East Lane sein und auf nahende Schritte horchen, während er in der Küche arbeitete. Und Daniel hatte sich bereit erklärt, vor ihrem Büro in Butchers Hill auf der anderen Straßenseite zu parken und aufzupassen, ob der Mann da auftauchte.

Schließlich sollte Whitney ihr nach Westminster folgen und sie beschatten, Whitney, die jetzt ihr einziger Rückhalt war, nachdem Gretchen sie abgehängt hatte. Allerdings hatte Tess keine Angst vor diesem Mann, wer immer er sein mochte. Eindeutig war er derjenige, der Angst hatte.

Aus Rücksicht auf ihn hatte sie 6 Uhr abends gewählt, wo die früh einbrechende Dunkelheit ihm Schutz gewährte, die Straßen der Stadt aber noch nicht verlassen waren. Der Verkehr, sowohl an Autos wie auch an Fußgängern, würde noch stark sein – städtische Beamte, die nach Hause in die Vororte fuhren, Typen von der Uni, die zu ihren Wohnungen gingen.

Sie hoffte, er begriff das. Ihr lag nur seine Sicherheit am Herzen. Seine Sicherheit und seine Anonymität. Aber wenn er das Geheimnis um einen Mord kannte, mußte er sich melden.

Jetzt war es Donnerstag abend, und sie befand sich allein auf dem Friedhof. Ein Schild besagte, daß das Grundstück bei Einbruch der Dunkelheit geschlossen würde, aber die unverschlossenen Tore luden dazu ein, sich über diese Vorschrift hinwegzusetzen. Tess beobachtete den Minutenzeiger der Uhr am Bromo-Seltzer-Hochhaus, der sich langsam der zwölf näherte. Sie hatte sich überlegt, ob sie am Denkmal warten sollte, das Gretchen so sehr mit seinem falschen Datum geärgert hatte, oder am eigentlichen Grab, wo der Grabbesucher seine Gaben niedergelegt hatte. Sie wählte letzteres, aber dort in der Nähe war nirgends eine Bank. In dem Gefühl, es sei pietätlos, sich auf eine der alten Familiengrüfte in der Nähe zu hocken, begann sie auf und ab zu gehen. Dann kam ihr der Gedanke, daß sie wahrscheinlich bedrohlich wirkte, wenn sie so hin und her marschierte, deshalb zwang sie sich, stillzustehen, was es aber noch schwieriger machte, sich warm zu halten. Es herrschte unerwartet bittere Kälte an diesem Abend, der Februar führte ein hartes Regiment und erinnerte die Baltimorer daran, daß er kurz, aber kräftig war.

Es wurde 6 Uhr, dann 6 Uhr 15 und 6 Uhr 30. Dreißig Minuten machten in diesem Viertel einen großen Unterschied, und das für Tess so tröstliche Feierabendgewühl, auf das sie gezählt hatte, verlor sich allmählich. Um 6 Uhr 45 wollte sie gerade ihr Handy herausholen und Whitney sagen, sie könnten verduften, als sie eine hochgewachsene Gestalt auf sich zukommen sah, die Stufen herauf, die von der Baustelle der juristischen Fakultät herführten. Der Mann hielt den Kopf gesenkt, aber er hielt sich die Hände vor den Mund, in einer

Geste, an die sie sich erinnern konnte. Er warf ihr einen Blick zu, ging für ein paar Schritte langsamer und beschleunigte seinen Gang dann wieder. Er beeilte sich, an ihr vorbeizukommen, ohne geradezu zu rennen.

»Warten Sie«, rief Tess aus. »Bitte warten Sie. Ich muß mit Ihnen reden.«

Der Mann warf einen Blick über die Schulter und begann dann tatsächlich zu rennen, auf das Tor zur Greene Street zu. Tess drückte auf die Sprechtaste für Whitneys Handy und schrie »Greene Street«, während sie schon hinter dem davonlaufenden Mann herrannte.

Es war unklar, ob Whitney, die sich vor dem Friedhof herumgetrieben hatte, den wilden Schrei über das Telefon oder einfach nur durch die Abendluft gehört hatte. Innerhalb von Sekunden war sie an dem Seitentor. In ihrem langen schwarzen Trenchcoat, das blonde Haar im Winde wehend, hätte sie einer Geschichte von Poe entstiegen sein können. Der rennende Mann änderte seine Richtung und lief jetzt auf die alten Katakomben zu. Er mußte sich so tief bücken, daß er praktisch auf Händen und Knien kroch. Whitney wollte ihm gerade folgen, doch Tess schrie: »Außen rum, außen rum! Schneid' ihm auf der anderen Seite den Weg ab; ich geh unten durch.«

Sie mußte sich fast ganz nach unten bücken, um durch die Katakomben zu kommen, stolperte mehrmals und schlug sich dann auch noch den Kopf an, als sie sich aufzurichten versuchte. Der Mann hatte die Vorderseite der Kirche vor Whitney erreicht, aber sie war schneller am vorderen Eingang. Da er also nicht in die Fayette Street entfliehen konnte, wandte er sich scharf nach rechts und rannte direkt auf den eisernen Staketenzaun zu. Mit einem Blick zurück auf Tess sprang er auf eine alte Krypta, so daß er sich an den Spitzen des Zaunes festhalten konnte. Er war fast drüber, als Tess ihn am Gürtel erwischte und auf den Boden herunterzog. Es war eigentlich nicht ihre Absicht gewesen, daß er so auf ihr landen sollte, daß ihnen beiden die Luft wegblieb, aber sie schaffte es trotzdem.

Nach ein paar verdatterten Sekunden rollte er sich weg und bedeckte den Kopf mit den Händen, als erwarte er, daß jetzt Schläge auf ihn herunterhagelten.

»Tun Sie mir nichts«, schrie er. »Bitte, bitte, tun Sie mir nichts.«

»Warum sind Sie denn überhaupt gekommen, wenn Sie dann vor uns davonlaufen?« sagte Tess, deren Lunge von der kalten Luft brannte.

Der Mann war noch jung, mit pickeliger Haut, mattem Haar und der typischen Blässe des überarbeiteten Studenten kurz vor dem Examen. »Mein Gott«, sagte er und weinte fast vor Angst. »Ich tu' es auch nie wieder, okay? Ich dachte ja nicht, daß das so eine große Sache ist, aber wenn Sie so sind –«

»Dann hören Sie auf, das Grab zu besuchen? Aber das ist das letzte, was ich wollte.«

»Ich hab's ja nur gemacht, weil es eine so gute Abkürzung hinüber zu dem Parkhaus in der Eutaw Street ist. Ich weiß schon, daß der Friedhof bei Einbruch der Dunkelheit schließt, aber ich hab eigentlich nie begriffen, was da so schlimm dran ist, daß ich hier durchgehe, wenn ich zu meinem Auto will. Großer Gott, könntet ihr einem nicht erst mal eine schriftliche Verwarnung geben oder so? Müßt ihr immer gleich zu nackter Gewalt greifen? Die städtische Polizei ist ja direkt reizend im Vergleich zu euch Privatbullen!«

Tess lag noch immer am Boden und tastete ihren Rumpf an verschiedenen Stellen ab, um festzustellen, ob der kriecherische Student ihr irgendwie einen ernsten Schaden zugefügt hatte, als er auf sie gefallen war. Whitney sah ganz fassungslos aus, wobei man nicht erkannte, ob deshalb, weil sie einen abkürzenden Studenten überfallen hatten, oder deshalb, weil der Student sie für die Campuspolizei hielt.

»Entschuldigen Sie bitte«, sagte Tess. »Es handelte sich um eine Verwechslung. Aber Sie *sind* tatsächlich groß, und Sie *hielten* tatsächlich die Hände vors Gesicht.«

»Was hat denn das jetzt wieder damit zu tun? Ich habe vorige Woche meine Handschuhe verloren«, sagte er und hielt seine Hände in die Höhe, die fast blau waren. »Ich habe sie angehaucht, damit sie warm bleiben. Das ist auch mit ein Grund, warum ich die Abkürzung nehme, damit ich bei der Kälte nicht so weit zu gehen brauche.«

Whitney zog ihre schwarzen Wildlederhandschuhe aus und warf sie dem Studenten zu. »Warm gefüttert«, sagte sie. »Sind wahrscheinlich auch groß genug, wenn man bedenkt, was für große Hände ich habe, und so geschnitten, daß man sie nicht als Frauenhandschuhe erkennt. Aber Sie sollten etwas auf dem Kopf tragen. Es ist nämlich wahr, was man immer hört, daß die meiste Körperwärme über den Kopf entweicht.«

Der Student zögerte einen Augenblick, zog dann aber die Handschuhe an und ging – mit einem letzten beunruhigten Blick auf Whitney, die immer ohne Kopfbedeckung war und im Augenblick von einer der Halogenlampen von hinten rosig umstrahlt wurde – durch das Tor zur Fayette Street hinaus.

»Warum hast du das gemacht?« fragte Tess.

»Ich dachte mir, das hält ihn vermutlich davon ab, sich bei der Schule oder der Polizei offiziell zu beschweren. Immerhin hast du ihn ja angegriffen. Außerdem« – Whitney hob die eine Augenbraue – »würde ich noch viel mehr als ein Paar Wildlederhandschuhe hingeben, um mit anzusehen, wie du einen 100 Kilogramm schweren Typen auf dich herunterreißt. Das Witzigste, was ich seit Wochen gesehen habe.«

Später, in der Eulenbar, die Crow immer lieber mochte, fand Tess, daß nach ein paar Drinks fast alles lustig war. Whitney hatte die Geschichte bereits zu einem längeren Monolog ausgesponnen, und Tess erkannte, daß sie sie noch häufig hören würde. Daß sie hier als Zielscheibe des Spotts herhalten mußte, machte ihr nichts aus.

Doch daß sie mit ihrer eigentlichen Absicht so bitterlich gescheitert war, das stand auf einem anderen Blatt.

»Schließlich«, sagte Crow, um sie zu trösten, »kann der Besucher doch gar nicht wissen, daß *du* diese Botschaften geschrieben hast. Selbst wenn er deine Karten oder die Anzeige gelesen hat, hat er vielleicht einfach zuviel Angst, um aufzutauchen.«

»Doch, er muß wissen, daß die Anzeige von mir war. Deswegen habe ich ja die fehlenden Zeilen aus dem Gedicht gebracht. Davon wissen nur er und ich.«

»Er, du und Rainer«, korrigierte Daniel sie. »Du hast doch den ganzen Kram zu den Bullen geschafft, oder?«

»Genau«, sagte Tess. »Aber glaubst du wirklich, ein Polizist aus Baltimore zieht los und besorgt sich eine Ausgabe von Poe, um die fehlenden Zeilen nachzuschauen?«

»Es spielt keine Rolle, was ich glaube«, sagte Daniel. »Dein Besucher traut dir nicht. Vielleicht war es am Ende doch Ensor. Ich hielt das für einen guten Plan, aber jetzt bin ich überzeugt, daß nichts diesen Typen aus seinem Loch locken wird.«

Die vier stierten bedrückt in ihre Gläser. Sie saßen nebeneinander an der Bar, unter dem aufmerksamen Blick der geschnitzten Eulen, und Tess fühlte sich von ihrem zwinkernden, bernsteingelben Blick verspottet. Ihr gefielen die Eulen in den bunten Glasfenstern besser, die nicht so überlegen dreinsahen.

»›Vernahm doch um so mehr, was rings geschah‹«, murmelte sie. »Ich wüßte zu gerne, wie das aufhört.«

»›So klug sind wir nur selten im Vergleiche‹« sagte Daniel.

Tess sah ihn an. »Als wir das letzte Mal hier waren, wußtest du das Ende des Gedichts nicht.«

»Ich habe nachgeschaut«, sagte er. »Was hätte es für einen Sinn, wenn man Bibliothekar ist und nicht weiß, wo man etwas nachschlagen muß?«

»Im Internet?« fragte Whitney.

»Nein, nicht im Internet«, sagte Daniel in herablassendem Ton. »Ich bin ja kein Maschinenstürmer, aber das Zeug dort besteht doch zur Hälfte aus urbanen Mythen, die immer wieder miteinander verknüpft wurden, bis man nicht mehr sicher weiß, was die eigentliche Quelle ist. Ich fand das hier in einer Datenbank des *Leuchtturms.*«

»Einer Zeitung?« Whitneys dunkler Ruf paßte hervorragend in die Eulenbar. »Dem Internet traust du nicht, aber von einer *Zeitung* nimmst du an, daß sie recht hat? Du bist wirklich ein Unschuldslamm.«

»Vielleicht«, sagte Daniel. »Aber bei den Datenbanken der Zeitungen gibt es einen Anhang mit Korrekturen. Das ist der Grund, warum ich mich auf sie verlasse.«

»Du gehst also davon aus, daß jeder Irrtum berichtigt wird.« Whitney, die nie und unter keinen Umständen schüchtern war, lehnte sich über Crow und schwenkte ihren Finger vor Daniels Gesicht. »Oft machen sich die Leute nicht einmal die Mühe, anzurufen, sie nehmen es einfach so hin. Die Leser sind die ersten, die diesen Unfug von Erstfassung der Geschichte akzeptieren; sie meinen, die Erstfassung müsse immer ein paar Macken haben.«

»Ich habe nicht nur in der Zeitung nachgeschaut«, verteidigte sich Daniel. »Ich habe einen Reiseführer über Baltimore gefunden, in dem es genauso steht.«

»Ach Gott, ein *Buch*«, sagte Whitney mit einem verächtlichen Schnauben. »Das ist nur unerheblich besser. Und wenn das Buch jetzt auf dem Zeitungsartikel beruhte? Auch Bücher machen Fehler. Ich will immer an die eigentliche Quelle.«

»Die Büüüüücher«, sagte Tess und kicherte für sich, denn die anderen konnten mit diesem Witz von ihr nichts anfangen. Nur Gretchen kannte das Video im Poe-Haus. Und nur Gretchen konnte das Wort so verächtlich aussprechen. »Such mich in den Büüüüüchern, Michael.«

Ihr Lachen hörte ebenso plötzlich auf, wie es begonnen hatte, was ihr einen besorgten Blick von Crow einbrachte. Wahrscheinlich dachte er, sie habe zuviel getrunken. Tess wußte nicht, wie sie ihm vermitteln sollte, daß ihre Sinne nie schärfer, ihr Geist nie wacher gewesen waren. Sie hätte schon längst darauf kommen sollen. Alle Antworten waren deutlich zu sehen. Alle Antworten standen in den Büchern.

32. Kapitel

Draußen vor dem Belvedere Hotel nahm Tess Daniel zur Seite.

»Diese Bücher, die Bobby aus dem Pratt gestohlen hat – kannst du mir da eine Liste besorgen?«

Er brauchte einen Moment, um zu verstehen, was sie wollte. »Es gibt doch keine Liste, weißt du nicht mehr? Bobby hat niemals zugegeben, daß er Bücher gestohlen hat, nur das Pillendöschen. Über die Jahre hat die Belegschaft entdeckt, daß ein paar ganz seltene Bände fehlen, aber es ist nicht so, daß wir das auflisten würden. Wozu auch? Sie können ja doch nicht ersetzt werden.«

»Hat die Direktorin der Bibliothek nicht dem Ausschuß einen Bericht erstatten müssen? Ich nehme an, der Aufsichtsrat wollte informiert werden.«

»Vielleicht.« Er rieb sich das Kinn. »Daran habe ich noch gar nicht gedacht. Ich denke, ich kann ein bißchen herumschnüffeln und schauen, ob es eine gibt. Wann würdest du sie denn haben wollen?«

»So bald wie möglich.«

»Das muß natürlich vertraulich bleiben, aus naheliegenden Gründen. Ich glaube nicht, daß ich sie dir einfach mitten im Pratt übergeben kann.«

»Ich komme morgen abend zu dir nach Hause. Dann können wir uns die Titel gemeinsam anschauen.«

»Glaubst du denn, es ergibt sich ein Hinweis aus den Büchern, die Bobby gestohlen hat?«

»So etwas Ähnliches.«

Am nächsten Abend kam sie kurz nach acht Uhr zu Daniels kleiner Remise, mit Essen von Helmand, einem afghanischen Restaurant, und einer Flasche chilenischem Weißwein. Daniel bemühte sich nach Kräften, tapfer auszusehen, wie ein wohlerzogener kleiner Junge, der weiß, daß er zu dem fremdartigen Essen auf seinem Teller kein Gesicht ziehen darf. Tess hatte sich vorgestellt, daß die Fleischbällchen aus Lamm und Rinderhack ein ganz guter Kompromiß zwischen seinem eher plebejischen Geschmack und ihrem Bedürfnis nach etwas Exotischem waren.

»Ich hab dir doch gesagt, daß ich mich um das Essen kümmern würde«, sagte er.

»Unsinn. Schließlich tust du mir einen Gefallen. Also, schauen wir uns mal die Liste an.«

Er sah verlegen aus. »Ich konnte sie nicht kriegen. Ich wollte niemanden danach fragen, weil sie ja ein vertrauliches Dokument ist, und ich konnte mir auch nicht vorstellen, wo so etwas aufbewahrt wird. Wahrscheinlich im Büro der Direktorin.«

»Ich glaube, ich könnte einen FOIA beantragen«, sagte Tess und probierte die mit Lauch gefüllten Ravioli. »Aber das würde natürlich ewig dauern.«

»Einen FOIA?«

»Das ist der ›Freedom of Information Act‹. Die Bibliothek

kann ja nicht einfach den Zugang zu einem Dokument verweigern, nur weil es peinlich ist. Wir können die Bibliothek zwingen, die Liste der fehlenden Bücher herauszurücken, aber das würde Wochen dauern.«

»Das kannst du nicht machen«, sagte er, und in seiner Stimme schwang eine nervöse Schärfe mit. »Sie würden mich sofort rausschmeißen. Sie würden ja wissen, daß ich derjenige war, der es dir gesagt hat.«

»Aber den Bullen hast du es doch auch erzählt, oder? Das heißt, ich hätte auch durch jemand anderen von dieser Liste erfahren können. Und ich würde den Antrag über einen meiner Freunden bei der Zeitung stellen lassen. Ich glaube zwar, auch jeder Bürger kann eine FOIA beantragen, aber es hat natürlich mehr Gewicht, wenn es von einer Zeitung kommt.«

»Es ist nur so« – Daniel schien wieder ruhiger, nachdem er wußte, daß die Geschichte von Bobby Hilliards Diebstählen nicht so leicht zu ihm zurückverfolgt werden konnte –, »es ist nur so, daß es ja nur eine reine Annahme von deiner Seite war, daß so eine Liste überhaupt existiert. Mußt du nicht zuerst einmal mit Sicherheit wissen, daß es ein bestimmtes Dokument gibt, bevor du es« – er zögerte, um den neuen Jargonausdruck auszukosten –, »bevor du es FOIAen kannst?«

»Das ist ein Argument.« Tess nippte ein wenig an ihrem Wein, den ihr Daniel in ein altes Marmeladenglas eingeschenkt hatte. Er selbst trank ein *Yuengling* aus der Flasche. Sie war ja nicht pingelig, aber das richtige Glas mit Stil hätte den Wein erst richtig sein Aroma entfalten lassen. Wonach sie sich allerdings geradezu sehnte, das war ein Glas Wasser. Daniel hatte Feuer gemacht, aber es war fast zu heiß; in dem kleinen Haus fühlte man sich wie in einem Ofen. Vielleicht kam es ihr nur so vor, aber die Buchrücken rings um sie her schienen vor Hitze leicht anzuschwellen, was den Raum noch kleiner wirken ließ.

»Weißt du was? Ich brauche die Liste eigentlich sowieso

nicht. Ich fange jetzt einfach damit an, alle Buchtitel deiner Bibliothek hier aufzuschreiben, und dann bringe ich sie ins Pratt und schaue nach, wie viele davon gestohlen sind.«

Daniels Stück Ravioli fiel ihm in den Schoß. »Wie bitte?«

»Ich meine, wahrscheinlich sind einige davon wirklich vom Flohmarkt, während andere aus der Bibliothek gestohlen sind. Aber wie viele, die Hälfte? Oder nur ein Drittel? Es wird eine Weile dauern, bis ich die Liste beisammen habe, aber ich habe ja jede Menge Zeit.«

Ein Klopfen füllte ihr die Ohren, und sie war versucht, es für Daniels sogenanntes Herz zu halten, dessen Schlag in einer plötzlichen, wilden Panik schneller wurde, weil ihm klar wurde, daß er entlarvt war. Aber das Klopfen war ihr eigenes Herz, ihr eigenes Blut. Daniel war, wenn irgend etwas, nur unheimlich ruhig geworden, hatte den Teller mit dem kaum berührten Essen zur Seite geschoben und nahm noch einen Schluck Bier.

»Das letzte, was du hast«, sagte er, »ist Zeit.«

Jetzt war es an ihr zu sagen: »Wie bitte?«

»Du hast keine Zeit. Ich würde sagen, du hast maximal vier Stunden, vielleicht auch nur drei. Schließlich gibt es ja keine exakten wissenschaftlichen Forschungen darüber, wie es ist, wenn man jemanden lebendig begräbt.«

Tess stand so schnell auf, daß sie ihren Stuhl umstieß, und trat zurück, indem sie ihren Revolver aus der Tasche ihres Trenchcoats zog. Das war einer der Gründe, warum ihr so heiß war. Sie hatte sich nicht getraut, ihren Mantel abzulegen, weil sie dann vielleicht nicht an ihren Revolver herangekommen wäre.

Schließlich hatte sie die ganze Zeit gewußt, daß sie sich mit einem Mörder verabredet hatte. Wie der Film im Poe-Museum schon sagte, man fand die Antwort immer in den Büchern. Daniel hatte seine gestohlenen Bücher ausgestellt, damit sie ganz legal aussahen.

»Du begräbst niemanden, weder lebendig noch sonstwie, Daniel. Du gehst jetzt ans Telefon, wählst die 911 und sagst, daß du dich freiwillig stellst.«

Er sah auf, und seine kindlichen Gesichtszüge wirkten so sanft und gedankenverloren wie immer. »Zu spät.«

»Es ist nicht zu spät, du hast gar keine andere Wahl. Es wissen verschiedene Leute, daß ich hier bin, Daniel. Ich wäre nicht hergekommen, ohne vorher jemandem von meinem Verdacht zu erzählen.«

»Nein, ich meine, es ist zu spät, weil ich sie schon begraben habe. Ich mußte mir einen Tag frei nehmen – ich sagte, ich sei krank, weil ich wußte, daß du hinter mir her warst, oder jedenfalls kurz davor standest – und habe sie an einen Platz gebracht, wo sie es ein paar Stunden aushalten kann. Sie ist meine Versicherungspolice.«

»Wer?« Tess sah ein kleines Kind vor ihrem geistigen Auge, das er in einem der übleren Stadtviertel auf der Straße geschnappt hatte, wo so ein Verschwinden wahrscheinlich nicht so viel Aufmerksamkeit erregte wie zum Beispiel in einem der Vororte.

»Cecilia. Ich hätte ja lieber Crow gehabt oder sogar Whitney, weil ich glaube, daß dir an denen mehr liegt. Aber ich brauchte jemanden, den ich überwältigen konnte. Außerdem mag ich Cecilia am wenigsten. Ich kann so laute Menschen nicht leiden, Menschen, die die Aufmerksamkeit immer auf sich lenken müssen. Mochte ich noch nie.«

Tess hielt noch immer ihren Revolver auf ihn gerichtet und wünschte, ihre Erfahrung im Bluffen hätte eine bessere Grundlage als nur die Kartenspiele in der Familie. »Damit, daß du jemandem etwas antust, ist überhaupt nichts gewonnen, Daniel. Du läßt dich jetzt gerade auf einen Flirt mit der Todesstrafe ein. Ich habe zu Rainer und Tull gesagt, daß ich glaube, du hast Yeager und Bobby ermordet. Du hast auch Shawn Hayes angegriffen, stimmt's? Wie im ›Stibitzten Brief‹

hast du alles offen liegen gelassen. Die Bücher, die du gestohlen hast – nicht Bobby, sondern *du* –, sogar die Waffe, die du benutzt hast, um Hayes niederzuschlagen. Dort steht sie, da in der Ecke, und ich wette meinen Kopf, daß Shawn Hayes' Blut noch immer daran ist. Als ich zum ersten Mal hier war, dachte ich, es sei ein Spazierstock.«

Sie blickten beide in die Ecke, wo die eineinhalb Meter lange Lanze an der Wand lehnte, so unschuldig, wie ein Gegenstand nur aussehen konnte, mit dem ein Mann fast getötet worden war.

»Ein Spazierstock von anderthalb Meter Länge mit einer scharfen Spitze an einem Ende? Ich hätte dich für klüger gehalten, Tess.«

»Aber das war doch deine Absicht, oder etwa nicht? Stell eine Winans-Lanze neben deine Langlaufskier und dein Fahrrad, und sie ist gut gedeckt, weil sie genauso wirkt wie die anderen Gegenstände. Und stell deine gestohlenen Sachen zur Schau, und jeder geht davon aus, daß sie dir gehören müssen. Ein Anwalt hat mir einmal erzählt, daß Säufer häufig in Bars arbeiten, Männer, die Kinder mißbrauchen, in Kindertagesstätten, und Elefantenfetischisten gehen zum Zirkus. Ich nehme an, daß es Bücherdiebe unweigerlich zu Bibliotheken hinzieht. Außerdem hast du's ja selber gesagt, als ich dich zum ersten Mal sah.«

Daniel verschränkte die Arme und beugte sich vor. Tess trat instinktiv ein paar Schritte zurück.

»Ich bin nicht so blöd, daß ich jetzt mit dir um deine Knarre kämpfe«, sagte er. »Wie gesagt habe ich ja meine Versicherungspolice. Ich war drüben im Gesundheitsamt, wo Cecilia ein Büro hat. Ich sagte zu ihr, ich wolle über ein paar Diskriminierungsprobleme im Pratt mit ihr reden, und bat sie, mit mir hinauszugehen, damit ich ihr die Unterlagen zeigen könne, die ich im Kofferraum habe. Es war so einfach, sie hineinzustoßen und sie dann zu – na ja, an den Ort zu bringen, den ich für sie vorbereitet hatte. Ich würde ja zu gerne wissen, ob ihre Freundin sie schon vermißt.«

Etwas in der Art, wie er »Freundin« sagte – in einem Ton von höhnischem Abscheu –, traf Tess sehr.

»Du magst Schwule nicht, oder?«

»Sie sind mir egal, solange sie andere Menschen in Ruhe lassen. Aber das tun sie ja nicht, oder? Sie versuchen einen andauernd zu ... bekehren.«

Er schien aus persönlicher Erfahrung zu sprechen, oder jedenfalls aus seiner krankhaften Art von persönlicher Erfahrung.

»Bobby?«

»Nein, Bobby war okay.« Daniels Gesicht verzog sich in irgendeiner Erinnerung und wurde rot.

»Shawn Hayes.« Diesmal war es keine Frage.

»Paß mal auf, du hast nicht mehr viel Zeit«, sagte Daniel ungeduldig. »Verschwende sie lieber nicht mit Gerede. Ich brauche folgendes von dir: Erstens brauche ich Geld, und zwar eine ganze Menge. Ich denke, deine Freundin Whitney, dieses blöde Stück, kommt an ganz schön viel Bargeld ran, auch noch zu dieser Abendstunde. Und ich brauche diesen gottverdammten Hund, diese Miata.«

»Miata?«

»Na ja, nicht den Hund, sondern nur das Halsband.« Er lachte, und das war erschreckend, gerade weil es so herzlich, so natürlich klang. »Wenn schon von Dingen die Rede ist, die ganz offen zu sehen sind – ich muß Bobby ja eines lassen: Er schaffte es, mich noch ein letztes Mal hereinzulegen, bevor er starb. Er hängte das Medaillon an Miatas Halsband und gab die Kette und den Käfer an den Grabbesucher weiter. Es ist aus Weißgold, und er drehte es mit der Innenseite nach außen, so daß es aussieht wie eine Hundemarke. Was glaubst du wohl, warum ich mit Crow so auf Kumpel gemacht habe? Ich habe immer auf eine Chance gewartet, dieses Medaillon von ihrem Halsband abzukriegen, aber Miata saß einfach nie lange genug still. Ich glaube, sie mag mich nicht sehr.«

»Du hast schließlich versucht, ihr Herrchen zu töten«, erklärte Tess.

»Das weiß die Hündin aber nicht. Bobby hatte sie ausgeführt. Kannst du dich erinnern, genauso habe ich es dir doch neulich erklärt? Ich konnte es einfach nicht mehr aushalten, dich ewig so einen Stuß über die ganze Sache quasseln zu hören, wo es doch eigentlich hätte klar sein müssen, was passiert war. Großer Gott! Ich weiß wirklich nicht, wie du dich über Wasser hältst, bei dem, was du so machst.«

»Was ist geschehen, Daniel?«

Er wies auf eine altmodische Standuhr. »Dafür hast du jetzt keine Zeit mehr. Oder ich glaube, ich sollte sagen, Cecilia hat dafür keine Zeit mehr. Du mußt mir das Geld besorgen und das Medaillon. Ich habe mich schon damit abgefunden, daß ich den goldenen Käfer nicht mehr kriegen werde, und ich weiß auch, daß ich das meiste von meinen Sachen hierlassen muß, aber ohne das Medaillon gehe ich nicht. Ich muß doch etwas vorweisen können, nach allem, was ich durchgemacht habe.«

»Was *du* durchgemacht hast? Du hast zwei Männer ermordet, und ein dritter schwebt noch in Lebensgefahr, und das alles für ein paar Schmuckstücke, die möglicherweise Edgar Allan Poe gehört haben, möglicherweise aber auch nicht.«

Daniel streckte seine langen Arme über dem Kopf aus, schlang die Finger ineinander und ließ dann mit einem häßlichen Geräusch die Knöchel knacken.

»Ich habe Cecilia ein mildes Beruhigungsmittel gegeben, bevor ich sie begraben habe. Sie schläft jetzt noch, ihr Atem geht langsam und regelmäßig, ihr Herz schlägt langsamer als gewöhnlich. Aber sie wird bald aufwachen. Und zwar in einem engen, kleinen Gehäuse, wo sie nichts sieht und sich nicht bewegen kann. Stell dir nur vor, was für einen Horror das für sie bedeutet. Als würde ein Alptraum wahr. Ihr Herz fängt an zu rasen, und sie atmet heftig und angstvoll, wodurch sie viel Energie und Luft verschwendet.«

»Ich glaube dir nicht«, sagte Tess. »Der Boden ist viel zu hart, als daß man zu dieser Jahreszeit jemanden begraben könnte.«

Er zog eine Brieftasche heraus, öffnete sie und zeigte ihr Cecilias Führerschein.

»Man kann jemanden den Führerschein stehlen, ohne daß der es überhaupt merkt«, sagte Tess.

»Ja, aber schwieriger ist es schon, ihm all seinen Schmuck abzunehmen.« Er legte zwei kleine Manschettenknöpfe aus Türkis auf den Tisch, sowie den Silberring, den Cecilia am Ringfinger trug, zum Zeichen ihrer Beziehung zu Charlotte.

»Ich kann hier nicht weggehen, solange ich nicht weiß, ob sie noch lebt und wo sie ist.«

»Das sag' ich aber nicht«, sagte Daniel. »Also los, erschieß mich doch. Ich weiß nicht, wie du das vor den Bullen rechtfertigen wirst, aber ich bin dann ja nicht mehr hier, um mir darüber Sorgen zu machen. Aber wenn ich sterbe, stirbt sie auch. Wäre es da nicht viel einfacher, mir zu geben, was ich haben will?«

Tess senkte ihre Waffe noch immer nicht.

»Was willst du denn, eine Erklärung, ein Geständnis? Ich werde zwar nicht mehr hiersein, um eine Strafe auf mich zu nehmen, aber – na schön, ich gestehe. Ich bin für alles verantwortlich. Ich habe Shawn Hayes niedergeschlagen. Ich habe Bobby getötet, weil er mich hinterging – als er behauptete, er habe den Schmuck weggegeben, obwohl er ihn doch noch bei sich hatte. In der bewußten Nacht ging ich ans Grab, weil ich dem Grabbesucher nach Hause folgen und ihn dann ausrauben wollte. Aber als ich die zweite Gestalt sah und begriff, daß Bobby mich getäuscht hatte, verlor ich die Beherrschung.«

»Und Yeager? Bist du auf Yeagers Behauptung hereingefallen, daß er Bobbys Kalender habe? Denn den hatte er gar nicht. Das war nur ein dummer Bluff.«

»Yeager?« wiederholte Daniel, als könne er sich an den Mann nicht so richtig erinnern. »Yeager. Ich habe Yeager umgebracht – ich habe Yeager umgebracht, weil ich es konnte. Wie bei so einem Sonderangebot in diesen Billigläden für Herrenbekleidung – kaufen Sie einen Anzug, und Sie bekommen ein zweites Paar Hosen gratis. Yeager war ein Geschenk, und er half mir, den Grabbesucher hereinzulegen.«

In dem Schweigen, das jetzt eintrat, wurde sich Tess des Atmens durchdringend bewußt, ihres eigenen und Daniels. Das Atmen gehört zu den seltsamen Dingen, die die Leute für selbstverständlich halten – bis sie es nicht mehr können. Die Luft strömt ein, die Lunge füllt sich, die Luft strömt aus, die Lunge leert sich. Wo war Cecilia? Atmete sie noch? Er hatte gesagt, vier Stunden, vielleicht auch nur drei. Sie mahnte sich selbst, diese Zeit gut zu nutzen und nicht in blinder Panik aus dem Zimmer zu rennen, um zu tun, was er verlangte.

»Du und Bobby, ihr wart dabei Partner. Du hast ihm bei seinen Einbrüchen geholfen.«

»Nicht bei allen. Das meiste von dem, was ich tat, hatte ich ursprünglich gar nicht vor, aber geht das nicht jedem so? Ich traf Bobby zufällig letzten Frühling im Midtown Yachtclub, und er warf mit der Kohle nur so um sich. Er wollte unbedingt jemandem erzählen, was er tat. Für ihn war das nur Tratsch, sonst nichts. Ich hatte dann die Idee, diese Dinge zurückzustehlen. Seltene Dinge gehören in die Hände von Menschen, die sie wirklich zu schätzen wissen, die sie gut pflegen. Deswegen mußte ich auch all die Bücher aus der Bibliothek befreien. Ich konnte einfach nicht mit ansehen, wie andere Menschen sie anfaßten, sie beschmutzten und herabwürdigten. Irgend jemand mußte sie beschützen. Ich dachte schon, das Pratt davon Wind gekriegt hätte, zu der Zeit, als Bobby das Pillendöschen stahl. Also hab ich ihn hingehängt. Er hat das nie mitbekommen. Bobby war in mancher Hinsicht ein richtiges Unschuldslamm.«

»Du warst natürlich auch an den Einbrüchen in Ensors und Pitts' Haus beteiligt?«

»Na klar«, sagte er und lachte sie aus. »Denkst du vielleicht, Bobby Hilliard konnte einen Fernseher mit Großbildschirm allein hinaustragen? Nicht sehr wahrscheinlich.«

»Was ging denn bei Shawn Hayes schief?«

Daniels Lachen brach abrupt ab. »Das war Bobbys Idee. Das Sicherheitssystem war zu kompliziert; wir konnten es nicht knacken. Da hatte er die Idee, daß wir in eine Bar dort in der Nähe gingen, die Shawn Hayes häufig besuchte, ein Gespräch mit ihm anfingen und mit zu ihm nach Hause gingen. Weißt du, Shawn kannte mich ja nicht, und Bobby sagte, ich sei genau sein ... Typ. ›Er mag die Eddie-Bauer-Typen‹, so drückte er sich aus. Ich sollte Shawn dazu bringen, mich durchs ganze Haus zu führen, während Bobby den Hund ausführte. Auf dem Weg nach draußen steckte er die Gegenstände ein, und sein Plan war, sie irgendwo zu verstecken, an einem Ort, wo wir sie uns später holen konnten. Es ging ganz leicht. Schließlich hatte Pitts ja damit geprahlt, was für seltene Stükke er und sein Freund besaßen, und hatte Bobby erzählt, wo Shawn den Käfer und das Medaillon aufbewahrte.«

Daniel verfiel in ein geistesabwesendes Schweigen, wobei er auf der Unterlippe kaute. Tess nahm an, daß er an jenen Abend dachte. Das war der Abend gewesen, wo er die Seiten gewechselt hatte, wo seine kriminellen Taten, die er sich selbst gegenüber mit großer Sorgfalt zu »Befreiungen«, wie er es nannte, hochstilisiert hatte, in Gewalttätigkeit übergingen, die er wohl genossen haben mußte.

»Shawn Hayes hat dich angemacht.« Sie versuchte, das wie die Feststellung einer Tatsache klingen zu lassen, als wüßte sie, was geschehen war.

»Eigentlich nicht. Er fragte mich, ob ich Interesse hätte, und ich sagte nein. Er tat so, als würde ihn das kaltlassen, aber er wirkte doch ein wenig verletzt. Er nannte mich neckisch und sagte, er erlebe das nicht zum ersten Mal. Er sagte ... er sagte, er habe schon öfter solche Männer wie mich kennengelernt. *Wie mich*, als ob er auch nur das Geringste von mir gewußt hätte! ›Unschlüssige‹ nannte er sie. Er sagte: ›Du wirst dich wohler fühlen, wenn du zuläßt, wie du wirklich bist.‹ Aber ich bin nicht ... ich würde nie ... und ich brauche mir so etwas nicht von so einer kranken Tunte erzählen zu lassen. Einer Tunte, die noch dazu ein Dieb war, der seine Freunde bestahl und der einfach alles besitzen wollte, was es wert war, besessen zu werden. Wer war er denn, daß er diese ganzen wunderbaren Sachen haben durfte? Darüber wurde ich wütend. Ich konnte ihm das Medaillon und die Anstecknadel stehlen, aber ihm würde immer noch so wahnsinnig viel gehören, viel mehr, als ich jemals haben würde. Wenn ich so viel hätte haben können wie er – aber das konnte ich nicht. Das tue ich nicht. Es ist einfach nicht gerecht, daß so grobe Menschen so wunderbare Dinge besitzen können.«

Er ballte und öffnete die Fäuste neben seinem Körper, aber er schien es gar nicht zu bemerken. Tess hatte Angst, daß sie ihn zu weit getrieben hatte. Sie wollte, daß er sich beunruhigt fühlte, aber nicht verzweifelt.

»Daniel, ich weiß nicht, wieviel Geld du brauchst, aber Whitney, Crow und ich können zusammen nicht mehr als 900 Dollar beschaffen. An den Automaten kann man im Höchstfall 300 Dollar abheben, und die Banken sind geschlossen.«

»Aber Whitney ist doch reich«, sagte er.

»Ihre Familie ist reich. Aber das heißt ja nicht, daß sie überall Kisten mit Bargeld herumstehen haben.«

Daniel sah überrascht aus, als hätte er tatsächlich angenommen, daß reiche Leute im ganzen Haus Geld herumliegen hätten – in die Sofakissen gestopft, aus den Papierkörben herausquellend.

»Okay, ich gebe mich zufrieden mit dem Medaillon und einem Vorsprung. Bring mir das Medaillon, und ich hau' ab; ich rufe dann in einer Stunde von unterwegs an und sag' dir, wo sie ist.«

»Das kann ich nicht machen, Daniel. Woher soll ich wissen, ob du Wort hältst? Ich werde nicht einmal riskieren, dich allein zu lassen.«

»Dann ruf doch Crow an und sag ihm, er soll den Hund herbringen. Sobald ich das Medaillon habe, sage ich dir, wo sie ist.«

Tess schüttelte den Kopf. »Kommt nicht in Frage. Paß auf, du hast Bobby doch im Affekt getötet. Sogar der Mord an Yeager kann als Totschlag ausgelegt werden, wenn dein Anwalt nur klug genug ist. Nur Cecilias Tod, der wird dir hier in diesem Staat die Todesspritze einbringen.«

»Ehrlich gesagt ist es mir vollkommen schnuppe, ob irgend so eine Lesbe erstickt.«

»Ich weiß«, sagte Tess. »Dir ist jeder Mensch schnuppe. Aber ich weiß, was dir ganz und gar nicht schnuppe ist.«

Sie nahm den Revolver in die linke Hand. Es war dumm von ihr gewesen, zu glauben, sie könne Daniel einschüchtern oder ihm angst machen. Seine Achtung vor dem menschlichen Leben war so gering, daß er nicht einmal sein eigenes achtete. Sie ging zu den Bücherregalen hinüber und versuchte sich zu erinnern, wo er seine Bände von Poe stehen hatte.

»Dieser Gedichtband, in dem du neulich nachgeschlagen hast.« Sie fand ihn im Regal. »Da ist ENOCH PRATT eingestempelt. Hast du den gestohlen?«

»Nicht unbedingt«, sagte Daniel mit blassem Gesicht und fuhr sich mit der Zunge über die Lippen. »Viele von meinen

Büchern habe ich ganz legal erstanden, weil sie entkatalogisiert oder zum Verkauf freigegeben wurden.«

»Na schön, ich glaube, es gibt nur eine Möglichkeit, das herauszufinden.« Tess warf das Buch in die Flammen des Kamins. Daniel blieb sitzen, obwohl es ihn Mühe zu kosten schien. Er hielt sich im wörtlichen Sinne an seinem Stuhl fest, um nicht aufzuspringen.

»Hmmm, ich glaube, das war kein seltenes. Ich werde einfach Bände ins Feuer werfen müssen, bis du mir sagst, was ich wissen will.« Sie fuhr mit den Fingern über die Buchrükken der alten Bücher, mit einer leichten Übelkeit im Magen wegen dem, was sie zu tun im Begriff war. Sie fand ein Buch, das so verstaubt und zerknittert war, daß es entweder äußerst wertvoll oder praktisch wertlos sein mußte, wenn man von seinem Inhalt absah. Das warf sie ins Feuer, und es hätte fast die Flammen erstickt, aber dann brannte es an und loderte in einer Flamme auf, die mehr blau als orange war, als würde das Feuer sich von der alten Tinte nähren. Daniel regte sich nicht. Sie nahm noch einen Band von Poe, eine alte Ausgabe des *Umständlichen Berichts des Arthur Gordon Pym*. Diese brannte rot. Noch immer saß Daniel still, mit einem solchen Haß im Gesicht, daß sie fast Angst hatte, ihn anzuschauen, damit er sie nicht etwa in Stein verwandelte.

Ihre Finger schlossen sich um einen schmalen Band, eher ein Heft, der nur eine einzige Geschichte enthielt, *»Manuskriptfund in einer Flasche«*. Es schien eine Sonderausgabe dieser Geschichte zu sein, mit der Poe den ersten Preis gewonnen hatte, oder vielleicht waren die Seiten auch aus dem *Samstagsboten* ausgeschnitten und bei einer späteren Gelegenheit in Leder gebunden worden. Es war klein und leicht, und es ließ sich so leicht ins Feuer werfen wie ein Frisbee.

»Du Miststück!« Daniel stürzte sich kopfüber ins Feuer und versuchte, das Buch zu erwischen, bevor es anbrannte, und sein Pullover war sofort ein einziges Flammenmeer.

Ohne darauf zu achten, riß er das Buch heraus und wälzte sich auf dem Fußboden hin und her. Tess war nicht klar, ob er die Geistesgegenwart hatte, sich an die alte Regel zu erinnern, wie man ein Feuer löscht, oder ob er nur in einem kindischen Koller war.

»Sie ist direkt unter uns, okay?« schluchzte er. »Sie ist schon die ganze Zeit hier, unter den Bodenbrettern. Ich wünschte, ich hätte sie gleich umgebracht. Ich wünschte, ich hätte dich auch umgebracht.«

»Unter den Bodenbrettern? Wo, Daniel? Wie?«

Er antwortete nicht, sondern wälzte sich weiter wie wahnsinnig herum. Es war unmöglich herauszufinden, ob der leise klagende Ton, den er von sich gab, seinen eigenen Schmerzen galt oder dem versengten Buch, das er an seine Brust drückte. Tess sah sich wild um, und ihr Blick fiel auf die Winans-Lanze in der Ecke. Mit größter Vorsicht schob sie das spitze Ende in eine der Ritzen zwischen den Brettern und benutzte es als Hebel. Die Fichtenbretter ließen sich leicht lösen. Schließlich waren sie an diesem Tag schon einmal gehoben worden. Sie fand Cecilia unter dem Tisch, an dem sie so getan hatte, als würde sie essen. Cecilias Augen waren groß und ihre Gesichtszüge in einer seltsamen Mischung aus Entsetzen und Erleichterung verzerrt. Wenn sie ein Schlafmittel bekommen hatte, war dessen Wirkung längst verflogen. Sie mußte alles mit angehört haben. Wahrscheinlich hatte sie Angst gehabt, Tess würde sie hier zurücklassen oder das Haus mit ihr drinnen abbrennen lassen.

Tess riß das Taschentuch von Cecilias Mund und begann, ihre Fesseln zu lösen, dann rieb sie ihr die Hand- und Fußgelenke, damit ihre Durchblutung wieder in Gang kam. Nach ein paar keuchenden Atemzügen blickte Cecilia hinüber zu Daniel, der noch immer zu einer Kugel zusammengerollt war, und schüttelte den Kopf.

»Warum?«

Tess wiederholte die Antwort, die Daniel ihr vorhin gegeben hatte, als sie ihn nach Yeagers Tod gefragt hatte.

»Weil er es konnte.«

»Dann hattest du also recht?«

»Und du auch, in gewisser Weise.«

Alle hatten recht gehabt, stellte Tess fest. Cecilia hatte recht gehabt, daß Hayes von jemandem angegriffen worden war, der eine panische Angst vor Homosexualität hatte. Aber Yeager hatte auch recht gehabt, als er annahm, daß der Mann, der Hayes angriff, hauptsächlich von Neid getrieben wurde – nur hatte er den Falschen genannt. Zusammen hatten sie alle Einzelteile parat gehabt. Sogar Miata hatte die ganze Zeit etwas gewußt.

Gretchen trat ein. »Jetzt sind es dreißig Minuten, deswegen habe ich Rainer angerufen, wie du gesagt hast, und sie sind schon unterwegs. Großer Gott, hat der eine Menge von diesen Scheißbüchern«, fügte sie hinzu, nachdem sie einen Blick durchs Zimmer geworfen hatte, wobei sie bei Daniel, der sich immer noch hin und her wälzte und brabbelte, zweimal hingucken mußte, und sie sah Cecilia an, die mit aufgerissenen Augen dasaß, so ätherisch wie nur eine von Poes todessüchtigen Liebesobjekten. »Wie kann man nur so viele Bücher haben wollen? Das sind doch bloß Staubfänger. Also, was hast du gemacht mit ihm, hast du ihn mit einem glühenden Schürhaken gefoltert? Hat er aufgegeben?«

»Auf seine Weise«, sagte Tess. »Er hat aufgegeben, weil er es nicht aufgeben konnte, wenn du verstehst.«

Jetzt sahen alle drei Frauen zu dem Mann hinüber, dessen Haut vor ihren Augen Blasen zu werfen schien. Der Raum war von gräßlichen Gerüchen erfüllt – verbranntem Haar, verbrannter Wolle, verbranntem Papier, verbranntem Fleisch. Das einzige Geräusch war Daniels hartes Schluchzen, und das war ebenfalls gräßlich.

Er weinte wie ein verwundetes Tier, wie eine Mutter, die

um ihr Kind weint. Er weinte, aber nicht um sich selbst und nicht wegen seiner Schmerzen. Er weinte um das beschädigte Buch in seinen Armen.

33. Kapitel

Die letzte Botschaft – und Tess hatte keinen Zweifel daran, daß es die letzte sein würde – kam genau einen Monat nach dem Tag, der diesem Abend folgte. Sie war direkt und einfach und unmöglich zu mißverstehen.

> *Bitte kommen Sie heute um 13 Uhr auf den Green Mount Friedhof, hinter den Obelisken. Sie werden es erkennen, wenn Sie es sehen.*

Sie fragte sich, ob es mit diesem Datum im März irgendeine Bewandtnis hatte. War dies erneut eine Anspielung auf Poe, die wieder über ihren Kopf hinweg oder unter ihrem Radar durch oder wohin auch immer fliegen würde, wie bei diesen Dingen üblich? Sie war gerade im Begriff, die Geometrielektionen zu verstehen, die sie in der Oberstufe so verwirrt hatte, nämlich, daß die Welt voller unendlicher Ebenen war, die sich niemals schnitten.

Der Tag war schön, fast warm. Die Stiefkinder des Jahres – März und November – hatten in der letzten Zeit Anzeichen eines überraschend lieblichen Temperaments gezeigt, während die einst so zuverlässigen Monate Mai und September ungebärdig und unberechenbar geworden waren. Sie sah einen Friedhofsgärtner auf einer Bank sitzen und ein Sandwich verzehren, und bei der Störung durch sie rollte er die Augen, zeigte ihr aber den Weg.

»Hunde sind nicht erlaubt«, rief er hinter ihr her.

»Das ist ein Blindenhund«, sagte Tess über den Dobermann an ihrer Seite.

»Sie sehen aber nicht aus, als ob Sie blind wären.«

»Sehbehindert«, korrigierte sie.

»Das auch nicht«, sagte er. Aber er ließ sie lieber gehen, als daß er sein Mittagessen unterbrochen hätte.

Das Grab hinter dem Obelisken stellte sich als die Ruhestätte von John Wilkes Booth heraus. Das machte Tess einen Augenblick fast verzagt – schließlich war es das Grab eines Mörders –, und sie tastete nach der beruhigenden Form ihres Revolvers in der Manteltasche. Das hatte sie in letzter Zeit häufig gemacht. Ihr Revolver wurde langsam zu der erwachsenen Version des »Schmusetuchs« eines Kindes, so eines kleinen Stückes Stoff, das viel zu lange überall mit hin genommen wird. Sie fragte sich bereits, ob ihr Revolver bald auch an manchen Stellen ganz abgewetzt aussehen würde, von all diesen Berührungen ihres Talismans.

In der Botschaft hatte 13 Uhr gestanden, aber sie wunderte sich nicht, als 10, 15, 20 Minuten vergingen. Wenn er klug war – und wer er auch sein mochte, klug war er ganz bestimmt –, so würde er sich erst vergewissern, daß sie allein gekommen war, und die Ein- und Ausgänge des Friedhofs überprüfen. Green Mount, einer der ältesten Friedhöfe der Stadt, war ein sehr weitläufiges Terrain, und man konnte hier leicht jemandem ausweichen. Das eigentlich Schwierige war, in dem heruntergekommenen Stadtviertel, das den Friedhof umgab, am Leben zu bleiben.

Endlich näherte sich eine hochgewachsene Gestalt. Diesmal nicht in einem Cape, sondern im allernormalsten Regenmantel, einem London Fog mit Gürtel. Er trug in der Sonne keine Kopfbedeckung, und sein Haar zeigte jenes leuchtende, steife Weiß alter Leute, das Tess immer an Zahnseide denken ließ. Das seidene Tuch um seinen Hals war noch weißer. Er hatte offenbar nicht bemerkt, wie warm es war.

Als er näher kam, schien ihr sein Gesicht bekannt, aber vielleicht kam das nur davon, daß es so gewöhnlich war. Andererseits –

»Wir haben uns doch schon gesehen, oder?« fragte sie.

Er neigte den Kopf in einer formellen Verbeugung. »Mehrmals.«

Sie studierte sein Gesicht, sah die hohlen Wangen, die buschigen Brauen, die schmalen Lippen. Aber Haar ließ sich färben, vor allem, wenn es so schneeweiß war. Eine Stimme ließ sich verändern.

»Der norwegische Radioreporter.«

»Ja«, sagte er und nickte. »Würden Sie mir Ihren Stundenlohn mitteilen? Darf ich mir Ihre Waffe ansehen?«

»Und ... der Herr, der damals in das Juweliergeschäft kam, dieser wichtigtuerische mit dem Monokel und genau dem seidenen Halstuch, das Sie jetzt tragen.«

Er räusperte sich, so wie es der Mann damals bei den Gebrüdern Gummere getan hatte, sehr schroff und großspurig und zog den Schal um seinen Hals zurecht.

»Sonst noch irgendwo?«

»Ich hätte gern ein Truthahnsandwich«, sagte er, und seine Stimme war ein glaubwürdiger Alt, ganz anders als das alberne Falsett, das die meisten Männer anschlagen, wenn sie eine Frau zu imitieren versuchen. Tess sah sich wieder auf dem Cross-Street-Markt, wie sie einer Obdachlosen ein Sandwich kaufte. Im nächsten Moment war seine Stimme die eines cleveren jungen Mannes, der an einem Winterabend vor dem KFC stand, jenes Mannes, der damals ihren verzweifelten Anruf abgenommen hatte. »Ich mußte es einfach wissen, wissen Sie?«

Dann sagte er mit einer Stimme, die wohl seine eigene war: »Ich war auch eines Vormittags im Paper Moon, als Sie mit

Ihrem Freund hinkamen und schließlich diesen Streit mit dem anderen Mädchen hatten. Aber das war so ein Zufall, wie er in Baltimore öfter vorkommt. Ich esse dort immer. Ich mag die gebratenen Süßkartoffeln, und außerdem –«, er brach nervös ab.

»Ja«, sagte Tess, um ihm aus der Verlegenheit zu helfen, denn sie wußte, daß er hatte sagen wollen, er wohne dort in der Nähe, und das war mehr, als er eigentlich sagen wollte. »Es ist eine kleine Stadt.«

Es entstand ein ungemütliches Schweigen, wie es typisch ist zwischen dem Beobachter und dem Beobachteten. Tess fragte sich unwillkürlich, was er sonst noch alles gesehen und beobachtet hatte, während er sie beschattete. Sie kam sich außerdem ganz vage wie ein Idiot vor. Sie hatte ihm nicht nur ein Sandwich gekauft, sie hatte ihm auch abgekauft, daß er eine Frau sei. Sie hatte ihm ein Interview gegeben, hatte zugesehen, wie er mit seinem Kassettenrecorder einen komischen Kampf aufführte, und hatte ihn gebeten, seine Fragen zu wiederholen, weil sein Akzent fast unverständlich war. Bei den Gebrüdern Gummere hatten sie aneinander vorbeigeschaut, jeder mit seiner eigenen Mission beschäftigt. Und wenn er wichtigtuerisch gewirkt hatte – nun, sie hatte das auch getan, und bei ihr war es kein Spiel gewesen.

»Sie sind ein guter Schauspieler«, sagte sie.

»Leider nicht gut genug«, sagte er. »Die Bühne war mein Ehrgeiz, und statt dessen unterrichte ich jetzt uninteressierte Schüler.«

»An einer Oberschule der Stadt?«

»Das möchte ich lieber nicht sagen.«

Tess schloß daraus, daß sie recht hatte.

»Wozu all diese Nachrichten? Warum haben Sie sich nicht gemeldet oder sind einfach ans Telefon gegangen und haben der Polizei gesagt, was Sie wußten? Warum mußten Sie mich da mit hineinziehen?«

»Ich habe mich ja gemeldet. Ich habe mich gleich in der ersten Nacht gemeldet. Beziehungsweise am nächsten Morgen. Ich bin auf die Polizeistation gegangen und habe dem Inspektor der Mordkommission gesagt, daß ich von der Fayette Street aus zugesehen hätte, als ich den Schuß hörte, und daß ich versucht hätte, einem der Fliehenden nachzulaufen. Ich beschrieb ihnen meine eigene Flucht, um sicherzustellen, daß sie wußten, ich könne es nicht getan haben. Aber eigentlich habe ich gar nichts gesehen, und ich wollte ihnen nichts von ... dem anderen erzählen.«

Dem anderen. Sie wartete, da sie wußte, daß er es ihr erklären würde. Er zog ein Taschentuch hervor und schlug es auf. Darin lag eine einfache Kette aus Weißgold und die Anstecknadel mit dem Goldkäfer. Wäre man in einem Laden auf sie gestoßen, hätten sie interessant ausgesehen, aber mehr nicht. Aber Tess kannte ihre Geschichte, wußte, in wessen Taschen sie schon gesteckt hatten und welchen Preis ein jeder dafür gezahlt hatte. Wie schnell sich doch Bobbys Freude, sie zu besitzen, in Angst verwandelt haben mußte. Schließlich wußte er, wozu Daniel Clary fähig war, wenn er etwas wirklich wollte. Die Saphiraugen des Käfers fingen die blasse Märzsonne ein und schienen aufzuglühen, wie die bernsteingelben Augen der Eulen in der Eulenbar.

Sprach immer weniger, je mehr sie sah.

Tess nahm die Kette und wies dann Miata mit einer Bewegung an, ›Platz‹ zu machen. Sie kniete sich vor sie hin und benutzte eine Pinzette, um das Medaillon abzunehmen, dann befestigte sie es an der Kette, an die es gehörte. Der Hund hatte diese Kostbarkeit die ganze Zeit bewacht, war jetzt aber bereit, sie herzugeben. Tess war sich da bei sich selber nicht so sicher. »Sie« waren einen Mord wert, hatte er am Telefon zu ihr gesagt, an dem Abend, als man Yeager tot aufgefunden hatte. Sie hatte das Medaillon nicht der Polizei übergeben, sondern darauf gewartet, daß der Plural sich bestätigen würde. Gewartet, ob der Grabbesucher das Richtige tun und die Kette wieder mit dem Medaillon zusammenbringen würde.

So weit, so gut.

»Woher wußten Sie denn, daß Sie mich in die Bibliothek schicken mußten? Wußten Sie über Daniel Bescheid? Oder wollten Sie nur, daß ich die Plakette in der Mulberry Street finde, die über John Pendleton Kennedy?«

»Weder noch. Ich wollte nur, daß Sie etwas über Poe erfahren – und über Bobby Hilliard.«

»Kannten Sie sich?«

»Wir haben uns nur ein einziges Mal gesehen, aber das wurde mir auch erst klar, als er tot war. Was Bobby Hilliard betrifft, hat er es umgekehrt wahrscheinlich nie erfahren. Aber vielleicht war es die Begegnung mit mir, die ihn dazu angeregt hat, die Gegenstände meinem Alter ego zu übergeben. Ich kann es nur hoffen.«

Er ging zu einer Bank in der Nähe, setzte sich und lud Tess ein, sich zu ihm zu setzen. Sie zögerte einen Augenblick und folgte ihm dann. Miata ließ sich zu ihren Füßen nieder und legte das Kinn auf Tess' Stiefel.

»Tatsächlich habe ich Bobby letzten Dezember im Paper Moon getroffen. Daß es in Baltimore so wenige Lokale gibt, in denen man die ganze Nacht essen kann, das schränkt einen sehr ein, nicht wahr? Ich war melancholisch und voller Selbstmitleid und hatte mich mitten in der Nacht in einem Anfall von Schlaflosigkeit dorthin begeben. Ein junger Mann saß an der Bar, und ich sah sofort, daß er verängstigt und unglücklich war. Wie gesagt unterrichte ich schon seit vielen Jahren, mir sind die Stimmungen junger Menschen vertraut. Wir saßen beide an der Bar, mit einem Barhocker zwischen uns, und jeder platzte fast vor lauter Geheimnis. Ich fragte ihn plötzlich, ob er ein bißchen was über Poe wisse, und er sah mich an, als hätte ich ihn mit kochendem Wasser übergossen. Aber er bejahte, ein wenig zögernd, er interessiere sich für Poe, obwohl er an ihm mehr die historische Gestalt schätze als das Werk. Er erzählte mir, er habe kurze Zeit im Poe-Zimmer gearbeitet. Er fragte mich, was ich über ihn wisse, und leider brach ich in eine außerordentlich ermüdende kleine Rede aus. Ehe ich mich versah, zitierte ich Gedichte.«

Tess konnte sich die Szene gut vorstellen – das leere Lokal, ein gleichgültiger Kellner und die beiden Männer, die mit einem leeren Stuhl zwischen sich dasaßen, indem sie die ungeschriebenen Regeln eines gebührenden Abstands einhielten. Zwei verlorene Seelen, die in einer der wenigen rund um die Uhr geöffneten Bars von Baltimore gelandet waren.

»Aber er wirkte so interessiert«, sagte der Mann, als fände er es notwendig, sich gegen jemanden zu verteidigen. Gegen sie? Gegen sich selbst? »Er stellte mir Fragen zu Poes Leben. Er fragte mich, ob ich je von der Theorie gehört hätte, daß Poe Wertgegenstände bei sich trug, als er starb, daß er vielleicht betrunken gemacht und verprügelt worden sei, bei einem Raubüberfall. Ich hörte zu, und doch *hörte* ich nicht *zu*. Ich faselte weiter, weil ich so sicher war, daß ich endlich jemanden gefunden hatte, an den ich sozusagen die Fackel weitergeben konnte. Ich bat ihn … ich bat ihn …«

Ihm versagte die Stimme vor Verlegenheit. Tess wartete.

»Ich bat ihn, in dieser Nacht mit zu mir nach Hause zu kommen. In meiner Aufregung darüber, daß ich, wie ich glaubte, einen Geistesverwandten gefunden hatte, sah ich schon vor mir, daß ich ihm meine Requisiten zeigen und ihn fragen würde, ob er den Umhang annehmen wolle, sozusagen. Er verstand meine Einladung völlig falsch. Er war sehr nett: Es war deutlich, daß er Übung darin hatte, solche Einladungen abzulehnen und andere vielleicht anzunehmen. Ich versuchte, mich nicht davon verletzen zu lassen, daß ich sofort so eine ganz automatische Absage hervorrief.«

»Sind Sie –« Tess suchte nach dem richtigen Wort.

»Schwul? Nein, aber man möchte ja trotzdem nicht so kategorisch abgewiesen werden. Auf jeden Fall war mir nicht klar, wen ich da kennengelernt hatte, bis er tot war. Ich sah ihn nie wieder.«

»Na ja« – Tess versuchte, die Berichtigung so zartfühlend wie möglich zu gestalten –, »Sie haben ihn zumindest noch einmal gesehen. Er kam ans Grab. Er hatte eine Lüge erzählt, und daraus wurde ein Plan. Er hatte zu Arnold Pitts gesagt, daß er Ihnen den Goldkäfer und das Medaillon gegeben habe. Dasselbe wiederholte er dann Daniel Clary gegenüber. Da wurde ihm klar, daß er genau das tun könnte. Es kam ihm gar nicht in den Sinn, daß Pitts versuchen könnte, Ihre Identität aufzudecken, oder daß Daniel Clary das Grab überwachen könnte. Er wollte niemandem etwas Böses.«

»Daniel Clary – der Bibliothekar, nicht wahr? Ich habe in der Zeitung davon gelesen. Wie geht es ihm?«

»Er lebt, aber wahrscheinlich wünscht er, er wäre tot. Er hat an Gesicht und Händen Verbrennungen zweiten Grades. Unser Strafvollzug kann Daniel Clary gar nichts tun, was auch nur annähernd so schlimm wäre wie das, was er sich selbst angetan hat.«

»Oh doch, das kann er, und das hat er auch schon getan«, sagte er. »Er kann ihm seine Sachen wegnehmen.«

Tess dachte an Daniel Clary und Shawn Hayes, die sich beide im Dämmerzustand auf einer Intensivstation befanden. Die Kinder von Shawn Hayes konnten bisher einfach noch nicht die Hoffnung aufgeben, und die rechtlichen Folgen ihrer Entscheidung – daß er vielleicht nicht innerhalb der Frist von einem Jahr und einem Tag starb, die notwendig war, um Daniel Clary des Mordes an ihm anzuklagen – bedeuteten ihnen nichts. Rainer war das egal. Er hatte seinen Fall abgeschlossen. Hilliard war der einzige Name auf der Liste, der für ihn Bedeutung hatte, und der war jetzt durchgestrichen. Ebenso wie der Fall Yeager. Wenn sie jetzt nur auch noch etwas in bezug auf die anderen vierzig Morde tun konnten, die in Baltimore in diesem Jahr bereits geschehen waren …

»Wenn wir schon von Sachen sprechen …« Seine Stimme klang zögernd.

»Ja?«

»Sie gehören doch nicht mir, nicht wahr? Ich kann sie nicht behalten.«

Tess sah auf die Sachen hinunter, die jetzt auf seinem Schoß lagen, aber noch immer auf dem Taschentuch ausgebreitet. Sie berührte das Medaillon und staunte über die Tatsache, daß es früher einmal in Poes Hand hätte gewesen sein können, daß das reizend gestaltete Stück vielleicht eine Locke von Virginia Poes Haar enthielt. Beinahe – *beinahe* – verstand sie die ihm innewohnende Macht: Über Daniel Clary, über Hayes und Pitts und Ensor, über Bobby Hilliard, der hübsche Dinge so gern mochte und sich nicht um ihre Herkunft scherte.

»Das ist der Grund, nicht wahr?«

»Der Grund?«

»Für Ihre Botschaften, Ihre unvollständigen Hinweise. Sie wollten das Richtige tun, aber Sie wollten auch nicht diese Dinge weggeben. Sie hatten gehofft, Bobby Hilliards Mörder würde gefaßt, und dann könnten Sie die Kette und den Käfer behalten. Obwohl die Kette ohne das Medaillon gar nichts wert ist und die Herkunft des Käfers niemals nachgewiesen werden kann. Poes Verehrerin, falls es sie denn gegeben haben sollte, war viel zu sehr die tadellose Dame des 19. Jahrhunderts, als daß sie irgendwelche Hinweise darauf hinterlassen hätte, daß sie ihm dieses Geschenk gemacht hat.«

»Aber es muß ihm lieb gewesen sein, sonst hätte er es verkauft. Er war doch so arm, daß es einen rührt, wenn man daran denkt, daß er, als er starb, so ein phantastisches kleines Spielzeug bei sich hatte. Vielleicht starb er ja sogar, weil er diese Gegenstände schützen wollte.«

»Vorausgesetzt«, sagte Tess, »daß er sie jemals besaß. Es ist eine Legende, sonst nichts. Wie so viele Theorien zu Poes Tod kann das niemals bewiesen werden.«

»Trotzdem.« Er hielt den Käfer in die Höhe und drehte ihn im Licht. »Sie versuchen mich ja nur darüber hinwegzutrösten, daß ich diese Dinge jetzt zurückgebe.«

»Es liegt bei Ihnen, ob Sie Trost in dem Gedanken finden, daß Sie das Richtige tun. Die Tatsache, daß Sie mich hierher bestellt haben, legt den Gedanken nahe, daß Sie wissen, was Sie zu tun haben. Entweder das, oder aber Sie dachten, ich gebe Ihnen die Erlaubnis, mit dem Käfer in der Tasche davonzugehen. Aber das kann ich nicht. Diese Dinge gehören nicht Ihnen. Sie gehören auch mir nicht. Sie sollten irgendwo sein, wo sie jeder sehen und über ihre Bedeutung diskutieren kann. Denken Sie nur, wie glücklich die Poe-Forscher sein werden, wenn sie wieder etwas Neues haben, worüber sie streiten können.«

Sie dachte an Ensor und Hayes, die versucht hatten, den Markt für »Baltimorabilia« aufzukaufen. Sie dachte an Pitts, der seinen Partnern Kopien angedreht hatte. Dann tauchte Daniel Clary auf, der ihnen ihr wertvolles Diebesgut wieder wegstahl, weil er überzeugt war, daß nur er diese Stücke zu besitzen verdiente. Wo hätte das geendet; wann wären sie zufrieden gewesen? Was kann die tödliche Kette einer solchen Besitzgier unterbrechen?

Er faltete das Taschentuch zusammen und übergab es Tess mit einem Seufzer. »Ich versuchte mir einzureden, daß ich sie mir irgendwie verdient hätte. Für meinen Dienst. Aber dieses moralische Mäntelchen ist nicht zu halten, das weiß ich. Ich hatte sie zwei Monate lang. Jetzt gebe ich sie Ihnen, in der Hoffnung, daß ich durch den guten Willen, den ich damit zeige, auch Sie dazu anrege, das Richtige zu tun.«

»Ihr Geheimnis zu bewahren.«

»Ja.«

»Ich kenne Ihren Namen nicht, nur Ihr Gesicht. Ich kann folgern, daß Sie einmal an der Oberschule unterrichtet haben und in Nord-Baltimore wohnen, aber das ist auch so ziemlich alles.«

»Das ist mehr, als sonst jemand weiß. Außerdem könnten Sie mir folgen, wenn ich hier weggehe. Oder Sie könnten Ihren Revolver ziehen und meine Brieftasche verlangen, um sich meinen Führerschein anzusehen.«

»Glauben Sie wirklich, daß ich so etwas tun würde?«

Er lächelte. »Nein. Nein, das glaube ich nicht. Aber jetzt, wo Sie wissen, was Sie wissen, glauben Sie – könnten Sie sich vielleicht vorstellen ...«

Sie brauchte einen Augenblick, ehe sie begriff, wonach er fragte. »Ihren Platz einzunehmen? Ich glaube nicht. Das ist eine zu große Verantwortung, so Jahr für Jahr.«

»Ja. Ich wünschte, ich hätte das auch begriffen, als ich damals damit anfing. Aber der junge Mann, den ich mit Ihnen zusammen gesehen habe, er scheint –«

»Nein!« sagte Tess. Crow wäre nur zu glücklich, in diesen Geheimclub aufgenommen zu werden. Sie sah eine Ewigkeit von neunzehnten Januaren vor ihnen liegen, sah die Westminster Hall als den Fixpunkt in ihrer beider Leben, sah Crow Rosen und Cognac kaufen, bis er so alt war wie der Mann hier vor ihr. »Nein.«

»Na gut, dann werde ich jemand anderen finden müssen.« Er richtete sein Halstuch und klopfte seine Taschen ab, als suche er seine Autoschlüssel. »Ich gehe jetzt. Ich vertraue Ihnen an, daß Sie diese Dinge in die richtigen Hände legen. Ich überlasse es Ihnen, zu entscheiden, wer das sein könnte ... Ich hoffe« – seine Stimme wurde ganz wehmütig –, »ich hoffe, daß sie irgendwo landen, wo ich sie hie und da wiedersehen kann.«

»Ich werde mein Bestes tun.«

Er ging den Hügel hinab davon. In seinem Gang war ein leichtes Schlingern, eine Unsicherheit, die den Gedanken nahelegte, daß ihn sein Alter, wie hoch es auch immer war, langsam einholte. Tess zwang sich, ihm nicht nachzusehen. Sie wollte nicht wissen, in was für ein Auto er stieg und in welche Richtung er fuhr. Sie wußte schon so viel mehr, als sie wissen wollte. Über Poe. Über die Menschen und wozu sie fähig waren. Eins von Poes Lieblingsthemen übrigens.

Sie sah den Käfer an, der bestimmt sehr wertvoll war, allein schon wegen des Goldes und der Saphire, und steckte ihn dann in die Brusttasche ihres Mantels. Sie öffnete das Medaillon. Etwas zu berühren, was Poe vielleicht berührt hatte, einen Gegenstand, der ihm vor allen anderen lieb gewesen wäre – was bedeutete das?

Es bedeutete nichts. Es bedeutete viel zuviel. Sie wollte immun gegen die Krankheit sein, die alle diese Männer befallen hatte – Clary, Pitts, Ensor, Hayes, sogar Bobby –, aber sie wußte, daß auch sie dafür empfänglich war. Das sind wir fast alle. Wir töten vielleicht nicht gleich für Sachen, aber wir machen andere Zugeständnisse an den Materialismus. Wir machen Schulden, wir heiraten reich, wir bleiben in einem Beruf, den wir hassen. »Die Krankheit, sie heißt Leben«, hatte Poe geschrieben, aber Tess würde das lieber umändern in »Die Krankheit, sie heißt haben wollen«. Was keineswegs Leben war, sondern eine Art von wandelndem Tod, wie bei den Pharaonen, die so sehr damit beschäftigt waren, ihre Gräber vollkommen zu gestalten, daß sie das Leben gar nicht erst kennenlernten.

Sie würde bei ihrem Büro kurz anhalten, diese Gegenstände in ihren Wandsafe legen und sich später überlegen, was sie damit tun sollte.

Und dann – also dann würde sie zu Nouveau in der Charles Street gehen und einfach Geld verschwenden, und zwar für diese niedlichen kleinen Schubladengriffe, die wie Seesterne geformt waren. Die Ahornschränke in ihrer Küche waren endlich fertig, und Crow hatte heute morgen begonnen, die Badewanne neu zu verfugen. Für den Boden stellte er sich grüne Fliesen vor, aber sie selbst bevorzugte das altmodische schwarzweiße Muster, wie es in dem Haus gewesen war, in dem sie aufgewachsen war und das nun der Vergangenheit angehörte.

BALTIMORE (AP) – Ein anonymer Stifter hat zwei mögliche Erinnerungsstücke an Edgar Allan Poe dem Maryland Mu-sieum vermacht, einer selbst in ihrer Heimatstadt wenig bekannten kleinen Institution.
Die fraglichen Gegenstände sind ein »Trauer«-Medaillon, auch Memento mori genannt, das eine Locke von Virginia Clemm, Poes Kusine und jugendlicher Braut, enthalten soll, und eine einzigartige Anstecknadel in Form eines goldenen Käfers, die Poe angeblich von einer Verehrerin geschenkt bekam.
Eine Theorie besagt, daß Poe diese Stücke bei sich trug, als er am 19. Oktober 1849 in Baltimore starb.
Ernsthafte Poe-Forscher bestritten diese Theorie praktisch sofort und wiesen darauf hin, daß es keine Beweise dafür gibt, die Stücke mit Poe in Verbindung zu bringen. Keines der Stücke wird im Briefwechsel Poes erwähnt, noch in den Briefen von Marie Clemm, der Mutter von Virginia. Und obwohl die Stücke im Zeitstil des frühen bis mittleren 19. Jahrhunderts gehalten sind, geben selbst aufgeschlossene Forscher zu, daß ihre Echtheit niemals zu beweisen sein wird. Wenn Poe zum Zeitpunkt seines Todes Schmuck bei sich trug, so war es höchstwahrscheinlich ein Ehering für Elmira Shelton, die er zu heiraten hoffte.
»Es macht mir nichts aus, daß ihre Echtheit nicht erwiesen ist«, sagte Mary Yerkes, die das Maryland Mu-sieum leitete. »Ich bin begeistert, daß ich sie habe, und werde mich

auch an die Bedingungen des Stifters halten, obwohl sie gesetzlich nicht bindend sind.«

Der anonyme Stifter verlangte nicht nur, die Stücke in Dauerausstellung zu zeigen – mit der Ausnahme, daß sie anderen Museen leihweise zur Verfügung gestellt würden –, sondern machte auch zur Auflage, daß das Mu-sieum seinen Namen ändere, und zwar, der computergeschriebenen Notiz zufolge, die den Stücken beilag, »in irgend etwas anderes, völlig egal, was, solange kein Wortspiel darin enthalten ist«.

Danksagungen

Am 19. Januar 2000 – genaugenommen am späten Abend des 18. Januars 2000 – machte mir Jeff Jerome die Türen von Westminster Hall auf und gewährte mir das Privileg, den alljährlichen Besuch des Poe-Toasters mitzuerleben. Als Gegenleistung versprach ich, bezüglich gewisser Details, die zu seiner Identifizierung führen könnten, eher undeutlich zu bleiben. Wenn mein Bericht den wenigen Tatsachen, die bekannt sind über den Grabbesucher oder seinen Besuch an Edgar Allan Poes Grab, wie es seit 1949 Tradition ist, nicht widerspricht, dann habe ich erreicht, was ich wollte.

Ich schulde auch anderen Poe-Kennern Dank, vor allem Jeffrey Savoye, der mir sein Wissen über Poe in Interviews und über die Poe-Website zukommen ließ, wo er eine Liste von Poes persönlichen Besitztümern zusammengestellt hat. Ich danke Richard Kopley, Shawn J. Rosenheim, Kenneth Silverman und all den Wissenschaftlern, die sich im Oktober 1999 anläßlich von Poes 150. Todestag in Richmond trafen. Meine Bücherliste zu Poe umfaßte auch Silvermans Poe-Biographie und eine Ausgabe der Johns Hopkins University Press von Arthur Hobson Quinns: *Poe. Eine kritische Biographie.* Nicholas Basbanes Buch *A Gentle Madness*, auf das in diesem Buch Bezug genommen wird, war von zentraler Bedeutung. Die Enoch Pratt Library, die für Baltimore von bleibendem Wert ist, gab auf viele Fragen Antwort.

Mary Butler Davies trug unschätzbare Informationen über Schmuck des 19. Jahrhunderts bei. John Roll und Joan Jacobson lasen frühe Versionen dieses Manuskripts und machten, wie immer, wunderbare Verbesserungsvorschläge. Das »zweite Team« – Vicky Bijur und Carrie Feron – ebenfalls. Großzügige Kollegen von der *Baltimore Sun* – Rob Hiaasen, Peter Hermann, Rafael Alvarez – trugen ebenfalls viel bei, vielleicht ohne sich dessen überhaupt bewußt zu sein. Ich danke allen meinen Kolleginnen und Kollegen in der Allegheny Avenue (Harry, Don, Brian, David, Denis, Hal, Joe, Lynn, Nancy, Suzanne, Tim und manchmal auch Mark), die so tun, als wäre ich eine ganz normale Mitarbeiterin.

Romane beginnen an seltsamen Orten. Dieses Buch entstand aus dem lange zurückliegenden, noch immer ungeklärten Mord an meinem geliebten Lehrer an der High School, Don McBee. Keiner der Charaktere in diesem Band hat Ähnlichkeit mit Don McBee, einen der großzügigsten Männer, die ich je gekannt habe. Aber dieses Buch ist ihm gewidmet.